中国现代文学馆青年批评家丛书

丛书主编 吴义勤

熊辉 著

中国当代新诗
批评的维度

北京大学出版社
PEKING UNIVERSITY PRESS

图书在版编目（CIP）数据

中国当代新诗批评的维度 / 熊辉著 . —北京：北京大学出版社，2017.4
（中国现代文学馆青年批评家丛书）
ISBN 978-7-301-27963-2

Ⅰ.①中… Ⅱ.①熊… Ⅲ.①诗歌研究—中国—当代 Ⅳ.①I207.22

中国版本图书馆 CIP 数据核字 (2017) 第 012676 号

书　　名	中国当代新诗批评的维度 ZHONGGUO DANGDAI XINSHI PIPING DE WEIDU
著作责任者	熊　辉　著
责任编辑	黄敏劼
标准书号	ISBN 978-7-301-27963-2
出版发行	北京大学出版社
地　　址	北京市海淀区成府路 205 号　100871
网　　址	http://www.pup.cn　新浪微博：@北京大学出版社 @培文图书
电子信箱	pkupw@qq.com
电　　话	邮购部 62752015　发行部 62750672　编辑部 62750112
印刷者	三河市国新印装有限公司
经销者	新华书店
	660 毫米 ×960 毫米　16 开本　21 印张　268 千字 2017 年 4 月第 1 版　2017 年 4 月第 1 次印刷
定　　价	48.00 元

未经许可，不得以任何方式复制或抄袭本书之部分或全部内容。
版权所有，侵权必究
举报电话：010-62752024　电子信箱：fd@pup.pku.edu.cn
图书如有印装质量问题，请与出版部联系，电话：010-62756370

目 录

丛书总序　　　吴义勤　3

第一章　中国当代新诗批评现场　1

第一节　当代新诗批评人文精神的萎缩　2
第二节　当代新诗批评的弱化　20
第三节　当代新诗批评的阐释焦虑　28

第二章　中国当代新诗的人文精神　35

第一节　当代诗歌精神的五四传统　36
第二节　当代新诗精神的游移　80
第三节　当代新诗的人文情怀　85
第四节　当代新诗的入世与出世情怀　109
第五节　当代新诗与精神家园的建构　123

第三章　中国当代新诗的生命意识　133

第一节　当代诗歌中的生命意识　134
第二节　当代诗歌的生命书写　140
第三节　当代诗歌的"中年"写作　157
第四节　当代女性诗人的"中年"写作　171

第四章 中国当代新诗的艺术探求 183

第一节 传统诗歌艺术的现代传承 184

第二节 根植于传统诗歌艺术的创新 197

第三节 当前军旅抒情长诗的艺术特质 215

第五章 中国当代新诗的代际批评 233

第一节 60后诗人的还乡情结 234

第二节 70后诗歌的现代性特征 238

第三节 70后女性生存现状的书写 252

第四节 90后散文诗创作的特质 260

第六章 中国当代诗歌批评的阐释 279

第一节 译介学与中国现代诗学体系的拓展 280

第二节 西方美学观念的转换与中国现代诗学体系的建构 285

第三节 上园派诗学观念的合理性及其历史意义 301

第四节 新世纪五年来的新诗研究 318

后　记 328

丛书总序

中国现代文学馆是在巴金先生倡议和一大批著名作家的响应下，于1985年正式成立的国家级文学馆，也是目前世界上规模最大的文学博物馆。中国现代文学馆的主要任务是收集、保管、整理、研究中国现当代文学书籍、期刊以及中国现当代作家的著作、手稿、译本、书信、日记、录音、录像、照片、文物等文学档案资料，为文化的薪传和文学史的建构与研究提供服务。建馆二十多年以来，经过一代代文学馆人的共同努力，中国现代文学馆的事业不断发展壮大，现已成为集文学展览馆、文学图书馆、文学档案馆以及文学理论研究、文学交流功能于一身的综合性文学博物馆，并正朝着建成具有国际影响的中国现当代文学资料中心、展览中心、交流中心和研究中心的目标迈进。

为了加快中国现代文学馆学术中心建设的步伐，中国作家协会党组决定从2011年起在中国现代文学馆设立客座研究员制度，并希望把客座研究员制度与对青年批评家的培养结合起来。因为，青年批评家的成长问题不仅是批评界内部的问题，而且是一个对于整个青年作家队伍乃至整个文学的未来都具有方向性的问题。青年评论家成长滞后，特别是代际层面上70后、80后批评家成长的滞后，曾经引起了文学界乃至全社会的普遍担忧甚至焦虑。因此，客座研究员的招聘主要面向70后、80后批评家，我们希望通过中国现代文学馆这个学术平台为青年评论家的成长创造条件。经过自主申报、专家推荐和中国现代文学馆学术委员会的严格评审，中国现代文学馆已经招聘了三期共 30 名青年评论家作为客座研究员。第四批客座研究员的招聘工作也已经完成。

四年多来的实践表明，客座研究员制度行之有效，令人满意。正如中国作协党组书记李冰同志在中国现代文学馆第二批客座研究员聘任仪式上的讲话中所指出的那样，青年评论家在学术上、思想上的成长和进步非常迅速。借助客座研究员这个平台，通过参加高水平的学术例会和学术会议，他们以鲜明的学术风格和学术姿态快速进入中国当代文学批评现场，关注最新的文学现象、重视同代际作家的创作，对于网络文学、类型小说、青春文学等最有活力的文学创作进行即时研究，有力地介入和参与着中国当代文学的创作实践，在对青年作家的研究及引领方面发挥了不可替代的作用。作为 70 后、80 后批评家的代表，他们的"集体亮相"，改变了中国当代文学批评的格局和结构，带动了一批同代际优秀青年批评家的成长，标志着 70 后、80 后青年批评家群体的崛起。鉴于客座研究员工作的良好成效和巨大社会反响，李冰书记在第一批客座研究员到期离馆时曾专门作出了"这是一件功德无量的事情，要进一步扩大规模"的批示。

为了充分展示客座研究员这一青年批评家群体的成就与风采，中国作家协会和中国现代文学馆决定推出"中国现代文学馆青年评论家丛书"，为每一位客座研究员推出一本代表其风格与水平的评论集，我们希望这套书既能成为中国当代文学批评的重要收获，又能够成为青年批评家们个人成长道路的见证。丛书第一辑 8 本、第二辑 12 本分别在 2013 年 6 月、2014 年 7 月由北京大学出版社推出后引起了巨大反响，现在第三辑 11 本也即将付梓出版，我们对之同样充满期待。

是为序。

吴义勤
2016 年夏于文学馆

第一章
中国当代新诗批评现场

随着中国社会的转型和人们价值观念的变化，文学经典的建构方式也发生了较大改变。在一个"以经济建设为中心"的社会里，商业化生产方式几乎左右了中国社会所有行业的运营，文学也被视为可以赢取利润的"商品"。在平面化和浅俗化的时代，人们对物质的膜拜胜过了对精神的追求，那些曾经被视为神圣的学术或牢不可破的社会规则在物质的强力冲击下早已黯然失色，以物质导向为旨归的新的价值观念悄然确立。伴随着后现代主义解构思潮的涌入，曾经的"一元论"和"中心论"也朝不保夕，权威不复存在，"神圣"也被消解得平凡无奇。因此，我们不约而同地将这个时代概括为"多元化"时代，那种依靠"权力"建构批评的方式在当前的语境中已很难发挥作用。每个阶层、每种学术思潮和各种价值观念都企图构建并推行自己的批评模式，但却遭遇了共同的难题——互不认同，我们真正步入了文学批评危机的时代，但也是繁复丰盛与众声喧哗的时代。

本部分以当代诗歌批评为例，主要分析了诗歌批评人文精神的缺失、新诗批评功能的弱化与其征候，在此基础上探讨了多元化审美格局下诗歌批评的阐释焦虑，目的当然是呼吁建立起和谐的当代诗歌批评生态。

第一节
当代新诗批评人文精神的萎缩

20世纪80年代末开始的经济体制转型给中国社会带来了深刻而全面的影响,它不仅改变了人们的精神信仰、思维方式和价值取向,而且还给知识界创设了新的文化意识和话语环境。伴随着新的价值体系和时代精神的确立,新诗批评家的社会地位和社会形象也出现了"弱势"的边缘化走向。在"精英"知识分子的社会中心地位和大众代言人身份遭遇"经济"的强势瓦解之后,新诗评论者要么怀着深重的"失落感"从知识分子应有的人文立场上后退,要么借用新的社会理想和人生目标去化解新诗批评应负的社会责任,导致当代新诗批评人文精神的萎缩成了不争的社会事实。就其原因而论,除了与现世的社会大环境及中国社会的历史走向相关外,也与中国的传统文化和文艺工作者自身价值取向及人生追求的不断更迭紧密联系。在社会不断发展和文化产出不断增加的当下,反思中国当代新诗批评人文精神的萎缩对于重建社会人文精神,或重建诗歌评论者的社会形象有很大的积极意义。同时,在"文化全球化"的大语境下,中国当代新诗批评人文精神的重建对于中国文化的民族性建构也有着非常深远的影响。

一

　　当前新诗批评人文精神的萎缩主要体现为视野褊狭且没有创见、价值混乱且精神迷失、漠视政治而关心自我的生存体验，很多评论者全然无视普适性的审美观念和精神立场。此外，一些评论文章随波逐流，没有坚定的人文立场和精神信仰，在社会俗化或物质化潮流的冲击下往往选择精神逃亡或放弃应该承担的社会责任。

　　关注社会问题和当下人的生存现状是中国诗歌批评传统的根本要素，也是评论者思考问题的出发点和基石。孟子曾说："乐民之乐者，民亦乐其乐；忧民之忧者，民亦忧其忧。乐以天下，忧以天下，然而不王者，未之有也。"(《孟子·梁惠王下》)统治者当以"民为贵，社稷次之，君为轻"(《孟子·尽心下》)，那知识分子则当"克己复礼"，讲求"仁爱"，方能建构起"大同世界"。护道立场和忧民思想是中国文艺批评精神的内核，鲁迅曾说："我们从古以来，就有埋头苦干的人，有拼命硬干的人，有为民请命的人，有舍身求法的人……虽是等于为帝王将相作家谱的所谓'正史'，也往往掩饰不住他们的光耀，这就是中国的脊梁。"①"为民请命"和"舍身求法"实质上指的是"忧民"和"救道"思想，鲁迅称之为中国的"脊梁"，表明这是中国文艺工作者最应该也是最值得延续和承传的人文精神。何为"人文精神"呢？"人文精神主要体现为对人的终极关怀，是对人的生存意义和价值的思考。"②知识分子的人文精神是支撑整个社会发展的最为积极的因素，无论从中国知识分子的思想传统来看，还是从人文精神的社会作用来看，不管哪个时期，知识分子都应该从民族和社会发展的大局出发，积极建

---

① 鲁迅：《中国人失掉自信力了吗》，《鲁迅全集》(第6卷)，北京：人民文学出版社，1981年，第118页。

② 钱念孙：《人文精神与知识分子》，《江淮论坛》1995年1期。

构人文精神，发扬"救道"和"忧民"思想，勇于担当沉重的社会使命和责任，推动人类的文明进程。诗歌评论者作为知识分子群体的一支，也应该具有相当的担当意识。

"忧国忧民"和"明道救世"是中国诗歌批评思想的传统。在春秋战国时期，文艺工作者（古时称"士"或"士大夫"）就树立了社会道义（"礼"）的拯救者形象，诗歌批评极具忧国忧民忧君的责任感和使命意识。从孔子开始，中国的诗歌批评便以"道"作为根本的价值取向和言说对象，尽管诸子百家所倡言的"道"之内涵各不相同。比如孔子在《论语·季氏》中说："天下有道，则政不在大夫；天下有道，则庶人不议。"这从相反的方面表明在"无道"的年代，不仅"大夫"要言"政"言"道"，甚至连"庶人"也要"议道"。此言论便明确地道出了士人在"无道"的"礼坏乐崩"的年代应该积极地批评议论时政，承担起建立维系社会稳定与促进社会文明的"道"的责任。梁启超等近代知识分子也正是从"建道弘毅"的立场出发，写出了像《少年中国说》这样气贯长虹的文章，他们以社会拯救者和主人翁精神号召青少年在国家落后的形势下起来建构一个理想的社会。可以说，"明道救世"已经成了中国新诗批评精神的一种"原型"。

然而，从上世纪80年代末开始，很多新诗评论者"不但从个人主义的立场上向后退，从启蒙主义的立场上向后退，更从对知识分子的独立价值的自信上大踏步地向后退了"①。新诗评论人文精神的全面后退首先表现为自我知识体系的残缺和人文视野的褊狭。中国知识分子向来对本土问题具有超乎想象的狂热，这与传统的儒家文化思想所圈定的士大夫的社会责任有关，古代知识分子大都以"修身齐家治国平天下"为己任，读书的目的是为了报效祖国，并非是为了获取知识、了

---

① 王晓明：《潜流与漩涡——论二十世纪中国小说家的创作心理障碍》，北京：中国社会科学出版社，1991年，第285页。

解世界和拓展视野,这使他们从一开始就缺乏关注自然界的科学眼光,也缺乏放眼"海外"的大气,从而在"闭关锁国"的封闭性生存状态中热衷于本国政治和道德的建构,热衷于自我仕途的发展和个人生存利益的维护。这种"本土关注"的狭窄眼光导致中国诗歌批评对政治充满迷狂和强烈的参与欲望,关心政治的偏执性心态往往使他们不在自我知识体系的完备上着力,也没有对知识本身产生浓厚的兴趣。这在无形中阻碍了文学评论对政治以外的其他知识的了解,其观照世界的思维方式和视野也就相应地狭窄起来,"能够以开放的胸襟,平等地学习和对待世界不同地域的文化,则始终是士大夫阶层难以自我消弭的一个误区"。直到世界文化交流日益频繁的 21 世纪,中国文学评论的这一缺点仍然没有消除:"大陆知识分子对自身的生存境遇实在谈得太多,面对风云变幻的世界却往往知之甚少;尤其缺少一种宏观的体悟把握。"① 当前,伴随着全球经济的一体化进程,文化的相互交融和补足已经成为文化界的一个新课题,而又有多少新诗评论者在心理和行动上做了充分的准备呢?他们要么盲目地照搬外国文化以强力地使中国文化与世界文化接轨,要么固执地抱守着传统文化的"精华"而无视他国文化的长处,从而使自己陷入创作的无序和紊乱之中,陷入文论"失语"和失养的迷途。说到底,这其实是当前文学批评界世界性眼光的缺乏,他们没有一种宏观的文化视野,这是传统的文艺批评思维导致的文艺批评人文精神的萎缩,从而将中国当前的新诗批评引入了难以自拔的泥沼之中。

中国当代新诗评论视野的褊狭除了表现为缺少世界性眼光外,在今天尤其表现为观照对象的"精英化"和"自我化",新诗批评不再以满足普适性的文化需求作为书写目标和价值基点。作为人类精神文明

---

① 李美锋:《生存境遇与文化视角——中国人文知识分子的话语习惯偏区》,《中国财经报》1996 年 3 月 29 日。

创造和传播的重要方式，新诗创作和批评的潜在读者和表现对象如果将大众排除在外，不仅与传统士思想的"忧民"相悖，而且与评论者自身的社会角色和社会责任相悖，这种势态最终会导致新诗评论者在诗歌内部的自娱自乐，导致大众与诗歌的分离和对峙，削弱新诗批评的人文关怀。上世纪80年代开始的新写实小说在平面化地表现普通人的普通生活时，忽略了形而上的精神提升；而诗歌创作上的知识分子写作在表现知识分子的心态和文化立场时，却又忽略了人文精神的传播，对于整个社会的人文精神建构而言，这两种创作潮流都不足以效法。以时下受人们推崇的诗人来说，韩东和伊沙等都是受过高等教育的知识分子，"知识分子"的客观身份不仅标志着他们创作的知识分子立场和作品的知识分子气息，而且他们创作的一些盛行诗歌还将大众关怀置入盲点，直接以知识分子作为书写和接受的中心。比如韩东的《大雁塔》和伊沙的《车过黄河》等，虽然在书写方式上多采用简单的口语表达，但在精神实质上却是对权威和中心的解构，其写作旨趣仍然具有浓厚的精英气息。这种站在知识分子的立场上运用知识分子的思维方式来从事知识分子自我精神写作的态势，"不是一个偶然的现象"，它表明"知识分子从对全社会的关注转化为对自身的关注，知识分子从对全社会的担当退守为对自身的担当"①。当然，以知识分子的精英意识作为诗歌的表现对象本来无可厚非，在一个诗歌创作多元化的语境中，"知识分子写作"本就是一个合理的存在现象，至少它能够深刻地表现当前知识分子的自我意识和自我存在方式。问题的关键在于，知识分子作为全社会精神文明的主要创作者和传播者，作为引导大众的文化消费和文化取向的精英阶层，其创作的目的就不能仅仅局囿于自我精神的表达和愉悦，他必须具有担当意识，其文学观照视野必须开阔到以主流社会和大众社会的需求为限。类似的例子还很多，当年

---

① 邵建：《知识分子写作：世纪末的"新状态"》，《钟山》1995年2期。

盛极一时的"知青文学"也反映出了知识分子视野的褊狭。几乎所有的知青文学表现的都是知识青年上山下乡的痛苦遭遇和情感经历，殊不知一代又一代居住在乡村的农民的苦难和艰辛远比他们短短几年的"乡村体验"所认识到的痛苦深重很多。但几乎没有一个知青作家结合自己上山下乡的亲历来反映广大农村农民生活的艰辛，这其实也反映出了青年知识分子对苦难担当的欠缺，他们没有从宽泛的情感体验出发去体谅人民大众的生活疾苦，而只是一味地沉溺于自我生活历程的反映和抱怨之中。在这种情况下，新诗批评就应该站在大众的立场上，客观地指出部分诗歌作品对大众文化需求和情感体验的漠视，让诗人的创作具有更多的大众关怀，从而体现出当代新诗批评在价值观念上的参考价值。

当前中国新诗批评人文精神的萎缩还表现为缺乏精神信仰和价值观念混乱，这与中国新诗评论者的依附性人格相关。在中国历史上，文人从来就没有形成一个独立的阶级，他们在现实社会结构中始终处于依附的地位，经济上的不独立带来了生存上的依附性。依附性的人格使他们难以保全自我思想和精神的独立，从而使文艺工作者在精神信仰和价值观念上表现为一种随波逐流的软弱性。"知识分子生存上不能独立，必然依附于人，不是依附于权贵，就是依附于大款，这样，他们行为上既难以特立独行，思想上精神上也难以完全独立，因而很容易成为一种依附性的'畸人'"。[①] 人格的依附性使新诗评论者很难对自我的精神信仰和批评初衷保持一以贯之的勇气，如果外部环境给他们的生存境遇带来了阻碍，他们就会放弃自己先前坚守的精神信仰，选择"精神逃亡"来求得对社会责任和艰辛生活的解脱。殊不知他们在求得自我保全的时候却放逐了自我人格和应该具备的人文精神素养，

---

① 邢小利：《当代知识分子的现实境遇与精神状况——读长篇小说〈泡浪之水〉》，《文艺争鸣》2002 年 3 期。

有人说这是中国文艺工作者人格的"头号污点",认为"他们从来就匮乏一以贯之,不受时尚流风左右的精神信仰。他们的价值理念完全依附在现世人生的低浅层面上,始终趋从和受制于现世人生景况的演变和更迭。他们无法为自身的存在确立一个终极性的超越维度"①。正是这种不稳定的人格,使很多批评家抛弃了"从道者"的光辉形象,成了"唯利是图"的钻营者和真正的"从势者"。当前,部分新诗批评者的政治热情消退,这除了目前社会的经济和政治原因外,另一个非常重要的原因便是他们意识到可以从政治以外的其他途径来实现自身的价值,而且在一个意识形态话语权力相对削弱而经济意识又相对上升的语境中,新诗批评就会放弃对主流意识的诠释,放弃社会人文精神的建构,加入到"以经济建设为中心"的时代潮流之中,以赢取经济利润作为实现自我价值的有效方式。比如各种以商业为目的的诗歌活动,各种标以"明码实价"的吹嘘评论等便是这种价值转向后的极端体现。中国文人的传统人格(依附性人格)和处世方略(随波逐流)决定了新诗批评者在一个以经济建设为中心的社会里,在一个以追求物质利益为旨趣的价值体系中必然以放逐人文精神的建构为代价去换取物质利益的实现,这本身就是人文精神萎缩的表现。价值观念的不断更迭不仅说明了当前诗歌批评人文精神的萎缩,而且是对评论者身份和立场的否定,因为真正的"从道者"会超越现世的物质诱导而坚守精神家园,成为人文精神的缔造者,恰如鲁迅所说:"真正的知识阶级是不顾利害的,如想到种种利害,就是假的,冒充的知识阶级。"②

此外,新诗批评人文精神的萎缩还表现为作品中充斥着怀疑眼光和解构欲望。正如前面所论述的那样,中国人文精神传统的主导是忧民思想和护道意识,传统的士阶层总以为他们自己是真理、正义和社

---

① 贺奕:《群体性精神逃亡:中国知识分子的世纪病》,《文艺争鸣》1995年3期。
② 鲁迅:《关于知识阶级》,《鲁迅全集》(第8卷),北京:人民文学出版社,1981年,第190页。

会理想的代言人、执行者和创造者,"拥有所有人的价值,反对不公道的君主或其大臣,奋力呐喊,甚至死后也要使其声音在坟墓上回响"[①]。可以说,文人成了社会人文精神乃至整个文化精神的缔造者和维护者,这也是"五四"新文化运动以来所开创的新知识分子人文传统的核心内容。然而,伴随着经济体制的改革,尤其是文化领域中"后现代"思潮的兴起,很多评论者以为这股思潮代表着文化精神的高级形态,认为它必将成为主导中国未来文化发展的方向。于是,怀着拥抱平等和自由的思想,诗歌评论界掀起了一股解构思潮,迅速蔓延着中心与主体的分离,深度模式的解构,传统文化与历史意识的失落以及平面性的大众文化的勃兴等"前卫"意识。正如有人所说:"进入90年代,一批新型的知识分子开始涌现,他们既不相信占统治地位的意识形态体系,也根本怀疑重建中国文化精神的可能,嘲弄一切绝对、普遍的真理。"[②] 怀疑眼光和解构欲望对于知识和观念的更新大有裨益,但如果没有厚重的文化根基和重建新文化精神的理想,对固有文化传统进行怀疑和解构便是一种破坏。一味地怀疑并解构权威和传统,其结果势必造成诗歌创作者和评论者信仰的紊乱和人文精神的迷失。试想,如果传统的文化精神被无情地消解了,那我们的灵魂又何处安身呢?"人之所以为人,就因为他不但要活得舒适,更想活得心安,在手脚并用去满足物质欲望的同时,他还要寻找一种精神性的价值,在那上面安妥自己的灵魂。这就是通常所讲的信仰,或者换个学术气的词,叫作'认同'。"[③] 如果我们安妥灵魂的精神之所在被消解的同时又没有确立新的我们赖以安身立命的价值体系,那人文精神的确立和建构便成了难以

---

① 福柯:《福柯专访录》,《东西方文化评论》(第三辑),北京:北京大学出版社,1991年,第262页。
② 祁述裕:《逃遁与入市:当代知识分子的选择和命运》,《文艺争鸣》1995年4期。
③ 王晓明:《太阳消失之后——谈当前中国文化人的认同困境》,《文汇报》1995年8月27日。

克服的障碍。怀疑眼光和消解欲望除了使人文精神的建构成为难题之外，还会使文化建构缺乏历史的厚重感，造成整个社会人文精神的肤浅性和平面化。一些人用怀疑的眼光否定传统文化，片面地认为在传统文化的废墟上能够重新建立起适合当前语境的新的文化精神，中国新诗百年的建设经验足以说明这种做法是有待商榷的。一些大学者如陈寅恪、钱穆等人曾经对传统文化恪守着"同情和敬意"的信条，他们怀着体验历史和尊重历史的"肯定"而非怀疑的眼光，为中国文化精神的建设作出了卓绝的贡献。在世界文化联系日益紧密的今天，新诗批评应该加强本民族人文精神的建构，在肯定本民族文化精神的基础上融合其他民族的文化，唯有如此，方能提升本民族的人文精神，彰显新诗批评在民族文化发展进程中的引导作用。

总之，当前诗歌批评人文精神的萎缩主要表现在对大众生存境遇的关怀不足，对忧民思想和护道意识等传统人文精神承传不足，视野褊狭，精神信仰更迭频繁，价值观念混乱以及盲目地怀疑和解构一切文化精神和文化传统等方面。新诗批评人文精神的萎缩必将导致整个社会人文精神的贫乏，而社会的进步对人文精神的建构发出了深情的呼唤，新诗批评人文精神的萎缩也就成了一个亟待解决的沉重的社会难题。

二

当我们在21世纪初年重谈新诗批评的人文精神这一话题时，在痛心地承认新诗批评人文精神萎缩的同时，站在全民族人文精神建构的高度上，我们不得不去深思引起中国当代新诗批评人文精神萎缩的原因，以期早日走出精神贫血的迷障。

中国传统文化在精神性方向上为中国文人开启了"忧民"思想和

"救道"意识的人文传统,但中国的社会现实却使他们难以形成独立的社会阶层,他们很难在没有羁绊的情况下独立地施展自己的才能,去实现他们勾画的社会蓝图。这就形成了诗歌评论者特殊的社会处境,他们常常在理想人格和现实人格的两难中摆动游离,一方面他们以社会精英自居,是社会真理的代言人和社会精神财富的创造者;但另一方面他们却无力按照自己的构想去"治国平天下",即使是满腹经纶,因为他们在现实生活中不得不屈从于权力,屈从于自己生存所需的物质条件。"安能摧眉折腰事权贵,使我不得开心颜"(李白:《梦游天姥吟留别》),像李白这样坦荡面对权势压迫的文人古往今来又有几人呢?这种"屈从"划开了中国新诗批评与西方文学批评关于知识、精神和真理的分界线。中国新诗评论者至今仍然持有一种"学而优则仕"的儒家求知观念,他们追求真理,创造精神财富乃至学习知识的真正目的并不在于对知识本身的兴趣,而是为着"经世致用"的实际目的,于是有人学术成就高了便要求上级提拔当官,或者给予一定数额的科研经费。很显然,新诗评论者在现实社会中的特殊地位决定了他们在实际生活中很难拥有独立的精神和人格,他们的精神创造要么与主流的意识形态合流,要么处于边缘或"地下"。关于这一点,余英时先生曾说:"中国有一个顽固的道德传统。但是和西方相对照,为知识而知识、为真理而真理的精神终嫌不足。中国人对知识的看法过于偏重在实用方面,因此知识本身在中国文化系统中并未构成一独立自足的领域。这一点也自然影响到知识分子的独立精神。"[①] 在 20 世纪后期,经济效益成了中国社会的最高追求,新诗批评的旨趣也就相应地从之前的政治转向了经济,在物质利益的强大诱惑下,评论者本应着力建构的人文精神也就很难纯粹化了。比如原本用于足球界的"转会"一词现在却

---

① 余英时:《中国知识分子的创世纪》,《中国知识分子论》,郑州:河南人民出版社,1997年,第130页。

能够精准地描述部分大牌诗歌批评家的行为，他们也似足球运动员一样标以高额的转会费用。其实知识是很难用金钱去衡量的，如果一个诗歌批评者乐意用钱去衡量他的学术水平和学术人格，那他的可悲就不言而喻了。还有一些诗人为了赢取利润，不惜在自己的作品中大肆宣扬感官快感和敏感意象，使其作品在精神维度上一败涂地。诗歌评论者是知识分子的构成部分，他们作为社会的精英阶层，引领着社会道德和时代精神的发展，如果作为人文精神引航者的新诗评论家都"拜金"了，都物质化了，那全社会的精神文明建设如何继续呢？因此，诗人或诗歌评论者地位的特殊性决定了他们中的部分人对现实（物质、权力等）的屈从性，而这种屈从性又会导致他们对人文精神的漠视甚至是抛弃，从而决定了人文精神在物质社会中必然遭遇强大的挑战，进而萎靡不振。

任何一种文化现象的出现都与一定的社会现实戚戚相关，中国当前新诗批评人文精神萎缩的另一可能性原因是如火如荼的毫无停歇的社会经济体制改革，这一现实国情导致部分诗歌批评偏离了正常的价值取向。20世纪80年代中期以后，曾经激发了不少诗歌批评家战斗热情的政治因素（比如民族危机、民主危机和"文化大革命"等）逐渐淡出了历史舞台，经济建设成为了中国社会的主要任务，它同时也给评论者带来了新的兴奋点。正是这种经济浪潮的强势渗透和扩张，使新诗批评逐渐用商品经济意识取代了曾经的启蒙和救亡意识。过度的物质化追求使他们陷入了精神危机，伴随着精神危机而来的是价值观念的危机，因为在商品社会中，物质利益的吸引力在调整人们（当然包含文艺工作者）价值取向和行为准则的过程中起着关键性作用，它使整个社会的思想观念和价值取向发生了历史性的变化。经济效益成了很多诗歌评论者堂而皇之的工作目的，他们写作的价值观念不再是为着精神的需求，而是为了最大限度地获得物质利益。获得物质的目的是为了享受，物质的多寡成了衡量个人能力和知识水平的标尺，老诗人郑敏曾感叹物质社会的时代精神和青年人的人生追求："后现代的特点是唯科技、唯财富、唯效率、唯享受。最终一'唯'，是最终的目的"，"在生活的目的是什么这一问题上，大陆的人们已经有了不含糊的认识……一个年轻人会高傲地告诉你人生是享受，致富者是俊杰，清寒是耻辱无能"①。有人认为诗歌评论者为了适应新的社会观念而对自己的人格姿态作出了调整："90年代中后期，伴随着新的价值观念的确立，知识分子的人格姿态也发生了显著的变化。……不甘处于社会边缘的知识分子，意识到一味固守传统文化立场只能与社会更加疏离。"②诗歌评论者人格姿态的调整有其积极意义，但他们背离传统文化立场以迎合当前商品社会的价值观念的做法，实质上暗含着他们对人文精神的放逐和对商品意识的妥协，他们最终又会走向怎样的人文精神建构之路呢？答案不得而知，除了趋赴名利并将评论者应尽的社会责任抛于脑后之外，其自身本应肩负的人文精神关怀必将被无情地"悬置"。因此，当前社会的经济发展浪潮和"唯利是图"是导致新诗批评人文精神萎缩的原因之一，它使很多评论者在物质面前迷失了自身肩负的建构人文精神的社会使命。

经济建设的主导性带来了新诗批评价值取向的平面化和精神认同的危机感。中国文人有很强的生存意识，这种生存意识在很多时候压倒了他们对自身应该把持的人文精神的建构和坚守。纵观20世纪以来的中国历史，每一个时期的重大政治或社会变动就会相应地引发知识分子信仰及价值体系的蜕变，他们在残酷的现实面前要么"俯首称臣"，要么"沉默是金"，其目的就是保全自我、调整自我以适应新的时代语境。这个"适应"的过程就是价值取向和精神信仰转型的过程，其结

---

① 郑敏：《诗与后现代》，《文艺争鸣》1993年2期。
② 管宁：《灵魂的裂变：社会变迁中的人格姿态——新时期知识分子形象人性描写之流变》，《江汉论坛》2001年11期。

果是变相地辱没了知识分子在艰苦的环境中理应担负的社会和时代使命。有人比较中俄两国知识分子的忏悔意识时就明确地谈到了这一点："忧国忧民忧君，构成了中俄知识分子的沉重的使命感。而这种神圣的使命，一旦由于历史、时代及自身的原因不能实现，在俄罗斯知识分子身上，这种救世意识在他们身上往往化为沉重的负罪感，从而构成一种忏悔意识，而中国古代的知识分子，却往往可以通过种种心理防御机制得以化解。"①对一种社会责任的放手和"化解"必然意味着一种逃亡或对又一种社会责任的担当。而对处于价值取向和精神信仰过渡期的中国文学批评者而言，他们目前的处境是迷乱的，"随着经济转型，尤其是转轨中的第一个冲击波所带来的最初的震荡，给整个社会固有的道德精神、价值观念、文化心理结构造成的冲击，使尚未建立起新的价值体系的知识分子，一时间不仅坠入迷茫，而且陷于人格坚守与跻身世俗的两难境地中"。②新诗批评精神和价值的迷乱很难承担起建构全社会人文精神的重任，人文精神的萎缩就不可能避免了。同时，作家和评论家在经济建设大潮中被抛弃到了社会的边缘，他们先前的话语权力或真理、正义代言人的身份遭到了经济的无情剥离。在一个商业性话语与意识形态话语并重的年代，尽管文艺工作者渴望回归社会中心地位，维护其意识形态话语权力，但在市场经济逐步确立的过程中，他们曾经拥有的话语霸权只会渐行渐远。大众话语不再受知识分子话语的统摄安排，它取得了入驻文坛的话语权力。在多元化语境中，诗歌批评者曾经对中国人文精神进行阐释的单一模式和单一视角不再具备唯一性和权威性，于是思想界出现了所谓"阐释中国的焦虑"。这个时候，诗歌批评者除了要接受自己的边缘性地位外，还不得不接受

---

① 胡刚亮：《十字架上的拯救——中国与俄罗斯知识分子忏悔意识之比较》，《长沙电力学院学报》（社科版）1998 年 1 期。

② 管宁：《灵魂的裂变：社会变迁中的人格姿态——新时期知识分子形象人性描写之流变》。

社会地位和政治地位的变迁所带来的失落感。其自身处境的危机使他们很多时候无暇顾及大众的精神需求和引领社会的人文精神建设，而是将视线内缩为关注自我的生存处境，于是"从'书写他者'到'书写自我'，从'代言人'式的写作到'个人化'的写作——便成为九十年代文学界一个很有意味的人文景观"。① 因此，在社会的转型期，新诗批评者自身尚未完成价值取向和精神信仰的转型，他们不仅无力顾及他者的文化需求，而且也无兴趣于人文精神的建构。

此外，新诗批评人文精神的萎缩也与社会政治和文化思潮相关。上世纪80年代末期的政治风波使很多作家和评论家对社会的高度热情逐渐降落和冷却，他们在现实面前不得不重新对自己的思想、行为和生存方式作出深刻的反省。"然而，种种刻骨铭心的经历，使他们的反应沾染上浓厚的情绪化色彩，这最终败坏了理性思考的纯度。"② "历史转型不容置疑。知识分子作为真理和正义化身的时代一去不复返，80年代末的那场政治大事件进一步强化了人们的这一认识。于是，失落的情绪笼罩着90年代的知识界和文化界，讲究'闲适'、'淡泊'在文化人中成为时尚。"③ 这股思潮是文人在社会阻碍面前人为地摒弃自身作为社会精神缔造者身份导致的结果，其实也是他们自我心理的一种理性调整。在上世纪90年代，我们会发现文坛中一些非常有趣的现象，一是在现代文学史上推崇闲适小品文的林语堂、周作人等人的作品（尤其是散文）得到了广泛的流传；二是一些作家写作了大量的回忆录和表达宁静淡泊之志的散文。这些现象给新诗批评的人文精神的建构产生了消极的影响。新时期以来广为流传的文学思潮当然应该首推"后现代主义"。1985年，劳生柏的作品在中国美术馆展出和杰姆逊在

---

① 邵建：《知识分子写作：世纪末的"新状态"》，《钟山》1995年2期。
② 贺奕：《群体性精神逃亡：中国知识分子的世纪病》。
③ 祁述裕：《逃遁与入市：当代知识分子的选择和命运》。

北京大学的学术演讲成为"后现代思潮"在中国兴起的两大标志。当时将后现代理论译介到中国来的知识分子们并未真正认清后现代主义的文化本质以及它蕴含的堕落因子，总以为西方的便是好的，最新出现的便是文化精神正确的发展方向。因此，后现代主义的流行给本就迷茫的知识分子增添了更多的非理性思维，使他们陷入了更大的对社会精神进行阐释和建构的焦虑之中。直到今天，部分新诗批评对中国的文化和民族精神还存在着消解有余而建构不足的流弊，在一定程度上导致了当前新诗批评人文精神的萎缩。

中国当代新诗批评人文精神萎缩的原因是多层面的，复杂的，远不止上面所讨论的这几点。对于这些原因，有些是新诗批评者自身可以克服的，有些则必须通过社会的发展来逐渐消除。当然，不同的社会时期会形成新诗批评人文精神提升的不同阻碍，我们对此进行讨论，只是希望新诗批评能在全社会人文精神建构的大业中，最大可能地发挥积极的作用。

三

中国当代新诗批评人文精神的缺失不仅对我们的文化消费构成了伤害，而且还造成了全社会精神营养的匮乏，使当前社会陷入了精神信仰和价值取向的危机之中。因此，中国当代新诗批评人文精神的萎缩给社会带来的负面影响是难以估价的，其带给我们的反思也是沉重的。

首先，中国当代新诗批评应该坚守自己的社会责任，自觉承传中国传统文人思想体系中的合理性因素，秉承忧患意识和"救道"思想，摒弃依附思想，维护诗歌评论者在社会历史中的精英形象。中国文人向来有"明道救世"（顾炎武语）的礼学思想，尤其是在社会价值和礼仪规范混乱的年代，新诗批评家不但不能通过自我调节和"逃亡"来放弃社会责任,选择"闲适""无为"或"清静"的趣味,反而应该以怀疑和批判的眼光去审视现实,提出自己的创见,因为"知识分子向来被誉为社会的理性和良心,是人类的基本价值精神的维护者和理性的运用者,勇于承担道义和责任的价值选择态度和强烈的使命感是他们的显著特征"①。新诗评论者应该维护他们在社会历史中的精英形象并为自我行为负责,不能在时代风云的变化中左右摇摆,见风使舵,趋附利益,随便地相信或放弃某种信念,在现实面前为着苟且偷生而不惜变卖人格和尊严。如果新诗评论者对自我的社会身份有强烈的认同感,那他必然会独立于某种意识形态之外而为着真理和正义奔走,那他必然有勇气谴责和批判社会制度和社会现实中的不合理现象。

其次,中国当代新诗批评应该积极建构本民族文化,传承传统文化中具有民族色彩的合理成分。当前文艺工作者自身精神信仰游移和价值取向更迭的关键原因是他们缺乏文化精神的皈依感,他们始终感到自己的精神游离于民族文化精神之外,无根的文化身份必然导致漂泊感和浮躁气。拿中国现代文学理论的建设来说,由于我们一味地依靠外国文论话语来阐释中国文学现象,使新文学从一开始就忽视了自身文论话语建构这一环。到今天,当学术界回过头去审视近百年中国新文学理论建设状况时,却发现自己患上了严重的"失语症"。②文论界也感到对当下文学现象进行阐释的焦虑。西方各种文艺思潮、哲学思想走马灯似的在中国文坛上竞相登场,很多新诗批评者在抛弃甚至不懂传统人文精神的基础上,一味地迷信西方形而上学的思想和文论观点,很少结合中国传统文论思想去批判性地审视外国的人文精神,

---

① 申群喜、聂景伦:《试论社会转型时期高校知识分子的心理困境》,《吉首大学学报》(社科版)1996年2期。
② 该话题最早由四川大学从事中外比较文化研究的曹顺庆先生提出,参见曹顺庆:《文化失语症与文化病态》,《文艺争鸣》1996年2期。

其结果是使自己迷失在那些玄奥的理式中。比如存在主义思想使一些评论者认为自身的存在是荒诞的、虚无的，存在作为一种哲学本体，海德格尔认为人最真实的存在方式是死亡。① 因此，有人选择自杀来成就艺术的最高境界。其实，不同民族的人文精神和思想是在不同的民族心理和文化背景的基础上发展起来的，外国的精神不一定就能够诠释中国人的存在。况且，在多种精神流派并立的西方学术界，任何一种哲学精神或有关存在的思考都是片面的深刻，不能不加选择地盲目迷信。许多新诗批评者出现精神和信仰迷乱的原因是因为他们缺少对民族文化的自觉认同，在西方人文思想构筑起来的花花世界里茫然失措。因此，新诗批评应该具有民族精神的认同感，参与民族精神的建构，才会在提升民族人文精神的同时体现自己的社会价值和历史价值。

再次，中国当代新诗批评应该投入到社会建设之中，用积极的文艺思想来构建全面发达的现代化国家，而不应该沉溺于物质利益的得失。中国的现代化不只是工程师的责任，不只是物质的现代化，而应该是全社会文艺工作者和人民大众共同的责任，它是一个全面的现代化过程，是理性思维和感性思维、科学精神和人文精神合力的结果。美国人吉尔伯特·罗兹曼对现代化社会所下的定义是："我们把现代化视作各社会在科学技术革命的冲击下业已经历或正在进行的转变过程。业已实现现代化的社会，其经验表明，最好把现代化看作是涉及社会各个层面的一种过程。"②"社会各个层面"必然包括人文精神，因此，知识分子，特别是新诗批评家应该积极参与社会建设，不能够把物质利益作为自己行为的旨归，应该树立起社会责任感，推动中国社会朝着更全面更健康的方向发展。当前，人们信仰缺乏，精神空虚，但却享

---

① [德] 马丁·海德格尔：《存在与时间》，陈嘉映、王庆节合译，北京：生活·读书·新知三联书店，1987年，第283—311页。
② [美] 吉尔伯特·罗兹曼主编：《中国的现代化》，南京：江苏人民出版社，1995年，第273页。

受着物质财富的极大丰富,这从侧面表明了新诗批评的责任相当艰巨,要使物质文明与精神文明同步协调发展,要真正使我们的国家走向现代化,人文精神建设已刻不容缓,新诗批评的社会责任还有待强化。

最后,鉴于中国当代新诗批评人文精神的萎缩,在人们的价值取向和精神信仰转型的过渡时期,中国人文精神的建构并非新诗评论者所能完全担当的,新诗批评家更应该发挥精英的作用,正确地引导人文精神发展的方向。这要求新诗评论者淡化名利,抵制物质利益的巨大诱惑,创作出具有思想性和艺术性的真正的文化作品,关注当下大众的生存现状,注意引导人民大众的价值取向,并最终形成对人民大众的终极关怀的人文精神。在社会的转型期,如果人文学者或新诗批评者不具备理性的思考和社会担当意识,不引导好转型期中国人的价值取向和精神信仰,那转型期后中国社会的人文精神状况就会更加令人担忧。

中国当代新诗批评人文精神的缺失引发了我们诸多的反思。总体而言,当代新诗批评应该明确自己的社会立场和社会责任,传承并参与民族文化精神的建构,投入到社会建设中去,不为物质得失左右,正确引导好人民大众的精神信仰和价值取向,使新诗评论者真正成为全社会人文精神建构的参与者和引导者,推进民族文化素质的发展,早日实现人民大众所期盼的中国文化的复兴。

第二节
当代新诗批评的弱化

中国新诗在近一个世纪的发展过程中逐渐积淀起了自身丰富的艺术和精神传统,其中新诗批评对于指正每个时期诗歌创作的弊病并引导新诗朝着合理的方向发展起到了不可或缺的作用。然而,新诗批评自身的发展演变却没有随着时间的推移而进步,今天新诗评论的功能与早期相比出现了明显弱化的发展趋势,其自身的征候也越来越明显。

当代诗歌批评从高雅的艺术立场迅速下降为低俗的名利经营,很多诗歌评论者放弃了职业操守和学术道德。诗歌评论者在当代已经从诗歌爱好者或诗人的身份过渡为一种学术职业,不像20世纪上半叶的诗评家多是纯粹的诗人,一些对新诗没有感情的人迫于生存的压力而选择了诗歌评论的道路。当前的诗歌批评队伍大抵可以分为两大类:一是延续了现代诗歌批评传统的诗人型评论者,二是身居高等院校或研究机构的学院型评论者。前者的批评动因多是出于对诗歌的热爱或生活体验有感而发,后者的批评动因则相对复杂,除了对诗歌的热爱之外,也有学术考评的驱动,因此难免会使有的评论者急功近利地将诗歌评论作为应对工作考核或职称评聘的成果依据。诗歌批评的职业化并不是坏事,很多诗评者在名利的诱惑下失去了职业操守才是令人担忧的症结所在。商业社会的批量生产模式迅速渗透进了诗歌领域,有些评论者想出了很多"速成"成果的方法,知识分子的社会责任和学者的学术道德被抛到了九霄云外。上世纪 90 年代,冯至曾指出一些诗评家不负责任的选诗行为,他们往往没有统一的诗歌审美标准,而且缺乏仔细阅读作品的耐心和勤奋,其主编的诗歌选本多是让作者推荐并阐释分析自己认为满意的诗作。此行为集中反映出编者主体性和学术道德的沦丧,诗选中的作品由于作者的审美差异而体现出千差万别的艺术风格,这种由几十上百个诗人拼凑出来的选本进入图书市场后会模糊读者辨别诗歌的能力。更有甚者,一些诗歌评论家借助编选诗歌的幌子,要求作品入选了的诗人"每人交编审费五元,稿、款均从邮局寄到",完全把神圣的诗歌批评变成了钱权交易,部分诗歌评论者理所当然地认为:"我选你的诗给你扬'名',你必须给我以五元人民币的'利'。有朝一日,或许还把这部诗选填在自己的'著作'表上,作为提职升级的根据。"[①] 如果将诗歌批评职业化或产业化,将诗歌批评视为获利的途径或者提职升级的资本,不仅会败坏圣洁的诗歌创作环境,也势必会导致诗歌批评功能的消失。

　　当代诗歌批评的锋芒开始钝化,评论者"温文尔雅"的言辞对诗歌创作不再具有指导意义。很多诗人在辛苦写好一部诗稿之后,总希望找个知名的评论家写点阅读感受,目的当然是为自己的作品寻找知音或真诚地希望有人指出创作的不足,不过也不排除有人借他人之名来宣传自己作品的目的。按照常理,不管诗人怀着什么样的目的邀请诗歌评论者作文批评,其都应该在细读作品的基础上从"批评"的立场指出诗人创作的成败得失,而不应该免去阅读作品的"案牍之劳形",仅仅从"褒扬"的立场说些无关痛痒的话。好的诗歌评论将会促进作品的传播和接受,为读者进入诗歌文本提供非常重要的"前理解",反之则会误导读者对诗歌的理解,妨碍诗歌的接受和传播。在这一点上,

---

① 冯至:《选诗"妙"法》,《文汇读书周报》1991 年 9 月 14 日。

经过现代诗坛批评风气侵染的诗人或学者在写诗歌评论时总能很好地把握研究对象的利弊,比如卞之琳先生上世纪 80 年代在给徐志摩选集作序时就比较客观地指出了徐氏作品的不足:首先,"他的自知之明也有限度。说好,是他能虚心接受别人的意见;说不好,是他缺少把握"。在自己出版诗集的时候,把别人认为好的诗放在醒目的位置,把遭受了别人指责但其实并不差的作品删掉等显示出徐志摩对自己的作品没有十足的把握。第二,"他的音律实践始终不注意严格以'音组'或'顿'来衡量,他的韵律(押韵方式)也还是不大讲究"①。或许有人会说,卞之琳面对一个已经辞世多年的诗人,当然可以毫无顾忌地恣意批评指责,以此认定这辈人诗歌批评的风度未免失真。但是如果我们看了卞之琳对当时还活跃在诗坛上的年轻人的批评就会心悦诚服,试以他对江弱水先生作品的批评为例,他的批判文字连续用了很多"并不稀奇""不算稀奇""不足为奇"等来说明对象的"普通",直至面对诗歌时还说:"读弱水最初寄来的一些短作,一方面钦佩它们诗思脱俗,技巧圆熟,一方面未能免俗,条件反应似的,惋惜它们调子有点低沉。"②如果我们今天的诗歌批评者面对徐志摩这样的诗歌大师还能够像卞之琳先生那样保持"批判"的态度,面对江弱水这样的可畏"后生"依然能针砭利弊,那诗歌批评就会发挥其对诗人创作的引导作用,就会使诗人明确诗歌创作的不足和亟待改进加强的地方,从而创作出更加优秀的诗篇。

当代诗歌批评没有明确的是非观念和艺术立场,在使诗歌沦为娱乐笑料的同时阻碍了诗歌的正常发展。诗歌批评应该及时指正当下诗歌创作的不足,以免诗歌走上迷途而难于回归正常的道路。早在新诗的发轫阶段,闻一多先生就意识到了新诗批评应该具有当下性和及时

---

① 卞之琳:《〈徐志摩选集〉序》,《新文学史料》1982 年 4 期。
② 卞之琳:《介绍江弱水的几首诗》,《八方》(第 5 辑)(香港)1987 年 4 月。

的针对性:"我很怀疑诗神所踏入的不是一条迷涂(途——引者),所以更不忍不厉颜正色,唤他赶早回头。……早些儿讲是枉费精力,晚些儿呢,又恐怕来不及了;只有今天恰是时候。"①但是在当前的新诗批评界,很多人借助"多元化"和"个人化"的名义进行着我行我素的诗歌创作和评论活动,似乎只要有了这样宽松的语境就可以不再顾及诗歌创作的常态或正常的艺术追求。近年来,不断有人从低俗抑或媚俗的角度制造诗歌的新潮话语和写作路向,他们冲破了诗歌艺术及精神应当坚守的底线。但即便如此,也会有人对之进行义正词严的评论,牵强地赋予这类诗歌时代精神和艺术创新的冠冕。比如2006年8月出现的"梨花体"诗歌事件,本来诗人赵丽华从事诗歌创作的行为和艺术探索精神是值得肯定和包容的,但倘若有人将之视为1916年胡适之后中国新诗史上又一桩革命性事件的话,则未免过于肤浅和武断。对"梨花体"诗歌的主观性甚至炒作性拔高不利于人们明确诗歌语言形式及精神内容的正确方向,也不利于从事"梨花体"诗歌创作的诗人意识到自身的不足。时间可以证明一切,当年"反赵派"和"挺赵派"难分高下的论争终于在短暂的喧闹后尘埃落定,"梨花"也随之散落诗坛,但它留给诗歌批评的反省却远远没有画上句号。当年那些执迷于"梨花体"的诗歌评论者怀着怎样复杂的心情和目的去对待这新出现的文学事件已经难于考证,但面对诗歌语言和情感的明显下滑,很多评论者丧失了艺术鉴别能力和学术伦理却是不争的事实。又比如2010年10月,第五届鲁迅文学奖诗歌奖得主车延高,由于官员的身份和部分作品语言的平实,就被冠以"羊羔体"的称号。2015年之初,余秀华的诗歌借助网络一夜传遍大江南北,因为诗人的"平民"身份和迅速出名的事实,也让很多论者在不阅读作品的情况下大放厥词。更多的时候,有人乐意制造诗歌事件,将诗歌创作与大众娱乐捆绑在一起,导

---

① 闻一多:《〈冬夜〉评论》,《闻一多全集》(2),武汉:湖北人民出版社,1993年,第62页。

致诗歌成为不断被人讨论的笑柄。《人民日报》曾刊登了一篇题为《在近来的一连串恶搞事件中，诗歌沦为大众娱乐的噱头——谁在折断诗歌的翅膀？》[①]的文章，间接地说明了部分诗歌评论者或专营诗歌的人由于缺乏对诗歌批评功能和责任的操守，助长了诗坛的歪风邪气，其庸俗的评论"折断了诗歌的翅膀"。

当代诗歌批评缺乏独立精神和批判勇气，很多诗歌评论者由于没有坚定的艺术立场而使自己的评论文章成了诗人的"同谋"。早期的新诗评论总能将作品的亮点和瑕疵明确地指出来，遇上不如意的地方还可能采用非常激烈的言辞加以指责。比如新诗史上最早的诗歌评论文章之一《〈冬夜〉评论》，诗人型的评论家闻一多在文章中首先肯定了俞平伯在诗歌音节上的长处，但对于诗节和诗句的构造则给予了大肆的批驳，并认为这是一部缺少幻象的作品，整个文章洋洋洒洒写了六大部分，基本上都是在批评《冬夜》的不足。我们不妨摘录其中的几句：比如在批评《冬夜》的音节时："破碎是他的一个明显的特质。零零碎碎，杂杂拉拉，像裂了缝的破衣裳，又像脱了榫的烂器具。"[②] 又比如文末对《冬夜》做的总体性评价："大体上看来，《冬夜》底长处在他的音节，他的许多弱点也可推源而集中于他的音节。他的情感也不挚，因为太多教训理论。——一言以蔽之，太忘不掉这人世间。"[③] 今天的诗歌创作和诗歌评论与上世纪20年代相比更加繁荣，但凡是熟悉诗歌评论的人也都会知道，要在今天繁多的诗歌刊物和理论刊物上找到像闻一多这样语词严厉的批评却不是件容易的事情，哪怕在网络这个受限制和束缚相对较少的媒介中也难以找到此类正面的从学术立场出发撰写的

[①] 李舫：《在近来的一连串恶搞事件中，诗歌沦为大众娱乐的噱头——谁在折断诗歌的翅膀？》，《人民日报》2006年10月26日。

[②] 闻一多：《〈冬夜〉评论》，《闻一多全集》（2），第70页。

[③] 同上书，第93页。

诗歌评论。更多的时候，我们读到的是与诗人的作品和意愿惺惺相惜的文字，从诗评中全然看不出诗歌的缺点和不足。为什么今天的诗歌评论会走到如此温和的地步呢？从诗人的角度来讲，没有一个诗人愿意看到对其作品的评论会是满篇的批评，他们往往以为自己的作品可以和某某名诗人匹敌甚至超越前辈诗人，因为的确有些献媚的评论者会对艺术造诣全无的作品进行"过度诠释"，无形中助长了他们的傲气。所以，一旦有人指出其作品的缺点，便会觉得异常刺目和刺心，不但不会感谢别人的"忠言"，反而会怒目相向。从评论者的角度来讲，很多人都是受他人的邀请才去写作品评论的，而邀请者希望被邀请者写的诗评是褒扬还是贬损便不言而喻了，假如你忠实于艺术原则而违背了诗人邀请你写评论的初衷，那写出的文章也许就不会有见天日的机会，同时也会因此而得罪诗人朋友。因此，很多时候是人为因素阻碍了人们善意的评论，并导致了今天诗歌评论独立精神的萎靡。

当代诗歌评论具有浓厚的圈子意识，褊狭的学术眼光和宗派思想阻碍了诗歌真正的多元化艺术取向。中国新诗步入20世纪80年代以后，谢冕、孙绍振和徐敬亚分别从"宽容""诗性"和"真诚"的角度出发来捍卫诗歌新的美学原则的崛起，[①]在宽松的诗歌语境下，各种"主义""派""代""写作"等后新思潮走马灯似地在中国诗坛上循环上演，林立的诗歌派别和社团使诗歌创作出现了混乱的多元并逐渐疏离了我们今天的生活现场。据徐敬亚先生统计，从1986年到1988年这短暂的两年时间里，中国标以"现代主义"的诗歌社团就有70多个，[②]很多社团在没有艺术主张的情况下抱着争夺话语权或进入文学史的目

---

① 谢冕写了《在新的崛起面前》(《光明日报》1980年5月7日)，孙绍振写了《新的美学原则在崛起》(《诗刊》1981年第3期)，徐敬亚写了《崛起的诗群》(《当代文艺思潮》1983年第1期)，这三篇文章从不同的角度维护了朦胧诗创立的诗歌审美标准。

② 徐敬亚：《中国现代主义诗群大观：1986—1988》，上海：同济大学出版社，1988年。

的横行诗坛，他们把自己的作品视为中国新诗的发展方向，一味地对本社团的诗歌进行吹捧似的评论，对其他社团的诗歌则加以无情的批判和诋毁，在圈子意识的指引下失去了诗歌批评的艺术立场和思想立场。也许有人会说，这种圈子化的诗歌批评在中国现代诗坛也十分盛行，最典型的就是创造社和文学研究会的论争。我们承认创造社的文学批评方式显得比较激进，语词中常常夹杂着谩骂，比如郁达夫在《艺文私见》中认为那些不具大师风格的译者"都要到清水粪坑里去和蛆虫争食物去"①，后来又在《夕阳楼日记》中将没有知识素养的作家比喻成"清水粪坑里的蛆虫一样身体虽然肥胖得很，胸中却一点儿学问也没有"②。不过创造社批评的锋芒并非仅仅针对文学研究会成员，对于他们内部的同人而言，如果作品中出现了重大错误尤其是"硬伤"，依然逃脱不了尖锐语词的嘲讽和批评，哪怕是对他们的主将郭沫若也不例外。这从侧面说明了他们的文学批评不是党同伐异，而是本着提高文学质量的原则。比如田楚侨先生在《创造周报》第47号上发表了《雪莱译诗之商榷》的文章，指出了郭沫若翻译的不足："西风歌原诗格律谨严，若照郭君自己的，及仿吾君的译诗主张，郭君的译诗，只算是忠实的直译，而尚未顾到原诗的神韵。……至于拿坡里湾畔书怀一首，却能保持原诗的风格。不过据我看来，恐怕有一两处，被郭君误解了。"③这种批评语气算是比较温和的，而孙铭传先生发表在《创造日集刊》上的《论雪莱〈Naples 湾畔悼伤书怀〉的郭译》一文中有这样的批评语句：郭沫若译诗中的很多词语对原诗而言"可谓蛇足，蛇足添得不巧，疑是蜥蜴"④。这种用最丑陋的动物去比喻拙劣的翻译作品的做法

---

① 郁达夫：《艺文私见》，《创造季刊》（1卷1号）1922年5月1日。
② 郁达夫：《夕阳楼日记》，《创造季刊》（1卷2号）1922年8月25日。
③ 田楚侨：《雪莱译诗之商榷》，《创造周报》（第47号）1924年4月5日。
④ 孙铭传：《论雪莱〈Naples 湾畔悼伤书怀〉的郭译》，《创造日丛刊》1923年7月。

与郁达夫用"清水粪坑里的蛆虫"的批评风格有异曲同工之妙。倘若创造社尖酸刻薄的批评话语只是用于对郑振铎等文学研究会成员的指责，我们就会怀疑创造社批评观念的公正性；但如果对郭沫若等同人的指责都如此愤激，我们就不能不从创造社批评风格的维度来寻找原因了。从这个角度来讲，创造社对文学近乎刻薄的批评并不只是出于与文学研究会对抗而使用的权宜之计，他们对所有的作品都把持着相同的尺度，这不难看出当时文学批评的公正性和学术性。他们在维护自我团体利益的同时，促进了整个文坛创作风格的多元化，使文学研究会和创造社成为闪耀在中国现代文学史上最夺目的两颗明星。

在此需要特别说明的是，本文所论述的当代新诗评论的征候并不是针对所有的诗歌评论，任何时候都有大量负责任的诗评人默默地在诗歌的沃土上耕耘劳作。而且除了以上所论述的内容之外，当代中国新诗批评的征候还体现为远离诗歌现场、移植西方批评模式、把玩理论术语和概念等等。希望所有的诗人和诗歌评论者能够担当起知识人的社会角色和艺术角色，坚守诗歌批评对诗歌创作的批判和引导功能，为新诗的复兴贡献微薄之力。

第三节
当代新诗批评的阐释焦虑

中国当代新诗批评的建构方式和评判标准是相当复杂的学术问题，本文拟对此"悬置"不论。单就那些得到了学术界或"民间"认同的新诗批评而言，由于评论主体的视角不同、评判标准混乱、评论目的迥异、批评理论依附不一以及审美价值观念等存在差异，不仅导致了当代新诗批评呈现出"混乱的美丽"，而且使各种批评方法和评论路径之间出现了认同危机，相应地也就出现了阐释[①]中国当代新诗批评的焦虑。

中国当代新诗批评的阐释焦虑首先归源于人们对同一诗歌作品进行批评时偏重于不同的艺术因素。美国文论家艾布拉姆斯认为作者、文本、接受者和世界是艺术的"四要素"，它们以文本为中心，各侧重于自己的一端而形成了所谓的"摹仿说""表现说""实用说"和"客观说"等文本欣赏理论。[②]艾布拉姆斯的理论准确地概说了文学批评的相关因素，也预示着文学批评（哪怕是对同一个文本的欣赏而言）由

---

① 阐释"由文学批评中来，又超出文学批评"（王峰：《从文本到生活——文本阐释的几个意义层次》，《文艺理论研究》2004年3期），是对批评的思考。本文所谓阐释是对诗歌批评或文本批评的思考。

② 参见［美］M. H. 艾布拉姆斯：《镜与灯》，郦雅牛等译，北京：北京大学出版社，1989年，第4—5页。

于对"四要素"各有偏重而必然出现不同的结果。西方近现代文学批评理论也正是循着"世界⟷作者⟷文本⟷接受者"的程式发展演变的。在中国传统的诗歌批评方法中，我们讲求"知人论世"，围绕着作者与作品的关系（"知人"）和作品与时代的关系（"论世"）来进行文学欣赏。刘勰认为"辞理庸俊，莫能翻其才；风趣刚柔，宁或改其气；事义浅深，未闻乖其学；体式雅郑，鲜有反其习"（刘勰：《文心雕龙·体性》）。此处所谓"才""气""学"和"习"是对文学欣赏中"知人"论的具体阐发。同时，在《时序》篇中，刘勰认为"文变染乎世情"，"蔚映十代，辞采九变"，将文学作品的评论与产生作品的时代结合起来。用中西方文论阐发的文学要素来解读和评论诗歌文本都是合理的，但仅以一种文学要素进行诗歌批评则会陷入片面的境地。以作者为中心的批评方法来讲，读者要真正地以作者为中心去修复文本所寄托的作者原意是不可能的，"正如所有的修复一样，鉴于我们存在的历史性，对原来条件的重建乃是一项无效的工作。被重建的从疏异化唤回的生命，并不是原来的生命"[①]。英美新批评根据"意图谬误"提出要截断文本与作者的联系而专注于文本研究，但文本不可能是自给自足的封闭性话语系统，它的产生和接受都表明它是一个开放的、动态的意义空间。以读者为中心的批评方法过多地强调读者对于文本意义建构的作用，文学批评则易脱离原文而造成"过度诠释"。鲁迅说："世间有所谓'就事论事'的办法，现在就诗论诗，或者也可以说是无碍的罢。不过我总认为倘要论文，最好是顾及全篇，并且顾及作者的全人，以及他所处的社会状态，这才较为确凿。要不然，是很容易近乎说梦的。"[②] 所以，诗歌批评者应该综合文本、作者、社会状态和接受者

[①] [德] 伽达默尔：《真理与方法》（节选），洪汉鼎译，朱立元、李钧主编：《二十世纪西方文论选》（下卷），北京：高等教育出版社，2002年，第304页。

[②] 鲁迅：《"题未定"草（六至九）》，《鲁迅全集》（第6卷），第430页。

等因素，才会在避免"近乎说梦"的同时对诗歌作品进行贴切的评论，也只有这样，诗歌批评才会在有章可循的情况下摆脱阐释的焦虑。

　　批评者对诗歌作品的批评姿态和解读旨趣之差异是导致诗歌评论阐释焦虑的重要原因。文学批评的目的与文学的功能系统呈顺应关系，非功利性的文学欣赏会给读者带来纯然的审美愉悦，功利性的文学欣赏则带有宣传和教化的实用目的。由于审美目的和审美期待不同，人们对文学文本的批评鉴赏就会大相径庭，同是《红楼梦》，"经学家看见《易》，道学家看见淫，才子看见缠绵，革命家看见排满，流言家看见宫闱秘事。"① 儒家功利思想在文学鉴赏论上表现得比较充分，孔子认为阅读文学作品（"诵经"）的目的是为了达"政"和出"使"："诵诗三百，授之以政，不达，使于四方，不能，虽多，亦奚以为？"（孔子：《论语·子路》）这种文学观对中国鉴赏理论产生了很大的影响，历代文论注重从文学接受的角度出发对"经世致用"的文学鉴赏观进行阐发：曹丕说"文章乃经国之大业，不朽之盛事"（曹丕：《典论·论文》）；刘勰认为文学接受是为了"原道""宗经"和"徵圣"（刘勰：《文心雕龙·典论》）；韩愈主张"文以明道"；周敦颐认为"文以载道"，这些观点说明了中国传统的文学批评观有浓厚的功利色彩。西方虽然也有人持功利性的文学批评观，但更多的文论家则认为文学批评是非功利的，"没有任何利害关系"。亚里士多德认为文学鉴赏的目的在于"通过引发怜悯和恐惧使这些情感得到疏泻"②，文学欣赏单纯地是为了"净化"（Katharsis）和愉悦心情，康德、克罗齐、普列汉诺夫等人注重从纯粹审美的意义上去看待文学艺术鉴赏中的非功利性。清朝末年，中国也产生了非功利的文学批评观，王国维曾说："文学者，游戏的事业也。"③

---

① 鲁迅：《〈绛洞花主〉小引》，《鲁迅全集》（第8卷），第145页。
② [古希腊]亚里士多德：《诗学》，陈中梅译注，北京：商务印书馆，1996年，第63页。
③ 王国维：《文学小言》之二，《王国维遗书》第五册《静庵集续编》，上海：上海古籍书店，1983年，第27页。

不同的文学批评目的直接影响着人们对具体文本的批评鉴赏,以张爱玲小说《赤地之恋》和《秧歌》的欣赏为例,在建国后相当长的一段时期内,图解和传导主流意识的功利性文学欣赏观使这两部作品披上了强烈的"反共"色彩,而在思想解禁和话语环境相对宽松的当下,纯然的文学欣赏却使我们认识到这两部作品是在个人主体意识和判断能力丧失的语境下少有的对那个时代和人性保持清醒认识的佳作。再就《诗经》而论,有人怀着"教化"的鉴赏目的去学习其中的"礼仪",有人则以艺术和文学为标准去欣赏它的意境和辞藻。所以,仅就诗歌文体而言,评论者批评旨趣的差异势必会导致多样化的诗歌批评和言说方式,进而造成诗歌批评阐释的焦虑。

20世纪是西方文论的繁盛期,也是中国输入西方文论的庞杂期。毫无疑问,西方文学理论的输入丰富了我们今天的诗歌批评理论和方法,但由于个人偏好和阅读限制,不少人常机械地以某种理论去"科学性""技术性"地批评诗歌作品,使不少名篇佳作被"异质"的文论解读得支离破碎、牵强附会乃至面目全非。这样的诗歌批评现状自然让理论界难以对之作出理路清晰的阐释。中国传统的诗歌批评模式要求读者调整自己的审美体验以适应文本经验,在对作者意图的接受和认同中去建构文本的确定意义,作者、文本和读者之间在鉴赏的过程中应该达到最大限度的趋同性。现代意义的诗歌文本解读方式和接受方式是以西方的接受美学为基础建立起来的,它强调鉴赏者的审美创造力和主动性,读者不再以复原文本意义来凸显自我对文本的鉴赏体会。在他们看来,文本没有中心意义和主题,所有的符号都是能指,文本中始终存在着补充、边缘、缺席等空间。从这个角度讲,文学鉴赏不是对作者意图的还原,而是对作者意图的延续和超越。传统的诗歌批评方法是对文本意义的建构,现代西方的文本批评方法则是对诗歌文本意义的解构,在消解"中心"的情况下实现"理解、对话、意义和表达的统一,这是一种以理解为轴心的重新确定逻格斯和意义的在场,其所持存的仍然是一种归汇中心（理解中心），寻找新的确定性以保证语言中心论的优先地位"①。尽管传统的诗歌解读和现代的文本接受之间在方法上大相径庭甚至是背道而驰，然而在审美取向上却是殊途同归，都表现为对某种确定的文本意义的维护。这两种诗歌文本接受方式所达到的审美目的是否相同姑且不论，单是采用不同的接受理论去解读同一个诗歌文本所造成的诗歌批评内容的丰富性就足以为当代新诗批评的阐释制造麻烦。

当前复杂的文化语境不仅意味着诗歌批评的多元化，而且意味着诗歌批评这一文学接受活动步入了危机，最终使诗歌批评的阐释面临困境。"当代中国的社会意识本身分歧很大，不同的社会阶层，不同的年龄，不同的利益集团，不同的地域和不同的教育阶段，他们各自的信仰、信念与趣味有很大差异，现在已经很难找到某种统一的思想强权将他们整合在一起。"②没有"统一的思想强权"无疑会给诗歌创作和批评培育出自由的文化语境，丰富诗歌文本的解读模式和内容，但同时也会使诗歌作品在解读和批评的过程中出现意义的"混乱"，甚至其赖以成为诗歌的艺术要素也会被消解掉。信息技术的更新发展使诗歌文本生存的合法性和可鉴赏性出现了危机，声像技术和传播媒介的发展使以文字为载体的文学作品在形象性和直观性上与图像制品和声像制品相比存在着较大差距，主观性和心灵性极强的诗歌文体尤其如此。各种精美的时尚杂志、画册、休闲读物以及音像制品在逐渐占据市场的同时也逐渐以其感官刺激取代了人们对文学作品的欣赏，"图像成为新的文化霸权，并试图把此前的图像和语言的位置颠倒过来"③。如果诗歌文本在当前存在的合法性都遭遇到挑战了的话，那接受者的阅读

---

① 王岳川：《后现代主义文化研究》，北京：北京大学出版社，1992年，第67页。
② 陈晓明：《经典焦虑与建构审美霸权》，《山花》2000年9期。
③ 刘晗：《文学经典的建构及其在当下的命运》，《吉首大学学报》（社科版）2003年4期。

兴趣就会从作品转向图像或声像制品,这其实也意味着诗歌批评活动危机的到来,因为"当代文化正在变成一种视觉文化,而不是一种印刷文化,这是千真万确的事实"①。"印刷文化"的"欠直观性"削弱了文学欣赏活动的进行。此外,市场经济下的商品经营模式也会影响诗歌作品的接受效果。在以获得消费者来赢取利润的文学创作观念的指导下,通俗读物的销售一路走高,而所谓艺术性极强的诗歌作品的受众却越来越少,仅有的诗歌批评也变得越来越平庸和浅俗。在价值取向多元化的时代里,诗歌的评判标准也是多元的,"优秀诗歌"的概念在不同的价值观念中也不尽相同,就算那些得到了广泛认同的诗作也会因为评论者价值取向的多元化而有不同的解读方式和解读内容。因此,中国当前的文化语境使学术界很难对诗歌批评用一种模式或一种观念来加以整合,诗歌批评阐释的焦虑无可避免。不过从促进诗歌批评繁荣的角度讲,这种焦虑也无须避免。

导致诗歌批评阐释焦虑的原因很多,除了以上分析的诸因素外,还与批评者有关。不同的诗歌批评者由于生活经历、审美经验和文化素养等存在着差异,他们会对相同的诗歌作品进行不同的解读,同一个批评者在不同时期带着不同的心情去解读同一作品时也会有不同的效果,更何况诗歌文本自身就是一个丰富的存在实体,批评角度、评判标准、欣赏目的、理论依附和时代语境的差异当然会导致不同的诗歌批评。无论如何,任何单一的批评模式都不可能全面地研究诗歌作品,唯有采用多种视角、方法和理论,我们才能对同一篇(部)诗歌作品的艺术和意义的批评达成共识,对诗歌批评的阐释也才会在厘清思路的情况下更好地协调并指导当下的诗歌批评活动。

---

① [美]丹尼尔·贝尔:《资本主义文化矛盾》,赵一凡等译,北京:生活·读书·新知三联书店,1989年,第156页。

第二章
中国当代新诗的人文精神

中国新诗在五四新文化语境中诞生，胡适认为新诗"新纪元"的开创得益于《关不住了》这首诗歌的成功翻译，究其原因，在于美国诗人蒂斯代尔作品的中译体实现了形式的自由和个体情感的解放。就五四新诗的精神而言，它高度应和了新文化运动的宗旨，积极声援并参与建构了伟大的启蒙时代精神。随后，在民族解放战争和民主革命运动中，新诗用鲜明的革命精神和理想情怀照耀着人们苦闷彷徨的心灵，即便是"十七年"的新诗，政治抒情诗的主潮依然表达着人们对新社会的热爱之情。但新时期以来，尤其是20世纪90年代经济体制改型之后，中国新诗不再成为时代精神的抒发通道，在各种"主义"和"写作"所体现出来的价值观念和审美观念的支配下，新诗精神出现了繁复的混乱。

为此，新诗精神的批评成为我们这个时代诗歌批评的主要"征候"，本部分内容在追溯五四新诗精神的基础上，从积极的建构而非解构的立场出发，以部分诗人的作品为中心，重点分析了当代诗歌对时代和民族精神的正面表现，体现出当代诗歌所具有的厚重的人文情怀。

第一节
当代诗歌精神的五四传统

五四新诗开一代诗风,不仅在语言形式上打破了传统文言格律的禁锢,而且在情感和精神上也多有开创之功,比如对自由精神的追求、对启蒙思想的传递以及对个人主体情感的释放等都标示出新诗精神与传统的差异。而在新诗发展近百年之后的今天,我们的诗歌创作在精神的维度上难以承继五四传统,本文在此重新探讨五四新诗的精神传统,目的是希望更好地提升当代新诗的精神,在沿着五四精神传统的道路上促进新诗更好地发展。

一 初期白话诗的精神特质

五四诗歌精神在整体上表现为一种反叛气质和启蒙姿态,这些整体特征是通过一系列的具体诗歌精神体现出来的。"五四"是一个思想启蒙的时代,新文化先驱们充满了对传统文化激烈的反叛情绪,因此,作为新文化运动的产物,启蒙和反叛的时代思潮便构成了初期白话新诗主要的精神内容。

启蒙背景下的自由意志是五四新诗精神的显著特征,拉开了它与之前文学精神的距离。我们认定"五四"是一个思想启蒙的时代，因为"人"的意义和潜质得到了充分的认识和挖掘，新诗人们相信，"无论是一个民族还是一个个体，只要有执著坚毅、一往无前的自由意志，就一定能自强不息，就一定会焕发出无限的创造力"①。正如周作人在《新文学的要求》中说："这新时代的文学家，是'偶像破坏者'。但他还有他的新宗教，人道主义的理想是他的信仰，人类的意志便是他的神。"②张光芒先生认为，在启蒙的背景下，早期新文学中的自由意志蕴含着以下两层深意："其一，从道德实践之意向上看，它意味着一种积极进取的生命精神"；"其二，与此相联系，从根本上说自由意志也正是人之能实现自我的动力"。③这种自由意志让五四时期的新文学作家包括新诗人在内都极力反对那些书写个人趣味的作品，比如以"鸳鸯蝴蝶派"为代表的通俗文学便遭到了新文坛的排挤，因为在新文学作家看来，这些文学作品表现的主题和追求的旨趣容易造成人的自由意志的消亡，正是从这个意义上讲，五四诗歌精神拉开了它与之前文学精神的距离。因此，初期白话诗的精神向度之一就是追求自由意志，新诗人在作品中表达了积极进取的生命精神和实现自我意识的超强动力。五四时期很难发现单纯书写个人情感的诗篇，④很难发现诗歌在背离自由意志的基础上去追求纯粹个人的生活趣味或感官享乐，⑤时代赋予了这些作品厚重的精神以及与传统的巨大差异，这在一定程度上也

---

① 张光芒：《启蒙论》，上海：上海三联书店，2002年，第57页。
② 周作人：《新文学的要求》，杨扬编：《周作人批评文集》，珠海：珠海出版社，1998年，第46页。
③ 张光芒：《启蒙论》，第61—64页。
④ 当然，胡适翻译的部分诗歌中有表达了个人情感体验的篇什，比如《老洛伯》《关不住了》等，但胡适翻译的旨趣是语言形式而非情感内容。
⑤ 五四时期的诗歌也有追求个人情感趣味的，但很多都是与追求诗歌艺术审美相联系或与表达时代使命意识相联系在一起的，这方面尤其以创造社的诗歌创作为典型。

造成了五四新诗精神的缺憾。比如鲁迅发表在《新青年》上的《人与时》[①]一诗：

> 一人说，将来胜过现在。
> 一人说，现在远不及从前，
> 一人说，什么？
> 时道，你们都侮辱我的现在。
> 从前好的，自己回去。
> 将来好的，跟我前去，
> 这说什么的，
> 我不知你说什么。

这是一首哲理诗，鲁迅创作该诗的主要目的是希望人们能够珍惜"现在"，通过积极进取在"将来"实现自己的人生目标。因此，它兼顾了五四新诗精神之自由意志的两个方面：积极进取的精神和实现自我的动力。郭沫若算是把自由意志表现得淋漓尽致的五四新诗人，这一点留待本章的第四节详细论述。

反叛性是五四新诗精神的时代特色。"五四"是一个推陈出新的时代，是一个反叛的时代，很多诗人正是在反叛传统诗歌的立场上开始了新诗创作的道路。文学研究会同人提出的"为人生"的文学是对传统诗歌"文以载道"思想的反叛，是对传统诗歌表现对象的反叛，茅盾的话也许最能说明五四新文学对旧文学反叛的详细内容："文学到现在也成了一种科学，有他研究的对象，便是人生——现代的人生；有他研究的工具，便是诗、剧本、说部。文学者只可把自身来就文学的范围，不能随自己的喜悦来支配文学。文学者表现的人生应该是全人类的生

---

① 该诗载《新青年》（第 5 卷第 1 号）1918 年 7 月 15 日。

活,用艺术的手段表现出来,没有一毫私心,不存一丝主观。自然,文学作品中的人也有思想,也有情感;单这些思想和情感一定是属于群众的,属于全人类的,而不是作者个人的。"①这其实说明了五四时期的文学精神应该具有普遍的情感和专一的表现对象,不像古代文学那样仅仅是智识者生命和情感体验的狭隘表达。的确,五四时期的很多诗歌在表现主题和观照对象上发生了很大的变化,"叫化子""铁匠"、拉三弦的"老人""车夫"等频繁地在新诗中出现,充分实践了茅盾"为人生的文学"观念,也实现了新诗对传统诗歌的局部反叛。同时,文学研究会大量翻译介绍的"被压迫民族"的文学和弱小民族的文学也体现了五四新文学的反叛精神,"可以说文学研究会起着将西方现实主义和自然主义文学及文学理论介绍到中国的作用,它有助于揭示中国的社会现实。这反映了'五四'时期新知识分子们专注于研究和改革社会的心态。……反映了那个时代中国知识分子的反抗精神。"②如果说新青年社和文学研究会张扬的文学精神是对传统文化的反叛的话,那继之而起的创造社则是对新文学运动中的文学因素的反叛,郭沫若在《创造社的自我批判》和《文学革命之回顾》等文章中阐明了这样的观点:"他们自认为是文学的异端,与《新青年》的支持者无任何关系。他们认为,《新青年》已经完成了新文学运动第一阶段对旧文学的攻击任务,第二阶段是一个创造和建设的时期。他们现在的任务是创造新的作品,攻击新文学阵营中的'机会主义者',即评判'机会主义者'粗制滥造的创作和翻译。"③因此,郭沫若等人的诗歌带有冲破一切枷锁重新建设新诗形式的开拓气势,这种反叛精神使郭沫若的《女神》成为

---

① 沈雁冰:《文学和人的关系及中国古来对于文学者身份的误认》,《小说月报》(第12卷第1期)1921年1月10日。
② [美]周策纵:《五四运动史》,长沙:岳麓书社,1999年,第402页。
③ 同上书,第403页。

了开创一代诗风的典范之作。

时代精神给五四新诗灌注了一种普遍的反叛精神,使那些抒发个体情感体验的诗歌也具备了"革命"的气质。五四新文化运动是以追求人的解放和情性的觉醒为核心的启蒙运动,这决定了新诗人必然会竭力去打破既有的文化束缚和审美规范,进而在一种反叛心理的助威下追求主体本位的自我表现。因此,五四时期的诗歌精神即便是没有宏大的历史叙事或张扬时代思想,但特殊的时代背景仍然赋予了这类诗歌特殊的反叛精神。以康白情的《窗外》为例,尽管它表达的情思古已有之,而且意象也并不新颖,但由于该诗采用了特殊的表现形式,使它背离了古典诗歌的美学要旨,从而显示出一种反叛精神。表现个人情感而且具有反叛精神的典型代表应该首推湖畔诗人的爱情诗,"从新诗发展的历程来考察,湖畔诗派作出了创造性贡献的,主要是爱情诗"[1]。中国古代从《诗经》开始就已经有爱情诗了,为什么还说湖畔诗人的爱情诗具有反叛精神呢?朱自清的话最能解释这个问题:"中国缺少情诗,有的只是'寄内''忆内',或曲喻隐指之作;坦率的告白恋爱者绝少,为爱情而歌咏爱情的更是没有。这时期的新诗做到了'告白'的第一步。《尝试集》的《应该》最有影响,可是一半的趣味怕在文字的缴绕上。康白情氏的《窗外》却好。但真正专心致志做情诗的,是'湖畔'的四个年轻人。"[2]从1922年到1927年,湖畔诗人先后出版了《湖畔》《蕙的风》《春的歌集》《过客》《苜蓿花》《寂寞的国》等,其中的大部分诗歌都是爱情诗,他们的反叛精神在当时招致了大量的攻击,以至于有人认为这些爱情诗是"兽性的冲动之表现"[3]。抨

---

[1] 龙泉明:《中国新诗流变论》,北京:人民文学出版社,1999年,第130页。
[2] 朱自清:《中国新文学大系·诗集·导言》,王永生编:《中国现代文论选》(第一册),贵阳:贵州人民出版社,1982年,第153—154页。
[3] 胡梦华:《读了〈蕙的风〉以后》,龙泉明:《中国新诗流变论》,北京:人民文学出版社,1999年,第132页。

击越多,说明这类诗歌所具有的反叛性越强。具体说来,五四时期爱情诗的反叛精神主要体现在以下几个方面:首先是诗歌题材上,中国古代包括新诗诞生后的几年里,真正有目的有意识地从事爱情诗创作的诗人很少,湖畔诗人"专心致志做情诗"的新诗题材选择路向是对传统诗歌题材的反叛,更是对新诗表现主体的开拓和创新;其次是诗歌中的人,传统诗歌在礼仪的束缚下很少真实地表现个人内心的性情和欲望,湖畔诗人勇于冲破封建礼教和道德观念的桎梏,对人的真性情和真实的灵与肉的欲望加以明确的表现,是人的觉醒在爱情上的显露。

在启蒙和反叛思潮中达到生命意识与使命意识的结合是五四新诗精神丰富性的表现。"五四"是一个崇尚自由和解放的时期,新诗人用他们的作品尽情地展现个人意志和个体情感体验,但"五四"又是一个拒绝保守和堕落的激情年代,因此,那些表达个人情感的诗篇的精神的深层结构却是在表达一种时代精神,体现出生命意识和使命意识的结合。钱理群先生在谈初期创造社的创作时曾说:"该社成员的作品大都侧重自我表现,带浓厚抒情色彩,直抒胸臆和病态的心理描写往往成为他们表达内心矛盾和对现实的反抗情绪的主要形式。"[①]成仿吾在《新文学之使命》中说,他们虽然注重对诗歌等文学作品艺术审美的把握,但却并没有忘记文学的"时代使命",他们意欲用自己的创作对旧有的社会思想"加以猛烈的炮火",[②]这无疑丰富了五四时期的诗歌精神,在生命意识之外又增加了使命意识。为什么这一时期的诗歌会出现生命意识和使命意识的和谐统一呢?主要还是受了五四启蒙思潮的影响。在启蒙精神的旗帜下,诗人敢于大胆地表现自我情感,但同时又由于反叛和革命思潮的激荡,使人们在自己的作品中又会渗透

[①] 钱理群、温儒敏、吴福辉:《中国现代文学三十年》(修订本),北京:北京大学出版社,1998年,第17页。
[②] 成仿吾:《新文学之使命》,《成仿吾文集》,济南:山东大学出版社,1985年,第91页。

出强烈的反对旧思想的情绪。试以康白情的《窗外》为例：

> 窗外的闲月
> 紧恋着窗内蜜也似的相思。
> 相思都恼了，
> 她还涎着脸儿在墙上相窥。
>
> 回头月也恼了，
> 一抽身儿就没了。
> 月倒没有；
> 相思倒觉得舍不得了。

如果仅仅从情感的角度来分析这首诗，我们得不到任何符合五四时代精神的元素，因为借助"月"这一意象来表达相思之情的诗歌在中国诗歌史上举不胜举，并无新意可言。但如果从使命意识或者说新诗人在五四时期的时代使命等角度来看，该诗在表达个体生命情感的同时又承载着五四新诗革命的重任——形式革命。康白情对中国古典诗歌形式持批判的态度，他曾说："新诗在诗里既所以图形式底解放，那么旧诗里所有的陈腐规矩，都要一律打破。最戕贼人性的是格律，那么首先要打破的就是格律。"[①] 因此，他的新诗创作一开始就有别于中国固有的诗歌形式，人们评论他的诗歌时说："白情有诗人的天才，他的驰骋奔放，心花怒开，使人读了，非常爽快。他是胆大的，纵感情的，他尤工于景物的描绘……虽有时借用旧诗的词藻，但他的活鲜鲜的赤裸

[①] 康白情：《新诗底我见》，胡适选编：《中国新文学大系·建设理论集》，上海：上海良友图书印刷公司，1935年，第330—331页。

裸的神气相骨,却不是格律严谨的旧诗中所能有的。"① 后来有人认为《窗外》四行一节的诗歌排列形式完全是"新诗史上最早出现的":

> 不知是有意还是无意,康白情的《草儿在前》发表时一批共计 4 首,其他 3 首《风里的蝴蝶》《梦境》《窗外》中后两首是新诗史上最早出现的有规则的四行一节的新诗。②

的确,早期新诗中这样的作品并不多见,除了少数白话新诗注重排列形式的美观之外,胡适《尝试集》中的诗歌保留了较多古典诗词的形式;郭沫若的诗在形式上恣意狂放,不拘一格;《草儿》作为中国新诗史上第三本个人诗集,其四行一节的诗歌形式显然更能突出它的"创新"性和革命性,更能透露出它是生命意识和使命意识相结合的"时代肖子"。

初期白话新诗的精神内容与传统诗歌相比显然已经发生了很大的变化,它是时代赋予诗歌的特殊内涵,也是时代赋予诗歌超越和开拓的力量,从此,中国新诗开始在精神情感上酝酿自己的辉煌诗篇。初期白话新诗在启蒙和反叛精神的指引下,不仅改变了中国诗歌固有的精神内涵,而且还使这些新的诗歌精神呈现出新的特征和风貌。

五四启蒙思潮使早期新诗精神具有明显的理性色彩。胡适和陈独秀于 1917 年 1 月和 2 月分别在《新青年》上发表了《文学改良刍议》《文学革命论》,诗歌革命便由此拉开了序幕。"民主"和"科学"是五四新文化运动的两面大旗,也是统筹整个文学革命和诗歌革命的主导思想,早期新诗人主张"文学服膺于思想启蒙,注重将文学作为改造

---

① 《李思纯致宗白华》,《少年中国》(第 2 卷第 3 期),参见潘颂德:《中国现代新诗理论批评史》,上海:上海学术出版社,2002 年,第 126 页。
② 沈用大:《中国新诗史》,福州:福建人民出版社,2006 年,第 79 页。

社会人生的工具，强调以现代科学与民族的精神去指导新文学的创造，使第一个十年的现代文学具有了强烈的理性批判的色彩"①。从这个角度来讲，新诗的理性精神与它作为启蒙工具的功利文学观是分不开的，也是传统诗学关于诗歌"怨"的功能的延伸，只是五四时期诗歌批判的对象和主导精神发生了变化而已。新诗理性精神的表征之一就是现实主义的批判精神和"为人生"的创作取向，这其实也是对人的发现和对人自身的体认。"五四"初期，很多新诗人纷纷将眼光投向下层人的生活和情感，刘半农的《相隔一层纸》和《铁匠》，沈尹默创作的《三弦》等诗篇形象地传达出诗歌的现实批判精神和"为人生"的价值取向。仅以刘半农1918年发表在《新青年》上的《相隔一层纸》来说：

> 屋子里拢着炉火，
> 老爷吩咐开窗买水果，
> 说"天气不冷火太热，
> 别任它烤坏了我。"
> 屋子外躺着一个叫化子，
> 咬紧了牙齿对着北风喊"要死"！
> 可怜屋外与屋里，
> 相隔只有一层纸！

这首诗在新诗史上的意义莫过于刘半农用一种在"尝试"中还没有趋于成熟的新的诗歌形式表达了新的时代内容，体现出诗歌新的时代精神——批判精神和人道主义关怀。该诗通过"老爷"和"叫化子"两个人物形象的话突出了社会贫富差距的悬殊，诗人在批判社会不平等现象的同时又显示出他对下层人深情的人文关怀。"如果说胡适对于

---

① 钱理群、温儒敏、吴福辉：《中国现代文学三十年》（修订本），第25页。

新诗运动的贡献主要在于提倡白话入诗和实体解放,那么刘半农对新诗运动的贡献则在于他能更鲜明地或者说更直接地强调诗的精神的革新"①,这种"诗的精神的革新"就是对现实的批判和对"人"的关怀。新诗理性精神的表征之二就是"说理",这主要是那些哲理诗或有意传达某种理念的作品,尤其以上世纪20年代初的小诗创作为代表。郑振铎入选《雪朝》中的很多作品都是小诗,而且其表达的哲理和表达的方式都留有泰戈尔译诗的痕迹,比如《赤子之心》一首:

> 我们不过是穷乏的小孩子。
> 偶然想假装富有,
> 脸便先红了。

这首诗表达的是诗人瞬间的感受,充满了哲理性,与泰戈尔《飞鸟集》中的很多作品的构思和表达方式十分相似:前两句写一个瞬间的画面或顿悟,后一句写一种看似平淡实则充满哲理的感受或结果。比如冰心的作品也有这样的特点,试以《春水》第141首为例:

> 思想,
> 只容心中荡漾。
> 刚拿起笔来,
> 神趣便飞去了。

这种诗歌形式和诗歌构思在20世纪20年代的小诗创作中非常流行,冰心《繁星》和《春水》中的很多小诗都是这样写成的,最后一句采用"便……了"来引出一种结果是其明显的标志和特征。诗歌如果过

---

① 公木主编:《新诗鉴赏辞典》,上海:上海辞书出版社,1991年,第5页。

于注重"说理"就会失去诗的意味,周作人曾这样评说过小诗的不足:"一切作品都像一个玻璃球,晶莹透彻得太厉害了,没有一点朦胧,因此也似乎缺少了一种余香与回味。"① 闻一多也曾就小诗的流行和"泰戈尔热"告诫当时的诗人说,就形式而言,日本的俳句译成汉语时仅有一句,泰戈尔的诗更如同格言,因此,小诗在借鉴时,要特别注意内容的充实和形式的精致的巧妙结合,否则就容易走向片面的说理而忽略了诗性。他在总体上对"泰戈尔热"持保留态度,因为他认为泰戈尔的作品是以哲理而非艺术取胜,如果中国诗坛一味地模仿借鉴日本的俳句和泰戈尔的诗歌进行创作的话,那新诗的前途是令人担忧的:"于今我们的新诗已够空虚,够纤弱,够偏重理智,够缺乏形式的了,若再加上泰戈尔底影响,变本加厉,将来定有不可救药的一天。希望我们的文学界注意。"② 这些批评的确点中了后来阻碍小诗进一步发展的诸多原因,许多小诗作品停留于直白的说教和寓意,诗歌艺术极其匮乏,读者也因此出现了"审美疲劳",20 世纪 20 年代以后,小诗在诗坛终于只留下了匆匆的背影。

启蒙和反叛的结果必然使诗歌创作主体重新体认到人的价值和力量,从而使诗歌精神充满了个性解放的特征。郁达夫曾对五四新文学进行过这样的总结:"五四运动的最大的成功,第一要算'个人'的发现。从前的人,是为君子而存在,为道而存在,为父母而存在,现在的人才晓得为自我而存在了。我若无何有乎君,道之不适于我者还算什么道,父母是我的父母;若是没有我,则社会,国家,宗族等哪里会有?"③ 郁达夫紧接着又说:"五四运动,在文学上促生的新意义,是自

---

① 周作人:《扬鞭集·序》,杨扬编:《周作人批评文集》,珠海:珠海出版社,1998 年,第 223 页。
② 闻一多:《泰果尔批评》,《时事新报·文学》(第 99 期)1923 年 12 月 3 日。
③ 郁达夫:《中国新文学大系·散文二集·导言》,上海:上海良友图书有限公司,1935 年。

我的发见。"① 新诗的发展又何尝不是如此？之前，中国诗歌在大一统思想和儒家伦理教义的束缚下"乐而不淫，哀而不伤"，个体精神和个性特征在"中和"学说的调教下被动地服从于"大我"意识，即便是期间有个体精神觉醒的时期，但都没有上升到张扬个性的层面。比如魏晋南北朝时期的个性觉醒是以玄学为依托，明末的个性觉醒是以心学为依托，只有五四新诗精神才真正在人本主义的基础上实现了个性解放。"我国文学史上很少有哪个时期的文学像'五四'时期文学这样，出现那么多'个人'的东西。写个人的生活，个人的情绪，是普遍的现象。"②除了郭沫若《女神》中的诗篇具有鲜明的个性特征之外，"周作人早期的新诗创作，在当时以其有明显的个性解放要求和艺术上有独特之处，获得了较高的评价"③。以《小河》为例来说明诗人追求自由和个性解放的心态：

　　　　一条小河，稳稳地向前流动。
　　　　经过的地方，两面全是乌黑的土，
　　　　生满了红的花，碧绿的叶，黄的果实。

这几行诗可以被看作"小河"生存方式的自然状态——无拘无束地"稳稳地向前流动"。如果说周作人在该诗中以"小河"自喻，那这三行诗无疑就是诗人个性发展的理想描述和表达，代表了生命的原始动力和向往。它"稳稳的向前流动。/ 经过的地方，两面全是乌黑的土，/ 生满了红的花，碧绿的叶，黄的果实"。这是一幅和谐美的自然画景，"小

---

① 郁达夫：《五四文学运动之历史的意义》，《郁达夫文集》（第六卷），广州：花城出版社，1983年。
② 钱理群、温儒敏、吴福辉：《中国现代文学三十年》（修订本），第27页。
③ 祝宽：《五四新诗史》，西安：陕西师范大学出版社，1987年，第190页。

河"稳稳地流动,并以其丰沃滋养了"乌黑的土",给大自然带来了红花、绿叶、果实,在这里小河顿时成了万物生长的共同能源,饱含了无穷无尽的生命活力。这个时候,这种动力是舒缓、和谐、充满亲和力的,体现了周作人对个性自由的追求。但诗人紧接着便写下了这样的诗行:

> 一个农夫背了锄来,在小河中间筑起一道堰,
> 下流干了;上流的水,被堰拦着,下来不得;
> 不得前进,又不能退回,水只在堰前乱转。

显然,"农夫"的行为不仅破坏了"小河"的自由发展和流动,而且使它和沿岸以及下游的事物之间的和谐状况被打破了。难道"小河"就屈从于"堰"的阻拦吗?难道诗人的个性就真的会被外来的阻力消解吗?五四时期,新诗人追求个性解放的力量决定了他们有足够的能力和胆量冲破一切阻扰,实现个性的解放和自由发展。于是,小河开始蓄积强大的反抗量,它"便只在堰前乱转 / 堰下的土,追逐淘水,成了深潭"。"稻"和"桑树"的对话凸现出"小河"追求个性自由的力量强大得令人恐惧,就连"田里的草和虾蟆,听了两个的话, / 也都叹气,各有他们自己的心事"。土堰坍塌是"小河"原始生命力再一次暴发,但是另一道阻碍却在等待着它,该诗中的"土堰""石堰"象征着束缚个性与自由的力量,因此,诗人希望小河能冲破石堰阻碍,实现个性自由和解放:

> 仍然稳稳的流着,
> 向我们微笑,
> 曲曲折折的尽量向前流着,
> 经过的两面的地方,都变成一片锦绣。

启蒙和反叛的五四时代精神在赋予新诗新的表现内容和表现形式的同时，也赋予了五四新诗特殊的诗歌精神，这些诗歌精神在新诗以后的发展历程中得到了更加深入的延伸和更为艺术性的表现，奠定了中国诗歌新的精神传统，值得我们认真品鉴。

二　精神反叛与诗体自由化

"五四"是一个充满了反叛色彩的时代，新文学运动便是对传统文学的文字和文体形式的反叛。古典诗歌严谨的格律形式成了五四新诗人立意反叛的主要对象，自由化诗体在这种情况下成了一种顺应时代思潮的理想文体。

早期新文学运动的先驱者对传统文化糟粕的革命姿态是五四诗歌反叛精神的主要体现。五四时期诗歌的主导精神顺应着启蒙的社会历史使命，而精神启蒙的内容在性质上与传统文化殊异，从而形成了五四诗歌精神对传统文化精神的革命姿态。胡适在1916年发表的《文学改良刍议》中对新文学的内容提出了两点要求："不做无病呻吟""须言之有物"，[1]后来他对"物"作了这样的界定："所谓'物'，约有二事：（一）情感，……（二）思想，吾所谓'思想'，盖兼见地、识力、理想三者而言之。思想不必皆赖文学而传，而文学以有思想而益贵。"[2]这是在文章的内容上对传统文学的反叛。更为重要的是，胡适在整个新文化运动中采了自然科学中的进化论来论述文学革命的必要性和必然性，认为"一时代有一时代之文学。此时代与彼时代之间，虽皆有承前启

---

[1] 胡适：《文学改良刍议》，《新青年》（第2卷第5号）1917年1月1日。
[2] 胡适：《胡适文存》，台北：远东图书公司，1983年，第6页。

后之关系，而决不容完全抄袭；其完全抄袭者，绝不成为真文学"①。这种观点不仅造成了五四新文学与传统文学之间的对立，而且还为五四文学的反叛精神和革命态度找到了合理的理论依据。作为宣传新文化运动精神的主要刊物，《新青年》杂志连续发表了多篇反叛传统文化的文章，陈独秀发表了《宪法与孔教》《再论孔教问题》《孔子之道和现代生活》等文章，一方面批判了传统文化中的"劣根性"，另一方面也宣扬了新思想。吴虞先生在《家族制度为专制主义之根据论》和《儒家主张阶级制度之害》中对儒家文化的糟粕进行了大胆的扬弃，其反叛精神尤为突出。易白沙、钱玄同、刘半农、鲁迅等人从自身体验出发撰写的文章都具有鲜明的反叛精神，同时也显示出他们诗歌革命的坚决态度。与文化意识上的反叛精神相应，新诗在形式上也必然会产生一种与传统诗歌严格的形式相背离的自由诗形式。

五四新诗精神的反叛性导致了自身审美体系的初步建立，并促进了新诗形式的自由化。"人的文学"在总体上折射出五四新文学的现代性特征，它势必要求文学高扬人的自由主体精神。五四新诗作为思想启蒙的路径之一，其表现的现代精神引导人们对传统诗歌形式和审美观念进行了大胆的批评和怀疑，"人本主义"精神被大多数诗人采纳。精神上的反叛性和对自由的追求相应地会促进诗人对传统诗歌形式的背离以及对自由形式的强烈吁求，郭沫若1921年在《女神之再生》中写下了这样的诗句：

> 姊妹们，新造的葡萄酒浆
> 不能盛在那旧了的皮囊。
> 为容受你们的新热、新光，
> 我要去创造个新鲜的太阳！

---

① 胡适：《胡适文存》，第33页。

这节诗折射出郭沫若新诗形式探求的内在动力和远景目标，也是早期新诗形式发展的真实写照——新思想的产生欲求创造新文体。因此，新诗的自由形式是中国诗歌发展的现代形态，它的诞生是中国社会思想和情感的必然结果。五四时代精神的反叛性使革命诗人们意欲建立一种不同于传统"贵族"诗歌的"平民文学"。陈独秀在《文学革命论》中希望新文学是"社会文学""国民文学""写实文学"，① 这种倡导对新诗而言"预示着文艺的美学倾向从追求自身完满和谐的古典主义向与现实紧密结合的现实主义的转化"②。现实主义的审美取向使很多诗人将创作的目光转向真实的生活现场，普通人的普通情感成了他们诗歌观照的对象，很多民间诗歌的艺术形式在这个时候被重新赋予了价值，浅白的自由诗不仅成了表达这种情感的最好文体形式，而且成了诗歌与读者之间缩小距离的最佳途径。周作人认为诗歌形式的发展是社会思想发展的结果，与胡适所说的文言文是死文学，白话文是活文学的观点相悖。③ 周氏的话从侧面说明了随着五四新文化运动的发展，随着新思想和新观念的不断引入，新诗需要一种更为灵活方便的且能贴切地反映诗歌精神的文体形式，自由诗正好契合了时代对新诗文体的要求，成为五四时期最流行的诗歌形式。

五四新诗人大都认为只有反叛传统诗歌严谨而复杂的形式才能取得新诗运动的成功。作为白话新诗第一人的胡适充分认识到了新诗革命应以文体形式的革命为突破口，他最开始发表的《文学改良刍议》中的"八事"有六点涉及文体形式改革，后来，他在《逼上梁山》《谈新诗》等文章中进一步认为新诗革命是文体形式的革命：

---

① 陈独秀：《文学革命论》，《新青年》（第2卷第6号）1917年2月1日。
② 陈伟：《中国现代美学思想史纲》，上海：上海人民出版社，1993年，第139页。
③ 参见周作人：《中国新文学的源流》，石家庄：河北教育出版社，2002年，第58—59页。

> 文学革命运动，不论古今中外，大概都是从"文的形式"一方面下手，大概都是先要求语言文字文体方面的大解放。……这一次（五四新文化运动——引者注）中国文学的革命运动，也是先要求语言文字和文体的解放。新文学的语言是白话的，新文学的文体是自由的，是不拘格律的。……形式上的束缚，使精神不能自由发展，使良好的内容不能充分表现。若想有一种新的内容和新的精神，不能不先打破那些束缚精神的枷锁镣铐。①

很多具有新思想的诗人似乎都意识到了古典诗歌的严谨形式对他们抒发新思想所造成的束缚，因此很多人都阐发了与胡适相似的文体革命思想，希望有一种"自由"的诗歌形式来表达他们的情思。刘半农在《我之文学改良观》中认为"非将古人作文之死格式推翻"②，并且提出了在废除传统诗歌"死格式"之后应该给刚刚诞生不久的新诗"增多诗体"，促进新诗迅速发展成熟起来。胡适最先进行白话自由诗的实践，尽管他在《新青年》上发表的《白话诗八首》还带有一些旧诗的形式，但与古诗中五、七言绝句比较起来，已经相当自由，而且更为重要的是，胡适创作新诗的"尝试"吸引了众多的诗人加入到新诗创作的行列中，刘半农、俞平伯、周作人、康白情、刘大白、朱自清等五四新诗人纷纷在各种杂志上发表新诗作品，使自由诗创作在20世纪20年代掀起了高潮。

五四诗歌精神的反叛性和诗人对传统文化糟粕的决绝态度较之前的"诗界革命"而言更加坚决。黄遵宪等人倡导的"我手写我口，古岂能拘牵"的诗歌革命理念本质上属于诗歌形式的改良主张，即便是他

---

① 胡适：《谈新诗》，《中国新文学大系·建设理论集》，第295页。
② 刘半农：《我之文学改良观》，《中国新文学大系·建设理论集》，第67页。

们的作品中融入了大量的新词汇或创造了很多新意境,但其诗歌精神和形式在根本上仍然没有突破传统诗歌审美体系的藩篱。比如谭嗣同在《金陵听说法》中有这样的诗句:"纲伦惨以喀私德,法会盛于巴力门。"其中"喀私德"和"巴力门"两个词语分别是等级制度和英国议院名称的音译,虽然这种"为诗喜掯扯舶来新名词以自表异"①的新民体诗歌在精神上具有反叛色彩,但该诗并没有偏离中国诗歌美学的轴心,甚至在某种程度上还导致了诗歌语义的含混不清,没有外语修养的读者断不能完全理解谭诗的意义。文学的改良与社会政治革命的改良一样,在中国当时的社会语境下是不可能取得成功的,正是从这个角度来讲,五四新文学运动就被赋予了一种彻底的反叛精神,"五四运动的杰出的历史意义,在于它带着为辛亥革命还不曾有的姿态,这就是彻底地不妥协地反帝国主义和彻底地不妥协地反封建主义。"②王瑶先生在论述五四时期的反叛精神时说:

> 中国封建社会中早已产生过许多含有反封建意义的作品,而旧民主主义革命时期的文学则由社会性质和革命任务所决定,进步文学也是以反帝反封建为内容的,但都谈不上彻底性和不妥协性。……"五四"以来的新文学就不同了,……作者们面对强大的敌人,敢于采取战斗的态度,要求从根本上推翻帝国主义和封建主义在中国的统治。这种反帝反封建的彻底性和不妥协性充分体现了一种新的时代精神……③

王瑶先生的论述在今天看来虽然带有比较浓厚的"革命"色彩,但从

---

① 钱基博:《现代中国文学史》,北京:中国人民大学出版社,2004年,第342页。
② 毛泽东:《新民主主义论》,《毛泽东选集》(第2卷),北京:人民出版社,1991年,第699页。
③ 王瑶:《中国现代文学史论集》,北京:北京大学出版社,1998年,第267—268页。

中我们可以看出五四时期的文学包括诗歌在面对传统文化中的"落后"因素时所表露出的反叛精神较之前更加彻底。在诗歌方面,郭沫若的作品渗透出的强烈的反叛精神足以代表这种"彻底性"和"不妥协性",而且他对传统文化中的糟粕采取了非常果敢的决绝态度,我们从《女神》的很多诗篇中均可以得到验证,比如《浴海》的"海"隐喻一种新的博大精深,"尘垢"和"粃糠"隐喻糟粕的旧文化,郭沫若在这首诗中鲜明地表达了"完全洗掉"旧文化的态度,是五四时期诗歌反叛精神的集中体现。

因此,思想的反叛性是导致诗歌形式自由化的主要原因,而自由化反过来又有助于表达诗歌的反叛精神。对传统诗歌形式的反叛必然导致新诗人对外国诗歌形式的青睐,因为在与传统诗歌决绝之后,他们必须依靠一种新的诗歌形式来支撑、支持自己的诗歌主张,并抒发新的时代精神。因此,反叛与借鉴在中国新诗发展的道路上具有内在的统一性,如果说中国新诗自由化的影响源之一是翻译借鉴外国诗歌,那在根本上还是因为五四诗人们内心涌动的反叛精神所致。没有对传统的反叛,哪来对外国的借鉴?在中国新诗的各种体式中,自由诗与传统诗歌在形式艺术上的审美距离应该说是最大的,它不仅打破了古诗词严谨的排列和韵式,而且在借鉴西方翻译诗歌的基础上真正实现了形式的自由:自由诗没有固定的节数,每节没有固定的行数,每行没有固定的字数,在音韵上也做到了"句末无韵也不要紧"[①]的简略韵式。自由诗的产生是对传统诗歌形式的叛逆,同时也受到了外国诗歌(翻译诗歌)的影响。

五四时期翻译诗歌的"他文化"性决定了译诗必然会引起中国诗歌形式发生根本性质的变化,必然会在古老的中国诗歌土壤上催生出与古诗严谨形式相悖离的自由诗体。诗歌翻译是中外文化交流活动的

---

① 胡适:《谈新诗——八年来一件大事》,《中国新文学大系·建设理论集》,第303页。

产物,1871年王韬翻译的《马赛曲》(Chant de Marseillais)拉开了近代中国人翻译西方诗歌的序幕,之后,梁启超、马君武、苏曼殊、胡适等人先后翻译了大量的外国诗歌。但清末的译诗在形式上存在着非常大的缺陷:"以古典诗歌的形式,用文言翻译外国诗,不论是五言、七言,抑或是骚体或词的长短句,其语言既是文言,就很难完美地翻译外国诗,读者总感到它们并不像英国诗、法国诗、德国诗和印度诗,而带有浓郁的中国诗的风味。"① 外国诗歌的汉译为什么会染上浓厚的中国色彩呢?在此不是论述文言和白话译诗孰优孰劣的问题,而是要解决为什么清末人士的译诗具有"中国诗的风味"。原因当然与当时人们对待西方文学的态度有关,美国人安德烈·勒菲弗尔(André Lefevere)认为阻碍翻译进行的往往不是语言的相异性,而是文化本位主义:"那些视他们自己为所居住世界中心的文化,往往不大可能和'他文化'交流,除非他们是被迫的。"② 中国人一直以来怀有"天朝上国"的迷梦,认为西方文化水平远在中国之下,所以他们在翻译西方诗歌时采取了"中体西用"策略,将外国诗歌纳入本国诗歌体系并使其形式特征泯灭在"绝句"和"骚体"之中。然而,世界的变化以及中国文化面临的危机使知识分子开始输入西方先进思想,这使"五四"前后的翻译诗歌与之前的所有翻译诗歌相比在性质上发生了根本性变化,即此时的翻译者是怀着引进外国诗歌形式和精神的目的而不是力图将外国诗歌纳入中国诗歌体系。"近代翻译和现代翻译的根本不同在于前者是以中国传统文化作为基础,是古代汉语体系,因而在根本上具有中国古代性,它的作用是推动中国传统文化向中国现代文化转型。……而现代翻译则是以中国现代文化作为基础,作为底色,属于现代汉语体系,它

---

① 郭延礼:《中国近代翻译文学概论》,武汉:湖北教育出版社,1998年,第100页。

② Susan Bassnett and André Lefevere, *Constructing Cultures: Essays on Literary Translation*, Shanghai: Shanghai Foreign Language Education Press, 2001. P.13.

从根本上具有现代性。"①正是五四时期对待外国诗歌的这种"他文化"态度为中国输入了大量的新思想、新术语和新名词。思想层面的变化使传统诗歌在语言和形式上的局限日益显露出来，因而新诗自由形式运动的开展才成为一种必然的趋势，"因为思想上有了变化，所以用白话……旧的皮囊盛不下新的东西，新的思想必须用新的文体以传达出来，因而便非用白话不可"②。同时，"他文化"立场使译者在译诗时尽量保存原诗的风韵，加上翻译本身引起的外国诗歌形式的变化，外国诗歌形式常常以"自由诗"的面貌出现在读者面前，这为在批判传统诗歌形式之后本来就缺乏"模式"的中国新诗创作提供了参考。所以，"五四"前后翻译诗歌的"他文化"性不仅使中国自由诗的出现成为时代发展的必然需求，而且为自由诗的创作提供了可资借鉴的模式。

中国自由诗的兴起是对外国诗歌自由化思潮的顺应，是对译诗所代表的外国诗歌形式的极端化理解。在诗歌观念上对世界诗潮的顺应又必然会引起创作实践上对外国诗歌的模仿。从19世纪中后期开始，外国诗歌的发展迎来了"自由化"时期，法国的象征派、英美的意象派、俄国的未来派以及德国的表现派等诗潮先后对世界诗坛的"格律"秩序形成了冲击，这些诗派的诗歌作品大都采用有别于传统的自由形式和白话语言，从而宣告了世界诗歌自由化时代的到来。中国新诗创作正是在世界诗歌自由化潮流的影响下发生的。胡适受到美国意象派诗歌观念的启发而决意在中国掀起白话新诗运动，③但之前中国诗坛从

---

① 高玉：《现代汉语与中国现代文学》，北京：中国社会科学出版社，2003年，第177—178页。
② 周作人：《中国新文学的源流》，第55—59页。
③ 关于胡适的"白话"主张与意象派诗歌运动的主张的相似之处已有很多人进行过论述，尽管胡适自己对此持否定态度并在欧洲文艺复兴和中国传统诗歌中去寻求理论和实践渊源。比如梁实秋《现代中国文学之浪漫的趋势》一文认为美国意象派诗歌的主张"几乎条条都与我们中国倡导白话文的主旨吻合"。美国汉学家夏志清、周策纵等都认为胡适的"八不主义"受到了罗威尔《意象派宣言》的影响。胡适自己在1916年12月26日的

来没有出现形式自由、语言浅俗的诗歌样式，即便是胡适所说的中国白话文已经有几千年的传统，但古时的白话诗不仅遵循了古诗词严整的形式，而且这样的诗歌也从未在文学史上产生过多少影响。这样一来，早期的白话诗运动就遭遇了这样的尴尬：理论上已经提出了白话诗主张，并且在对古诗词形式贬斥的时候招致大量的攻击，但实际的创作业绩却让新诗倡导者们感到十分寒碜，于是他们不得不将目光投向西方。外国诗歌对中国自由诗的支持体现在两个方面：一是创作上，白话译诗成为中国新诗最早的成功的例证，胡适便是借助译诗来宣告新诗的"新纪元"的成立；二是理论和舆论上，在新诗闯将们遭受"保守派"的攻击时，在他们要为自己的白话诗主张寻求证据时，世界诗歌的自由化潮流使他们赢得了强有力的"革命武器"。难怪废名（冯文炳）在谈周作人的《小河》一诗时说："中国这次新文学运动的成功，外国文学的援助力甚大，其对于中国新文学运动理论上的声援又不及对于新文学内容的影响。这次的新文学运动因为受了外国文学的影响，新文学乃能成功一种质地。"① 外国诗歌对中国新诗的影响与国内对外国诗歌的译介和理论者的引导分不开。由于当时的新诗人写的主要是自由诗，而外国诗歌的翻译形式也主要是自由体，所以当时人们以为外国诗歌都是自由诗，新诗的发展也应该走自由化的道路。废名等人认为"新诗应该是自由诗"，而他对自由诗的理解却是："有一天我又偶然写得一首新诗，我乃大有所触发，我发见了一个界线，如果要做新诗，一定要这个诗是诗的内容，而写这个诗的文字要用散文的文字。以往的诗文学，无论旧诗也好，词也好，乃是散文的内容，而其所用的文字是诗的文字。我们只要有了这个诗的内容，我们就可以大胆地写我们的新诗，不受一切的束缚。……我们写的是诗，我们用的文字是

（接上页）日记中也曾记录过罗威尔的"宣言"。这些都表明了胡适的白话诗主张受到了意象派诗歌的启发。

① 废名：《〈小河〉及其他》，《论新诗及其他》，沈阳：辽宁教育出版社，1998年，第70页。

散文的文字,就是所谓自由诗。"①此观点有些表面化,但也说到了新诗的一些特点,最基本的便是内容上、情感上和精神上一定要有诗意才能够成诗。至于他所说的新诗的语言是散文的语言则显得有些肤浅,他没有注意到整个新文学的语言已经变成了白话文,此时的现代汉语已经不是传统意义上的民间白话或者散文的语言了。可见,是外国诗歌发展的自由化潮流导致了早期诗人创作主张的自由化、白话化,同时,又是外国诗歌汉译时在形式上的自由化为中国新诗创作提供了范式,在理论和实践两个方面促进了中国自由诗的发展。

散文诗的翻译或翻译诗歌的散文化助长了自由诗创作。诗歌翻译是所有翻译中最难把原作的形式和内容协调周全的,"因韵害意"或"因意害文"的情况十分普遍。在诗歌翻译过程中,每一个译者都希望自己的译作在形式上尽可能地和原作接近,但"以诗译诗"的方法却难以在诗歌翻译中付诸实施,原因当然是用散文比用诗歌文体翻译诗歌更容易。在很多情况下,翻译自身的局限决定了采用散文诗或自由诗翻译外国诗歌是更行之有效的路径,不仅仅因为中国五四时期的许多外国诗歌被翻译成了散文、散文诗或自由诗,就是在国外,这样的翻译情况也比较普遍,比如谭载喜先生在谈英国20世纪上半期翻译诗歌的特点时认为,译者不再坚持刻板的理论教条,逐渐摈弃了以诗译诗的传统,普遍提倡把原诗翻译成散文,不翻译成韵文;即使翻译历代大诗人的作品,也不采用严格的韵律,译者应使用质朴平易的语言,使译文在不加注释的情况下也能为读者读懂。②英国学者西奥多·霍勒斯·萨瓦里(Theodore Horace Savory)在《翻译艺术》(*The Art of Translation*)中提出了"充分翻译"(adequate translation)的概念,"所

---

① 废名:《新诗应该是自由诗》,《论新诗及其他》,沈阳:辽宁教育出版社,1998年,第21—22页。
② 转引自《当代英国翻译理论》,廖七一编著,武汉:湖北教育出版社,2004年,第17页。

谓'充分翻译',是指不拘形式、只管内容的翻译。换句话说,只要译文在内容上与原文保持一致,文字上有出入却无关紧要。……这就意味着,译者在翻译某个作品时,只要能做到保持原作内容基本不变,就可以在形式上对原作进行大幅增删修改,而译者的这个做法大概是不会招致多少批评的"。① 五四时期,人们普遍感到用自由诗体或散文诗体翻译外国诗歌比用格律体容易得多,也更能够将原诗的意蕴翻译出来,比如徐志摩1925年2月发表在《小说月报》上的《济慈的夜莺歌》就是用散文诗形式翻译的诗歌。朱湘在《论译诗》中也主张给翻译者自由:"我们对于译诗者的要求,便是他将原诗的意境整体的传达出来,而不过问枝节上的更动,'只要这种更动是为了增加效力'。我们应当给予他充分的自由,使他的想象有回旋的余地。我们应当承认:在译诗者的手中,原诗只能算作原料,译者如其觉得有另一种原料更好似原诗的材料能将原诗的意境传达出,或是译者觉得原诗的材料好虽是好,然而不合国情,本国却有一种土产,能代替着用入译文将原诗的意境更深刻地嵌入国人的想象中,在这两种情况之下,译诗者是可以应用创作者的自由的。"② 翻译诗歌在文体上也是自由的,很多诗歌用散文诗或自由诗形式来翻译比用格律诗翻译出来的效果要好得多。拿严复和王佐良对英国诗人蒲伯(Pope)的《人论》(*Essay on Man*)的翻译来说,严复的翻译考虑了形式因素而将原文翻译成了中国的古诗体,王佐良考虑了内容和意蕴而将原诗翻译成了近似于散文诗的自由诗,③ 两相比较,显然后者的效果要好于前者。不仅翻译活动会引起翻

---

① 谭载喜:《西方翻译简史》(增订本),北京:商务印书馆,2004年,第205页。
② 朱湘:《说译诗》,《文学周报》(第290期)1927年11月13日。
③ 严复的译文:"元宰有秘机,斯人特未悟;/世事岂偶然,彼苍审措注;/乍疑乐律乖,庸知各得所?/虽有偏沴灾,终则其利溥。"王佐良的译文:"整个自然都是艺术,不过你不领悟;/一切偶然都是规定,只是你没看清;/一切不协,是你不理解的和谐;/一切局部的祸,乃是全体的福。"以上是二者译诗中的部分诗行,用以说明散文比古诗译诗有优势。

译诗歌朝着自由化和散文化的方向发展，而且在新诗草创期，人们还有意将诗翻译成散文诗，而且当时中国人翻译的外国散文诗还成为了新诗自由化的典范："中国新诗草创期将'散文诗'与'诗'混同，波德莱尔的散文诗被视为打破无韵则非诗的典范，甚至散文诗被当成汉诗改革的方向。"①散文诗在五四时期中国新诗的发展道路上起到过非常重要的重用，朱自清在《选诗杂记》中说："最初自誓要作白话诗的是胡适，在一九一六年，当时还不成什么体裁。第一首散文诗而具备新诗的美德的是沈尹默的《月夜》，在一九一七年。继而周作人随刘复作散文诗之后而作《小河》，新诗乃正式成立。"②这表明新诗创作中散文诗比自由诗要成熟得早一些，当自由诗"还不成什么体裁"的时候，反而是散文诗"具备了新诗的美德"，而宣告"新诗正式成立"的《小河》在形式上则受到了波德莱尔散文诗的影响。③这些都说明了散文诗的翻译或翻译诗歌的散文化可促进中国新诗创作的自由化，使自由诗在20世纪20年代成为新诗的主要形式。

最后，译诗对自由诗的影响主要体现在具体的形式上，中国自由诗的许多形式来自于对译诗的学习借鉴。自由诗的兴起首先当然是社会思想和文化的变迁所致，随着中国社会转型和五四时期人们对外国思想和文化接触的频繁，诗歌在精神上较之前已经发生了很大的变化，"诗底精神已经解放，严刻的格律不能表现自由的精神，于是遂生出所谓自由诗了"④。社会思潮的发展只是预示着自由诗的出现，但自由诗

---

① 王珂：《百年新诗诗体建设研究》，上海：上海三联书店，2004年，第101—102页。
② 朱自清：《选诗杂记》，朱自清选编：《中国新文学大系·诗集》，上海：上海良友图书印刷公司，1935年，第15页。
③ 周作人：《〈小河〉序》，《新青年》（第6卷第2期）1919年2月15日。原话是："有人问我这诗是什么体，连自己也回答不出。法国波特莱尔（BAUDELAIRE）提倡起来的散文诗，略略相像，不过他是用散文格式，现在却一行一行地分写了。"
④ 刘延陵：《法国诗之象征主义与自由诗》，《诗》月刊（第1卷第4号）1922年4月15日。

究竟是什么形式却有待探讨。胡适等人提倡白话自由诗时，中国的自由诗作品还没有诞生，而早期的新诗人在骨子里却认为新诗在形式上一定不同于中国古诗，因此，他们在没有创作实践的情况下提出来的新诗主张要真正实现形式的创格就只能"别求新声于异邦"了。胡适依靠一首译诗宣告了他自己新诗"新纪元"的到来，郭沫若受到惠特曼（Whitman）的影响创作了具有里程碑意义的自由诗《女神》，说明了译诗的"榜样"作用。"五四时期的许多作者都仿效着自己崇敬的外国作家"①，此时诗人模仿外国诗歌作品进行创作不但不会受到人们的非难，反而会在文坛上享有盛誉，这主要与当时中国新诗在诗艺、语言上的贫乏有关，与自身传统的浅薄和营养的缺乏有关。在五四新文学运动的倡导下，人们创作新诗时拿外国诗歌或译诗做榜样是非常普遍的事情，"我们拿西洋文当做榜样，去模仿他，正是极适当、极简便的办法"②。"五四"前后很多诗人都对自己模仿外国诗歌进行创作的事实供认不讳，导致自由诗作品看上去像"中文写的外文诗"，但正是对外国自由诗的模仿，使中国新诗中的自由诗得以发展成熟。

总之，五四时期的反叛精神所导致的对外国诗歌形式的翻译借鉴促进了新诗形式的自由化。这一时期诗歌翻译的"他文化"立场，外国诗歌发展的自由化和散文化趋势，散文诗的翻译以及翻译的散文化，诗人对译诗自由形式的模仿等等都使得中国新诗形式朝着更加自由灵活的方向发展。五四新诗的反叛精神与五四时期的社会革命紧密地联系在一起，因此，这种反叛精神在导致新诗形式自由化的同时，也会给新诗自身的艺术建构带来诸多负面影响。

让新诗与现实结合并发挥其"载道"和"经国之大业"的功能是中

---

① 刘纳：《郭沫若：心灵向世界洞开》，曾小逸主编：《走向世界文学：中国现代作家与外国文学》，长沙：湖南人民出版社，1985年，第339页。

② 傅斯年：《怎样做白话文》，《中国新文学大系·建设理论集》，第224页。

国诗歌的一大文化传统和文化心理。"力行意识"是儒家思想的重要组成部分，由此，中国文化精神和西方哲学精神在对待知识这一问题上便产生了分歧："西洋哲学的出发点是爱智，因为爱智故偏重知；中国儒家哲学的出发点是乐道，因为乐道故偏重行。"①孔子主张学以致用，反对单纯的求知："诵诗三百，授之以政，不达；使于四方，不能专对。虽多，亦奚以为"（《论语·子路》）。在儒家思想看来，"学"的目的不是专为"知"，而是为现实所用，为现实服务，"经世致用"和"文以载道"便是儒家所力主的功利性文学观的通俗表达。儒家不仅反对脱离现实的文学，而且反对知识分子在现实社会中退隐，这与他们倡导的"入世"思想相关。在《论语·宪问》中有孔子的这样一句话："士而怀居，不足以为士也。"在孔子看来，作为有理想有抱负的知识分子——"士"——理应走向社会，关注社会，服务社会，理应兼济天下而非独善其身。在春秋战国时期，与儒学并称显学的墨家学说同样具有较强的功利意识。墨子认为，天下的士君子无论是言谈还是创作都应密切联系实际，需言之有物而不是"夸夸其谈"，所以他主张："士虽有学，而行为本焉"（《墨子·修身》）。与儒家的"力行意识"相应，墨家有"重行意识"，其代表者墨子就是一个十分注重实践功效的人。儒墨两家重"行"轻"知"的思想在漫长的历史流动中逐渐形成了中国的文化传统，并成为中国文化心理的重要组成部分。汉代"罢黜百家，独尊儒术"确立了儒家在传统文化中的正宗地位，儒学似乎成为一枝独秀，文学的现实功利性传统和文人关注社会现实的心理传统也由此奠基成形。直到今天，文学（特别是新诗）也没有与这种传统割舍开来，这种文化传统和文化心理就是新诗运动偏重现实而轻视艺术的文化根源。

五四新文化运动的矛头直指传统文化，对儒家文化思想进行发难的新文化运动旗手们纷纷著文批判传统伦理道德观念和文化观念。尽

---

① 邵汉明：《中国文化精神》，北京：商务印书馆，2000年，第80页。

管如此，在中国存在了几千年的且被尊为"宗经"的儒家文化思想并没有因为这一狂飙似的文学运动而从此被驱逐出文学的"理想国"，一种文化传统和文化心理毕竟不可能在短时期内从文化人几乎是固有的秉性中彻底清除，在人们潜意识层面上，文学功利观念依然存在，在新诗大众运动的每一重要时期它都发挥了"载道"和"经世"的作用。20年代，新诗作为新文化运动的先锋率先以白话为文，新诗作者以新文化生力军的姿态，站在破旧立新的立场上，极力宣传"民主""科学"，新诗不过是他们启蒙思想的载体。不管"白话化"是否新文化运动的终极目的，也不管"白话化"是否作为推翻传统文化而达到启蒙目标的手段，以胡适为代表的新诗人们提倡的"作诗如作文"的主张导致了新诗艺术的缺失却是无可辩驳的事实。周作人的《小河》在当时被胡适认为是"新诗中第一首杰作"，其"细密的观察"和"曲折的理想"，"决不是那旧式的诗体词调所能表达得出的"。[①]但即使在当时被视为好诗的作品，除了有"曲折理想"外，其艺术成就也十分平淡，就连周作人自己也闹不懂写了些什么："有人问我，这诗是什么体，连自己也答不出……或者算不得诗，也未可知，但这是没有什么关系的。"[②]新诗的兴奋点在宣扬启蒙思想和倡导白话化，至于有无艺术成就，那是"没有什么关系的"。这一时期的文学难道不也是一种"载道"文学吗？只是此时的"道"（新的启蒙思想）非彼时的"道"（封建伦理道德观念）而已。

孔子曾力图恢复周王朝的统治，诗、书、礼、乐是为其政治目的服务的工具。这是中国文学有很强的政治功利性的肇端，过于强调诗是政治手段的主张有其局限性，但是否所有的诗或其他文学样式都可以离开一定时局下的政治而存在呢？柏拉图曾认为诗人反映现实便是"奉

---

① 胡适：《谈新诗》，《胡适学术文集·新文学运动》，北京：中华书局，1999年，第386页。
② 周作人：《小河·前记》，《新青年》（第6卷第2期）1919年2月。

迎了人性中低劣的部分"而主张"除掉颂神和赞美好人的诗歌外，不准一切诗歌闯入国境"。他同时根据其"理念说"要求把写现实的诗人赶出"理想国"。可事实上，对于一个有社会性的人而言，在动荡不安的岁月里，"躲进小楼"写作不过是不切实际的梦幻而已。必要的时候，对一个有时代感和责任感的诗人来说，他可以为了现实而牺牲文学艺术，恰如鲁迅所说："到了大革命时代，文学没有了，没有声音了，因为大家受革命潮流的鼓荡，大家由呼喊而转入行动，大家忙着革命，没有闲空谈文学了。"① 因此，新诗的反叛意识在五四"革命语境"中是不得已而为之的选择。

就新诗形式艺术的发展而言，对传统诗歌的反叛势必导致一种新的自由文体的出现。问题的关键在于，当自由新诗诞生后应该如何去建构自身的艺术形式呢？1926年，邵洵美在《诗二十五首·自序》中曾对和他情同手足的朋友胡适"毫不留情"地说了下面的话：

> 我以为胡适之等虽然提倡了用白话文章写诗，但他们的成就是文化上的；在文学上，他们不过是尽了提示的责任。我相信文学的根本条件是"文字的技巧"，这原是文学者绝对不能缺少的工具；但是他们除了用文言译成白话以外，并没有给我们看过一些新技巧。……
>
> 当然，光有新技巧也不够。……有了新技巧还要有新意象。胡适之却一样也没有，因此他只是新文化的领袖而不是新诗的元首。
>
> 所以我们要谈新诗，最好先把胡适之来冷淡。（他自身的成就是另外一件事情，）我当然并不是说他和新诗历史的关系

---

① 鲁迅:《革命时代的文学》,《鲁迅全集》(第3卷),北京:人民文学出版社,1981年,第31页。

可以完全抹杀，但是当新诗的技巧已经进步到有建设的意义的现在，他在艺术上的地位显然是不重要的了。①

邵洵美之所以要用大量的文字来"数落"胡适的"不足"，其用意十分明显：在人们意识到新诗不再是把文言诗翻译成白话诗，不再是分行写的散文诗的时候，新诗自身的形式建设便提上了议事日程，新诗人势必应该在胡适等人的基础上"创造个新鲜的太阳"，寻求新诗新的艺术生长点，毕竟新诗革命是一回事，新诗建设又是另外一回事。"初期白话新诗作者无法克服自身创作的基本缺陷，也无力防止'非诗化'风气的恶性发展。这种现象只能说明，开创白话新诗的先驱者还不可能拥有发展新诗艺术的必备眼光，因此不能为白话新诗不断增加新的元素和新的元素组合，以强化它的生命力。"② 由此可见，单纯的反叛精神还不足以完成自由新诗形式艺术的合理建构，只有到了20世纪20年代中后期，新诗的形式建设才引起了越来越多的人的注意，新诗才逐渐走上了"艺术"之路。

五四时期的反叛精神必然导致新诗形式的自由化，而自由新诗的出现对抒发诗人的反叛精神起到了积极的推动作用。但五四时期自由诗的出现与思想上对传统文化的反叛一脉相承，致使人们忽略了自由诗形式的艺术建构。但无论如何，文化精神的反叛以及抒发反叛精神的需要所促成的白话自由诗的产生对新诗形式和精神而言都是一种发展契机。

---

① 邵洵美：《诗二十五首·自序》（据上海时代图书公司民国二十五年四月版影印），上海：上海书店，1988年，第3—4页。
② 龙泉明：《中国新诗流变论》，第73页。

三 精神启蒙与新诗白话化

五四新文化运动是一场思想启蒙运动，五四新文学是一种革命文学——启蒙、"为人生"和白话化具有鲜明的反传统特点。作为新文化运动的急先锋，新诗不仅承担了文学革命的任务，且为启蒙而朝着"平民化"和自由化的方向发展。从这一点上讲，新诗的自由化发展趋势是一种浅俗的平民化路向，其中"启蒙"的时代主题在成就五四新诗精神特质的同时又促进了新诗诗体的自由化演变。

启蒙是五四新文学的主导精神。五四时期，因帝国主义列强侵略中国的加剧而产生的民族危机感和民族独立自强的救亡意识与来势更为凶猛且影响更为广泛的启蒙思潮相互促进："在一个短暂时期内，启蒙借救亡运动而声势大张，不胫而走。……启蒙又反过来给救亡提供了思想、人才和队伍。……这两个运动的结合，使它们相得益彰，大大突破了原来的影响范围，终于造成了对整个中国知识界和知识分子的大震撼。"[①] 胡适从文学的角度阐述了相同的观点："民国八年的学生运动与新文学运动虽是两件事，但学生运动的影响能使白话的传播遍于全国，这是一大关系；况且'五四'运动以后，国内明白的人渐渐觉悟'思想革新'的重要，所以他们对于新潮流，或采取欢迎的态度，或采取研究的态度，或采取容忍的态度，渐渐的把从前那种仇视的态度减少了，文学革命的运动因此得以自由发展，这也是一大关系。"[②] 尽管五四时期的思想主题是"启蒙与救亡的双重变奏"，[③] 但五四新文化运动与五四学生的爱国运动毕竟是"两个性质不同的运动"，与学生爱国运动的救亡性质相应的新文化运动其实具有较多的启蒙色彩。因此，

---

① 李泽厚：《中国思想史论》（下），合肥：安徽文艺出版社，1999年，第832页。
② 胡适：《五十年来中国之文学》，海口：海南出版社，2002年，第113页。
③ 李泽厚：《中国思想史论》（下），第823页。

包括诗歌革命在内的五四新文化运动是一场思想启蒙运动,而且这种启蒙运动成了当时中国知识分子构建中国理想社会图景的唯一出路。"洋务运动"主张"师夷长技以制夷",以康有为和梁启超为代表的维新改良派主张在不废除封建君主专制的前提下"托古改制",由于没有瓦解封建体制的上层建筑,失败也就无可避免。孙中山领导的资产阶级革命建立了共和政体并使"民主"的观念深入人心,但"复辟"使其最终的结局仍然暗淡无光。在分析这三次革命失败的原因时,陈独秀这样论述道:

> 吾苟偷庸懦之国民,畏革命如蛇蝎,故政治界虽经三次革命,而黑暗未尝稍灭。其原因之小部分,则为三次革命,皆虎头蛇尾,未能充分以鲜血洗净旧污;其大部分,则为盘踞吾人精神界根深柢固之伦理道德文学艺术诸端……①

物质层面和政治层面革新的悲剧性结果引发了人们新的思考,精神层面的启蒙开始受到"先进知识群"的注意。1915年9月,陈独秀创办了《青年》杂志,并在名为《敬告青年》的发刊辞中提出了六项主张:"自主的而非奴隶的""进步的而非保守的""进取的而非退隐的""世界的而非锁国的""实利的而非虚文的""科学的而非想象的"。② 这些主张成为启蒙运动的先声,随后,《新青年》上发表的胡适、刘半农、吴虞、李大钊、周作人、鲁迅等新文学主将的文章对封建伦理道德以及传统文学艺术构成了强烈的冲击。他们认定,只有"德先生"(Democracy)和"赛先生"(Science)可以救治中国,可以改变国民

---

① 陈独秀:《文学革命论》,蔡尚思主编:《中国现代思想史资料简编》(第一卷),杭州:浙江人民出版社,1982年,第17页。
② 陈独秀:《敬告青年》,《青年杂志》(第1卷第1号,后改名《新青年》)1915年9月。

的劣根性。当时的革命先驱们认识到，只有打倒吃人的封建礼教，改变国民意识，才能从根本上解救我们的民族，才能使救亡（抗击外敌入侵）和自强（建设新民主国家）成为可能。倘若不进行一场思想启蒙运动，救亡仍会归于失败，改良派和革命派的失败便是很好的例子。

启蒙的时代需求必然导致包括新诗在内的新文学语言的白话化。鲁迅说：人们在大小无数的人肉筵宴中"吃人，被吃，以凶人的愚妄的欢呼，将悲惨的弱者的呼号遮掩，更不消说女人和小儿"。[1] 显然，在这场改造国民思想的运动中，弱者（下层劳动人民）、妇女和儿童成了启蒙的重点对象。这群人的共同特点是文化素养不高，对社会精神的变化很隔膜，历史社会留下来的客观情况无疑给启蒙增加了难度。要达到思想启蒙的前提之一就是让大众理解并接受那些承载了新思想的话语和言说方式，文学因而不得不采取向下层人民靠拢的姿态，新诗也因启蒙国民性的时代需要而趋于"平民化"和"大众化"。"读者（听众）的历史、社会意义决定作者的观点和语言策略"[2]，这表明文学语言势必随着其适宜的受众群体的文化层次而不断地做出调整。五四启蒙的重点在"平民"和妇女儿童，作为传达新思想的媒介，语言的白话可被看作建设"国民文学"和"平民文学"的第一起点，因为"白话化"不但包含着对贵族化"文言"的否定，而且本身就是大众化的语言交流方式。新诗率先以白话为文，让口语入诗，胡适早在1917年2月的《新青年》上就发表了《白话诗八首》。这一时期，"平民""大众"的人文价值得到了肯定，他们简朴的生活方式、淳厚的品性以及自食其力的美德体现了人性的自然美。五四思想启蒙的一个重要方面就是确立人的价值，对下层人民的关照体现了"平民主义"的思想，即"把

---

[1] 鲁迅：《灯下漫笔》，《鲁迅选集》，成都：四川人民出版社，1996年，第12页。
[2] 叶维廉：《语言的策略与历史的关联》，王晓明主编：《二十世纪中国文学史论》，上海：东方出版中心，1997年，第525页。

政治上，经济上，社会上一切特权阶层，完全打破"（李大钊《平民文学》）。新诗扩展了表现内容，新诗作者在思想情感上出现了大众化趋向，他们试图通过改造不合理的旧社会去改变平民的生活，刘半农的《相隔一层纸》和《学徒苦》、刘大白的《卖布谣》和《田主来》等作品就表现了下层人民的情思。在创作过程中，新诗人们还注重到民间去吸取大众艺术的营养，如刘半农的《瓦釜集》是新诗史上第一部仿民歌民谣的诗集，俞平伯的《忆》走的也是仿民歌的道路。在理论主张方面，陈独秀在《文学革命论》一文中主张用"国民文学"取代"贵族文学"；[①]周作人提出了"平民文学"[②]的主张；后来的文学研究会还进行了"大众化文学"的讨论。可以说，从语言到思想到表现对象，这一时期的文学（尤其是诗歌）显出较大的平民化和白话化趋向。

启蒙精神带来的新诗语言的白话化实际上并没有使五四新诗运动演变成一场平民和大众文学的盛宴，而仅仅达到了启蒙的目的。首先就诗歌语言来说，白话新诗中的"白话"与人们日常交流使用的口语存在着本质的不同，白话在这一时已经成为现代汉语书面语的基本形态。周作人在分析清末白话文运动时说：清末的白话文"不是白话文学，而只是因为想要变法，要使一般国民都认些文字，看看报纸，对国家政局都可明了一点，所以认为用白话写文章可得到较大的效力。……总之，那时候的白话，是出于政治方面的需求，只是戊戌政变的馀波之一，和后来的白话文可说是没有大关系的"[③]。20世纪西方文学理论研究从哲学向语言学的转向颠覆了传统的罗格斯中心主义，使语言上升到了思想的本体论地位上："从索绪尔、维特根斯坦到当代的文学理论，

---

① 陈独秀：《文学革命论》，《新青年》（第2卷第6号）1917年2月。
② 周作人：《平民的文学》，杨扬编：《周作人批评文集》，珠海：珠海出版社，1998年，第38—41页。
③ 周作人：《中国新文学的源流》，第67—68页。

20世纪语言学革命（Linguistic revolution）的标志是认为意义不仅是被语言表达（expressed）或反映（reflected）出来的，而且是被语言生产（produced）出来的。"① 因此，五四时期的白话实际上是五四思想启蒙和变革的结果，其本身便是新思想的表征和注脚，它是一种完全的文学语言而非口头语言。在科学与民主的旗帜下，对下层人民的关注、以白话为文、提出"平民文学"的概念等使五四新诗有较明显的大众化倾向，但这并不是说新诗由此就走上了大众化的创作道路。五四新文化运动的主将和新文学的倡导者们痛心于在封建伦理束缚下的国民大众的愚昧，因而批判封建伦理道德和国民劣根性以及倡导民主科学成为他们关心的主要内容。他们关心贫民大众的疾苦并为之鸣不平，这仅仅是因为五四启蒙思想注重个体意义上的"人"的价值及其觉醒，提倡白话文也是文学自身进化发展的必然以及传播新思想的需要。实际上，先进的知识分子不愿意也不可能融入平民大众之中，因为无论是在思想观念上还是生活方式上，二者都存在着很大的差异，五四新文学的本质特征是"化大众"而不是"大众化"，或者说是以"大众化"为手段去实现"化大众"的启蒙目的。周作人说："平民文学决不单是通俗文学……它的目的，并非想将人类的思想、趣味，竭力按下，同平民一样，乃是想将平民的生活提高，得到适当的地位。"② 因此说，这一时期的平民文学并非"专给平民看"或是"平民自己做的"，"平民文学现在也不必个个'田夫野老'都可领会"，这足以显示新诗语言白话化的启蒙立场而非创作旨归。

由于启蒙的需要，五四时期的新诗尽管客观上实现了语言的白话化，但它主要还是以承载思想精神的新变来体现出其意义深远的历史

---

① Terry Eagleton, *Literary Theory: An Introduction*, Oxford OX4 1JF, UK: Blackwell Publishers, 1996（2nd edition）, p52.
② 周作人：《平民的文学》，《周作人批评文集》，第41页。

价值，新诗语言的白话化是新诗乃至五四时代的精神和思想变化的结果，客观上应和了当时的思想启蒙运动，并在一定程度上赢得了更多的受众。以五四新文学为代表的 20 世纪 20 年代文学是中国现代文学史上极为重要的一笔，尤其是打破传统文学的语言媒介，为后来文学的发展和繁荣准备了条件。作为五四新文化运动的急先锋，新诗率先以白话为文，对打破文学的贵族垄断和推动文学语言的白话化具有开拓之功。

五四时期新诗语言的白话化有理论上的推动。"提倡白话文，反对文言文"可被视为新诗语言白话化的理论滥觞，"提倡白话文"有鲜明的大众化趋向，容易使文学走近平民大众。作为提倡白话新诗的第一人，胡适在《文学改良刍议》（《新青年》1917.1）中认为文学应改良"八事"，其中，"不用典"便舍去了文学的陈腐艰涩，"不避俗语俗字"便容许了更多的大众话语进入文学作品，这将使文学变得更加清晰、通俗、明白，有利于文学在平民大众中间传播。陈独秀在《文学革命论》（《新青年》1917.2）中提出了"三大主义"，其中，在"推倒雕琢的阿谀的贵族文学，建设平易的抒情的国民文学"这一点上，"以'国民文学'取代'贵族文学'，涉及到文学的平民问题"。[①]周作人在《平民的文学》（《新青年》1919.4）中正式提出了"平民文学"的主张并对其进行了阐释："平民文学应该着重与贵族文学相反的地方，是内容充实，就是普遍与真挚两件事。第一，平民文学应以普通的文体，写普遍的思想与事实。……第二，平民文学应以真挚的文体，记真挚的思想与事实。"[②]

这种由个人言说的且不太鲜明的大众化文学后来成了群体性的讨论话题。1922 年初，《时事新报·文学旬刊》第 26、27 期上开辟了"民

---

① 郭志刚、孙中田：《中国现代文学史》（上），北京：高等教育出版社，1996 年，第 59 页。
② 周作人：《平民的文学》，《周作人批评文集》，第 39 页。

众文学的讨论"专栏,撰文参加讨论的大多是文学研究会的同人,俞平伯、叶圣陶、朱自清等纷纷就"民众文学"发表了自己的看法。他们认为,"民众"主要是指除统治阶级以外的下层人民,正如朱自清所说:"我们所谓民众,大约有这三类:一,乡间的农夫、农妇……;二,城里的工人、店伙、佣仆、妇女,以及兵士等……;三,高等小学高年级学生和中等学校学生,商店或公司底办事人,其它各机关底低级办事人。"① 由于"民众"的范围很大,"建设为民众服务的文学"目标所针对的范围也就更大了。这一时期的诗歌创作因为"大众"界定的明朗性而更加大众化了,在语言上自然也更趋于白话化。当然,在这场讨论中,各同人所持的观点不尽相同,比如俞平伯不赞成朱自清的"为民众的文学"。但尽管如此,"他们终究都在围绕着文学与民众的关系,作了认真的思考和力所能及的探讨","他们都热心于使文学能够对民众起到积极的思想影响"。② 这场关于"民众文学"的讨论,是对包括新诗在内的文学在发展方向上的一次具有历史意义的探讨,有益于新诗语言的白话化。

关于诗是贵族的还是平民的,当时还有一场争论。在"五四"激流中,康白情因创作自由放纵且独具特色的新诗而名噪一时,他的《新诗底我见》是当时优秀的诗论文章之一,该文有一个重要的观点:"'平民的诗',是理想,是主义;而'诗是贵族的',是事实,是真理。"但同时他认为:"诗尽管是贵族的,我们还是尽管要做平民的诗",主张诗人们要"写大多数的人底生活","要使大多数的人都能了解"。③ 从这些观点看,康白情还是把"平民化"作为写作目标。俞平伯则认为:"平民性是诗的素质,贵族的色彩是后来加上去的",主张"还淳返朴"。

---

① 朱自清:《民众文学的讨论》,《时事新报·文学旬刊》(第26期)1922年1月21日。
② 刘炎生:《中国现代文学论争史》,广州:广东人民出版社,1999年,第84页。
③ 康白情:《新诗底我见》,《少年中国》(第1卷第9期)1920年3月25日。

俞平伯的观点贯穿着一个意图,那就是探讨新诗如何才能与群众结合,怎样才能实现新诗的社会化。当时,有很多人从民歌民谣中吸取大众的营养,刘半农的《瓦釜集》是中国新诗史上第一部仿民歌民谣创作的诗集,俞平伯最后一本诗集《忆》走的也是民歌的道路,他们力图从创作实践上使新诗向民众靠拢,实现诗的"平民化"。与"平民文学"主张完全相反的是梁实秋,他认为"诗是贵族的"。这场论争以"诗是平民的"一方争取了多数人的支持而告终,毕竟在当时来说,这一主张顺应了新文学革命的主潮和发展方向。这场争论推动了新诗语言朝着更为浅俗的方向发展。

启蒙的时代需要除了导致诗歌语言的白话化之外,还会使部分诗人走向大众化的创作立场。真正走上大众化创作道路的是五四新文化运动中那些后起的居于边缘地位的青年人,他们由于远离新文化运动中心而对新文化运动知之不多,这部分人有创新的热情和反抗的冲动。20年代初,随着国民革命的开展,工农大众的力量开始受到注重,这些青年人便迅速地将目光转向大众,并投入到"兵间去、民间去、工厂间去,革命的漩涡中去"。[①]他们的诗也从表现自我转向表现社会,由主张抒情转向主张写实,他们到大众中去获得大众意识,并以大众为对象创作服务于大众并能被大众理解的诗歌,形成了20年代前后诗坛引人注目的革命诗歌现象。

除了思想启蒙之外,这些关于新诗语言和表现对象的理论倡导和论争进一步促进了早期新诗语言的白话化和创作立场的大众化,同时也使新诗精神具有了更为浓厚的启蒙色彩。在文学活动中生成的文学作品的文学性和艺术性的隶属度是衡量该文学运动得失的重要尺度。抛开文学的现实功利性,我们对"五四"中国新诗语言白话化的考察同样应以白话新诗的艺术性和文学性为准绳,尽管这一新诗运动最初

---

① 郭沫若:《革命与文学》,《郭沫若全集》(16卷),北京:人民文学出版社,1989年,第43页。

的动因和兴奋点只是"革命"而非艺术提升。新诗语言的白话化是新文化运动的成功标志之一，它的文学历史意义远远超过了其艺术价值。

　　白话化确立了新诗的文体地位。首先，五四时期人们对诗歌语言的认识较清末有了根本性的变化，白话文不仅成为译诗和创作的主要语言，而且人们从思想层面上深刻认识到了采用白话的必要性和必然性。五四文学革命使人们逐渐明白了诗歌革命的关键是语言层面的变革，"我们认定文字是文学的基础，故文学革命的第一步就是文字问题的解决。"① 周作人认为新文学采用白话文的原因并不是胡适所说的"古文是死的，白话是活的"，而是因为"言志"的需要和"思想上有了很大的变动"：

> 　　假如思想还和以前相同，则可仍用古文写作，文章的形式是没有改革的必要的。现在呢，由于西洋思想的输入，人们对于政治，经济，道德等的观念，和对于人生，社会的见解，都和从前不同了。应用这新的观点去观察一切，遂对一切问题又都有了新的意见要说要写。然而旧的皮囊盛不下新的东西，新的思想必须用新的文体以传达出来，因而便非用白话不可。②

不仅创作，五四时期人们希望自己翻译的是外国白话诗，译者表现出对外国自由诗和白话诗的偏爱，同时具有语言革命精神的诗人在这一时期也受到了中国诗坛的欢迎。译诗选材的这种语言标准契合了中国新文学运动的时代需求，有助于促进中国新诗语言的白话化。出于国内新诗运动的需求，胡适、刘半农等提倡白话文运动最力的人翻译了

---

① 胡适：《〈尝试集〉自序》，北京：人民文学出版社，2000年，第148页。
② 周作人：《中国新文学的源流》，第58—59页。

很多外国的白话诗,虽然他们没有直接宣称只翻译外国的白话诗,但他们对外国白话诗的偏爱透露出其译诗选材的白话化标准。在译作《老洛伯》的"引言"中,胡适道出了翻译苏格兰女诗人林德塞(Lody A. Lindsay)作品的原因——该诗的语言带有"村妇口气",是"当日之白话诗",因此翻译该诗可以支持中国的白话文运动,可以为胡适提倡的白话文运动提供有力的证据:

> 此诗向推为世界情诗之最哀者。全篇作村妇口气,语语率真,此当日之白话诗也。……其时文学革命之发端,乃起于北方之苏格兰。苏格兰之语言文学与英文小异。十八世纪中叶以后,苏洛(格——引者改)兰之诗人多以其地俚言作为诗歌。夫人此诗,亦其一也。同时有该代诗人 Robert Burns(1759—1796)亦以苏格兰白话作诗歌。于一七八六年刊行。第一集其诗集出世之后,风靡全国。后数年,英国诗人 Wordsworth 与 Coleridge 亦倡文学革命论于英伦,一七八九年(即法国大革命之年),此两人合其所作新体诗为一集,曰 Lyrical Ballads,匿名刊行之。其自序言集中诸作志在实地试验国人日用之俗语是否可以入诗。其不列作者姓名者,欲人就诗论诗,不为个人爱憎所囿也。自此以后,英国文风渐变,至十九世纪初叶以还,古典文学遂成往迹矣。推原文学之成功,实苏格兰之白话文学有以促进之也。吾既译此诗,追念及此,遂附论之以为序。①

为一首译诗做了如此长的引言,胡适选译白话诗的良苦用心可想而知。胡适在文末说作此引言的目的是"追念及此","此"指的是苏格兰白

---

① 胡适:《老洛伯·引言》,《新青年》(第4卷第4号)1918年4月15日。

话诗促进了整个英伦诗歌的发展和新变,他也希望中国新诗的白话发展趋势能够改变古诗发展的僵化局面。就为什么翻译《老洛伯》的原因而论,胡适明显地是因为原诗是"白话诗",在语言上采用了"率真"的白话才对之加以赞赏并翻译成中文白话诗的。人们在五四时期充分认识到了译诗语言的重要性,从语言的思想层面上对新诗语言的白话化作出了判断,新诗也正是在语言上白话化才最终确立了在文坛上的"正宗"地位。

通过诗歌的白话文运动,很多民间艺术形式被大量发掘,民间艺术的价值得到了现实转换,民间语言也得到充分重视。民间文学艺术是广大劳动人民在长期的生产劳动中集体智慧的结晶,其内容接近生活的原生状态,风格清新,形式活泼,充分展示了人民群众的语言艺术。民间文学艺术是一个民族文学的源泉,从最早的《诗经·国风》到乐府民歌到现代民歌民谣,"民间文学不但有巨大的欣赏价值而且还有一定的借鉴价值"[①]。郭沫若和周扬在《红旗歌谣·编者的话》中说:"中国文艺发展史告诉我们,历次文学创作的高潮都和民间文学有深刻的渊源关系。楚辞同国风,建安文学同两汉乐府,唐代诗歌同六朝歌谣,元代杂剧同五代以来的诗曲,明清小说同两宋以来的说唱,相互之间都存在这种关系。"[②] 充分重视民间文学及其艺术形式,挖掘其潜在的艺术价值,是一个不容忽视的重要课题,也是文艺繁荣的必要准备。纵观新诗大众化史,我们不难发现每一时期的新诗大众化运动都充分重视了民间艺术形式。五四时期,刘半农、沈尹默等新文化运动的倡导者们不仅亲自收集整理民歌民谣,而且还利用旧民歌的形式创作新民歌。刘半农的《瓦釜集》是新诗史上第一部仿民歌体诗集,俞平伯的诗集《忆》走的也是仿民歌的道路。从诗歌内容与大众生活之间的

---

① 段宝林:《中国民间文学概要》,北京:北京大学出版社,1998年,第38页。
② 郭沫若、周扬:《红旗歌谣·编者的话》,转引自段宝林:《中国民间文学概要》,第36页。

关系来看。五四时期的文学题材是"为人生"为大众为启蒙的,反映在新诗创作上,最鲜明的一点便是同情劳动人民、歌颂"劳工神圣"的诗歌增多了。刘半农《扬鞭集》中的许多诗篇反映了大众的苦难生活,比如《相隔一层纸》《学徒苦》《卖萝卜的人》等,刘大白的《卖布谣》《田主来》也抒发了相同的情感。还有沈尹默等诗人都写过同一题材的诗。"这些诗作为中国新诗的开端,在与时代与人民结合的道路上迈出了关键的一步。"[①]

新诗语言的白话化打破了传统诗歌的审美范式,拉近了诗与普通读者的距离。如果一首诗要打动读者的话,那该诗必然呈现出给人印象深刻的形象美、意境美、抒情美,或是形式上的音韵美。而一切诗美最终都必须以语言的新奇鲜活为落脚点,在语言中去求得最好的诠释。反之,如果一首诗采用平淡的语言去进行具体的描述或创造平淡的意象,那诗美必将枯竭。这就凸现了语言对于诗歌的重要性。语言的白话化给新诗带来了新的活力是不容忽视的事实。作为语言白话化的诗歌,当然必须到民间去吸取有表现力的语言,将大众生活中不断产生的新颖、直白、风趣且表意独特的语词用于新诗创作,自然会给诗增加新质,有时会达到书面语所不能企及的艺术效果。特别是有的"地区方言、行业习语、市井流行语,选用使用得适当,却也能使人耳目一新,并能造成一种特殊的语言风格,达到一定意义上的创新效应"[②]。五四运动中的胡适在文学改良"八事"中主张"不避俗语俗字",容许大众日常口语入诗,以"建设平易的抒情的国民文学"(陈独秀),白话文突破了传统诗歌的僵化规范,诗的音乐性增强了,读起来听起来都给人耳目一新的感觉。刘半农那首至今仍被谱曲传唱的《教我如何不想她》汲取了歌谣中最常用的"比兴"手法,语言十分通俗简洁,节奏轻

---

① 龙泉明:《中国新诗流变论》,第45页。
② 何满子:《"大众文学"与语言误区》,《章回小说》,2001年,第111页。

松流畅，音韵似乎天然而成，全然没有古诗因讲平仄讲押韵而显现的人工雕琢的痕迹，从而使一股浓浓的思乡之情自然流淌。新诗语言的白话化在客观上缩短了诗与读者的距离，使新诗在一定程度上实现了大众化。我们先从诗人与大众之间的关系入手分析。五四时期，诗人与大众之间的关系是由"启人心智"的时代主题决定的，即知识分子是启蒙者，大众是被启蒙的对象。二者在人生观、世界观、价值观以及文化修养等方面本来存在很大的差异，这在客观上决定了他们的思想感情是不可能融为一体的。但为达到"启蒙"思想的目的，达到"化大众"的目的，知识分子不得不走近大众，采用白话口语创作有大众情调的诗歌。

新诗语言的白话化曾一度引起了新诗的艺术危机，导致了"诗性"的缺失。新诗语言的白话化虽然是社会思想和文学演变的结果，但它在特殊的文化语境中仍然具有较强的现实功利色彩，它负载了沉重的启蒙、救亡和政治等社会责任并承受了来自文学内部的巨大压力，其自身的艺术建构显得十分乏力。梁实秋先生曾说："新诗运动最早的几年，大家注重的是'白话'，不是'诗'，大家努力的是如何摆脱旧诗的藩篱，不是如何建设新诗的根基。"[①] 至于为什么要注重新诗语言的白话化，原因当然是多方面的，其中至少也应该包括思想启蒙的需要和反叛传统的需要。新诗语言的白话化从某种程度上说降低了新诗的艺术性，甚至把新诗之所以谓之为"诗"的灵魂丢掉了："自白话入诗以来，诗人大半走错了路，只顾白话之为白话，遂忘了诗之所以为诗，收入了白话，放走了诗魂。"[②] 以俞平伯的《孤山听雨》为例：

---

① 梁实秋：《新诗的格调及其他》，杨匡汉、刘福春编：《中国现代诗论》（上），广州：花城出版社，1985年，第142页。
② 梁实秋：《读〈诗的进化的还原论〉》，《晨报副刊》1922年5月27日。

> 云依依的在我们头上，
> 小桦儿却早懒懒散散地傍着岸了。
> 小青哟，和靖哟，
> 且不要蒙住游客们底凭吊；
> 上那放鹤亭边，
> 看葛岭的晨妆去罢。

与其说这是一首诗，毋宁说它是一篇日记式的记叙文，从诗歌艺术审美的角度来讲，该诗没有包含深意的意象，没有引人入胜的意境，有的只是语言的浅近和记叙的抒情手法。难怪闻一多在评论俞平伯的诗集《冬夜》时为诗歌"打抱不平"似的说道："不幸的诗啊，他们争取替你解放……谁知在打破枷锁镣铐时，他们竟连你的灵魂也一起打破了呢？不论有意无意，他们总是罪大恶极啊！"[①]诗的语言与散文的语言本来就有很大差距，黑格尔认为"单从语言方面来看，诗也是一个独特的领域，为着要和日常语言有别，诗的表达方式就须比日常语言有较高的价值"，同时，"诗所要脱离的那种散文意识要有一种和诗不同的思想和语言"。[②]如果一首诗的语言还不及散文语言精练的话，那诗还是"最高的语言艺术"吗？

总之，启蒙和反叛的五四时代精神在赋予新诗不同格调的表现内容和表现形式的同时，也赋予了五四新诗特殊的诗歌精神，这些诗歌精神奠定了中国诗歌新的精神传统，在新诗以后的发展历程中得到了更加深入的延展和更为艺术性的表现。对中国当代诗歌而言，除了要进一步继承并发扬五四新诗精神的传统外，更应该站在时代精神和民族文化建构的立场上丰富新诗的精神内涵。

[①] 闻一多：《〈冬夜〉评论》，引自龙泉明：《中国新诗流变论》，第54页。
[②] 黑格尔：《美学》第三卷下册，朱光潜译，北京：商务印书馆，1996年，第32页。

第二节
当代新诗精神的游移

20世纪80年代初期,谢冕、孙绍振和徐敬亚分别从"宽容""诗性"和"真诚"的角度出发来捍卫诗歌新的美学原则的崛起,之后,各种"主义""派""代""写作"等后新思潮走马灯似地在中国诗坛上循环上演。但新诗创作呈现出来的丰富性背后却潜藏着深重的危机,很多诗人在注重表达个体情绪的同时忽略了民族和时代情感的诉求,在"移植"外国诗歌经验的同时忽略了本土化转换,在制造新潮话语的同时忽略了自身传统的承传,致使诗歌创作出现了混乱的多元并逐渐疏离了我们今天的生活现场。新诗该如何确立自己的发展路向?该确立怎样的发展路向?这是个值得深思的文学问题,更是需要审慎对待的民族文化精神问题。

新诗自诞生之日起就具有的开放姿态和求新求异的"革命"气质使它一次次地被置入"创新"和"转向"的创作语境中,忽略了对自身精神传统的积淀和承传。虽然中国新诗革命本质上是一种形式审美革命,但五四时期思想和文化的开放格局无可避免地会使西方的新思想和观念不断地渗透进新诗精神的肌理。新诗人在"革命"的思维模式中追逐着精神的解放:胡适认为开创了中国白话诗"新纪元"的《关不住了》是渴望爱情的解放,田间的《假如我们不去打仗》是渴望民族的解放,白桦的《阳光谁也不能垄断》是渴望权利的解放,邵燕祥的《中国的汽车呼唤高速公路》是渴望思想的解放。从中国新诗发展的历史来看,新诗在社会革命中扮演的"先锋"角色使它不停地变换着精神内容,五四时期是为了"启蒙",上世纪30—40年代是为了"救亡",50—60年代是为了"政治",如今是为了"经济",是为了"消解"和"解构"中心和权力话语,因此难以积淀起自己的精神传统。

而新的时代语境让诗歌在文体建设、精神建设和传播方式建设等方面产生了新的美学要求。20世纪80年代末开始的经济体制转型改变了诗人的精神信仰、思维方式和价值取向,使诗歌精神开始疏离传统、社会和时代,诗歌因为过度地张扬物欲而彰显出形而下的世俗品格,"个人写作""身体写作""下半身写作"等成为诗歌新潮和时尚的标志。很多诗人的创作目的仅仅局囿于自我精神的愉悦和表达,缺少"为民请命"的担当意识。五四时期,"人的文学"和"为人生"的文学使当时的诗歌因为契合了启蒙精神而显示出深刻的人文关怀品格,然而,社会经济体制的转型使新诗"从启蒙主义的立场上向后退"[①],诗歌精神内缩为个体生命虚无玄奥的体验,从而引发了诗歌的精神危机。因此,新诗有必要从精神之维展开"二次革命",才能在摆脱平面化的精神旨趣和世俗化的精神"卖点"后回归诗性轨道。诗歌应该坚守社会责任和时代精神,自觉承传古典诗歌"兴""观""群""怨"的社会功能,秉承忧患意识和"救道"思想,尤其是在社会价值和礼仪"失范"的语境下,诗歌不能沉溺于个人情感的宣泄和个体经验的表达,而应该在关注个体情感的基础上达到使命意识和生命意识的和谐。

正是在对历史和现实的反思中我们深刻体认到了重新建构新诗精神的必要性。重建新诗精神并非要求新诗创作遵循统一的精神旨趣,

[①] 王晓明:《潜流与漩涡——论二十世纪中国小说家的创作心理障碍》,北京:中国社会科学出版社,1991年,第285页。

因为不管承认与否，主流意识和权力话语已经无法抵挡诗歌创作向多元化时代的迈进，我们不能够一味地用"共名"写作去拒绝乃至排斥"无名"写作。① 如果今天再确立一个具体的能够被各种"写作"接受的精神方向显然无法满足诗歌新的美学要求，必然遭遇众多的非议和否定。由于缺少对自身传统的积淀和承传，中国新诗在经历了近百年的发展历程后出现了"定型难"和精神"向下"的病症，因此新诗需要注重自身精神传统的积淀和承传；由于缺少价值认同感和转化意识，中国新诗在不断地解构传统和移植西方的发展道路上失去了持续的创作资源，因此新诗需要注重对中国古典诗歌和外国诗歌合理因素的借鉴与转换；由于缺少主流精神和时代叙事，当前诗歌的"无名"写作在张扬物欲和消解崇高的浪潮中失去了强大的精神和价值支撑，因此诗歌在强化艺术超越的同时要注重精神建构；由于缺少对社会和时代的观照，当前诗歌的个人化写作失去了抒发社会和民族情感的"大我"情怀，因此新诗精神需要做到生命意识和使命意识的结合。这些建构理念是应对诗歌现实困境和启示新诗创作路向的一种观念，是在充分认同当前各种诗歌创作元素的基础上提出的，不是要消除诗歌的多元化和丰富性，也不是要用诗歌艺术的一元化去覆盖不同的诗歌艺术取向，它的提出有利于在保持诗歌现有格局的基础上提升各种诗歌"写作"的文化、精神和艺术品格，在促进每一种诗歌创作不断成熟的同时为将来诗歌的发展积累丰富的经验，为我们的新诗启示合理的发展路向。

当前诗歌创作和评论的某些现状表明诗歌精神重建已经受到了特别关注。文学批评界认识到了目前令人担忧的创作状况，有学者用劝诫的口吻认为文学应该和时代相结合、弘扬正面价值、把握时代的整

---

① 关于"无名"和"共名"的提出以及含义参见陈思和：《中国当代文学史教程·前言》，上海：复旦大学出版社，1999年。

体性和注重艺术的原创性;①诗学界迈出了重建新诗美学原则的步伐,部分学者提出了"新诗的二次革命"②。"中国诗歌往何处去?"当年那些主张宽容和自由的"崛起派"在 20 年后也不得不对他们曾经支持的新诗坛发出感叹:谢冕在《诗歌是一种拯救》中叹息道:"几乎就在新诗潮刚刚站稳脚跟的时候,迫不及待的后来者就扬起了'反崇高''反意象'的旗帜。这里存在着认识的误区,他们不明白,艺术的发展,不是一种简单的'取代'。"他认为现在很多诗人正在滥用来之不易的有限的创作自由,不遗余力地使诗歌鄙俗化、以轻蔑的态度嘲弄崇高、有意地破坏诗歌与生俱来的审美性、抽空诗歌思想去玩弄技巧等等,在充满物欲诱惑而精神价值受到普遍质疑的时代里,"诗歌是一种拯救",③诗人应该重新塑造社会和个人的精神价值取向和诗歌的艺术审美取向。孙绍振先生在《西方诗人的努力和我的困惑》中同样充满了"建构"的口吻,他认为中国新诗在追踪西方诗歌的道路上面临的最大问题是"和读者的关系疏远的问题",在赞同诗歌艺术多元共存的情况下,孙先生认为我们今天应该像马雅可夫斯基所说的"给庸俗的社会趣味一记响亮的耳光"④,让诗歌回到读者中去。徐敬亚在《面对又一次离经叛道》中说:"我们这一辈人,似乎犯了两难:面对'不肖'子孙,当我们举起鞭子时,我们身上曾经的鞭痕还疼痛得紫光闪闪;而当我们佯装沉默,价值的内存又使我们时时意气攻心!"⑤打破意识形态规范下的一元审美格局是徐敬亚等最高的学术理想,而今天的诗歌正处于他们吁求的多元化语境中,因此他们不可能举起鞭子;但今天的

---

① 雷达:《当前文学创作征候分析》,《光明日报》2006 年 7 月 5 日。
② 吕进:《三大重建:新诗,二次革命与再次复兴》,《西南师范大学学报》(人文社会科学版) 2005 年 1 期。
③ 谢冕:《诗歌是一种拯救》,《南方日报》2002 年 10 月 21 日。
④ 孙绍振:《西方诗人的努力和我的困惑》,《南方日报》2002 年 10 月 21 日。
⑤ 徐敬亚:《面对又一次离经叛道》,《南方日报》2002 年 10 月 21 日。

诗歌创作正是在他们争取的自由状态中逐渐失去了精神的真诚和艺术的审美价值，因此他们不可能佯装沉默。近年来，部分诗歌创作开始自觉地承传新诗自身的美学传统、吸纳中国古诗和外国诗歌的合理因素、兼顾诗歌艺术和精神等，从实践层面证明了诗歌精神建构理念的必要性和合理性。

的确，新诗创作不能一味地在解构中国古典文化和新文化传统的同时"移植"西方的"时尚"文化，也不能在经验的基础上专注于富有经院气息的写作，而应当积淀并承传自己的传统和古典诗歌传统，应当在观照中国原生态生活现实的基础上表达出时代和民族的声音，这是新诗精神建构的基本理路。

第三节
当代新诗的人文情怀

虽然中国当代诗歌创作在精神的维度上还有很多提升的空间,但已有的新诗创作也昭示着诗歌精神建构的些许亮点。很多诗人从自身的生活经验和阅读经验出发,抒发对乡村和土地的热爱之情,在批判社会现实的同时抒发忧思之感,同时在文化全球化和民族生存的艰难境遇中表现浓厚的民族情感,这些诗作十分鲜明地体现出中国当代诗歌的人文情怀。接下来,本节将以几位当代诗人的创作为例,探讨中国当代新诗的人文情怀。

一 当代诗歌的乡土情怀

当历史的履历表中出现商业社会和后工业化社会时,物质便以不可遏制的发展势头迅速地殖民了人类的心灵空间。伪装新潮和刻意前卫的各种"个人化写作"在商业运营中竞相"登陆"文坛却又在时间的流逝中被迅速地遗忘。其实,好诗并非与"先锋"互为因果和顺向关系,能够用诗性的语言,艺术地表现人类共通的情感并引起读者的共鸣和震撼才是好诗应有的品质。山西诗人金所军①凭借深厚的生活积淀和精细的艺术探索将人生和乡村逐一打量，在滚滚的物化红尘中显示出知性而深情的人文关怀。在文学价值取向趋向平面化和世俗化的当下，诗人表现"村庄""河流"以及"父老乡亲"的作品实在是难得一见的具有高度人文情怀的作品。

乡土文学的一个显著特点是对独特的地域文化和风俗人情的钩沉展现。从这个角度来说，金所军以"村庄"为表现主题的作品还不是严格意义上的乡土诗歌，因为我们从他的作品中很难窥见地域文化特色，他的诗也不是靠对地域文化的"猎奇"而赢得读者认同的。与乡土有关的深层思考和感情是我们这个时代乃至整个人类共同关注的母题，即对那些世代居住在"村庄"和"河流"旁的以"麦地"来支撑他们生活信仰的"父老乡亲"的称颂和喟叹。当然，这样的情怀不足以说明金所军诗歌的特别，因为古往今来有不少名家名作一直在关注大众的生存状态。但这却可以说明金所军的作品要高于一般的乡土诗歌，因为其诗歌情感在表现地域特点的基础上升华为对普天之下农人生活的终极思考和担忧，而不仅仅停留在展示地域性风土人情的浅层面上。在当前文学商品化和表现主题平面化的创作氛围中，金所军诗歌的特点和价值就更加突出了，它是对文学社会价值的张扬，也是对文学人文精神的建构。诗人在作品中多次为读者摄取下了农人的劳作场面，因为劳动是他们"唯一的姿势"；同时，诗人的情思多在丰收的"秋天"里产生，因为这是农人用辛勤劳作换来的季节。这看似在肯定并赞许

---

① 金所军，山西省原平人，系中国作家协会会员、中国诗歌学会会员。20世纪80年代中期开始写作，90年代初曾主持民间文学社团，发表诗、文若干，著有诗集《黑》《尘世之情》《绝尘之船》《纸上行走的瞬间》《纸上行走的光线》《秋》等。有诗歌入选《中国年度最佳诗歌》《中国诗歌精选》《中国诗库》《北大年选》《21世纪诗歌精选》《中国当代汉诗年鉴》等上百种诗歌选本，曾获"赵树理文学奖"、《黄河》优秀诗歌作品奖等数十次，2005年10月参加了第21届"青春诗会"。

农人耕耘换回收获的生存方式,实则蕴涵着诗人沉重的忧虑和隐痛。首先,劳动不能改变农人辛苦的生活方式,他们的劳作没有止境,收获意味着下一轮劳动的重新开始:"收割后的黎明/灿烂地显影在离父亲最近的山坡/土地寂寞着/默默地生长又一茬苦涩。"(《季节风景》)诗人的忧虑和隐痛还来自于另外的原因,如果说劳动是每一个人维持生计和走上康庄大道的唯一选择的话,那农人的劳动和辛苦就不值得诗人去感慨了。问题是农人的辛勤劳动并没有使他们的生活得以改变,那些村庄在农人世代的劳作中依然害怕寒冷和饥饿,如同一个站在雪地上的衣衫褴褛的老人:"冬天的村庄 经历着/风 雪 经历着大地上/最难堪的沉默/广大的土地埋藏了粮食/被搁置在雪地上的村庄/在风中裹紧薄薄的衣衫。"(《雪后的村庄》)这种感触使诗人在《米勒油画·〈晚钟〉》一诗中借米勒之口喊出了心中积压的长叹:"贫瘠的土地啊/何时再丰收……"最后,诗人感叹"父老乡亲"们长年累月地劳碌奔波而忘却了思考人生和生活的意义,那些常被城里人提起的"理想"和"希望"等字眼距离他们已经越来越遥远了。在生活的重压下,农人们忽略了身边的美好事物,生活早已锈蚀了他们对"美"的欣赏能力:"养家糊口生儿育女使母亲很少想起/山坡上的兰花花还有马蹄莲还有/淡红淡红的漫山野花。"(《季节风景》)农人们生活的意义是什么?劳动?糊口?这些追问隐含着诗人内心深处多少酸楚的思考!

金所军不以地域文化和风土人情等新奇因素来突出自己诗歌的特质,他对农人生活的喟叹是以他对自我知识分子身份的指认为前提的,在多数知识分子的人文精神和社会关怀减少甚至消失为物质膜拜的情况下,其作品表现出一个知识分子应有的社会良知和时代责任。因此,金所军对芸芸众人的关怀,尤其是对农人艰辛生活的深刻体验使他的诗歌具备了又一个明显的特点:在知识分子乡村立场和视角缺失的时代语境下,自觉地承传着传统文学"兴、观、群、怨"的社会功能和使命。由于对乡土特殊的热爱之情,诗人对"村庄"和土地的体悟便超越了一般知识分子在经验基础上对"乡土"的理解,从而使他的作品更加贴近农人的情感和生活愿望。金所军把因为生活而颠沛流离的人视为亲人,他的诗行也因为他们的生活遭遇而显得十分低沉:

> 在路上我遇见三个人
> 一个把自己的女儿远嫁他乡
> 一个把父亲的尸骨送回故乡
> 还有一个乞丐行走四方
> 他们风尘仆仆　像我的亲人一样
>
> 看见他们　我满心酸楚
> 为了生活
> 像一只蚂蚁　像一只鸟
> 像一只孤苦伶仃　盲目的蝙蝠
> 无所求　但又心存渴望
>
> ——《歌谣》

这首唱给为生活而四处奔波的"他们"的"歌谣",注满了诗人内心的酸楚。有人为生活背井离乡,远嫁他乡;有人却在生活中怀念起故土,叶落归根,将"父亲的尸骨送回故乡";有人为了生活而不得不离开故乡,流浪天涯。不管是什么原因让这些人离开家乡,他们背后一定隐藏着一段辛酸得叫人落泪的故事。农人们像蚂蚁一样成天忙碌,像蝙蝠一样没有方向,他们总在孤独和灰暗中怀着依稀的生活希望。诗人后来离开家乡进城当了一名教师,他的心情却并没有因为自己生活的改善而轻松,他的诗心因为村庄千年不变的容颜和亲人们"苦难的日子"而持续地隐痛和落泪:"我忧郁的心灵深夜时常落下泪水／村庄的游子啊,流泪只为亲人们苦难的日子。"(《在家乡》)诗人对村民生活的忧虑潜藏在心底,挥之不去,当他看见梵·高的油画《拉库罗的麦收》和《向日葵》时,看见毕加索的油画《蓝色自画像》、米勒的《晚钟》以及戈雅的《卖水的少女》时,父母、妹妹、亲人和故乡伴随着他们的苦难生活塞满了诗人的情感空间。对故乡的眷念和对亲人们的热爱使诗人难以解脱心中的忧虑,他多么希望农人的日子每天都像中秋节一样闲散、富足和快乐:"这就是中秋节/听得见歌唱/看得见祝福。"(《中秋节》)以知识分子的立场面对村民的苦难,诗人会很自然地想起那个给了人们希望和遐想的年代,想起那个时代甘于奉献的精神,《回望:1921 年》就是诗人对逝去的"一个民族的强大精神"的"回望"和吁求,也是对改善农村面貌的思考。

　　诗人在情感和精神上对乡土有强烈的皈依感,"村庄"和"河流"是他诗歌中的主体意象,是他诗情和诗思的生长点。诗人对"村庄"的热爱源于一种坚韧和勤劳的乡土精神。当年农村的"苦日子像街巷一样弯曲",但"没有人会落泪",没有人会抱怨,庄稼人总是用勤劳的双手去打发和迎接时光,当"泪水都变成了汗水"的时候,日子再苦也会照样延伸继续,村民的生活还会一天一天地过。"苦日子"养成了诗人坚韧的生活精神和踏实肯干的进取作风,以至于他后来回想起村庄时还对那些勤俭的日子念念不忘:"勤俭的日子教育了村庄的孩子/谁能看见其中的好处,我的一生/开始于村庄/我铭心热爱/不能说出。"(《逝水悠悠》)故乡总叫诗人魂牵梦绕,因为勤劳的父亲慈祥的母亲,因为村民劳动的"姿势",这些才是诗人心中最美的画卷:"我怀揣一卷诗稿匆匆回到故乡/在山坡上看见劳动的人们/看见漫山遍野的庄稼和野花/这是一年中最美的季节/阳光灿烂　葵花金黄。"(《歌谣》)"村庄"是贫瘠而困苦的,但也是和谐而优美的,诗人凭借他特殊的绘画能力,为我们勾勒出了一幅幅生动感人的"村庄"图景:黄昏时分,牧歌回荡在天际,人们唱着歌儿,赶着羊群回家,多么美丽的"牧归图";下雪的季节,农人收割了一年的粮食,坐在温暖的炕上拉家常,憧憬来年庄稼的收成,屋外是厚厚的积雪和偶尔响起的狗叫声,好一幅"风雪农家图"。对"村庄"精神和地理层面的双重热爱使诗人再也走不出这浓浓的乡情了,久居繁华的都市,诗人总感觉到城市里没有生机没有春天,他在物化的都市环境里只能"写诗",也只有他在写诗,只有他在诗中去寻求心灵的慰藉。而每每这个时候,"村庄"和"羊群"就会浮现在眼前,诗人在《5月3日,深夜》中这样写道:"只有我在写诗/写一首无法结束的短诗/此刻　走出屋子/我看见深夜没有星光/听见远远的地方绵羊在咳嗽。"乡土的淳朴和敦厚使金所军的心灵从出生开始就像雪一样纯白、水一样透明,这决定了诗人在物质至上的世俗年代里必将孤独,很多时候,他只能在雪后的旷野里敞开心扉,纯洁的白雪才会与诗人孤独的心灵和情感产生共鸣。《黑》这首诗是诗人对现实生活中林林总总的扭曲人性的抨击,从另外一个侧面反映出诗人对"雪"和"白"的人性的坚守。

　　金所军的乡土情怀是独特的,是对农人生活的喟叹,是对"村庄"精神的皈依和认同,是知识分子应有的社会良知和时代责任。在文学思想精神平面化和价值取向物质化的当下,其诗歌无疑显示出较高的人文素养,理应值得我们关注和推广。

二　当代诗歌的社会情怀

　　作为最富心灵性的文体,诗歌在内容上必然体现为诗人对现实生活至情至性的吟唱或沉重深邃的思考。面对澳门诗人姚风[①]的诗歌文

---

① 姚风:原名姚京明,诗人,翻译家,生于北京,后移居澳门,现任教于澳门大学葡语系。有大量诗歌发表在《诗刊》《大家》《作家》《天涯》《诗歌月刊》《明天》以及国外的 Tabacaria、Sibila 等杂志上,著有中葡文诗集《写在风的翅膀上》(1991)、《一条地平线,

本，我们不单会从其情感的真挚、意境的幽远和语言表达的陌生化中获得审美的愉悦，更重要的是这些作品折射出来的社会情怀和思想高度会带给我们许多思考。凭借对现实敏锐的洞察力和感受力，诗人的作品具备了深刻的思想内涵，对社会精神的拷问和社会责任的指认进一步使姚风的作品体现出知识分子应有的社会情怀。

一个有思想的诗人肯定会对生命、思想和意识的独立自由进行特别的观照。姚风的许多作品传递出这样的思路，即人应该在现实的强大诱惑或压力下保持思想的独立和锋芒，如果在"温柔"现实的"抚摸"下没有清醒的主体意识，那我们的思想就会因为失去自我特点的支撑而像没有骨头的"蛆"一样软弱平庸（参见作品《抚摸》）。但在特殊的文化语境中，人成了"生活的被告"而不得不在沉默中让思想"失语"，"仿佛鸵鸟/用自己的羽毛/埋葬了飞翔"一样（《鸵鸟》）。对于渴望思想自由的诗人来说，禁锢的语境无疑叫人感到痛苦甚至窒息，所以他厌恶这样的时代，也厌恶那些为了"保全自我"却失去独立思想的人。在《福尔马林中的孩子》这首诗中，诗人认为依靠一种保全自我的"良方"——"福尔马林"生存下来的人，他们的思想是"冰冷""浮肿""苍白"的，在获得肉体生命的同时，其精神的自由却随之消失。同样，诗人在《长满青苔的石头》中讽刺了为苟且偷生去选择"静止""无为"的生活方式的人，"他们尽管如同乌龟一样长寿，却像一块长满青苔的石头/在地球的低处生长"。正是这种保持独立思想和自由精神的品格让诗人对随波逐流的时代风气进行了严厉的批判。在人际关系"异化"的时代，"狼"和"羊"之间不再是吃与被吃的关

（接上页）两种风景》（1997）、《瞬间的旅行》（2001）、《黑夜与我一起躺下》（2002）、《远方之歌》（2006）、《当鱼闭上眼睛》（2007）以及译著《葡萄牙现代诗选》（1992）、《澳门中葡诗歌选》（1999）、《安德拉德诗选》（2005）、《中国当代十诗人作品选》等十多部。曾获第十四届"柔刚诗歌奖"和葡萄牙总统颁授的"圣地亚哥宝剑勋章"。

系,而是思想权威与思想随从的关系,"羊"在"狼"的强权思想面前只能被动地图解"狼话":"狼说,天气真他妈热/所有的羊/都脱下了皮大衣。"(《狼来了》)对没有主见的人的讥讽就如对"羊"的描述一样,诗人在寓言似的书写中完成了对思想独立性的捍卫。又如在《1968年的奔跑》中,诗人对那个"盲从"的年代给予了揭露,在看似平淡的描述中隐含着诗人对没有个体思想和精神的年代进行思考时隐隐作痛的内心。"我"不知道为什么会"跑",只"因为我看见一群人/向一个方面奔跑","我"要"跑"的原因其实很简单,就"因为他们在跑"。"跑"在诗中意味着人对一件事情的看法或做法,该诗表明在特殊的年代里,我们对事情的看法或做法完全依赖他人的思想而没有自己的主见,毕竟"盲从"意味着主体性的消失,意味着思想个性的退化。这种主体意识和思想锋芒的钝化在姚风的作品中为什么会出现呢?是诗人的"理想"所致。诗人的理想是什么呢?我们从以上的分析中不难看出,诗人的理想实际上是在个体精神泯灭的年代里对独立精神的诉求,这种理想似"光"吸引飞蛾一样,让他百折不挠:

> 是谁,成功拦截了一只飞蛾
> 训练它如何留在黑暗
> 经过一百零一次的训练
> 飞蛾终于折断了翅膀
> 它无法再飞,拖着翅膀
> 像蜗牛,朝着光缓缓爬去
>
> ——《飞蛾》

知识分子的社会情怀除了体现在对个体思想和精神的独立性进行捍卫外,也体现为对民族文化和民族历史的认同感和担当意识。从这个意义上讲,姚风不是纯粹的感性层面上的诗人,他更像是一个具有理性深度的社会型知识分子。仅精通专业的技术人才不能称作知识分子，同样，一个创作丰富的诗人也不能被视为知识分子，只有当他们的文化活动与一定的社会担当意识结合在一起时，社会才会赋予他们知识分子的角色。因此，如果作家的作品与社会担当意识"绝缘"了的话，那他的作品就是"涂鸦"，毫无社会价值可言，诗人在《白鸦》这首诗中这样写道："看看那些诗行／多像一条条电线／上面站着绝缘的乌鸦。"文学应当关注社会现实和民生疾苦，这应当成为诗人提升作品精神的追求方向。姚风在那首《法律的雪》中充分扮演了知识分子的角色，有人以为法律的"明亮"覆盖了整个国家，诗人却认为"五百里以外的地区／并没有下雪"，建构法治国家还有很长的路要走。姚风诗歌的社会担当意识还体现在对民族精神和民族文化的建构的思考方面，他认为一个民族如果失去了它赖以依托的理想精神，那该民族的生活是难以想象的，从这个角度来说，历史上朝代的更迭使人"兴味索然"，人民在历史的流动中如何在理想的支持下生活才是诗人关注的焦点："美丽的人民／如何度过／她们绝经前后的人生。"人民在民族理想和民族精神中生活，因而对民族精神的思考就成了诗人作品的又一主题。华夏文明是整个世界上少有的从未被中断过的文明，但她因为"守旧"的顽疾而难以发展更新，如同中原大地上生长的玉米，中国传统文化精神在漫长的岁月中"作为种子／无数次躺下／又作为粮食／无数次地爬起来／它们像我一样微笑着／满嘴的黄牙／没有一颗是金的"（《车过中原》）。的确，在文化全球化进程中，我们在为中国古老的传统文化感到骄傲的同时，也应冷静地注意到其在长期的发展中内部已缺乏创造性因子。近代以来，中国人不断地从国外输入"西学"，中国的知识分子成了地道的知识的"搬运工"而非精神的创造者，诗人对此深表"痛心"，他在《法国人的麦子》一诗中认为中国现在的知识分子不似法国人那样是"种麦子"的人，而是"最会晒麦子的农民"，他们缺少思想的原创性，只会从国外"运回"思想的成品，收拾处理以后来滋润停滞不前的传统文化："浪漫的法国人/在号称世界第一街的香榭丽舍/种了麦子/收割的时候到了/我带着一把镰刀/来到巴黎/我要把香榭丽舍大街的麦子/运到天安门广场晾晒,这是号称世界第一的广场/这里有一群/最会晒麦子的农民。"姚风在创作这些诗歌时,他内心有一种非常强烈的建构民族文化和民族精神的愿望,正是这种愿望使他的作品渗透出浓浓的民族文化批判意识,除了批判那些搬用西学的人以外,诗人还对缺乏历史意识的人给予了无情的嘲讽。在物质社会的强大诱惑下,我们每个人的思维方式似乎只停留在事物的表层形象上,很难透过表面去深究其背后的历史和教训,诗人在题为《南京》的诗中这样写道:

> 我喜欢南京
> 喜欢和这里的朋友聚在酒吧
> 谈一谈祖国、诗歌和女人
> 但这些南京大屠杀幸存者或遇难者的后代
> 从未跟我谈历史。
>
> ——《南京》

姚风如此强调中国的那段屈辱历史,用意十分简单,那便是在内地经济快速发展的进程中,中国人不能因为物质的满足而忘记民族的历史。总体来说,作为一个知识分子,姚风对祖国和社会的担当意识主要表现为对民族文化和精神重建的思考,表现为对当前部分知识分子人文精神缺失的批判,与那些正面肯定中国文化精神的诗人一样,其诗歌精神的立意也是希望中国现在的文化能够在传统文化的基础上创造性地发展进步,希望看见"可爱的人民/在水之湄,在花园间/劳作,繁衍,生息"(《中国地图》)。

姚风如此注重个体思想的独立性,如此注重中国的文化精神,那他诗歌的价值取向必然是人性的,充满了社会关怀,充满了对普通人正常生活的渴望。我们可以空洞地冠冕堂皇地宣称自己热爱祖国和人民，但我们宁可选择平常人的平常生活方式。在《戒烟》这首诗中，诗人说古巴总统卡斯特罗76岁时戒烟了，不是为了个人的健康，"他是为了人民，为了国家"才戒烟的，而诗人自己多少年来也想戒烟，"却一直没有找到／戒烟的理由"。此诗明显地反映出诗人对普通人真实生活的追求，他没有空泛地认为自己对祖国和人民由于强烈的热爱而找到了戒烟的理由，这首诗并不表明诗人没有博大的爱民之心，而是他借助诗歌最大限度地对人加以了还原，也是对所谓"伟人"的解构。在中国社会，由于历史原因，文学作品不但难以塑造一个普通人的正常形象，而且连某些思想也难以被赋予实在的意义，只被过分地渲染成空洞的口号。比如在《每天路过》中，诗人将那曾被视为神圣威严的"为人民服务"思想消解成"几个字"和"口号"，其本身并不具备丰富的内涵和可实践性："作为首都人民的一分子／每天下班路过此地／我都自豪而好奇地向里面看看／（不是窥视，也不是张望）／但除了为人民服务这几个字／我什么也看不见。"在解构伟人形象和消解空洞口号的同时，诗人批判了当前社会平面化和物质化的价值取向。《不是寓言》讲的是一个农夫因为换上了考究的衣服而从"受尽欺辱"的可怜相转变成"仰首迈着虎步"的得意相，表明人们只注重事物外表的光鲜而忽视了对内在品质的审美关照。在信仰死去的年代，"我们的快乐和悲伤／越来越依赖身体，越来越需要排泄"（《大海真的不需要这些东西》），物质社会将我们异化成只依赖身体而非精神和信仰活着的生物，但人类社会的发展也许并不需要高度发达的物质，它更需要精神的进步。物质的进步会给我们带来什么呢？"麻将""垃圾桶""小贩""末班巴士""揽客的女子""果皮""烟头""塑料袋""老鼠""一洼污水"等等便是现代都市夜景的缩影（《北区的夜晚》），物质的发展带给人类的是丑陋不堪的"夜景"，人类心灵和肉体的栖身之地早已被物质文明糟蹋得不堪入目。我们的生活因为价值取向的物质化而变得非常忙碌,很少停下来去关心自己的"内心"和灵魂,我们因为对物质的倾心追求连身体都无法顾及,哪还有心思去考虑心灵的渴望呢?《瓦砾》是现实社会中人的心灵被撕扯成"尘埃,碎片,废墟"的写照,"而内心,像遇难多年的矿工/好久没有被说起了"。消解崇高和伟大是为了使人回归正常人的角色,批判价值取向的平面化和物质化同样是为了使人回归正常的生活轨道。所以,姚风的诗歌在体现出思想的高度的同时,又充满了对普通人正常生活的还原和渴求,他的诗是贵族的,又是平民的;是精英的,又是大众的。

  姚风对生活的认识是多维度的,除了从思想的高度和价值取向的正常化方面来捕获诗意和体验生活之外,他还认为生活充满了残酷和无奈。我们生活在一个相互监控的空间里,"隐私"和自由不复存在,比如《窥望》一诗就表达了人与人之间似乎充满伤害和敌意的现实。人和人的相处会导致"伤害",随着时间的流逝,我们所受的伤害会越来越多,但"童年"时期所认为的坏人形象却越来越少,在这个世界上,有人伤害了你,却在表面上给你留下善良的形象,《坏人》这首诗就表现了人的这种虚伪。人与人之间的竞争必然会以牺牲部分人的思想立场和以部分人的屈辱为代价去换取最后的结果:"早晚会得到一具尸体/为了埋葬,要砍掉几棵树/要铲除一片青草/还要让一块石头跪在地上。"(《埋葬》)人在这样的生活环境中逐渐学会了害怕和恐惧,而苍老也由此在我们的身上得以呈现:"一个已在恐惧中学习半生的人/站在阳光的后面/感觉一下子就老了。"(《苍老》)现实生活不仅让我们感到恐惧,也使我们丢掉了探索生命意义和寻求美好生活的激情,我们不得不在现实的强大压力下接受那原本不属于我们生命组成部分的东西,失去一些我们十分渴望拥有的东西,就如"咸鱼"一样,"风,抽干你身体中的每一滴海/命运强加给你的盐/腌制着大海以外的时间"(《咸鱼》)。但作为富于想象的诗人,只要活着,他的梦想就不会失去:"一条咸鱼,梦想着回到海洋。"既然生活如此残酷,人心如此多变，善良的诗人在尘世中就只有孤独了，他向往人与人之间不含目的性和攻击性的交往，向往纯粹自由无束的精神世界，《喜欢一头畜牲》诗意地表达了诗人的这种向往：他认为马是"简单，纯粹，完美的造物／明亮的眼睛里没有掺杂一丝杂质／除了吃草和奔跑／它并不思索如何过得更好／我心生柔情，轻轻抚摸它的皮毛／在我孤独的内心，在这易变的尘世／喜欢一头畜牲／比喜欢一个人更容易"。姚风的某些作品有很强的生活哲理。他认为事物会相互转化，《白夜》一诗表明当我们在黑暗中渴望光明的时候，"许多人因为漫长的光明／不是精神失常／就是自杀"。那被我们热烈歌颂的"母爱"，其实是以牺牲他人的利益甚至是生命为代价换来的，就如姚风在《母亲》中描述的那样，"老狼"体现出来的"母爱"是以"羊"的牺牲为前提的。

　　从艺术的角度来看，姚风的诗歌也有许多特别之处。首先从诗意的营造方面来说，姚风的作品大都取材于日常的生活小事，透过这些小事，诗人给读者带来了许多深刻的启迪。诗人在生活中的有些顿悟甚至是让读者意想不到的，比如《老马》这首诗，第一节使人觉得该诗是在写一匹疲惫至极的老马，但第二节中的最后一行："老马，进来喝一杯"，却又分明道出了诗人对辛苦劳作的下层人的关怀。其次，姚风诗歌的部分语言显得比较口语化，有些作品中掺杂了大量的口语，这在让读者比较容易进入其诗歌世界的同时，也显示出诗人艺术的高超，因为他能够用平淡的语言将其深刻的思想形象地表达，他的作品并没有因为语言的浅近而失去诗味，读姚风的诗，其浓厚的诗意会很快将读者包围。第三，姚风在他的作品中使用了大量独特的意象，其中"乳房""指甲"出现的频率比较高，构成了诗人作品的主体意象。无论是在《纸屑》《抚摸》《梦境》还是在《在圣玛丽娅医院》中，"指甲"意象都指示着一种带有锋芒的个体思想；而"乳房"在《柠檬》《坚持》和《装满粮食的乳房》中，基本上是对哺育未来的文化的指示，显示出诗人对个性、个体思想以及文化的重视。此外，姚风的作品大都显得比较短小,这大概与诗人传达的大多是生活中某些偶得的哲理有关。姚风的诗是智性的,是对生命和生活的冷静思考,因此,其作品中真正单纯抒情或表现"情"这一主题的诗歌并不多见,这在为他的诗歌造成缺憾的同时,也赋予了其鲜明的个性特点,即姚风的诗是生活之思的冷静抒发,而非生活之情的激情表达。

姚风的诗是思想的结晶,是对个体思想独立性的捍卫,是对民族精神的担当,是对生活和生命现实的沉吟,是知识分子情怀的诗性言说,体现出诗人对当下社会无尽的关爱。

三 当代诗歌的民族情怀

文学人文精神的式微已成为上世纪 90 年代已降的社会问题,它主要体现为作者担当意识的缺乏,作品精神内容的平面化以及读者鉴赏甄别能力的低下。在文学边缘化的时代,作家高扬人文精神是实现文学自救的途径之一,也是评论者应该秉承的社会责任。继创作了表达战争罪恶的《狂雪》后,王久辛先生① 又创作了《致大海》和《大地夯歌》等多部史诗般的作品,前者体现了诗人在现实社会中救赎民族精神的勇气和理性,以期重铸民族信仰;后者则是诗人在历史的体认中对民族理想和信仰的认同和承传,在历史与现实间显示出他对诗歌人文精神的张扬和建构。

追求民族理想和精神信仰是王久辛先生诗歌人文精神的主线。信

---

① 王久辛,笔名王耐久,辛子,著有诗集《狂雪》《狂雪 2 集》《致大海》,散文集《绝世之鼎》,报告文学《东方红雪》。诗集《狂雪》获首届鲁迅文学奖,《中国之路》(10 集)获国家广播电影电视总局特别荣誉奖,《大西北军旅风情实录》获总政文化部优秀编辑奖,长诗《肉搏的大雨》获全军新作品一等奖。

仰是以实现某种理想为依托的意向性心理意识，人因为有了信仰才有价值观，才有生活的希望和动力。现代人往往以追求物质利益的极大满足为终极理想，很少有人把民族复兴作为信仰，以至于我们今天的文学也随之失去了神圣的"光环"。王久辛认为，理想和信仰能够点燃人们奋斗的激情，是一个民族发达的根本推动力，文学因而应该在张扬民族理想和精神信仰的基础上重塑民族形象。诗人在创作《大地夯歌》和《致大海》之前阅读了欧美历史，发现今天的发达国家是在理想和信仰的支撑下发展起来的：没有华盛顿的理想，美国就不可能独立；没有林肯的信仰，美国也不可能成为法治国家。由此，王久辛在《大地夯歌》中否定了美国人索尔兹伯里对长征的认识——"长征是人类求生存的凯歌"，而认为长征是"建立新中国"的信仰，它是红军战胜艰难险阻的精神力量。在《大地夯歌》这首史诗中，诗人用现代人的眼光赋予长征精神以"现代意义"，在追求公平、正义及和谐社会的历史进程中，红军付出了血与生命的代价，而在和平年代里，我们应该怎样传承革命先辈的理想和信仰呢？我们从长诗《致大海》中可以找到答案，诗人引用陀思妥耶夫斯基的话来暗示他要用"布道者"的言说方式去达到"普度众生"的目的，他"必须像爱自己一样去爱别人"，在价值迷失的十字路口唤醒他热爱的民族和人民朝着"天堂"美丽的方向进发。如果说把我们的民族从黑暗引向黎明能够塑造顶天立地的英雄形象的话，那把我们的民族从混沌和迷失中引向拥有共同理想的蓝天下又将成就什么呢？在王久辛看来，经历价值信仰和精神观念"战争"的人民形象并不比那些在实际战争中捐躯的英雄逊色。因此，阻止今天生活中的种种劣迹将成就我们及以后很多代人的光荣与梦想，诗人应该守护人文精神，我们的民族只要有了精神信仰，"无须侧耳　便有激越涛声／撞击心扉／无须抬眼／便有排空巨浪／撕裂苍穹"。在物欲四溢的年代，我们应该坚守什么，捍卫什么？什么东西是崇高而伟大的，是纯粹而坚强的？通过解读王久辛的作品，我们显然认为是无私的奉献精神和"高尚理想",这种信仰在今天也许不再时尚,但它却是民族涅槃重生的保证。

王久辛诗歌体现出来的人文精神是中国社会发展进程中必需的价值参照,是推动民族经济建设必需的力量源泉。社会的进步不再要求以政治运动积蓄激情来推动经济制度的发展,最大化地创造物质财富逐渐成为社会内在的推动力量,因而,部分诗人放弃社会责任和精神信仰去追求物质利益便无可厚非。但我们必须清醒地认识到,即使是在"以经济建设为中心"的社会里,促进或抑制社会发展的因素绝非只是经济本身,人文精神同样扮演着重要角色。可以想象,在一个忽视甚至摒弃人文精神的社会里,拜金主义会使我们堕落成奸商,功利主义会把我们变成"单向度的人",文化虚无主义会拦截历史之河并把现实风化成沙漠。正因如此,诗人应具有朝向历史深处及民族未来的深邃眼光,厘清诗歌作为建构人文精神的主要形式应该坚守的文化立场和精神底线。王久辛先生的《致大海》契合了时代的文学需要,是对原生态的现实生活乃至民族命运的积极介入,在后新思潮写作的思想精神被抽象艺术湮没的当下,在"个人化写作"只注重宣泄自我欲望而放逐社会情怀的时候,其写作姿态是调和诗歌生命意识和使命意识。诗人在《致大海》中表达了对当前民族精神、道德、思想观念以及传统美德的喟叹,意图像波兰诗人密茨凯维支那样用诗歌去唤起民众的觉醒,从而让自己的民族和人民永远保持独立和尊严。王久辛凭借全面而深刻的历史认知能力和激越的情感想象创作出了《大地夯歌》,长征这支"大地上的夯歌啊/不仅震撼着世界/还震撼着世界以外的九重云天……"诗人力图用长征精神鼓舞人们发扬艰苦创业的作风,在经济建设和民族历史的发展进程中书写辉煌。

王久辛对历史和民族传统有强烈的认同感,其诗歌在承传和批判传统人文精神中显示出前瞻性和启发性。我们的生活随着科技文明的进程改善了,但我们在科技文明的进步中却因为"灵魂"的丢失而看不到生活希望,我们的素质在教育制度和传播媒介的推动下提高了,但我们却因为理想的泯灭而无法期待未来。诗人在《大地夯歌》中表达了对现实社会人文精神的忧虑:"如果前进的时代没有灵魂/我们该怎样来面对希望/如果提高的素质没有理想/我们又该怎样来期待未来?"对社会信仰和民族理想沦丧的忧思必然会启发更多的人去关注和思考时代病征,诗人应在体验时代生活的基础上创作出净化社会和人心的作品,启示民族精神朝着健康明朗的方向发展。《致大海》的精神主旨很容易让人想起鲁迅的《摩罗诗力说》,鲁迅当年肯定了浪漫派诗人在民族独立和复兴道路上做出的不朽功绩,认为"诗歌的力量是精神食粮,那些崇拜实利的人应该知道黄金黑铁不足以振兴国家",鲁迅在文末长叹中国"精神界之勇士在哪里"?而历史进入到21世纪,面对精神家园的荒芜,我们也在追问"精神界之勇士在哪里",谁能将我们带出迷乱的精神"荒原"?王久辛渴望"疗救"邪恶现实的良苦用心在他的诗行中得到了体现,他坚信人民在"厚土沃野的稼禾庄园"中"冶炼"出来的文明能够穿越五千年历史的隧道而不断地在人民的手中承传丰富,在这种文明中衍生出来的华夏民族精神不会被今天的商业浪潮吞噬。因此,《致大海》是一部具有前瞻性的长诗,它对民族未来作出了寓言式的判断,显示出一个知识分子的社会良知和时代责任,启示了诗歌精神"重建"的路向。《致大海》是我们民族在经济强大而精神荒芜的语境中发出的值得认真聆听的呼声,它呼吁诗人应该站在历史的高度上如裴多菲、拜伦、莱蒙托夫那样为自己的民族和人民去写作。这呼声也许很微弱,但它却是诗人唱给民族和人民的赤诚之歌,王久辛希望更多的诗人能够加入到《致大海》所抒发的感情中来,形成一股强大的催人觉醒和奋进的"和声",推动民族的复兴。

　　对国内外历史的认知和对优秀文化的吸纳赋予了王久辛诗歌深厚的人文精神。对历史传统和文化现状的怀疑甚至解构是造成新诗精神危机的根源,如果没有厚重的文化根基和重建新诗精神的理想,对传统文化精神的怀疑和解构实质上是一种破坏，因为一味地解构权威和传统势必造成诗歌精神体系的紊乱和平面化。当前，很多诗歌呈现出琐碎化和日常化的发展趋势，而且商业化语境确立的价值观念使许多诗人开始从"沉重"的社会负荷中突围出来，主要关注物化人的生存现状，张扬自然人的本能欲求，将诗歌与宏大的社会现场割裂开来，"身体"乃至"下半身"成为某些诗人乐此不疲的表现对象，这类作品已经突破了应有的精神底线，哪还有文化内涵可言呢？王久辛诗歌精神的文化内涵是对纯商业写作的反驳，他知道在物质生存压力越来越大的时代，有文化责任感的诗人更应该在提升文化和道德修养的同时坚守人文精神，而传统的文化审美理念无疑为营造诗歌精神的文化内涵构筑了坚实的平台。不管是创作《致大海》还是《大地夯歌》，诗人都用充满历史和文化厚度的语言替代了"个人化写作"的试验性话语，用充满民族文化精神的情感替代了"私人化写作"的欲望宣泄。王久辛诗歌的人文精神除了来源于中国传统文化外，也与他对外国文化和艺术经验的内化分不开，比如《致大海》中，诗人在思想上引用俄国作家陀思妥耶夫斯基的话来表达他对民族理想和信仰的坚守；在艺术上借鉴了惠特曼《船长啊，我的船长》的创作技巧；在文化上采用了西方文化元典《圣经》中的典故等等。诗人以民间的"夯歌"体为引线，阅读了索尔兹伯里的《长征——前所未闻的故事》以及《欧洲史》《美国文化史》等书籍后，加上自己对历史的认知和理解，最终创作出了《大地夯歌》这样厚重的作品。

　　这样的诗歌，这样的人文精神，正是社会经济发展进程中最需要的协调因素，也是最容易被人忽视的力量资源。在当前"热闹"的个人化写作语境中，在大量诗歌精神消退为自我情思的情况下，我们认同诗歌创作的多元化道路，认同诗歌对个体情感的表达，但同时我们也需要具有大我和民族精神的作品存在。如此看来，王久辛诗歌表达的精神意趣和创作主旨值得我们认真品鉴和推广，而其诗歌创作的意义就不仅仅是在历史与现实间张扬诗歌的人文精神,更是对当前乃至今后新诗创作路向的开启和拓展。

四 当代诗歌的苦难关怀

中国新诗自诞生之日起,便与中国社会现实和民族命运联系在一起,成为对社会情感最敏感的文体。在历次民族战争灾难和自然灾害面前,当中国人民需要情感的抚慰时,诗歌总是率先发挥着它的抒情优势。从苦难关怀的角度讲,王久辛先生的长诗《香魂金灿灿》具有非常深刻的时代意义,它表达了诗人对地震中死难同胞的哀思,引发了人们对生命意义的终极思考,是对民族精神和灵魂的有力鞭策,寄予了诗人对中国未来的无限希望。

长诗通过地震后国人的反应颂扬了民族的大爱精神。大凡优秀的作品都是对某个特殊历史事件的书写和感发,王久辛先生的《香魂金灿灿》便是对最近两年在中国大地上连发的几次大地震的观照。诗歌长于抒情而弱于叙事,诗人没有"镜像"似地描写汶川和玉树地震的灾难现场,而是通过国人为死难同胞流下的无限泪水来引发读者对惨烈现场的想象,诗行间响彻着撕心裂肺的疼痛和对生命难以名状的叹息。但就是这一场场灾难让诗人领悟到人具有灵魂的重要性,当他踏上那片遭遇浩劫的土地时,充满了无限伤痛的内心却被更为强大的"金灿灿的黄花"所散发出来的"奇香"包围着。这奇香实乃人们灵魂深处善良的味道,是中国人民在同胞面临巨大灾难时所表现出来的"大美"和"大善",在灾难面前表现出来的本能情感证明了中国人是有灵魂的,它可以让生活充满香气并涂抹上圣洁的金黄,熏染出一片纯洁的人性天地。因为有了民族的大爱精神,诗人感觉到活着是多么美妙的事情,我们可以用心体验所有纯洁的欲望,那深情的一瞥、遥远而永恒的思念、让人想起便心升温暖的与自己有灵犀的人等等，都足以让我们对世界流连忘返。因为有了深重的灾难，人性中光明的部分再次无意识地被激发和凸显，诗人得以体味到我们赖以生存的空间香气萦绕，圣洁无边，"即使雨过天晴／即使大地复归沉寂"，"那波澜壮阔／浩瀚无边的巨疼所包含的真情／也不会消失"。这种真挚而浩瀚的"赤情"让诗人为之震撼，他由此触摸到了人性美好的光芒，民族灵魂的"玉树"因为有了真善美的品格悄然茁壮而立。正是因为诗人从巨大的灾难中看到了中国人灵魂深处的善良和美丽，因此他希望并坚信中国的未来一定会祥云浮现，"圣香飘飘　萦绕净界／境界无边　香魂弥漫"。

　　长诗通过地震中同胞的死难表达对生命意义的追问。诗人写大地震给人类带来的灾难，写地震中同胞的死亡以及生者对死者的悼念，目的是希望这场突如其来的"死亡"能够唤醒人们对生命意义的思考。死亡让财富变成了泥土，让拥有至高权力的人与普通大众平等，其意义绝非生命的终结或悲伤的开始，它直抵生命的本质，在谁也无法获得"死亡的赦免权"时让人意识到置身天地间的渺小，重新认识到人与人之间抱有自由、平等、民主和博爱是多么重要。存在主义大师海德格尔在《存在与时间》中认为"死是此在的最本己的可能性"，我们只有在面对死亡的时候才会意识到自我存在的不可复制的价值，才会深入地思考存在的意义。而作为最富心灵性的文体，诗歌无疑形象地诠释了人的"此在"及其可能向度上的内涵，因此海德格尔推导出"有诗人，才有本真的安居"的结论。王久辛先生也正是从同胞的死亡出发，从生命面对灾难时显得如此轻薄和娇弱出发，对人活着的意义发出了追问，对人性中丑恶的欲望和贪婪给予了无情的嘲讽，希望"诚实"能够再造我们灵魂的居所。在地震中死去的小学生让诗人灵魂哀恸，他们纯洁的亡灵化作直逼人心的一串串问号，人活着或死亡的意义究竟是什么？人为什么不能和自身、他人、自然以及社会和谐相处？诗人希望这些死去孩子纯洁的灵魂能够"唤回迷魂　促人猛醒／令人

审视 人自身的生命",他坚信人们为之流出的泪水必将转化成"拧不断的精神"力量,融化现有的愚昧和贪婪,支撑着我们民族坚实地迈向未来。

长诗鞭挞了地震中贪赃枉法的行为。地震让诗人领会到死亡意味着什么,也让诗人意识到活着的人应该怎样去实现生命意义。贪赃枉法的人在死亡到来时必须和"权力狂想曲"说再见,再多的金钱和权势,再多的贪婪和欲望都会随着死亡化为乌有,因此,人活着的意义不在于追逐名利,而在于踏踏实实地过好一分一秒。有灵魂的人才能留住"清茶的悠闲""三代同堂的欢乐"抑或"同学的聚会老友的重逢",才会定格生命中一幅幅动人的画面并延长我们活着的时间。当四面八方伸出的援助之手也无法抚平母亲痛失儿女的心灵创伤时,诗人开始掂量死亡与金钱的关系,虽然后者可以让坍塌的楼房校舍得以重建,但在生命的天平上,前者的重量远远大于后者,显示出诗人对金钱的淡漠和对生命的珍爱。再多的关爱其实也难以让幸存下来的孩子感到彻底的舒心,每个孩子对家的渴望是一般的奉献所不能给予的,哪怕被地震毁坏的家仅仅"是一日三餐 庸俗情爱/是一年四季的上学放学/甚至是妈妈 斥责叫骂后的/担惊受怕 是爸爸睡着了/又醒来 翻箱倒柜/找到的一件并不时鲜的/花衬衫 那是/一个家庭所独有的 烟火/气息"。因此,对于灾民而言,那些让自私贪婪的人蠢蠢欲动的救灾物资并不能解决他们内心失去家园的痛苦,他们真正需要的是"尊重"。在王久辛先生眼中,地震带来的灾难并非最大的灾难,因为"人格健康的人/无论多大的灾难/也不能将他击倒 而贪婪/与自私 才是人类/最大的祸患"。因此,地震并不可怕,可怕的是人灵魂的堕落和腐化,要拯救受灾的群众,除了拯救在地震中受伤的人群之外,更需要拯救那些受到贪婪自私之灾的人群。苦难并不需要人为地"命名",很多人因为"灾区"的命名"故假灾难以营私才那么疯狂/故假灾民以贪婪才那么无耻"。王久辛在长诗中反复强调儿童心灵的纯洁，它是成年人尤其是那些具有贪婪和欲望的灵魂言行的反衬，表明诗人在内心深处呼唤每个人都复归儿童一样纯洁的灵魂，不再让欲望占据了心灵。

长诗通过地震中儿童的死难警醒人们关注儿童的成长和民族精神的未来。诗人面对孩子们的无辜遇难，内心强烈地抗拒着无法摆脱的沉重心思，他痛心于孩子们"至纯至洁至圣的梦／才刚刚伸开乳燕的　雏翅／便被蛮横地　攫夺了"。无法抚平的情感只要想到"生活／自有一份灵性的平淡与丰富／爱的博大与温暖"，便会坦然地去面对那些预期或突发的死亡。这实际上反映出诗人在内心强烈地抗拒着绝望，他对民族未来和理想的憧憬从未减弱，人性中闪光的东西也永远不会被地震掩埋，即使被肆意地践踏也会在地底下生出"状若彩蝶／形似花朵"的鲜活希望。而事实上，孩子纯洁的心灵在既定的规则和生活模式中常常遭受冷遇，他们的意外让墨守成规的老师和家长悔恨万分，他们的希望也随之被埋葬。活着的孩子总是快乐的，但生活在重压之下并让童年异化的孩子却不比在地震中死去的孩子幸运多少。单纯美丽的孩子之死不仅让诗人对人生的意义作出了深入的思考，而且也对民族的未来产生了担忧，因此儿童的教育问题被诗人再三提及，他不希望活着的孩子在人为压力下失去美好的童年，长大后做"知识动物"或"金钱的奴隶"，他要让儿童自由自在地生活，领悟"温馨而又深挚的博爱"，让民族之魂灿烂飘香。更为重要的是，儿童在成长的过程中要预防的是人祸而不是天灾，在地震中丧生的人（尤其是儿童）引发了诗人长久的思考，他从这些逝去的纯洁灵魂中感受到了一股奇异的香味，它启示着生者正视自己的存在和价值。人类在关爱中一代一代地繁衍生息，父母可以在爱的层面上为孩子们撑起一片蓝天，但突发的灾难却会永远存在并会不期而至，所以我们要教会孩子们应对并承受灾难打击的能力。但年轻的一代更应该警醒的却不是自然灾害，是"人祸"，我们恨的不是大自然，而"恨私欲横流　贪念泛滥／恨假公

济私　无法无天"。年轻人应该懂得继承祖先流传下来的优秀传统，勇敢地战胜自我欲念，"才配享受幸福／享受高贵的　人格尊严"。诗人认为儿童是社会的未来，是我们今天民族灵魂的"继任者"，但是今天的儿童却被父母过高的期望占据了身心，失去了与周围环境的交流和体验生活的能力，"而没有这浑然天成的穹籁／之涵养"，他们又怎么能理解悲悯情怀和真正的"大善"呢？他们将来又怎么能够延续一个民族特有的灵魂品性呢？因此，诗人由对孩子的关爱抒发了对民族未来的担忧，"香魂"的传承成为他情感延伸的落脚点。

　　长诗通过对灾区儿童现状的描写表现出重建民族精神的信心。经历了地震的幼小心灵虽然失去了亲人和家的温暖，但他们却在磨难中练就了坚强的品格，在他们眼中，世界依然美丽如初，"太阳东升大山巍峨小鸟飞天／楼群高矗飞机翱翔轮船劈波／自由……与想象齐飞"。而且就是这场灾难，让孩子们学会了"勤劳自强与自爱"，他们摒弃了都市乞丐的游手好闲和贪婪官吏的"白吃"作风，用自己无意识的行为赢得了人格和尊严。也正是因为这些孩子有了断然拒绝"施舍"的勇气，诗人相信灾区的重建"又获得了／辽远的地平线"。世界是彼此联系和通灵的，心灵的康复比一座城市的重建更有意义。面对死去的同胞和正在恢复的城镇建设，诗人心里涌生出对逝者的告慰和礼赞，因为这场灾难和无数同胞的死亡，诗人看到了人性的光芒，他眼前出现了旭日东升的朝气蓬勃的景象，所有亡故的灵魂包括儿童披上了一层神圣的光辉，他们昭示着民族灵魂的崛起和超度。地震中亡灵的价值并非仅供后人哀悼和流泪，而是让生者清醒地认识到活着的意义，那便是在自尊、自爱和自律的"护佑"下，抛弃金钱和欲望的围困，带着一颗感恩的心，"好好活着"，"像真正的人那样安详勤恳"地活着，感受生活带给我们的每一丝"凉意"和每一米"阳光"，让生命在平淡中充满幸福，让民族的灵魂在"风霜雨雪"的洗礼中充满"大美"和"大善"。闪光的精神是一个民族需要不断强化和补充的营养，灵魂的高尚可以战胜一切邪恶，可以在艰难困苦中让我们依然满怀希望和激情。灾区孩子的行为给了诗人无言的安慰，他相信凭着他们的自立和自强，民族灵魂的未来就会变得郁郁葱葱，"香魂"就会"漫向全国／漫向整个人寰"，中华民族的伟大复兴便指日可待。

王久辛先生的长诗创作具有明显的建构人文精神的自觉意识，从《狂雪》到《大地夯歌》，从《致大海》到近期的《香魂金灿灿》都显示出他深重的社会焦虑感和责任感，也让我们看到了一位立意通过诗歌来建构民族精神的顽强"斗士"。愿王久辛的诗歌创作能坚守自己的理路，不断推进民族精神的建构。

第四节
当代新诗的入世与出世情怀

诗歌目前在商业化语境和"个人化写作"浪潮的冲击下对社会现实的关注逐渐弱化，过于理性化的写作模式或过于狭窄的主体观照使其在远离生活现场的同时拉开了与读者的距离。于是建构诗歌的精神成了当前诗人应当肩负的时代责任，而车延高①的作品无疑在这个向度上契合了时代对诗歌创作的精神诉求，具有较强的当下性意义。车延高是一个具有社会担当意识和批判能力的诗人，他的诗歌表现出对社会底层人群的人文关怀；同时他又是一个保持精神高度独立和圣洁的诗人，其作品在远离尘世喧嚣的同时为自己的心灵营造了理想的居所。

---

① 车延高，山东莱阳人，中国作家协会会员，湖北作家协会会员，兼任武汉市杂文协会主任。1979 年开始业余文学创作，2005 年 2 月开始业余诗歌创作，已在《诗刊》《人民文学》《人民日报》《天津日报》等各类报刊发表诗歌 200 多首。组诗《日子就是江山》被《新华文摘》转发，并于 2007 年 10 月荣获第八届"《十月》文学奖"诗歌奖，并获《青年文学》《诗歌月刊》《芳草》等刊物年度或诗歌征文奖；2010 年 10 月，诗集《向往温暖》荣获第五届鲁迅文学奖。

一

自古以来，居于中国思想文化正统地位的儒家思想强调积极的入世品格和进取精神。孔子在《论语·宪问》中说："士而怀居，不足以为士矣。"表明有理想有抱负的知识分子理应介入并服务于社会生活，而不应该选择"消极"地归隐潜居。真正的智识者不仅要有良好的道德修养，同时还要有"治国平天下"的"力行"能力。作为具有入世情怀的诗人，车延高的作品不仅承载了强烈的个人修炼意识，而且还通过对社会现实的批判和对底层人群的观照渗透出明显的担当意识。

具有入世情怀的诗人首先必须具有良好的个人素养。艰苦的生活环境养成了车延高顽强的奋斗精神。上世纪 50 年代，农村的贫寒使诗人从小就开始和饥饿抗争，一台盘石磨在碾磨粮食时发出的声音像一个老者在讲述"庄稼和土地的故事"，而年幼的诗人往往等不到磨出的面粉制成白馍，便在饥饿中被磨盘的轮回转动带入了梦乡。暖暖的阳光照在身上，诗人在梦中看见慈祥的母亲向他走来，亲抚着他的脸庞并喂给他"一个白白的杠子馍"（参阅《记得那种味道》）。梦中的情景与真实的现实相去甚远，诗人的童年总是在缺少粮食的饥饿和亲人离世的悲伤中度过。也许是出生时"躺在铺粗席的土炕上"，也许是"等我知道回头时"父亲已经离开了人世，在母亲的怀抱中逐渐长大的诗人懂得要依靠劳动才能在土地上找到自己的"根"，"像一株高粱那样长大"。慈祥的母亲吞食野菜维持生命来供孩子吸奶的辛酸场面至今依然浮现在诗人的心里，饥饿最终让母亲离开了人世，诗人的一腔悲怨化作奋斗的誓言："长大了，把祖国种满麦子／让我的妈妈天天吃上馒头"（《我咬着牙齿发誓》），让普天下的母亲不再因为饥饿而离开她们的孩子。当诗人在生活中逐渐"丢失了自己"，看不见时光的脚步，看不见季节的更迭时，他会重新想起遗落在故乡"石板路"上的"自我"。每每这个时候，诗人就会看见故乡的老屋以及由于劳累而过早衰老的母亲,"听到她背着我上山时的喘息"(《刻骨铭心的熟悉》)。这些都是铭刻在诗人心上最熟悉的图画,就像在《老纺车》中诗人看见老纺车就会看见母亲勤劳的身影一样,对家乡和母亲的怀念表明了车延高将要重拾奋斗精神的勇气。

"天行健,君子以自强不息"(《周易·乾·象》),车延高具有务实的进取精神。诗人从嫂子的身上也学到了进取精神,当年嫂子像母亲一样不辞辛劳,用她朴实的性格和真实的言行"教会了我勤劳、吃苦和善良"。车延高是一个懂得感恩的诗人,"嫂子"满头银丝让诗人领略了时间的无情,她"昏花的双眼"让诗人"明白了缝补日子有多么的艰难"(参阅《让我记住母爱的人》)。此外,乡村特有的精神同样易于培养诗人务实的个性。耕牛"老实"而勤劳的身影是乡村习见的事物,哪怕生命在劳作中逐渐燃尽,但付出总会迎来"一片更有活力的春天";早起筑巢的鸟儿在劳作中迎来了黎明,点燃了生命的"太阳"。"耕牛"和"鸟儿"的形象让诗人明白了勤劳务实的秉性是生活的基础。我们虽然可以从诗人的作品中看到他倔强地在灵魂深处建构着高洁的生活居所,但他并非不切实际的理想主义者,他坚信劳动才是生活之本。在《过有人间烟火的日子》中,他批驳了"巨灵神"的存在,认为"它只能隐居在比童话古老的传说里",那些与之有关的"大手印和大脚印"与其说是出自神的本领,毋宁说是出自人的能耐。求神拜佛只能给予人们心灵的慰藉,一个人要在人世间立足还是需要依靠自己勤劳的双手和豁达的心胸。"石头"也许就是诗人形象的折射,看起来"笨头笨脑的石头"从来不高声宣扬自己,在一个位置"一蹲千年"且"哑然无语",其"成熟""老道"且"敦厚"的随和性格从不嫌弃任何人。而"那些张扬乖戾风"在生活的道路上"被撕得衣衫褴褛","石头"以静制动的生存哲学反倒获得了赞誉(参阅《一块石头的哲学》)。这反映出诗人内敛的个性,在生活中勤勉做事、真诚待人才是他一贯奉行的为人处世原则。

车延高作品的入世情怀主要体现为对农民工生活的忧患。真正的忧患意识并非浅层次的"物质生活的匮乏和个体生存发展上的苦困，而主要是内在精神生活的缺憾和人类群体生存发展上的苦困；绝非一己之功利得失或'一朝之患'，而主要是人类群体之幸福和理想的实现"（邵汉明：《中国文化精神》）。农民工不仅参与了中国的城市化建设，而且今天的城市再也离不开他们，他们对城市的建设和繁荣做出了巨大的贡献，诗人怀着欣赏而非贬低的眼光去打量他们。来自乡下的农民工虽然穿着土气且没有多少本事，但他们有"一双勤劳的手"，原意做"城里人看不上眼的活儿"，更重要的是"这些人和他们手上的茧一样厚道，能吃苦"。"城里的大楼是他们顶着天地盖起来的／那些马路和街区是他们打扫干净的／很多漂亮的住宅是他们用手装修出来的／但他们要求很低，擦一双鞋只收一元钱"（《乡里来的》）。如果没有乡下人的辛苦劳动，城市就会变得"焦灼"起来，就会"堆着许多麻烦"。民工依靠诚实与勤劳和城里人达成了"默契"："你拿出该拿的钱／我拿出更多的汗水"（《把自己当扁担的人》）。但更多的时候，乡下人进城务工是在用汗水、鲜血乃至生命攒微不足道的"钱"。他们劳作时"汗像自来水那样流"，同时"把一分钱掰成两半花"（《怕乡亲盲目羡慕的眼神》）。有的为了挣钱从建筑工地的脚手架上摔了下来，一生的辛劳最后换来了一抔黄土和"一丛无人问津的野草"（参阅《回到剪断过脐带的地方》）。而年轻的民工把自己的青春交给了城市的建设，把毕生的幸福寄托在城市的建设中，希望通过劳动能"买一套自己盖的房子"，但"一个劲儿涨"的房价使他几乎永远不可能在城里买房迎娶那个与自己"同居三年"的穿红色衣服的女人。因此，当疲倦或者绝望的时候，他们只能告诫自己"还是熬几年吧"，等攒足了钱"风风光光地娶她"，然后和心爱的女人一起回到家乡"种那五亩三分田"，过属于自己的生活（参阅《还是熬几年吧》）。车延高喜欢那些致富以后仍然坚持本色的民工，对和"富婆耗上"的乡下人嗤之以鼻，他坚信农村人"一双手是永久的资本",只有凭借勤劳才能过上舒坦的日子。

　　诗人的忧患意识除了体现为对庞大的民工群体的观照外,也体现为对其他弱势群体投注的温暖目光。生活在社会底层的人由于生计所迫,不得不成为社会职业身份与内心情感世界严重分裂的人群。在车延高看来,那些依靠出卖肉体挣钱的"花枝招展"的女孩"过去很纯洁,现在也纯洁",他避开长久以来人们对"青楼女子"的偏见,将这类人还原为具有正常生活愿望的普通人,展示出她们不为人知的内心世界。事实上,她们对未来生活怀有美好的期待,"想趁年轻多挣点钱,然后/回家乡开个店,找个好男人/生个漂漂亮亮的孩子";她们孝顺父母,"每个月给家里寄钱",让父母感到宽慰和高兴(《宽慰》)。诗人不仅没有歧视她们,反而对她们充满了同情,"宽慰"的背后隐含着他深重的痛楚。车延高关注民工进城后的农村,大量强壮的农村劳动力涌入城市以后,导致了乡村的"荒芜"和农业生产的停顿,"那条水牛不老,浑身是劲/可当下没活干";而且大批"留守儿童"与年老的爷爷奶奶住在一起,还出现了严重的教育问题(《它高兴地跟着我》)。车延高关心进城务工的女性,比如《疼一双怯生生的手》这首诗表现了他对在餐馆打工的女孩的疼爱之情。车延高的忧患意识还延伸为对地球生态的沉思:地球在人类肆无忌惮的"工业文明"的进步中承受着各种创伤,比如地震时的"废墟和滑坡都是划痕/下面埋着巨大的内伤","输油管里有它捐出的血/鳞次栉比的高楼拆借了它的骨头/华丽的瓷砖是它不会滴血的植皮"……但"地球是不会哭的母亲","它咬牙/坚持着,在忽视中坚持"(《为它的病因做一次会诊》)。所以,作为地球的孩子,我们应该学会珍爱地球,就如诗人在作品中借用遇难小孩在地底下开始了新的学习一样,我们人类现在对地球也要开始新的"学习":"今天的课程:地球——人类唯一的家园。"如果继续对地球强取豪夺,那我们最后不得不"为自己的贪欲截肢"。

　　具有入世情怀的诗人必然具有社会担当意识和社会批判意识,这是一种博大的胸襟而非"牢骚满腹",是知识分子"力行"意识的集中体现。一代代人在中国大地上繁衍生息,直至今天也很少有人回过头来反思我们这个民族的文化,也很少有人对今天的社会现状加以反思。生活本来就积淀了不少"淤泥","现在上游的污水又挤了进来",有民族意识和正义感的人们不得不花大量的时间和精力"才能把它洗得和最初一样干净"。车延高常常采用"童心"视角来揭示和批判现实的不足,比如《可笑的问题》这首诗描写了黑夜到来之后,周围的事物"为什么要戴上面纱",让世界变得朦胧难辨?那顶光明磊落的太阳,也在黑夜到来时隐没在西山之下,而西山不会变魔术,那太阳到底"藏到哪里去呢"?作者看似以"学生"的口吻在问一些早被人们解析清楚了的自然规律,但其实他所问的是非常严肃的社会问题。中国经济在迅速崛起的当下,也出现了一些不尽如人意的地方,这些问题就像"黑夜"一样笼罩着我们的生活,让人不能清楚地辨别是非;同时,无私的奉献精神曾经让我们每个人都"光明磊落"地生活着,但如今在物质利益面前很多人失去价值标准,变魔术般地让优秀的民族品格消失在我们的生活中。因此,诗人希望有人能够勇敢地回答这些"可笑的问题",让透明和公正、富足和愉悦重新回到我们的生活中。一个敢于批判社会现实的人应当具有自我批评的勇气,车延高是一个善于自我反省的诗人,他认为每个人在生活的道路上摸索行进,可怕的不是道路的曲折坎坷,而是不能正视自己的长处和不足,结果走不出自负的影子,最后耽误了赶路的时间。在《毅然转向太阳》这首诗中,诗人自我批判的意识更加强烈,他不愿意借助外在的虚假和自大来为自己开路,他愿意在"阳光"的照射下透明地生活,哪怕被正义的剑刺穿,也要做"倒在光明里的英雄"。

由忧患和批判而超越忧患和批判,最终达到"至乐"的境界是儒家生命哲学和入世精神的魅力所在,车延高作品中的批判意识源于其内心深处对生活的热爱。车延高赞美那些普通而伟大的事物,它们往往蕴含着无穷的力量并缔造出惊人的成就,就像一粒麦芽让大地有了生命的绿意,一个农民用锄头唤醒了封冻在泥土中的生命,一个戴草帽的妇女弯腰劳作就能孕育沉甸甸的秋天。因此,我们没有理由忽视任何弱小的事物,也应该相信平凡者的伟大。如普通百姓的气节在历史演进过程中起到了至关重要的作用:"皇上们去了墓地/只有草民一样的百姓还在山上/骨头修炼成灵魂的另一半河山"(《骨头修炼成灵魂的半壁河山》)。《想去看看那些根》《用眼睛读他的沉默》等诗篇则是对自然力量的赞美,博大空灵的白雪具有孕育草原和生命的神奇力量:"寒冷走远,雪是冬天的一个图章/告诉世界什么是一无所有",同时也赞美了雪是生命之源:"他流泪,成为一条大河,牵着牛羊的命运/蹄印在篆刻,是一片辽阔无比的草原。"车延高对生活中的正义充满了热爱,"时间是说话的青天",它会让那些虚伪邪恶的灵魂付诸流水,也会让那些"比糯米还白的忠骨"永留人间(《时间是说话的青天》)。这首诗表达了诗人对屈原的追念,对有傲骨的人的敬仰。车延高对中国大地充满了热爱,他的很多作品散发出对高山、草原乃至沙漠的依恋之情。比如《屋脊上的灵魂》一诗是诗人对雪域高原的热爱,普通的画家画不出青藏高原的壮美,只有凭借上帝的双手才能找到高原的灵性。在世界屋脊上,雄鹰飞不出高原的"高",天底下的野花在牛羊粪便的滋养中开得灿烂无比,给草原增添了一丝亮色。在世界屋脊上,藏族人民自由自在地生活着,青稞酒和奶茶的香味在草原里回荡,布达拉宫在酥油灯的照耀下,每一块砖和每一堵墙都显得更加厚重,这是藏人朝拜的福地。此外,《文化穿上现代的服饰》一诗是对汉文化的热爱;《泪水中站立的微笑》是对中华民族坚强个性的热爱。

从加强自我修养到观照底层人群,从批判社会弊端到热爱现实生活,车延高的诗歌呈现出强烈的入世品格。作为一个具有社会担当意识的知识分子,诗人用创作实绩彰显了诗歌乃"经国之大业",对推动整个社会的精神建构起着不可或缺的重要作用。

二

如果说车延高作品的入世情怀是儒家思想在现代诗歌中的践行,那其诗歌的出世情怀无疑则具有浓厚的道家色彩。所谓的出世精神并非狭隘地指对人伦世界的弃绝和对现实矛盾的规避,而是希望人们在现实社会中不被世俗的东西左右,从而获得内心的自由与逍遥。车延高作品中的出世情怀不是消极的遁世思想,而是在积极入世的基础上为保持自我精神的独立而营造的"返璞归真"的世界。

车延高时常用儿童的眼光去观察外在的一切,生活显得单纯而美好。夏风微醺的午后,诗人的思绪穿越了时间隧道回到童年,他仿佛看见自己调皮地越过了篱笆,在阳光下摘取一朵朵粉红的夹竹桃花斜插在鬓角,天上的游云慢慢地从头顶浮走,旁边的牵牛花静静地开放着。园子里的蜜蜂在花丛间唱戏般嗡嗡地飞舞,一群蝴蝶摇动着像是在给庄周打扇的翅膀,在清新的空气中装点着那些素朴的花朵。这时候,和姐姐谈话犹如"一对虎牙和另一对虎牙对白",充满了无忌的童言,和她一起在去追逐那些飞舞的蝴蝶,用"漂亮的鼻子嗅今年的味道"。这段无邪的烂漫时光让诗人把姐姐的来生想象成"一颗绿油油的白菜/大方清秀,人见人爱/即使长出菜虫,也会举止得当"。而诗人把自己的来生变成"一颗辣椒",到了秋天收获的季节,"去招惹不安分的风",把自己"打扮得红红火火/让枝头挂满异型的灯笼"(《给自己的来世写生》)。与其说诗人在给自己的来世写生,希望自己变成"一颗辣椒",不如说是诗人在勾画现实生活之外的又一个理想世界。他希望生活就像草原一样宽广自由,在一个远离尘嚣的地方与自然万物和睦相处,在儿童般清纯美好的世界里尽情享受煦暖的阳光和自然的绿意,那些活动在身边的精灵好比孩子眼中的动画一样可爱。虽然这只是个让诗人着迷的"理想国",但他愿意"把灵魂和血捐出来,打扮他们"，哪怕须发累白了，身体只剩下骨头，"都要保留我最爱的洁白"(《一双眼睛给我留下》)。车延高清楚地知道，在充满各色诱惑的滚滚红尘中，一个人要坚守这样的心灵世界是艰难的，唯有思想的"眼睛"可以洞穿一切，然后到达智者精神的乐土。

"草原"是车延高在现实生活之外为精神营造的理想居所。太阳的暖意融化了积雪，春天的草原伴随着马蹄声苏醒过来。格桑花在远离毡房的野外静静地开放，蜜蜂自由地在花香中穿梭忙碌，藏红花在碧蓝的天空下开放得更加绚烂，啃食鲜嫩野草的牛羊给沉静的草原增添了丝丝灵动。对于一位内心向往自由和自然美景的诗人来说，《骑半个月亮去接你》这首诗与其说是诗人希望在春天的草原迎候某个人的到来，不如说是"草原"这个远离现实尘嚣的"圣境"在迎接诗人的到来，为诗人营造了在现实中无法找到的宁静居所。这种理想的栖居地不由得使人想起了海德格尔急于返还的乡村："南黑森林一个开阔山谷的陡峭斜坡上，有一间滑雪小屋，海拔一千一百五十米。小屋仅六米宽，七米长。低矮的屋顶覆盖着三个房间：厨房兼起居室，卧室和书房。整个狭长的谷底和对面同样陡峭的山坡上，疏疏落落地点缀着农舍，再往上是草地和牧场，一直延伸到林子，那里古老的杉树茂密参天。这一切之上，是夏日明净的天空。两只苍鹰在这片灿烂的晴空里盘旋、舒缓、自在。"(《人，诗意地安居》)海德格尔主张"诗人的天职是还乡"，其欲返还的处所祥和安宁，犹如中国东晋诗人陶渊明《饮酒》篇中的"南山"，亦如车延高笔下的"草原"。

所有这些意欲"还乡"的诗人最终的旨归不是返回身体的居所而是返回心灵的憩园，车延高也不例外。不同的是，他的"草原"不仅风景优美，而且还洋溢着厚重的古文明的气息，因为那个象征着诗人所追求的灵魂高度的"你"是从"三星堆启程"，而诗人用诗句营造的"草原"是"必经之路"。我们从《骑半个月亮去接你》的最后一节即可领悟那仅属于诗人灵魂的草原与现实生活是两重世界，草原才是他灵魂的皈依之所:"我现在闭目在最高的峰顶,下不来/用一双超度的眼睛眺望你,你还是太阳/在我的另一片天空,修一条天路。"是的,那片草原那座山峰留存在诗人的心灵深处,他"闭目"就能够看到;一个心灵圣洁的人怎么愿意从高处降落俗世呢?对高尚人格的坚守使他"下不来",也无须"下来"。在这个并不平静的生活现实里,诗人的灵魂为他支撑起了"另一片天空",构筑起了通往"草原"的道路。工业文明的进步让人类心灵和肉体的栖身之地早已被糟蹋得不堪入目,我们的生活因为价值取向的物质化变得庸俗而忙碌,对物质的倾心追求使我们连身体都无法顾及,哪还有心思去考虑心灵的渴望呢?因此,像车延高这样能返身关注心灵世界的诗人,能为自己的灵魂和情感留一席存在空间的诗人是值得肯定的,至少他的作品让我们在冰冷的物质世界里看到了生活的暖色和人类本质的精神需求。

　　远离喧闹的现实,为自己的精神找一个宁静的居所是车延高出世情怀的主体内容。除了以上论述的儿童般单纯美好和草原般辽阔宁静的世界之外,车延高的精神世界自由而奔放。诗人叹服于雪山美景的"崇高",这在西方美学中认为可以引起心灵"战栗"的"大美"值得诗人用一生的时间停歇驻足,在这样壮美的场景中,生命和时间的边缘界限已经消失,人被自然的力量和美丽消融掉。《在想留的地方停一停》这首诗在表现美景的同时也隐含了诗人一贯的理想情结,即在远离现实喧闹的地方让心灵自由地飞翔,唯有圣洁高远的雪山才值得他停下来"歇歇不知什么是疲倦的大脚"。《骑着马蹄去西藏》这首诗赞美了草原的"古老厚重",但实际上也暗示出诗人对草地的青睐,因为人可以在这里自由地舒展筋骨和放飞思想,可以领受草原古老厚重的生活哲理。为了能在这样的地方生活,诗人宁愿自己像草原上的马匹一样,最后剩下"一堆白骨"。《有一种陶醉》写诗人让自己陶醉在油菜花渲染出的浓浓春意中,也只有在这样的场景中,他才能体会到人存在的幸福。建构灵魂的居所并非表明诗人具有消极的隐士情结,他事实上是一个对生活充满了激情和希望的诗人,即便是面对漫天飞雪,他也会看见"太阳从山那面来,有上升的温暖／一群大雁回来,走成天空的诗／一片麦地泛绿,写出泥土的赋"(《简洁创造了圣洁》)。

车延高除了通过诗意的想象或者出游的经历为自己的灵魂建构起安居处所之外,还通过醉酒的方式在与现实生活隔离的虚幻世界中寻找真实而自我的生活空间。在诗人看来,喝醉酒后的人"就像一个演员突然卸去戏装",回到了"返璞归真"的境界并"弄丢了尾随多年的虚伪",这个时候"我就是我","我"成了"一个无欲无邪的孩子",真实地面对自己和周遭世界。醉酒的人是懦弱的,他们不敢面对真实的自我和生活,但醉酒的人也是勇敢的,至少他们能够在哪怕是短暂的时间里面对真实的自我。在《一句酒精都会惊醒的话》中,诗人再次表现出醉酒后的人所拥有的那份自在和真实,他可以毫无顾忌地抱怨世界的不公平,可以将胸中累积多时的郁闷吐露出来,从而在一种非自然的状态下求得心理的平静。《人坐在酒香里》则表明有酒相伴、有朋友相伴就是诗人最快乐惬意的生活,在秋天明月朗照的湖上,与朋友对酒当歌,人生得失在醉笑间烟飞云散。平时诗人生活在被众多礼仪和规则压抑的环境中,表面上看起来的心平气和与仪态举止的庄重都是"中和"的结果,内心实际上非常向往真实而自在的生活。于是,醉酒就成了诗人现实生活与内心真实生活的临界点,也成了诗人宣泄内心积郁的突破口,只有当他把那些在现实生活中不能表达和吐露的东西借助酒兴发泄后,内心世界才会获得一种真正的平和,从而达到古希腊悲剧中所谓的"宣泄说"的审美效果。

不为俗世束缚的"出世"情怀使诗人渴望过上乡下人自在的生活。在收获小麦的季节,镰刀在农人的劳作中被麦子的秸秆"擦得锃亮",太阳照在塬上,"烫人的风"四处蔓延。一个割麦的汉子在树荫下吃完午饭后"抽足了烟",然后满足地打起了盹,一个女子来到他跟前,用小手掏"男人正在打盹的耳朵"。《歇午》这首诗为读者呈现了一幅原始而典型的乡村生活图景，在男耕女织的自然生产状态下，乡下人再苦的日子也充满了快乐。该诗折射出诗人对自然生活的向往，在那个犹如桃花源般的塬上，男人用自己的勤劳耕种收获，女人用自己的细心和体贴打理家务，并用她天真的个性不时地给生活带来乐趣。《只有微笑不累》这首诗描写了乡村朴素的生活现状：农人们在微弱的灯光下"寻找夜的边缘"，疲倦的身影早早地步入了梦乡，此时整个村庄都陷入了寂静之中，"除了鼾声，没有一点多余的东西"。但再累的身体也会在睡梦中微笑，梦中的场景是和谐的，阳光照在谷穗上，打谷场上堆满了稻谷。在静寂中安睡的人"等眼前忽然一亮"，才知道太阳已经爬到了窗边，起床后推开门才知道村子的上空炊烟袅袅，"下田的人和牛羊都在路上"，村庄新的一天在清新的空气中拉开了序幕。这是何等祥和安宁的村庄，在远离都市喧闹的静寂中人可以安稳地睡觉，安稳地睡着后可以在梦里微笑，醒来后又是充满希望的一天。在这样的村庄里，诗人感受到了浓浓的生活气息。像《数前前后后的日子》描写了乡下春天的美丽，《麦垛是一栋新房》抒写了乡下丰收的喜悦，这些作品反映出诗人对祥和宁静的乡村生活的向往。

道家思想和儒家思想共同构成了中国传统文化的内核，影响并最终形成了中国诗歌的两翼：一是政治伦理的功利性诗歌，二是自由自在的非功利性诗歌。有人说人生仕途得意时信奉"儒家"，人生仕途失意时信奉"道家"，这其实道出了二者实质的相通——关注社会现实。车延高诗歌的出世情怀同样表达了他对社会现实的关注，只是介入的方式不同而已。

三

　　车延高诗歌的情感内容是丰富而多维的，除了抒写入世与出世的情怀之外，他的作品还表现出对时光流逝的喟叹、对美的欣赏和对普天下红颜的爱怜。

　　对生命的咏叹向来是诗人表现的主题。汉末开始，文人主体意识的觉醒开始在诗中表现出来，《古诗十九首》多写生命的短促，人生的无常，在宿命阴影的笼罩下，诗人们急切地寻找心灵的慰藉，体现出对轻薄生命的无奈。《我会从梦里去》以一个孩子无邪的眼光去描述身边人事的变化，童真的想象跨越了阴阳世界的隔阂，诗人像小孩子一样去梦里揪离世的爷爷"慈祥的胡子"。这样的作品看似平淡无奇，但却体现出了诗人对生活的感悟力以及对时间的观察力，读者从小草爬上山顶、山冈"举起一颗烫手的太阳"、村边那棵老树的叶子绿了又枯，爷爷坐在黄昏的石头上打理烟袋等一系列场景中似乎聆听到时光飞逝的脚步声，我们一路行来不就记住了这些时间雕刻的画面吗？这首诗是对时间和生命客观而冷静的观照，因此"爷爷"的离世是生命链条上必不可少的环节，"人生如朝露，寿无金石固"，诗人明白匆促的人生在时间的流逝中必然结束。在春夏秋冬的轮回中，诗人在河岸上看见了季节更迭的身影，那些留在岸边的鹅卵石，像心脏一样见证着地球生命的演变。人的一生就像莲花的开落一样短暂，生活的道路就像"起伏的浪花忽高忽低，揣摸不透"，人就如沧海一粟那样渺小，穷极一生并小心翼翼地赶路的我们最终也许只能收获"一瓣荷花"，而付出的却是整个"洪湖"的衰老。《对脚印的注释》通过对四代人"脚印"的诠释，说明人在不同的年龄阶段要走不同的路，要追求不同的生活目标。这首诗使人想起了臧克家的《三代》："孩子／在土里洗澡；／爸爸／在土里流汗；／爷爷／在土里葬埋。"这两首诗表达了相同的旨趣，意在说明天然的生活状态和几代人不断轮回交替的生活道路。

　　车延高的很多作品是在描写女性，但却超越了异性相吸的生理冲动，表现出对"美"的欣赏。诗人对江南"长袖善舞"的女子产生了爱慕之情，但由于年龄的距离而"只能把她们当漂漂亮亮的女儿"。多情的诗人设想，他要让自己的眼睛在这里定居，好整天欣赏到这些女子的美丽，如果真有来生，他愿意投胎到江南，"和一颗心里的芭蕉树朝暮厮守"（《心里的芭蕉树》）。同样，诗人用欣赏美的眼光去打量旅途中遇见的姑娘"小党"，尽管心旌摇曳，但他"只好把一种叫父爱的东西藏在心底/偶尔用慈祥的眼光注视她"（《应该把我醉在这里》）。在《一首失眠的诗》中，诗人发现了收割麦子的女人的"风韵"。和英国浪漫主义诗人华兹华斯的《孤独的刈麦女》相比，车延高的这首诗从正面描写了割麦女人的辛劳和在劳动中表现出来的美丽，他宁愿成为"一片麦地"，和那割麦女"一起耕种，收获"，而华兹华斯笔下的割麦女是孤独的，其形象来自她忧郁的歌声而不是诗人的观察，最后留给诗人的不是美的享受而是挥之不去的"孤独"和"歌声"。其他的如《诗歌有了一片国土》《扶唐婉走出自己的悲剧》《读〈葬花吟〉》等诗篇则表现了诗人对普天下红颜女子的爱怜之情。

　　当前诗歌人文精神的萎缩主要表现在对大众生存境遇的关怀不足，对忧民思想和担当意识等传统人文精神承传不足，视野褊狭，精神信仰游移，价值观念混乱以及盲目地怀疑和解构一切文化精神和文化传统。而诗歌人文精神的萎缩必将导致整个社会精神的贫乏，诗歌精神的重建也就成了一个亟待解决的沉重的社会问题。在这种情况下，车延高在入世与出世间建构起来的诗歌情怀理应受到好评。

第五节

当代新诗与精神家园的建构

当物质不断侵蚀并吞没人们的生存空间时,唯有清醒者利用文学和诗歌为自己的精神世界留下了纯洁的栖息地。作为具有社会属性的诗人,其言行必须符合社会礼仪的规范,同时符合时代行事的"潮流",但与此同时,他们利用诗歌创作为我们建构起了精神的家园,挺起了鲁迅所谓的"民族脊梁"。

工业革命导致人类物质文明飞速发展,伴之而起的繁华都市逐渐吞噬了乡村生活的宁静,疯狂的物质追求耗尽了现代人的生命并放逐了对精神世界的体验。于是赫伯特·马尔库塞所谓"单向度的人"[①]便产生了,揭示了发达工业社会对人们内心否定性、批判性和超越性思想的成功控制,从而使人们丧失了自由和创造力,不再想象或追求与

[①] 赫伯特·马尔库塞(Herbert Marcuse, 1898—1979)是法兰克福学派的代表人物,他所撰写的《单向度的人》包括"单向度的社会""单向度的思想"和"进行替代性选择的机会"三部分。作者通过对政治、生活、思想、文化、语言等领域的分析和批判,指出发达工业社会是如何成功地压制了人们内心中的否定性、批判性、超越性的向度,使这个社会成为单向度的社会,而生活于其中的人成了单向度的人。(参阅[美]赫伯特·马尔库塞:《单向度的人——发达工业社会意识形态研究》,刘继译,上海:上海译文出版社,2006年。)

现实生活不同的另一种生活。陈陟云先生①正是在这样的语境下开始诗歌创作的,但其作品从一开始就显示出对现实生活的巨大反叛,立意通过诗歌语言去架构理想的精神世界,在"荒原"般的都市生活中找到现代人的安身立命之所。

一

第一次世界大战之后,面对满目疮痍的欧洲大陆和人们萎靡低沉的精神世界,艾略特写下了伟大的诗篇《荒原》。而陈陟云诗歌中的今日中国,经济成就成为衡量一切的标尺,都市人在发达的物质文明面前感受到了空前的压力,林立的高楼透露出冷光,人们失去了生活的方向。

现代生活充满了巨大的生存压力。现代人的生存压力随着生活节奏的加快变得越来越大,生活如同一片望不到边的沼泽地,身陷其中的人们越想摆脱困境越身不由己地下陷。每个人都想克服现有的困难去实现自我价值和理想,但前进的路上总会遇到诸多"噩梦","窒息随时发生",生活最终演变成"浑然无隙的铁,密不透风的铁"!现实总是给人带来无尽的压力,尤其对特立独行而保有高尚情操的诗人而言更是如此,有时甚至超过了大地震给人们带来的伤害,因为地震中有的人还可以搬开石块瓦砾求得"一丝生的希望",而现实的压力简直

---

① 陈陟云,广东电白人,1984 年毕业于北京大学法律系。自上世纪 80 年代在北京大学求学期间就开始诗歌创作,二十多年来一直坚持用心灵写诗。2005 年曾与大学好友合著出版诗集《燕园三叶集》,第一本个人诗集《在河流消逝的地方》(2007 年)、《陈陟云诗三十三首及两种解读》(合著,2011 年)、《梦呓:难以言达之岸》(2011 年)。作品曾在《诗刊》《花城》《作家》等刊发表,并入选《2007 中国最佳诗歌》(太阳鸟文学年选)、《2008 中国诗歌年选》《大诗歌》等多本诗歌选集。

让人绝望（参阅《窒息》）。陈陟云所写两首同名诗《窒息》让读者想起了当年徐志摩在生活压力空前沉重的时候写下的诗篇《生活》："黑暗，毒蛇似的蜿蜒，生活逼成了一条甬道：一度陷入，你只可向前，手扪索着冷壁的黏潮，在妖魔的脏腑内挣扎，头顶不见一线的天光这魂魄，在恐怖的压迫下，除了消灭更有什么愿望？"通过对文本的互文性阅读，我们发现不同时期的诗人对生活的体验都是悲剧性的，让我们看到了诗人内心的苦闷和挣扎。既然生活中的苦难和压力无法选择，那勇敢甚或绝望的抗争也不失为积极的生活姿态。陈陟云表现都市人生存压力的还有两首名为《困兽》的作品，诗人认为，在生活的舞台上，人很多时候不能按照自己的设想去出色地完成一出戏的演出，只能"以如此规范，如此安然的姿势"去打发"枯槁"的日子。更多的情况下，我们只能以"静立于戏台的某一隅"的旁观者身份去观察生活的变化，现实总有很多力量制约着你按照自己"原本最习惯也最普通的动作"在人生的舞台上表演。诗人视自己为困在生活牢笼中的牲畜一般，具有强烈的追求美好未来的愿望却只能行尸走肉般地"规范而陈旧地活着"，到最后发现自己"站立的地方／原来空空如也"。

现代都市呈现出冰冷的面貌。都市文明让"无辜的人群"步入了难以自拔的生活状态，陈陟云先生的《一月》形象地展示了都市繁华背后的苍凉。该诗第一节对城市森林进行"审丑"，都市的繁华和表征现代文明的建筑在一月的寒风中就像尖锐的玻璃"砸向人群"，在工业文明浪潮中涌入城市的人群在街道上"黑压压地蠕动"，而正是这些由冰凉的建筑和拥挤的人群构成的都市吞噬了人们的一切。这首诗的第二节通过"长镜头"的方式选取了特定的生活场景来表现都市人生活的空虚和无聊，他们依靠不可能创造出生活物质的"数字"去赢取毫无保障的利润，没有用工具参与具体劳作的人们生活得踏实。整首诗不仅表现出诗人对城市的"声讨"和"厌恶"之情，而且也体现了诗人对不自觉地卷入城市生活的无辜人群的关爱，他希望"纸已重于金属"

或"空气已重于玻璃"的反常态现实能被改变和颠覆。《比武》一诗形象地刻画了都市人的空虚和无聊，该诗戏谑当前很多不学无术而故作高深的人，他们借助"花拳绣腿"和自我吹嘘抬高自己，显得"技艺无穷，功力无限"，其实大都是平庸鼠辈。因此，城市无法给人们的生活"镀上阳光"，诗人在《怀念村庄》一诗中感叹宁静生活的消失而"开始怀念昨日的村庄"。

作为一个对生命充满激情的诗人，陈陟云希望通过自己的努力"引领众多迷失方向的河流"，他总想排除外界纷扰的人事并远离现实语境去塑造完美的生活。而当诗意的生活距离我们越来越遥远的时候，当大多数人在现实中摧眉折腰的时候，诗人就会在孤独之外新增疑惑："这样的时代还有什么骨头／可以雕刻自己的塑像？"（《深度无眠》）当所有与"爱"有关的词汇都已经"熄灭"或者被"烧毁"的时候，我们"已经没有器皿，可以安放那些灰烬了"，诗人只能在每天晚上独自伤悲。工业文明在给我们带来物质享受的同时，也逐渐改变了人们的价值观念，当冷漠让爱无处安身的时候，当金钱让肉体脱离人格的时候，诗人呼吁每个人都要有"骨头"去雕刻自己坚硬的形象。

面对难以改变的生存环境，诗人有时候选择了放情山水，将心中积压的郁闷情绪消融到大自然的美景中。他希望时间可以静止在湖光山色之间，因为大自然创造的美景以及由此给诗人带来的震撼才是征服世人的壮丽诗篇。

二

爱情是抒情文体经久不衰的表现主题，陈陟云先生的很多作品都是对爱情的咏叹。相对于其他爱情诗而言，陈陟云的爱情诗陌生而纯粹，诗人在体味到现实生活的残酷之后，在经历了现实爱情的不圆满之后，他只能用诗歌语言去建构理想化的圣洁爱情。

真爱在世俗化的现实生活中难以得到且无法持久。在茫茫人海中与心仪的人邂逅本是快乐的经历，但在梦境与真实难以调和的尘世中，很多相遇最终演变成"美丽的偶然"，就像一滴雨水"须臾间她消失得了无痕迹"，给诗人留下了"迷茫"和"一片荒凉和开阔的难言之隐"（参阅《与一滴雨的邂逅》）。真爱不能长驻人们的心间，当浓烈的爱情止于平静乃至消失后，诗人就感觉到了孤独。孤独是诗人"不可改变的天性"，陈陟云对生活和爱情一直抱有简单而纯粹的向往，因此当爱情一旦出现危机就会让诗人措手不及，美丽的东西就会变得极端残忍，诗人的内心溢满伤痛和绝望。尽管如此，诗人仍然渴望得到真爱，他由红酒的颜色和味道联想到女性的身体，进而感伤岁月对容颜的消磨，并叹惋今生在肉体与真爱相溶的境界中"一生未得一回醉"（《红酒》）。一幅画也会勾起诗人对真爱的向往，比如他在《画》这首诗中营造了这样的意境：辽阔的水面之侧有一片白桦林，白桦林里一位被风吹起长发的少女正走向远方，这是一幅宁静而富有诗意的唯美画面。这样的画面让诗人不免心潮澎湃，也许每一个渴望纯洁爱情的人此时都难以抑制住内心升腾起来的美好疑虑："是该把她从画中唤出／还是走进画内，比肩走向远方，走向黑暗。"不管是把"她"从画中唤出，还是自己走进画内，诗人已经在虚拟的想象空间中完成了一次纯美的爱情体验。

诗歌语言可以建造爱情的至美境界。诗歌是诗人表现内心世界和"现实虚妄"的唯美路径，就像心理批评认为的那样，作家总是将在现实生活中无法实现的被压抑的理想通过做梦或创作等符合社会礼仪的方式释放出来，钱钟书曾举弗洛伊德的有名理论："在实际生活里不能满足欲望的人，死了心作退一步想，创造出文艺来，起一种精神代品的功用（Ersatz für den Triebverzicht），借幻想来过瘾（Phantas iebefriedigungen）。"[①] 陈陟

---

① 弗洛伊德言，转引自钱钟书：《七缀集》，上海：上海古籍出版社，1994年，第125页。

云充分领会了诗歌和语言观照世界的特殊魅力，尤其是表达那些在纷繁人世中难以实现的理想和纯洁情怀时，更是达到了其他艺术难以企及的深度。诗人在《梦呓》中曾写道："言辞泛滥的年代，叙述只为某种无从把握的情绪"，于是他在某个春意盎然的下午，选用了"松间竹影""一幢回形的房子"、环绕的"庭榭"、远处于开与未开之间的"桃花"、叶子晃动的"万年青"以及暧昧的"光照"等词语构成的意象，采用"列锦"的修辞方式，将这些名词或名词性短语经过艺术化的组合巧妙地构成了生动的诗句，建构出一个有爱情故事的场景。虚构的故事在现实生活中早已不复存在，似乎是"一晃万年"前的往事，表征时光匆匆的"流水"让诗人在万年后的彼岸独自叹惋：人生何其短暂，我们来不及邂逅一段真情或表达真实自我就随水东逝了。唯有诗歌能解构人生的宿命，诗人在语言建构的空间里肆意驰骋，时间由此变得冗长起来，灵魂也变得纯洁而丰富了。因此，我们可以说，诗歌拓展了陈陟云的生存空间，他在诗歌建构的世界里获得了内心的安宁，诗歌成了他安放灵魂的地方。《化境》一诗同样表现出陈陟云在语词建构的空间中亦真亦幻的真爱渴求，也正是在这首诗中，诗人再次对语言的超强魅力作出了诗化的阐发："吻和叹息不是唯一的内容，火焰也不是／肉体是孤独的，仅呈现残酷的美丽／只有言词的浆液，经由烧焦的嘴唇／从一个剪影进入另一个剪影，被赋予熔岩的质地。"诗人的心中总是浮现出这样的场景：辽阔的草原上站立着一棵树，在雨水中显现出清晰的模样。这并非诗人有意营造的风景，而是不自觉地闪现在他脑海中的"她在远方抛下的背影"，这背影成为吸引诗人"向雨中走去"的唯一动力，这风景成为他在现实之外虚设的桃园世界，能与自己喜欢的人一起在烟雨朦胧的空旷草原中徜徉，何尝不是一种令人渴慕的幸福呢？（参阅《雨在远方》）

除了用语言建构起爱情的圣境外，诗人常常借回忆幸福来抵制现实的缺憾。陈陟云在《幻觉的风景》中构筑的"异度空间"里品味出爱情的真挚状态，以至于他不得不承认："生存的空间，堆积太多的幻觉。"也只有在想象的空间里,诗人才能够"在无人离去的地方,我目睹一个人的离去/在无人哭泣的时刻,我掂量着一颗泪水的决绝",时间和空间的错位加深了诗人失去一段刻骨铭心的爱情后的落寞情怀,是"此情可待成追忆"的千古情怀的现代性表达。《深夜祈祷》写的是诗人在静寂的夜晚难以安睡的时候,前尘往事以"碎片"的方式闪现在脑海中,就像"梵音","每个音节,都是一些难以忘怀的往事"。美丽的故事最终都会带来深深的伤害,诗人也无法悟透哪些是悲伤结局的"缘由"和"预兆",所有无法阐释的东西不得不"空悬"起来,最后"坠于听觉的迷惘"。《雨在冬夜》写的是诗人在冬天的雨夜里幻化出玻璃窗相隔的两层空间,然后希望在只作短暂停留的爱情之外能有"象征风景"的东西"布满画面",成为"在更为久远的年代"里流传下来的美丽故事,从而找到属于自己的永恒爱情。

当然,诗人并非总是在想象的空间里表现在现实生活中无法得到的美好爱情,有时候想象或回忆也会带来难以言说的伤痛。面对深爱过的人渐行渐远,诗人只能无助地品尝内心的疼痛,此时"想象力无疑是一种障碍/只架起了景色中的残骸"(《另一种雪景》)。但不管怎样,写诗成了陈陟云先生享受人生和品味真爱的最好方式。

三

陈陟云的诗歌表现主题十分丰富,他对现代人的生活和生存环境表现出深重的忧患意识,他用诗歌语言建构起圣洁的生存空间来抵抗难以圆满的现世爱情。与此同时,陈先生的诗歌还渗透出浓厚的生命意识和大爱情怀。

芸芸众生为了虚无的名利而忙碌着,从来没有思考过生命的价值,也无法静心欣赏人生旅途的风景。在忙着赶路的同时也应该仔细欣赏沿途的风景，只有这样才会拥有无憾的人生。《喀纳斯河》这首诗的显文本意义表现的是诗人在沿着喀纳斯河驱车游览的情景，河对岸"景色盛开""蝴蝶纷飞"，诗人内心一再发出"到对岸去"的呼声，但车却"越走越远"，看对岸的风景不得不成为"永久的抱憾"。其实这是陈陟云少有的一首哲理诗，其潜文本意义传递出人在旅途的诸多无奈。我们在生活中会遇到很多美丽的风景和人事，但现实与理想之间总是横亘着一条"喀纳斯河"，我们只能遗憾地与美景"隔河相望"；抛却世俗的鸿沟或人为的限制，我们也敌不过时间的残忍，尘世中固然有很多值得留恋的人事风华，但时光的脚步如同车辙一般迈向远方，美好的风景只好被无情地抛在身后。当然，从另外一个角度讲，这首诗也告诫当下劳碌奔波的人群，不要为了匆匆地赶路而遗落了一路风景，我们在追求目标的时候也要注意体验并享受生活，唯有如此才不至于在面对美景的时候去"期待来生的艳遇"，才能慰藉短暂的生命旅程。因此，《总想坐于一棵树下》就表达了诗人希望时间能够停下来，希望忙碌的生活能够停下来的愿望。"静坐树下"，人才能在纷繁的人事之外体味内心真实的想法，或者静静地去关注自然的变化，或者什么都不想而只专注于倾听时间的脚步。在生活节奏加快的今天，诗人的这种想法无疑具有理想主义色彩，但却贯穿着天然的生活内容和本真的生命诉求。

　　陈陟云的诗有时也表现生命的无奈。比如诗人在空旷静寂的草原中体味到了人生天地间的渺小和短暂，"我不过是一名过客"这行诗不仅道出了他之于草原的游客身份，而且更表明了生命是一个"转瞬即逝"的过程，人就像过客一样匆匆地走完一生（参阅《那拉提草原》）。在《偶感》一诗中，忙碌的人群就是生活的"捕鱼人"，很多人捕捉的不是实在的鱼而是虚无的"海风"，他们获得的"虚名"会汇入大海而荡然无存。

　　陈陟云的诗歌也表现出对生命的普适性关怀。《英雄项羽之江东子弟》这首诗表达出诗人对普天下人的关心和对和谐世界的向往,也体现出他浓厚的人文关怀。与和谐而天然的生活相比,如果生存就是为了残杀,如果霸业的建立必须以"尸山血海为代价",那一切都失去了意义。因此,诗人用"合掌的十指"祈祷人们为了新的生活秩序和目标"重新上路",从而迎来一片"澄明"的新世界。《清明回乡祭祖》中,诗人借回乡祭祖一事表达了对中国历史人事的追思以及对古人自在生活的向往。不过,陈陟云更痛心于当前很多人"魂不附体,形同草木",更感伤于很多人"流离失所,无家可归",死去的人反而因为超越了现实而"一定是幸福的"。

总之,陈陟云眼中的现实世界充满了无法承受的压力和难以躲避的冰冷,因此他只能通过诗歌从现实生活中分裂出虚构但惬意的存在空间,并用诗行向世界投射出温暖的阳光,从而为现代人找到安身立命之所。当然,陈陟云的诗歌创作还有很大的提升空间,希望他能在表现田园牧歌式的爱情时,创作出更多反映当下生活和时代精神的优秀诗篇。

第三章
中国当代新诗的生命意识

　　当前，诗歌情感表达的多样化是不应否定的，但许多作品"精英化"和"自我化"的表达模式背离了诗歌的社会关怀和诗歌精神的"普适性"，这却是不争的事实。作为社会的精英阶层，诗人的创作目的不能仅仅局囿于自我精神的愉悦和表达，而应当密切联系时代精神和"大我"情感。否则，诗歌就会缺乏与读者共鸣的情感基础，失去精神感染力。要从精神和情感的角度出发真正地增强诗歌的感染力，诗人必须意识到诗歌情感是使命意识和生命意识的和谐，不能只在个体生命体验的基础上沉溺于个人情感的宣泄。由此而论，诗歌除了精神向度上的人文关怀之外，还应该具有生命向度上的普适观照。

第一节
当代诗歌中的生命意识

个体生命无论怎样顽强地与生活抗争，却终难逃离造化的摆弄，这也许就是每个对生活有深刻体验的人最终都感到难以超越"宿命"的原因。生命在偶然之中演绎着生活的悲欢离合，奈何美的东西偏是偶然？魏晋以来，文人主体意识的觉醒标志着中国诗歌生命意识表达的开始，从此人们陷入了对生命和时间无尽的喟叹之中，对生命的吟咏也因此成为诗歌千古不易的主题。中国新诗也不例外，人生苦短，叹息悠长，现代人应该怎样去观照时间的流逝和生命的演绎，这成为当代诗歌非常重要的命题。本节将以澳门诗人姚风的创作为例，来谈谈当代诗歌生命意识的书写。

对社会精神的拷问和社会责任的指认是姚风诗歌的主体情调，体现出一个知识分子在真实的生活现场中对时代和周遭人事的普适性观照，很多评论者就此进行了详细的研究论述。[1]但事实上，姚风的诗歌

---

[1] 比如向明在《回声不会暗哑——读姚风〈远方之歌〉》中认为"姚风是一个冷静的关怀弱小、重视现实的诗人"。朵渔在《去爱，还是去恨——姚风诗歌阅读札记》中认为"对'爱'的期待，使姚风的诗歌里充满了道德主题"。熊辉在《知识分子情怀的诗性言说——澳门诗人姚风作品的特质》中认为"姚风的诗是思想的结晶，是对个体思想独立性的捍卫，是对民族精神的担当，是对生活和生命现实的沉吟"。

除了表现出强烈的担当意识和使命感之外，还多维度地对生命本体进行了思考，进一步突现出其卓越的情感认知和艺术表现力，而这却很少被评论者提及。为此，本文从生命的苦难、无法抗拒的衰老以及死亡等方面来专门论述姚风诗歌的生命意识。

　　姚风诗歌的生命意识首先表现为对生命苦难的喟叹。中国文人主体意识的觉醒自汉末开始在诗中表现出来，最早的文人五言诗作品《古诗十九首》多写生命的短促、人生的无常；到了魏晋南北朝时期，连年的混战和南北大分裂、政权的频繁更迭和社会的混乱使文人们倍感生命无常和个人力量的微薄。文学于是从"经国之大业"的沉重负荷中摆脱出来，不少作品渗透出浓厚的个体生命意识，表现出对轻薄生命无力掌控的天然感慨。① 姚风的部分诗歌将"生命苦难"作为主题，认为人在一生长长短短的时间里徜徉，就像一匹孤独的老马在自己"身后的影子"的陪伴和牵动下"默默前行"。我们每天看见夕阳的时候就意味着一天时间的结束，而生活始终像黑夜般没有尽头和方向，偶尔看见的光亮则需要我们付出"撞破红色的头颅"的代价（参阅《旅途》）。因此，在诗人看来，人生其实就是充满了黑暗和苦难的旅途。异常艰辛和痛苦的旅途在扼杀人性的同时让生活充满了荒凉和悲哀，洞穿了生活隐情的诗人感受到了更加强烈的悲痛，内心的荒凉也漫无边际地肆意滋长。"多少看见枯萎的人／也在枯萎，心底的荒凉／像星宿，抓紧了黑夜"（《秋风别》）。是的，看清了生活真相的人会感受到比常人更多的痛苦，那些沉溺于物质追求的人反而在遮蔽的生活中享受着富有气息的生活。由于现实被黑暗和苦难严密地笼罩着，诗人时常痛苦地感觉到自己生活在异化的空间里，万家灯火的夜空下，"垃圾桶喷出呛人的饱嗝／酒鬼走歪了大街／小贩打着哈欠……／倚门揽客的

---

① 比如《青青陵上柏》中的"人生天地间，忽如远行客"，《驱车上东门》中的"人生忽如寄，寿无金石固"等诗句便是对生命短暂无常的表达。

女子，抛出了媚眼"(《北区之夜》)，"我们的快乐和悲伤／越来越依赖身体"(《大海真的不需要这些东西》)，而精神的快乐是久违的朝阳，高高地挂在遥不可及的天空。为此，诗人在面对纯洁的雪山时不禁感叹道："我不过是匆匆过客。混浊的肉身／怎能适应纯洁如雪的生活／在我生活的城市，流出的眼泪／也残留着农药，它杀死我种下的庄稼／甚至悲伤也不再茁壮成长"(《玉龙雪山》)。脏乱的生活现场让诗人感到人类行径的可悲，也让诗人对神经麻木且缺少情感波动的现代都市人感到痛心惋惜。现代人的生命抽取掉物欲后仅仅残留着肉体，对生命异化的关注表明诗人希望生活像雪山那样纯洁，没有污染和苦难。

对无法抗拒的衰老的叹息是姚风诗歌生命意识的又一主题。以《暮年》这首诗为例，诗人通过细致的语言形象生动地刻画了老人的身体，彰显出他对衰老充满了悠长的无奈，先看其中的几行：

> 你看到别人的眼里
> 全是你的皱纹，像是秋后的田地
> 荒凉，孤独，一望无际
> 出于习惯的力量，你伸出双手——
> 挣扎的蚯蚓
> 找到的尽是堆积的烟尘
> 废墟的瓦砾、窒息的喊叫
> 你知道春天已经瘫痪
> 种子是无法下咽的粮食
> ——《暮年》

人总是在自然规律面前摆出一幅不服输的架势，鱼尾深皱爬满身体后也浑然不觉衰老已经紧紧地俘获了我们，只有在"别人的眼里"才最容易看见自己的老态。将"皱纹"比喻成"秋后的田地"似乎超出了惯常的语言思维范式，但由此产生的"陌生化"效果却"意向性"地将本体和喻体的情感旨趣联系在一起，读者很容易从曾经郁郁葱葱的田地转变成秋后一望无际的荒凉中体味到生命经由壮年转向暮年的巨大心理和生理落差，那些美好的岁月以及那些美好的经历无法阻止更无法拯救生命秋天的脚步，满身的皱纹注定封锁着我们无限的惆怅和孤寂。曾经灵便的手脚创造了生活的物质需求，几乎找到了我们需要的一切，但伴随着年龄的增长，枯瘦的双手失去了年轻时候神奇的力量，它们能找到和握住的不再是繁华，仅仅是喜欢吸烟的人在漫长岁月中"堆积的烟尘"和像年轻时的身板一样挺拔的高楼在损耗后留下的"废墟的瓦砾"，以及病魔带来的"窒息的喊叫"。双手的丰沛神韵如今只剩下一层老皮包裹着枯骨，以及夹杂其间的显得异常凸出的蚯蚓一样的血管。将双手跳动的血管比喻成"挣扎的蚯蚓"，喻体的颜色、形状和动态特征形象生动地突出了本体的衰老之态，青筋暴跳的干枯双手自然而然地出现在读者的眼前。当然，姚风此处使用的"蚯蚓"意象可以指向两个本体，除血管之外，也可以喻指双手，并且这才是诗人写作的原初目的，因为蚯蚓缓慢的蠕动和衰老的双手之间在行为方式上具有相似性。到了这个时候，我们不得不承认生命的春天已经瘫痪，生命的"种子"一旦衰老，变成无法下咽的"粮食"，我们就没有能力去期盼下一个春天的轮回。这首诗的开头使用了假设句"当你老了"，结尾采用了意象"星星"，很容易使人想起威廉·巴特勒·叶芝的名诗《当你老了》，如果不是刻意的借鉴或者受到这首诗的启发，那姚风和这位19世纪60年代出生的爱尔兰诗人之间就有很多相似的生命体验和艺术思维风格。但与叶芝的诗歌侧重于抒发回忆的温情不同，姚风的诗歌则主要抒发了对衰老的叹息，充满了悲凉意蕴。

对死亡的思索是姚风诗歌生命意识的又一主题。姚风擅长用冷峻朴实的语言去表达生命中那些难以述说的伤痛和难以超越的定律，简单的诗行蕴含了千百年来人类对孤独和死亡的思索，从而极大地增强了诗歌语言的张力。海德格尔等存在主义大师们认为死亡是人类最真实的存在，是快速运行的人生列车最终必须到达的站口，也是我们难以释怀和克服的造物安排。姚风自己曾在《卡洛斯》这首诗中正面歌颂过死亡："仿佛死，是爱的极致，是天堂的地基。"也许正是如此，面对无法抗拒的死亡和无法想象的死后惨景，姚风异常平静地写道："早晚会得到一具尸体／为了埋葬，要砍掉几棵树／要铲除一片青草／还要让一块石碑跪在地上。"（《埋葬》）人死以后就剩下一具尸体，然后砍掉几棵树来做棺材，挖出小片地来做墓穴，立块石碑来标示身份，如此简单而平静的描述似乎掩盖了人类对死亡的恐惧，消除了因为个人死亡导致的情感链条的断裂，以及由此给生者带来的心灵创伤。但实际上，诗人的平静来自于情感剧烈震动后的理性思考，来自于无法战胜死亡而引起的被动"平静"。姚风诗歌表层结构的"中和"很容易让读者领会其深层结构的"宣泄"，诗歌由此取得了更强的艺术隶属度。在现实生活中，不断地有人从周围熟悉的人群中抽身离去，作为旁观者，我们唯一能做的事情就是站在逝者的遗像前低头默哀，同时内心涌动着难以名状的"悲痛"，此悲痛是对生离死别的情感反应，更是对生命短暂无常的理性关照。当我们活着的时候，总是在欲望充溢的物质世界中浑浑噩噩地度过了原本值得精心设计安排的有限生年，那些悲伤的往事和无法超越的生命定律也不再属于我们每天必须去思考和面对的内容，而人也正是在这种对死亡和离别的麻木迟钝反应中走向终点并和生者告别的。姚风对此诗意地诠释道："我看见一双落满灰尘的鞋子／我看见几滴眼泪很快被泥土吸干／我看见我的影子像那死去的人／躺在我的面前。"（《默哀》）当我们赶路的双脚布满尘世的灰土后，当我们频繁地得到了同龄人或那些我们一直以为远离死亡的朋友死去的消息后，短暂而脆弱的生命便会"更加牢固"地被死亡的阴影纠缠着。诗人的"默哀"不是针对个体生命的消亡，而是在更为宽泛的层面上对短促生命的默哀。

对生命意义的领受使姚风体认出存在和消亡的虚无。诗人曾和神父一起探讨过生命的终极意义，神父带着"满脸神圣的表情"向他"滔滔不绝"地讲述在天堂中建构的幸福的来世生活。诗人自己也曾在"信仰与上帝，罪恶与拯救"中"批斗肉体"，抵制俗世生活欲望的诱惑，"在抵达的路上俯首，祈祷，仰望"，目的是希望为自身换取理想的来世。但谁也没有见过真正的天堂，那些死去的人无法为我们传递回天堂幸福生活的信息，而活着的人谈论得更多的却是地狱。信仰的缺失或者说信仰的动摇让诗人的内心"隐隐作痛"，因为生命的终极指向并非天堂或者地狱，而是教堂的自鸣钟敲打出来的"虚无"（参阅《与马里奥神父在树下小坐》）。人的一生谈论起来其实很漫长，有很多人事值得我们用余生去慢慢回忆品味。但谈论人生在诗人看来并不是个轻松愉快的话题，今生经历了太多的苦难和挫折，我们如何能够"滔滔不绝"地尽情抒怀？又如何能够信誓旦旦地企盼来世？所以，姚风的部分作品是对生命意义等沉重话题的有意消解，《今生来世》就是这类作品的代表。诗人表面上看来对谈论"人生"和"来世"漠不关心，而对应付"饥饿"表现出极大的热情和兴趣，但实际上是诗人害怕触及让人感到无限悲凉的情感，就像他在《落日》中所说："世界越谈越暗"，他只有用生理上的饥饿去消解替代心理上的绝望。

姚风诗歌的情感绝非仅仅是社会担当意识和生命意识的简单图解，其语言和表达方式充满了诗性的张力和独特的艺术想象力，加上他对现实社会和生命独特而深刻的理解，我们几乎可以从每一首诗中读出诗人思想的睿智和艺术建构的匠心独具。因此，姚风的诗是属于时代的，属于生命的，也是属于艺术的。

第二节

当代诗歌的生命书写

表现主流意识和服务社会政治等功能的分化为精神性极强的诗歌迎来了更为宽松的创作语境，但随之而来的创作形势依然叫人对诗歌的现状担忧：部分诗人只注重诗歌语言和形式的打造，其作品要么脱离原生态生活，要么将审美视角转向琐碎的生活现场，使作品缺乏理性深度和文化精神意蕴。在这样的诗歌背景下，李杜[①]有理由让每一个对现实和生命作出过深刻思考的读者为他的作品叫好，因为他的诗在表现无奈与孤独情感的基础上传达出普遍的人文之思，近乎体认到生活和生命本相的诗人在绵长的忧郁中抒写家园情怀，抒写想象和精神之境中的牧歌意绪，他力图通过诗歌为精神建构起高蹈之所，让自己在无奈与孤独中诗意地栖居。

---

① 李杜，山西诗人，中国作家协会会员，主攻诗歌创作，兼及散文、小说、文艺评论。著有诗集《生为弱者》《众生之路》《李杜诗歌精选》《李杜短诗选》（中英对照），诗学论著《游戏：有关情爱的十六种吟诵方式》，读书随笔《世界三》，学术著述《李清照集（评注）》等。曾获赵树理文学奖优秀编辑奖、优秀诗歌奖、优秀报告文学奖。

一

　　关注社会现实是中国几千年来文学创作遵循的美学精神，即使到了"解构"和"远离原生态生活"的时期，优秀的诗人没有也不可能抛弃这一价值取向，毕竟"诗的生命力，取决于它对现实反映的真实和深刻的程度"①。李杜延续了中国诗歌的创作传统，凭着自己独特的艺术体验和视角，当下生活在他的作品中因为融入了个人化的经历和经验而呈现出与众不同的面貌。由于理想的生活环境和物质化的现实之间存在着较大的差距，李杜的作品在表达无奈情感的同时表现出浓厚的感伤情结，尽管他一直抱着以诗歌改变现实的美好愿望。

　　李杜的诗歌首先表达了对社会现实的担忧。社会精神的缺失是引发诗人忧郁的主要原因，诗人在一个拥有悠久文明的国度里看不到民族文化精神的延续和发展，他不知道"精神的水呵／如今你们去了何方"（《写实》）？他在荒野一样的现实生活中看到的只是精神"阔大无边"的贫瘠，痛苦的诗人如同一头黄牛般"仰天长叹"，但却不能改变这"一片死寂"。李杜在精神的荒漠中看不到三月繁花似锦的景象，在他沉重的心里，"狡诈、贪婪以至邪恶的花也竞相开放"（《三月》），他认为人们因为精神的放逐而陷入了空前的黑暗和混沌中，不知道自己活着究竟在苦苦地追寻什么。李杜在《苦旅》中这样写道："伴水而行的日子擦肩而过／我们别无选择走进这荒漠／阳光远逝／绿洲难觅／我们只能以梦为水以沙为河"，"水"喻指润泽我们心灵世界的精神资源，"以梦为水"在反映出心灵孤独的诗人依然对生活怀有美好期待的同时也反映出现实生活中精神源泉的匮乏。如果说对社会现实的担忧表现出李杜的社会良知的话，那因为不能改变现实而生的忧郁则体现了他

---

① 叶橹：《现实·人生·诗情》，《诗弦断续》，南京：南京出版社，1991年，第46页。

的社会担当意识。作为一个有社会良知和担当意识的诗人，李杜内心的忧郁也许并不仅仅是因为现实精神的缺失，而是当他面对生活的残缺和精神的萎缩时却无能为力，这种无奈和主观愿望之间的背离才是他忧郁的根本原因。诗人在《生命》中以"希拉穆仁"为倾诉对象，抒写了自己在现实生活中经受着"灵魂巨大的伤痛"，因为面对"心灵在物质中狂奔／人欲在神性下挣扎"，而"我们却不能以手相抚"。同时，物欲横流的现实也让诗人难以平心静气地做自己喜欢或应该做的事，《六月》一诗认为现实生活的"广告 传销 情欲 战争"等已经让我们忘记了"怎样朴素地生活"，我们再也没有充实的心境，整天"低垂着头颅"，"一连数日""在台灯下枯坐"却不能写几个字或者读几页书，这样的日子需要怎样努力才能"完好如初"呢？茫然和困顿让富于想象和充满激情的李杜感到才思枯竭，他心中灵魂的神池窘困而清贫，"像一卷长轴被风展开／居然是空无一字"（《言词》），我们生活在一个"迷失了神灵"的时代，我们需要"神灵"却找不到神灵身居何处。面对残缺的精神世界，诗人仿佛被割去了舌头，言词破碎，没有什么高洁的精神可以进入他的诗行。《盲乐师师旷》也表达了类似的情感：没有精神的时代如同"无水的河流"，他的诗行如同盲乐师弹出的琴声，"多了些苍凉／多了些凄婉"，诗人的情思像盲乐师的双眼，"犹如古井／井枯无泉"。

　　有思想和理想的诗人会用积极向上的心态去应对残缺的现实生活。《走在海上或哀歌六章》较好地表达了李杜与现实对抗的心理，诗中的大海暗喻生活现场，它是让诗人心潮澎湃的触媒。李杜叹息天才是"短命的光辉"，残酷的美"偏是因为高尚和纯粹"，高傲的海燕在恶劣的气候里"折断了双翅"，他同时叹息自己清晰的歌唱声因为"贝壳的耳朵灌满泥沙"而不被人听见，叹息不能改变河流溶入大海的朝向而让"大海走向所有的河流"。诗人的内心为此常常涌动着迷茫和疼痛，他在这个容污纳垢的大海一样的世界里只能"迷恋纯粹却又虚幻的美"。

在很多人迷失在物质世界中时，诗人开始"怀念诚实的土地"，虽然他没有"走失在六月的海里"，但却因为整个社会价值取向的改变而"充满感伤"。当"大海"击碎了诗人的梦想时，诗人却用思想和行为的"沉睡"来对抗迷失的"六月的大海"，他的思想和精神在大海涨潮的过程中获得了提升并超越了时代设置的鸿沟。生活在这样的世界里，除了用沉默来保持自我的独特性外，李杜还用精神的崇高和纯洁来对抗俗世的混乱和卑劣，在自由自在的梦境里，在用语言构筑起来的思维空间里，他能够"容纳海市的苦涩和忧伤"。当然，在无奈中保持对生活的希望并力图改变现实更能体现出李杜健康向上的积极心态。缺乏精神的世界犹如"北方长久的冬季"，没有阳光没有生命的绿色，但李杜认为他不能悲伤而应歌唱，因为他"永远不要把悲伤送给别人"，因为他听说"在很远很远的南方／有一棵苹果树／在这个季节里居然结出了果"(《歌唱》)，生命的希望依稀存在于远方，心灵的故乡在冰冷的雪地上为诗人寒冷的心灵支撑起永恒的生存信念。又比如在《车行塬上》中，诗人透过车窗看见的是一个"很高很大却又很穷的高原"，"穷"的显然是人们的精神，人们的精神在漫漫黑夜里变得空虚，犹如一个睡者处于似睡非睡的状态却一直进入不了美丽的梦乡。诗人在让人失望的世界里"沮丧却又不敢放弃希望"，他知道拯救人们精神的"路还长"，他希望"让光亮照耀久远的梦想"，让人们生活在获得物质需求后的富足的精神世界里，看见幸福快乐的曙光。

  大凡有价值的诗歌都是"使命意识和生命意识的和谐"，如果"只有使命意识而没有生命意识，诗就会从体验世界蜕化为叙述世界"，同理，如果"只有生命意识而没有使命意识，诗魂就会瘦弱，诗貌就会猥琐"。[①]面对现实的诸多无奈，李杜选择了担当而非逃避，对农人和乡村的关怀使其诗歌充满了强烈的使命意识。在看不见故乡田野的高楼

---

① 吕进：《对话与重建》，重庆：西南师范大学出版社，2002年，第176—177页。

上,诗人看见了在"低洼"中辛勤劳作却生活苦涩的"父兄"。《无题》表达了李杜对农人生活的忧思,也是对社会现实的反思,那些"日出而作/日落不息"的农人处在"田野的最低洼部分",而不劳作的人"却高高在上/远远于外",这种物理位置的对照折射出诗人对某些社会问题的严肃拷问。《艾迪特·索德格朗》可以说是李杜"大我"情怀的集中抒发,他与芬兰诗人艾迪特·索德格朗的心灵产生了共鸣,他们均为"饥饿的村庄和穷人"担忧,为自然遭遇践踏而悲伤,为自由的心灵感到孤独,这些"是人类永恒的忧郁",也是诗人的忧郁。李杜曾希望通过自己的努力去改变太行山上"简陋的村庄",但若干年过去了,诗人还是"没有能力完成上帝的愿望",对村庄的同情和渴望改变村庄的愿望成了一直缠绕在他脑海里挥之不去的"梦"(参阅《舟之梦》)。生命中的每一个人都可能引发李杜的担忧,比如《海滩》表达了他对一个"本该是坐在明亮的教室"的卖贝壳的小女孩的同情,反映出李杜博大的善心。

担忧在于揭示现实尤其是精神上的"病痛",无奈在于呼唤更多的人去关心并"疗救"人们的精神世界,忧郁在于拒绝现实的残缺和绝望,担当在于建构和谐的"大同"社会。从担忧到无奈,从无奈到忧郁,从忧郁到担当,这个过程清晰地展示了李杜对社会现实的心路历程和情感体验的深化,反映了他对现实深刻的人文关怀。

二

生命本身的诸多缺陷和难以逾越的定律也会使李杜感到几许无奈和忧郁。现实生活给诗人带来的无奈和忧郁可以随着文明的进程而逐渐削弱,而生命的无奈以及由此而生的忧郁则是人类最终极的喟叹,永远无法从诗人的心里消退。

汉末开始，文人主体意识的觉醒开始在诗中表现出来，人们多写生命的短促，人生的无常；在宿命阴影的笼罩下，诗人们急切地寻找心灵的慰藉，其中表现离别相思之苦的作品特别多。到了魏晋南北朝时期，连年的混战和南北大分裂、政权的频繁更迭以及社会的混乱使文人们倍感生命无常和个人力量的微薄。文学进入自觉发展时期，开始从"经国之大业"的沉重负荷中摆脱出来，崇尚老庄，以嵇康为代表的"竹林七贤"们的作品有深厚的个体生命意识和深层的生命叹息，他们看似放荡不羁，实乃苦中作乐，表现出对轻薄生命的无奈。像《青青陵上柏》中的"人生天地间，忽如远行客"，《驱车上东门》中的"人生忽如寄，寿无金石固"等诗句便是对生命短暂无常的表达。李杜的作品同样抒发了这样的情思，诗人在《古风》中感叹菁华岁月在时光的流逝中已经荡然无存："这些年我们一身孤独爱河苦渡／眼见着苍老了青春的面容"，但并不消极的诗人认为人虽然不能够阻止时间的脚步，却可以在有限的生年里铸就生命"千年不散的剪影"。这首诗与《古诗十九首》中的"人生非金石，岂能长寿考？奄忽随物化，荣名以为宝"（《回车驾言迈》）所表达的意蕴如出一辙，即在感叹时光流逝的同时又自警自勉，不甘平庸。李杜对生命短暂的喟叹体现在很多作品中，比如《忧郁》写诗人在听到"钟表的步履渐渐急促"的时候，想起了"草叶上晶莹如玉的往事"，但无情的时间带走了一切，我们再也不能"走进梦境／走进年轻气盛的蓝色高地"。又比如《偶记》中有这样的诗行："时间是这个世间最大的暴君／给我们留下了太多的伤口"，我们还有很多事情亟待完成，还有很多心愿亟待实现，但时不待人，光阴的流逝常常会给个体生命留下无尽的遗憾。

时光的脚步无可阻止，我们只能叹息，生命的发展变化无常，我们只能坦然接受。李杜在体味到了生命真相之后创作的诗歌透露出一股浓烈的悲凉意蕴。诗人是具有第六感觉的智者，他在秋末看到了"满地的落叶被风卷起／像无数只蝴蝶飞来飞去"（《秋末》），听到了"落叶的哭泣",这是诗人对生命无常的哭泣,对万物总会从繁盛步入凋零的哭泣,对生命无奈的哭泣。个人在面对浩大的宇宙时总会感到生命的弱小,李杜清楚地知道事物的发展在冥冥之中自有定数,我们对其走势无能为力,只能坦然接受命定的一切。《给一禾》一诗表达了深刻的生命省悟,当一切注定无法更改的时候,我们与其怨天尤人,还不如坦然面对,因为所有的生命"都是限定了长度的物质",人永远无法改变既定的法则。我们如同一颗弱小的禾苗降生人世,只要能在"限定的长度里成熟/你金黄的笑容/感动了无花的土地",因此,"朝阳夕阳有什么区别"?在短暂的生命中包容并正确地对待人生百态,才会平静面对各种结局。既然如此,我们应该让一切事物顺其自然地发展,世间的一切都有其自身发展的轨迹和定数,旁人的猜测或者臆断非但不能帮助事物改变既定的生活模式,反而会打乱惯常的秩序,给生活带来负面影响。就像诗人在《鸟》中臆断窗台上的两只鸟"可能是不懂生育的夫妇",于是"捏了只小鸟放在巢边",但结果却是"两只鸟离我而去再没回来",他与这两只鸟纯洁的友谊就此葬送在了主观判断中。

离别相思之苦是李杜诗歌中难以释怀的无奈情结。李杜是多情而敏感的,面对千百年来的历史和灿烂文化,他认为"那深深感动我们的"不是"深刻而又沉重的"理性,而是"关于时空和情感的悲歌"(《了悟》)。许多历史故事都是由情感引发的,我们可以想象人类在对重大的历史事件做出决断的时候情感所起到的决定性作用,而很多历史故事也正是因为有情感的参与而具有了浓厚的悲凉意蕴。爱情是李杜诗歌的主要内容,他甚至认为一个拥有了爱情的人就会拥有一切,比如在《一月的风》中,诗人在能够"闻到春的气息"的季节开始对生活和爱情产生了许多美丽的想象,"一无所有的人获得种子并开始播种/一无所有的人/在初恋中拥有了一切"。但李杜在尘世中苦苦追寻却难以得到理想的爱情,他时常觉得自己在人生旅途中如同一个"走西口的汉子","为一穗填充胃囊的荞麦/荒芜了自己的妹子"(《走西口》),

李杜因为情感的饥荒踏上了"走西口"的道路，与前人胃囊的饥渴不同的是，此时行走在空旷原野中的诗人感受到的却是"爱心和灵魂"的"饥渴"。无论是表达对先前爱情的难以忘怀（《时光与水》），在秋天里由于相思而魂不守舍（《秋天》），在现实中难以得到真爱的痛苦（《心史》），还是表达对一段无法追求到的爱情的执着（《桂树》），李杜对爱情始终充满了期待，他心中迷恋的"妹子"如同北方终年不化的冰雪尘封在自己的心中，那段情感如同民歌一般原始、纯真而又"柔韧地生长"着（《感伤》）。

思想深刻且洞察力敏锐的李杜在面对现实生活和生命时感受到了太多无奈，在善良的心里生出了太多忧郁，而正是因为对生活和生命有了深刻的认识，尽管他的诗思在生活现场中显得孤独无助，他却可以用一双睿智的心灵之眼平静地面对一切，放情山水以求得灵魂的超脱。李杜在《天命》中开始"心怀慈悲"，这是年龄和生活阅历赋予他的豁达之心，是平静心境带来的与世无争。然而，这与其说是诗人学会了怎样去应对生活，不如说是诗人孤傲的灵魂在世俗中做出了无奈的让步，因为任何东西都有"命定的时刻"，邪恶抑或善良，高贵抑或卑贱都是个人难以更改或消除的个体品性，李杜在了悟人情世事之后不得不无奈地"宽恕了所有的罪恶"。的确，我们弱小的生命无法抵抗现实对个人强大的牵引力，无法改变生命中许多既定的法则，我们很多时候只能试着去习惯不断变化着的社会事物，否则就会失去继续生存下去的信心和勇气。在一个物质充裕而精神贫瘠的年代，如果物质的发展使人心和精神坏掉并引起战争和杀戮的话，那还不如倒退到"鸡犬相闻"的"无为"的祥和状态。李杜经历了太多心灵的煎熬后终于明白生命本真的存在状态乃是像山川草木一样在大自然中天然地活着，世俗的功名利禄和得失成败再不能浓缩个人实际的生活追求，心平静如止水，生活原本没有什么终极和理想可言，醉情于当下的一景一物便会聆听到日子轻快的脚步声。"这样的年纪／再高大的名字也不能让我仰慕／一枚青草一泓秋水／却使我全部身心为之沦陷"(《日子》)。生命中的无奈让诗人参悟了平淡,他在道家的思想中找到了释放沉重心情的平台。

尽管生活中的每个人都逃不过既定的"法术",但诗人的感情和思考却顽强地抗拒着宿命的安排,惟其如此,我们才能看到生活的希望和生命绚烂的色彩。在诗歌精神匮乏和生命意识淡薄的当下,李杜的诗歌承接了传统文人对生命的关怀和咏叹,是值得认真品鉴的意蕴厚重的佳作。

三

睿智深刻的人会因为看到了别人无法看到的生活或生命真相而孤独,特立独行并坚守自我精神价值取向的人会因为脱离大众化的生活和情感而孤独。对于李杜来说,其灵魂的孤独也与他思想的特立独行、对生活的深刻体会以及对精神价值的坚守等要素相关。

思想的特立独行是李杜灵魂孤独的根源。从众心理是中国人比较普遍的行事方式,在缺乏价值判断和思考的情况下,很多人没有针对性地随着社会大潮不断地改变和调整自己的思想观念。在某些情况下,这种心理可能会给人带来短暂的满足,但个体思想和精神却随之被湮没在滚滚的物质红尘中。李杜是一个能够冷静客观地观察生活的诗人,是一个特立独行的诗人,他不会盲目地去追赶时代潮流。比如在《秋日》中,诗人在收获的季节里以熟悉的乡村意象为依托抒发了内心的失意和孤独,而这种失意是诗人对个体意识和行为方式坚守的结果。"秋日"隐喻的是时代气候,"镰刀"隐喻的是达到某种目标的工具或方式,"田野"喻指人的心境,"谷子"则喻指某种收获,诗人在人人都有所收获的季节里却没有"谷子",原因何在?因为诗人"那把镰

刀 / 却挂上高高的天空"，因为"播种的时节 / 没下雨"，没下雨别人怎么会有"谷子"呢？显然，诗人与普通人的行为方式截然有别，他看待现实的眼光也与众不同，一个不合潮流不懂"季节"的人注定在现实生活中会得不到实利，注定他的"田野里没有谷子"。除了不合潮流之外，造成李杜情感孤独的原因还与他的价值观念有关。李杜时常在都市里回味起乡村的一草一木，认为乡村才是他生活的本源之地，他在乡村的尘土上自由地表达喜怒哀乐，然而诗人却为村庄"卑不足道的需求"感到惭愧，因为他知道自己所居住的"一尘不染的小楼"实际上扎根在乡村，乡村才是都市物质文明的来源。因此，李杜怀念村庄的石榴树，在面对"脂粉满面的女郎"时想起了"满面尘土的村姑"。比起那些热爱繁华都市的人，比起那些摒弃乡村甚至鄙视乡村的人来说，李杜的观念的确有些异类，难怪他叹息道："在这个世界 / 我当独步一生。"（《步行为生》）很多往事也许在多年以后回想起来"并不是以前所认定的样子"，生活可以改变很多，包括我们对事物的看法和评判尺度。这种不符合时尚潮流的价值追求肯定是曲高和寡的，但李杜认为在变幻莫测的世界里有一点却必须坚持，那就是心灵的纯洁高贵，只有这样，我们才可以在这个世界上理直气壮地生活下去："我们没有必要跟俗世同流合污 / 我们有理由追求精神的高贵 / 并因高贵而理直气壮、心淡如水。"（《此夜》）

　　思想的深刻是李杜灵魂孤独的直接原因。李杜思想的深刻使他陷入了难以被人理解的尴尬境地，而一个不被人理解的诗人注定会孤独。《芝麻》一诗比较形象地表达了诗人为什么会在现实生活中感到孤独：诗人是从不表露心事却坚守自我阵地的"草人"，那些喜欢评头论足的人如同"麻雀"，"它们争吵不休 / 却一致咬定 / 我是个无用的草人"，而诗人"当然无需解释 / 它们还年轻 / 未通人性"，但他在现实生活中"不能哭 / 也不能笑 / 心里有很多话 / 却只能缄默无语"。是的，在一个浮躁和平面化的世界里，有思想和情感的人也许会无处言说自己内心的苦楚和体验，事实上也无人会聆听无人会理解。思想的深刻也体现在洞察生活的深度上，通过前面的论述我们已经知道李杜对社会、时代、生活和生命有比较深刻的认识，他自己曾说："没有谁能比我更了解我们自身的处境。我们心灵的天空是低垂的。在我们居住的城市里，来自大自然的声音已十分微弱、迟钝和含混不清。"①一个善于思考的人常常会生活在孤独和寂寞之中，生活在体悟到生活的真实面目后的痛苦之中，因为当身边的人还因为得失而悲喜时，他却"体悟到高处的寒意"。在这个物欲横流的时代，也许地狱才是"思想者最终的通道"(《思想的手》)，因为清白高洁的思想在这个世界上找不到任何立锥之地。

没入大众潮流的灵魂是不会孤独的，因此体味灵魂的孤独是李杜坚守自我精神家园的体现。诗人在奋进的道路上痛并快乐着，他甘愿承受为了坚守心中的梦想和精神的高洁所带来的孤独和痛楚：

> 心是苦根，臂是苦叶，身是苦树
> 灵魂却依旧是沉重却幸福的大鸟
> 高翔于苦树之上
> 为那粒得而复失的种子
> 为那个古老的梦想烛照人世
> ——《一路往北》

诗人的情感无人理解，所以他只能独自品尝内心的孤独，他的灵魂像"一个流浪得精疲力竭的歌手"，但他却不能"抱怨上苍"，他只能借助"羌笛"传达自己内心的孤独与幽怨，默默地承受人生旅途的疲劳和痛苦。此外，写诗是李杜排遣孤独的最好方式，他将那些在现实生活

---

① 李杜．《倾听》，《李杜诗歌精选》，太原：山西人民出版社，2006年，第121页。

中无人听取的情思全然地释放在诗行中。很多时候，我们灵魂深处的情感惟有与家园联系在一起的时候才会充实自在，在都市林立的高楼下，我们的思想如"阳"一样逐渐升腾博大，但漂泊的孤独和想家的情感却如同"草叶"般脆弱无助。作为一个恪守思想自由和情感独立的人，物质或事业的成功并不能掩盖李杜情感或精神的孤独，因此，他要写诗，惟有写诗才能让他在失望的现实生活中"一次次梦归／都不曾失意"（《路上》）。

在过度追求物质而忽略了个人修养的时代，李杜对个人品性的塑造成了一种孤独的行为。在物质至上的当下社会里，我们对关心和帮助他人的言行似乎已经变得很漠然了，但李杜在《感恩节》中却表达了完全不同的看法，诗人在下雪的感恩节那天接到了远方朋友的短信，这使他"更渴望理解感恩的意义"。那究竟什么是感恩呢？诗人最后参悟到："感恩就是／雪本来知道这座老城污染惨重／依然飘然而至。"我们不能因为别人有不足而改变对他的看法和态度，一如既往地给予别人最需要的关怀和帮助，这便是感恩的真谛。很多人经常抱怨人际关系的紧张，抱怨身边的人有太多缺点和不足，但诗人在《沐浴月光》中却认为世间的一切都是可以调和的，我们应该平心静气地去对待生活中的每一个人，包括我们的亲人和敌人，宽容的心是换取自身平和心境的途径："我们必须用纯洁的语言和亲者说话／必须用宽厚的语言／和我们的'敌人'说话。"很多人在自己心气浮躁或生活不如意的时候会难以平衡自己的情绪，更难以友善地对待身边的人事，因此，懂得感恩并且心平气和地对待别人折射出李杜在孤独和忧郁中处理问题的健康心态，是一种"诗意的栖居"，进一步反衬出他思想的高洁。

李杜诗歌中的孤独情结源于他思想的深刻和特立独行，它不是诗人的愤世嫉俗和对现实生活的疏离，而是诗人对俗世生活积极的抗争，显示出他对高洁的精神世界和健康明朗的社会精神的孤独守望。

四

在深刻地体味到了现实生活和生命的诸多无奈之后，诗人没有步入大众化的世俗生活现场，他毅然选择了对自己高尚的灵魂和精神价值的坚守，因而李杜是孤独的，但他却在以孤独为代价换取的精神世界里享受着那份从容和怡然的生活，体会诗意的栖居。我们总是在这个世界上不断地寻求心灵和情感的知音，就像李杜希望他的诗歌能够引起人们的共鸣一样，所以，诗人用独到的方式将他倾听到的来自心灵和世界的声音用语言表达出来，而这些富有弹性和张力的语言同时也为诗人营造了灵魂的居所。

李杜在精神荒芜的现实生活中经常通过想象来建构灵魂的居所，在与自己心灵的对话中释放沉重的心情。仔细阅读李杜的诗歌，我们会发现这样一个非常普遍却耐人寻味的现象，那就是他的作品中不断出现"希拉穆仁"这样的名字。研究希拉穆仁在李杜诗歌中的具体指称已经不再重要，但诗人之所以会反复使用这个符号，实际上隐含着诗歌叙事模式的变化，希拉穆仁在作品中成了一个倾听者，而诗人成了一个叙述者，那么整个诗歌作品就变成了诗人向抽象的对象——希拉穆仁诉说心灵故事和情感体验的场域，诗歌成了诗人心灵的居所。没有想象的倾听者，诗人的情感就得不到应有的释放，所以从这个角度来说，诗歌是诗人想象中的灵魂居所。《夜曲》中的希拉穆仁是圣洁的精神之境的代称，诗人在希拉穆仁创设的天地里闻到了"醉人的花香"，看见了歌者们由于"吮花香而不餐饮食"而干干净净的"胃囊"，听到了"荷马在天堂拨弄琴弦"，这是一个让人向往的没有被世俗的欲望玷污的理想的生活环境，是一个与现实生活不同的太虚幻境，只有心地高洁的诗人才能在想象中构筑起这样的场所。又比如在《慈航》中，诗人在缺乏慈爱的被世俗的洪水浸泡的尘世中失去了精神的栖居地，而希拉穆仁则成了唯一救赎诗人的"诺亚方舟"，他在圣洁的希拉穆仁的带领下看到了生存的希望,他的灵魂由此找到了栖居的场所。

除了在想象中建构精神的居所并释放内心的无奈和孤独之外,李杜高洁的心灵和修养也为他的生活和精神世界天然地增添了亮丽的色彩。一个没有理想和自身素养不高的诗人在面对生活和生命的无奈时也许只能沉默无语或抱怨叹息,但自从有了心中的圣境和理想寄托后,"希拉穆仁"让李杜的生活增添了春天的气息:"古老的河边草长莺飞/流水浅浅/青草的叶子晶莹透亮"(《飞翔》)。正是高尚的心灵架构的美丽天堂赋予了李杜作品如画般美好的意境。在价值观念和精神信仰陨落的年代,很多人只是为着追求物质利益的最大满足而生活着,甚至有些人为了自身的利益而不惜违背道德。正义的诗人在《上帝的麻雀》中认为那些如同"麻雀"一样"曾吞食过并不属于它的食粮"的人难以找到心灵的故乡,其灵魂没有归属,他相信"只有飞翔的心灵才能够抵达天堂"。因此,即使生活和生命中有太多的无奈和孤独,拥有高洁的灵魂和文化素养的诗人依然生活在"春暖花开"的精神世界里。李杜还用富有弹性和张力的诗歌语言为他孤独的灵魂建构起巨大的生存空间。李杜诗歌给人印象最深刻的是他的很多思想和情感通常是在语言所表述出来的虚幻空间中展开的,语言是他诗歌中最具魅力的因素,因为他自己曾对存在主义大师海德格尔的语言观有比较成熟的理解。比如《夜歌》是诗人在月光下的草原上在幻想中构建起了属于他自己的生活场景,只有在这样的草地上,在远离纷扰的地方,诗人的"灵与肉"才会"开放得随心所欲"。李杜把那些在现实中无人听取也无人能懂的思想情感倾诉在纸上,为他无奈孤独的情感找到了栖居的理想空间。

李杜在急剧变化的世界里保持着高洁的思想和对生活特立独行的观照方式,他是孤独的,因为他的情思在现实生活中成了一种另类,难以找到容身之地。诗人认为家园是我们的精神之源,对天然而恬静的田园生活的抒写反映出李杜对精神家园的渴望,一个注重精神修养的诗人总是对故乡田园牧歌般的生活充满了无限挂念。在霓虹和装潢竞彩的世界里,在被庸常的价值观念充塞的生活中,家园为李杜的情感世界撑起了又一片蓝天,孤独的诗人在故乡寻找到了最真实的感情。比如《丑枣树》中,诗人在漂泊的人生旅途中想起家园中的"丑枣树"就会流泪,因为在体认到红尘的虚假和漂泊的沧桑之后他才明白家园"丑枣树洁白的身体"是人世中唯一不变的真实。在喧嚣浮躁的都市里,诗人开始回味昔日故土生活的"宁静和安详",在《厚土》中,李杜的思想如同飞鸟在故乡黄土的上空飞翔,希望寻觅"昔日那如刀似斧的流水",乡里人自在的生活在让他"想起来都很幸福"的同时又为自己的现实处境感到忧伤。事实上,李杜向往乡村生活的原因还在于他对乡村自然、朴素和美丽的风貌的青睐,因此,诗人怀念村庄的石榴树,它始终真实地存在于诗人的作品中,是诗人表达浓浓的思乡情结的唯一载体,并且他在面对"脂粉满面的女郎"时想起了"满面尘土的村姑"。正是故乡真实的情感、宁静和安详的生活、朴素自然的风貌让诗人把家园之恋升华为与之情感的共鸣,因而在表达思乡情感的同时他的精神不再孤独。

有文化修养的诗人总会在精神缺失的时候自觉地在传统文化中去寻求解救之道,引导现实社会在民族文化传统延伸的道路上积极地发展。诗人在孤独寂寞且最能引人遐想的黄昏听到了来自遥远时代的民族之音,如同游子因为物理距离阻隔了与父亲的握手一样,在一个文化不断异化且价值观念频繁更迭的年代,物化现实隔膜了人们与传统民族文化之间的情感。尽管如此,诗人却因为对传统文化的认同而情意浓浓,传统文化是无法选择却也无法卸弃地流淌在我们文化血液中的先天因素,根据加拿大学者弗莱的"原型批评"理论,① 民族诗歌的

---

① 参见 [加] 弗莱:《文学的原型》,[英] 戴维·洛奇编:《20世纪文学评论》,王逢振译,上海:上海译文出版社,1993年。

精神传统作为一种文化"原型"会在无形中影响我们今天的诗歌创作。因此，诗人把传统文化比作生生不息地流动着的河流，"总愿把河看作是神灵／这样，他才可能穿墙而来／像父亲一样"（《血缘》），引导我们在民族精神建构的道路上不断行进。如果我们仔细阅读"希拉穆仁"就会进一步理解李杜对传统文化的热爱和在情感上对传统文化的皈依，因为在蒙古语中，"希拉穆仁"的原初意义是"黄色的河"，这喻指代表华夏民族悠久历史和文化的黄河文明，亦即我们的传统文化。李杜愿意与"希拉穆仁"一起分享自己对现实和未来的很多美好构想，因为他知道，要改变精神的荒芜和生活中不尽如人意的地方，我们必须依赖博大精深的传统文化，"希拉穆仁"才是流淌在我们血液中的精神之河，诗人坚信这条"黄色的河"能够为我们的生活浇灌出丰美的草地和娇艳的花朵。

有鉴于此，李杜的《缘起》一诗值得认真品鉴。任何文本的结构都可分为"表层结构"和"深层结构"，如果说诗歌语言的表层意义构成了诗歌的显文本结构，那需由抽象思维把握的引申意义便构成了潜文本结构。以文本为中心的 20 世纪西方文论（形式主义、结构主义、英美新批评）倡导透过文本的表层结构去发掘文本的深层结构。[①] 因此，诗人时时想起的那年夏天让他倾情动心的希拉穆仁，在潜层意义上并不是一位姑娘，而是一种文化；诗人离开草原后为希拉穆仁相思而痛苦并不是爱情的相思，而是对一种文化的渴望。"那仲夏之梦／是一颗种子"，一颗文化的种子，一颗诗人在俗世中无路可走时憩息灵魂的文化种子。对传统文化的热爱和渴慕是这首诗的潜文本意义，表达了李杜借用传统文化复兴我们民族精神的美好愿望。由此，我们终于理解了为什么"希拉穆仁"后来成了李杜作品中出现频率最高的词语，因为他希望不断地从传统文化中获得写作和生活的动力。希拉穆仁成

---

① 参见［美］罗伯特·肖尔斯：《结构主义与文学》，北京：春风文艺出版社，1988 年，第 19 页。

了诗人在尘世中倾诉内心苦闷和痛楚的对象，成了诗人心声的唯一倾听者，成了诗人内心深处寄托情感和精神的符号，她是诗人心中"神圣因而难以抑制的诱惑"，由此足以见出李杜对传统文化的热爱和皈依之情是多么强烈。

尽管李杜在现实生活中体悟到了太多的孤独和无奈，但因为诗人对生活怀有理想化的期待和想象，因为他本人具有高洁的精神，而且他在文化心理和精神上对传统文化有强烈的皈依意识，他的诗在释放忧郁情感的同时也为他的精神建构了栖居之所，他依然在贫瘠中诗意地生活着。

总之，凭着不倦的艺术追求和对生活体验的深入，李杜的诗歌在表达对生活和生命无奈之情的基础上渗透出一股浓厚的忧郁和孤独之气，而他在面对残缺现实的时候显示出的诗意般栖居的精神气节更让读者领会到他是一个高尚的诗人。愿我们的生活和精神在时间的递进中不断改善，愿我们的心灵和价值观念在诗人的劝诫下逐渐提升，以便在尘世中营造一个真实的诗意家园。

第三节
当代诗歌的"中年"写作

当代诗坛热衷于代际划分并善于标榜自我写作的与众不同,于是"代"和"后"成为目下很多人讨论的热点,并且人们乐意以此为界去圈点繁复的诗坛众生相,于是在各种所谓的"写作"之外,"第三代""中生代""60后""70后""80后"乃至"90后"成为熟悉而刺目的诗学批评词汇。本文在此所谓的"中年"写作,并非与"个人化写作""下半身写作"等相对应,它实际上是一种心态写作,是伴随着诗人年龄的增长而不断丰富并愈加沉重的写作姿态,毕竟人到中年的生活体验不再轻松。因此,严格说来,当代诗歌的中年写作也是对生命意识的观照。接下来,本节将以两位诗人的作品为载体,具体探讨当代诗歌的中年写作问题。

一

每个诗人在经历了年轻时代的"青春期写作"之后,伴随着生活阅历的增加和时间的流逝,其创作必然会进入"中年写作"阶段。金所军在《城或施家野庄》《绝尘之船》和《尘世之情》等诗集中对故乡乃至整个乡村的人文关怀给读者留下了深刻的印象,不少评论家甚至认为诗人具有特别的"土地"情结。但金所军的近作(如诗集《黑》中的大量作品)却一改先前的"故乡记忆"和"乡村关怀",而是伴着岁月的流逝和阅历的丰富显示出对生命、历史和存在的深刻思考,从而赋予其作品更加凝重、沉稳和形而上的新质,他的诗是激越的诗心与冷静的思考在时光流深处沉潜而成的心灵之音。

　　平凡的岁月中涌动的忧伤、体悟抑或感动构织成了金所军诗歌作品中本质而真切的情感类型。诗人时常在逝去的时光中发现一些能够激发创作激情的生活痕迹,然后用朴实而生动的语言抽象出他对生命的启悟或内心的隐痛,读者往往从金所军平实且节制的抒情方式中读到了几许欲说还休的感伤、旨意深远的体悟和柔情似水的婉唱。因此,他的作品在表层结构上显得较为冷峻和客观,尽管在文本意义的深层结构上依然可以感受到诗人强烈的抒情欲望和言说冲动。时光把那些感人的故事和动人的场景积淀成记忆深处隽永的诗篇,作为思维敏感和留心观察生活的人,一件平常的小事或一幕素净的画面就可能"勾起回忆的伤"。比如面对"黑衬衫",诗人想起了许多"悬浮在记忆的深处"的"旧事情"(《黑衬衫》);孤单地处于黑夜中,诗人想起了离开家乡的那个"美丽的女人"(《黑夜的情怀》)。仔细阅读金所军近期的作品,我们会发现诗人很多时候是在和旧物、往事交流甚至一语独白,他的诗歌是从时光隧道中流淌出来的浅浅的、忧伤的絮语。诗人近乎独白的写作其实是他心灵深处隐含的强烈感情的独特表达方式,因为读者从看似平淡的叙述中窥见的是诗人宽广的内心世界、热烈的情感和深刻的哲思。隔着岁月漫卷的风沙和往事构筑的城墙,诗人对历史和往事的体认更加冷静和客观。就对历史的体悟来说,《琵琶弦上的黑豹》是比较有代表性的作品,诗人独自一人听到了琵琶弦上演奏的音符后产生了伤古讽今的想象,他想到的是历史上的故事,在古人和今人的许多"先见"的指引下或在对历史"先见"的突破中,诗人对历史人物作出了让人信服的理性思考:项羽的形象在他看来"什么也不是",拨开历史迷雾,真实的历史人物形象应该"比历史记载真实/比传说可靠/比风中的古城,也遥远不了多少"。就对生活往事的体悟来说,《黑夜的镰刀》是金所军在城市的夜空下,隔着时间和空间遥想当年乡村生活时,在勤劳的乡村精神的感动下写成的,诗人透过都市的黑夜看见了令人震动的镰刀发出的光芒,"没有多少人看见的光/让镰刀成为黑夜的心跳",镰刀承载的精神让诗人对生活充满了期待,"做着收割庄稼的美梦"。

对生命和现实的思考是一个有思想的诗人无法也不可能回避的主题。金所军凭借丰厚的生活积淀和敏锐的观察洞穿了尘世中所有的隐情和虚假。他在《黑》一诗中写道:我们处身于"感情在变黑""血液在变黑""忧伤在变黑""泪水在变黑""伤心在变黑"以及"希望在变黑"的场景中,在这个"一切都在变黑"的世界里,如诗人般善良的人们成了"时光深处的苦心/岁月遗忘的幽灵/生命抛弃的孤魂"。很明显,诗人在物质繁华的现世中看到了精神的沦丧,他吁求着透明洁白的生活空间。《梦与黑》可以说是诗人在理想和现实间的精神独舞,在黑如梦境的现实生活中,诗人"努力地想飞离梦境",虽然这样的努力"酝酿着恐惧和未知",但光明磊落才是诗人理想的生活境界。在物质至上的时代语境中,渴望精神建构的诗人想必是孤独的。《梦中的建筑》近乎是诗人独自陶醉的喃喃呓语和梦幻之旅,梦中的建筑是诗人对古老而具有历史厚重感的传统文化的回溯,"红砖绿瓦"、长满碧绿苔藓的"老墙"、充满沧桑的人迹罕至的荒芜"建筑"以及各朝各代的"空荡荡的大院"等意象为读者营造出孤独寂寞但文化内涵极为丰富的意境。但这样的意境只是"梦中的建筑",是诗人在现世中难以抵达的精神之所。如果说金所军早年的诗歌带有几分激情和理想的话,那岁月的磨砺却让他的诗歌无形中渗透出些许无奈和感伤,那个曾经满眼"阳光"和"丰收"的青年如今对生命有了更加沉重的认识。当年嵇康等"竹林七贤"们感叹命运无常和年华易逝，希望从兵荒马乱的岁月中退居一隅来饮酒作乐，安享短暂的生命。金所军对生命的体认也透露出悲凉和无奈，读《当风起时》，生命的灰色会强烈地将读者抱紧，一股莫名的感伤会让读者感到"越来越冷"，该诗是从生命存在的本真立场出发给人带来揪心的震动：

> 当风起时
> 人们发现了这个世界的奥秘
> 有人忍不住挥别而去
> 有人沉入到生活的底层
> 有人放牧着心灵
> 梦想着回到故乡
>
> ——《当风起时》

"存在的一切多么无奈/……/再多的泪水带不走伤心/再痛的伤口替代不了死亡"，读懂了生命的诗人们选择了自杀、退隐或者极力寻找心灵的憩所，金所军面对命运的灾难却依然使精神高蹈："风起了，/必须试着活下去。"（瓦雷里）

作为知识分子，诗人的独立价值是什么？在金所军看来，诗人的独立价值是对"乡村"和"父老乡亲"的人文关怀，是对精神和生命的本体观照。因此，在物质化社会里，坚持写作和人文关怀立场就是对诗人独立价值的捍卫。金所军的作品并非只是往昔的追忆或黑夜的思索，并非只是自我情感和经历的简单抒发，他同样关注普天下人的生存状态，书写那些与时代和历史相应的"大我"情怀（比如《倾听或者怀旧》）。金所军在《蚂蚁》一诗中以"他者"立场来理性和客观地看待"蚂蚁写诗"的活动。"蚂蚁"喻指的是现实生活中默默写诗的人，他们的作品在历史上的价值可能"比自己重几十倍"，诗人对生活的独特体验注定了他们在大地之上写的是让很多人"看不懂的诗"。诗人的处境并非一路通畅,他们要像平常人那样"为食物而奔波","为地盘而斗争",也会在某种特殊的境遇下"为避雨而迁徙",但无论如何,真正的诗人却能够在物质世界的变化中坚持写作。诗人何为?他们力图扬名吗?事实上,诗人的作品"更多的在民间传抄/还有的默默无闻/只在内心深情朗诵",他们只是想回报"大地",在社会历史中担当起"比自己重几十倍的东西",或者"抚慰短暂的一生"。海德格尔说人应该在大地上"诗意地栖居",表达的是人的存在的最理想境界。金所军的写作其实担当了太多的社会情感,面对现实的繁复,他难以诗意地栖居,他在不停地思考和担忧,如同忙碌的蚂蚁。在一个文学无法换来"面包"和"地位"的时代里,金所军痴迷和疯狂地热爱诗歌,坚守着诗人应有的立场。《梦游》一诗表现了爱诗如命的诗人被遗落在无人问津的生活的角落,"我的妻子还在家中/儿子在上学/父亲在收割庄稼/母亲在盼我回家/我的弟弟妹妹还有朋友们/都在找我/我却不知自己要到什么地方",身边的人都在做着正常人的事情,只有"我"因为搭上了"邮车"而不知何去何从。在诗歌边缘化的时代里,诗人再也不能"学而优则仕"了,但金所军还是坚持着写诗,疯狂地热爱着诗,在他看来,写诗是唯一能够抚慰他灵魂的东西,唯一能够表达他深沉的"尘世之情"的方式。

抛开金所军诗歌艺术的成功和诗歌感情的真挚,单是他写诗的姿态和爱诗的单纯就足以在我们这个俗化的时代里树立起一种文化精神。诗人常常在繁重的工作后坐在书桌前调整写诗的心态,在远离现实的精神之域中放飞思绪,想一想逝去的岁月中遗留下了什么,哪些人和事还会在记忆的天空下生长,以及构想未知的将来或想象尘世之外的东西,这是诗人一天中最放松的时刻,也是他的精神之旅开始的时候,其诗思也由此而生。当然,金所军这样做并非是"为赋新词强说愁",丰富的生活经历为诗人的写作积累了不少情思和意绪,过往的人和事在诗人的心中早已谱写成了一首首动人的诗篇,只是由于白天的忙碌给诗人带来的拖累无法让他平心静气地去经营诗歌,只有晚上的时间才是他精神放松和驰骋的最好时刻。所以,金所军的诗歌常常与"黑夜"有关,与往昔岁月有关。我们可以从许多作品中证明金所军的写作是在工作之余的夜晚进行的,是在书桌前的思考下产生的,比如《当风起时》中,诗人的精神遨游是这样开始的:"当风起时/我还没有写好这首诗的开头/没有能力感受和说出更多的诗意……"《黑夜的情怀》中诗人这样写道:"只有我在写诗/写一首无法结束的短诗/此刻走出屋子/我看见深夜没有星光……"《玉米》最能让读者感受到诗人为了写诗而努力地调整自己的思绪,"玉米"之所以能进入诗中,是因为他的思绪触及这个曾带给他无限遐想的乡村事物。当很多人在世俗的琐事面前失去或者忘记精神建构的时候,当我们的精神世界被滚滚的物质红尘或者虚无的荣誉占据的时候,唯有金所军这样的诗人没有失去灵魂的居所,他会在忙完工作后的夜晚开始精神的狂欢和想象的盛宴。《黑的成分》带有明显的思考痕迹,诗的开篇就是"有一天黑夜/我想分析一下黑的成分",末节是"分析到深夜/黑的成分还是不知所云"。这样的开头和结尾表明诗人在夜晚独自一人思考着历史和现实的真相,没有旁人的参与,没有他人观点的左右,也没有客观物象的触动,有的只是纯粹理性的思考和对生活感悟的独白,想必在这种情形下产生的诗歌情感是冷静的,是深沉的,是理性的,但同时也是一语独白。

从诗歌感情和诗歌思想的角度讲,金所军从往昔岁月中的人和事出发所抒发的情感必然会显得较为冷静和节制,从诗歌创作艺术的角度讲,金所军诗歌叙述中的"他者"立场同样会使其作品的情感表达得比较含蓄和朴实。诗人在冷静中将酿造已久的情感以"他者"立场和言说者的身份娓娓道出,这就是金所军的作品给人以实在和真实感的主要原因。金所军出版了多部诗集,其中一部名为《黑》,书名预示了诗人的很多作品是在无人打扰也无人倾听的夜晚表达出来的"内心独白",正是这些静夜的独白和私语成就了金所军诗歌的丰收。以《乌鸦》一诗为例,金所军的诗歌表达方式很独到,他没有像一般的诗路那样以乌鸦为意象去表达与乌鸦有关的情思,而是从旁观者的角度认为乌鸦可能会"潜入一首诗中/作一次鬼头鬼脑的旅行",进而描写了它在童话、寓言、"正经诗人"的作品以及笔锋笨拙的诗人作品中的特征,而这些特征正是诗人对乌鸦的认识,但读者阅读该诗时,总以为诗人在客观地转述乌鸦在其他文学作品中的形象,全然没有"小我"情感的左右,这也是为什么金所军的诗歌感情带有"普适"性的原因之一。又如诗人在《失眠》中没有以第一人称"我"的感受为依托来抒发失眠者的焦躁,而是以第三人称"他"的所思所想为载体来抒发了不安的情绪,这种旁观者的叙事立场再次让读者领略了诗人诗思的冷静。此外,金所军诗艺的成熟还表现在他对事物的言说方式没有落入俗套,诗人能够从熟悉且平淡无奇的事物中读出新意。比如《灰》,金所军从不同的视角和层面出发对之进行了新颖的阐发,诗人调动了所有的感官和心绪去领略"灰"的新意。又如《山西》一诗,诗人从地理位置的"山"和方向指示的"西"出发,将山西省的地理、历史、文化、物产以及山西人的性格表达得恰到好处。当然,这也是金所军少量作品显得思绪跳跃"零乱"的原因,正是内心独白式的创作使诗人的思绪获得了"放纵"和自由驰骋的空间,那些与诗人表达的某种情感或与诗人描写的某种物象相关的情思常常会不自觉地从他的笔端倾泻而出,使原本占据主导地位的情感有了附加的"枝叶"。不过,既然诗歌是表达诗人情感的手段,那诗人把他的所想所思倾注于笔端就无可厚非了,只是诗人的想象应该有所节制,不然其作品就成了意识的"集散场",在失去诗意的同时失去诗性。这也是金所军在以后的诗歌创作中需要留意和改进的地方。

金所军诗歌的新变源于深厚的生活积淀、冷静的智性思考以及精细独到的艺术探索，在诗歌价值和地位趋于边缘化的当下语境中，其作品显示出深情而理智的人文关怀。在多数文学作品的人文精神陨落的情况下，金所军用他的诗歌写作坚守和捍卫了知识分子的独立价值。诗人对历史、生命、现实以及诗人知识分子身份的指认不仅让读者感受到了其诗歌创作理路的新变，而且使其作品更加凝重和诗性化。

二

而到了《纸上行走》这部诗集，金所军诗中的"中年"情绪更加浓厚。秋天洋溢着丰收的喜庆，也充满了凋零的愁绪，关于这个季节的诗歌自然具有多维度的情思。作为长年生活在晋土上的诗人，金所军对北国的秋天以及那里的一草一木都怀有特殊的感情，这片秋天的土地给予了诗人无限美好的理想，同时也给他带来了意味深长的忧虑。金所军丰富而深刻的关于秋天的情感借助其艺术性的表现方式跃然纸上，使读者在领略到晋土大地的别致秋景的同时，领略到诗人丰富的生活体验和深邃的生命哲思。

北方的秋天是金所军作品中出现得最多的季节，其诗集《纸上行走》第一辑就收录了二十首专门抒写秋天的作品，由此可以看出他对浓浓秋意的偏爱。金所军诗歌中的秋思是对秋天自然景物的歌咏，是对农人天然生活的皈依，是对时间的思索和对生命的沉思。

金所军的秋思首先表现为对自然生活的热爱。秋天是美丽的季节，如"爱美的农妇"能够从露水中窥探到它的容颜，如"忙碌的农夫"能够踩着野花高一脚低一脚地走着。秋天是怡人的季节，蓝天被"推得更远"，小城一派静谧淡然的气质，山村则变得明亮苍茫，人在夜晚也能"气息舒缓"睡到天亮而无梦的干扰。秋天是丰收的季节，农人"左手拉着绵羊，右手牵紧神色凝重的镰刀"，忙碌的收获压弯了他们喜庆的腰身（《秋，站在窗外》）。诗人在午后独自行走在安静的小路上，任由"阳光撕开天空的蓝布帘俯下身来"把地面上"沾满风霜的叶子晒亮"，而他自己却陶醉在"一片明亮的蓝"中不知归路（《这个深秋的午后》）。在幅员辽阔的中国大地上，秋天在不同的区域呈现出不同的色彩，但都饱含丰收的喜悦和诗意的生活。晋北的秋天是金黄色的玉米老熟的时候，晋南的秋天是金灿灿的晚稻收割的时候；在北方，秋天带来的凉意将天空擦洗得更加明亮，在南方，暑气未消的秋天使人们在潮湿的空气中安逸地"小憩"。在诗人眼中，别致的自然之秋"把丰收写在纸上"，把安静闲适的生活寄寓在人们日常的生活片段中（参阅《秋天慢下来》）。晋土大地上人们天然而快乐的秋日生活是金所军热爱秋天的深层原因，因为正是他们朴实无华的自然生存状态让诗人在充满劳藉的现实生活中看见了真正诗意的栖居方式。比如在《初秋在去往深秋的路上》这首诗中，诗人利用立秋以后的七个节气将农人自在而充实的生活串联起来，让人感受到晋土的秋天总是洋溢着丰收的气息。立秋时人们正"在场上晒着麦子"，处暑时晋土的天空"飘着嫩玉米的甜香"，白露时人们"磨快了镰刀"准备收割庄稼，秋分时山坡上铺满了金黄的谷穗，寒露到来的时候人们又在打谷场上开始忙碌，等到霜降时空气中就有了新米的饭香，立冬的时候人们关紧了丰收的粮仓并结束了一年的劳作。晋土在冬天归于沉寂之时，人们却在休闲中拉起了家常，开始操办儿女的婚嫁喜事。因此，从初秋到深秋的路上，金所军体验到了农人近乎"归隐"但却自在的生活，诗人为他们在晋土上安居乐业并繁衍生息感到欣慰。

金所军的秋思主要表现为对短暂生命的喟叹。深秋的阳光"步履匆匆"，白天日照时间缩短让位给挂在树梢上的"风霜"，这个时候诗人想起了养育他的"村庄"，现实生活中"离乡的愁绪"和情感生活中"回家的喜悦"交织在一起。即便身在异处，诗人依然能够看见村庄粮仓中的玉米、谷穗和豆子，也能看见老绵羊以及它眼中的天空和脚下的小草。如果将人生的不同阶段比作春夏秋冬，那么生命最繁复的阶段无疑是夏天，那时候我们能领略并经历很多优美的风景；但随着生命深秋的到来，"好风景也慢慢少了"，人就进入了命定的老年阶段。金所军在《秋天深了》这首诗中花了大量的文字来描述晋土的深秋以及"村庄"曾经的风景，但最后短短的两行"秋天深了／好风景慢慢少了"却点石成金般地表达出诗人对生命的短暂和韶华岁月一去不复返的喟叹，浓郁的"悲秋"之情注满诗行。秋天的声音实际上传来的是有关岁月的讯息，从"向阳的山坡一直到背阴的圪梁／从村口的草垛一直到敞开的粮仓"（《秋天的声音》）等典型的晋土秋景图中，诗人听到了在季节更迭过程中时光流淌的声音。金所军从一片"变枯的叶子"中窥见了"秋的心思"，由此他看见了生命难以抗拒的由盛转衰的运转轨迹。心思融入秋天之后的诗人不免回头打量曾经走过的道路，其间充满了"收获的满足"和"歉收的疼痛"，从风华正茂转向枯萎的"秋天"，诗人逐渐积淀起了对生命悲剧化的体认，于是在夜深人静或心情阴霾时总会"饱含泪水"。金所军表达类似情感的诗篇很多，比如在《秋，站在窗外》中认为秋天是催人衰老的季节，虽然它"每年回来一次"，但"木头"却因此逐渐"变老"，"家门"也因此逐渐"变旧"。诗人在《一片叶子落下来》中与"一叶落知天下秋"的惯常理解不同，他眼见"年年秋深落下来"的"一片叶子"就会流下"一滴泪水"，不是感叹时光的流逝和岁月的无情，而是因为希望的泯灭和前路的虚无，寒冬将至而思想的冰冻永无止境，"一片叶子"承载的不再是节气上的秋天，而是失落的理想和无法言说的愁绪。

　　金所军的秋思有时候表现出对悲剧性生活的沉思。秋天快要结束的时候，北方的天空开始黯淡下来，那个属于秋天的"黄"颜色也逐渐"走远"，枯草由色泽的黄渐变为质地的轻巧，最后大地"干净"得光秃秃的。也就是在这个时候，诗人的情感开始活跃起来，忧伤的往事在秋风中"吹一下就散了"，深秋生长出无限的联想而使人"怀着复杂的心情"(《秋色将尽》),那些不能长留心间的景致终究会随着时间的流逝而归于"喑哑"和沉寂。在另一首类似的诗篇《秋日将尽》中,诗人感受到了秋天更为急迫的脚步声,当人们"还没有回过神来"的时候,冬天就要降临了。诗人在这首诗中表现的是更为灰色的人生,人总是在不知不觉中步入"晚秋"或者"冬天",而一旦生命滑向冬天的时候,"没有暖气,暖风,棉袄/没有病中的热水,药片",身体的寒冷和生理的病痛随即缠上我们;更让人难以接受的是"没有敲门声,没有电话",一个老年人在功利社会中无法再给别人谋取利益的时候,就会面临"门前冷落鞍马稀"的落寞情怀。因此,诗人在秋天将尽的时候陷入了"没有梦,没有光/只有冷,黑"的悲惨境况。既然人活着是一种悲剧性的存在,那诗人只能以豁达的心态去面对周遭环境的变迁,于是秋天变成了安静的季节,诗人不需要思考很多深奥的生活哲理,双手"藏在袖中,伏于胸前",有时候"睁着眼睛,有时候闭着眼睛/长时间静默,低垂眼睑"。这是闲散舒适生活的写照,如果人真的能够将生命中的得失视为"无关紧要,眨眼云烟"的东西,能够坦然面对"衣着朴素"或"褪尽容颜"的变化,那我们的心态就会像"一片秋"那样"不急,不躁/不悲,不喜,不抒情,不抱怨"(《一片秋》),从而归于真正的平和。诗人在经历了各色琐事之后,已然能够平心静气地去看待生活中的喜怒哀乐,以闲适的心境去面对生活并享受生命中难得的阳光雨露。

当然,金所军并没有因为不可更改的生命定律和悲剧性的存在而放弃对美好未来的追求。在诗人眼中,太阳高高地悬挂在"蓝不见底"的秋日天空,晋土上人们的生活光亮而透明;树叶在枝头逐渐变黄,给晋土披上了一件季节的外衣。诗人内心感受到了秋天的凉意,也体认到了做人应具有的韵致,于是"风"吹之处便"大道直通"《秋辞》。这首诗是典型的"托物言志"的写法,秋天将整首诗充盈得明亮而崭新,预示着诗人对自我人格的塑造,对人们的生活给予了美好的祝愿和期待，最终使一首秋辞升华为一段暖人的人文情怀。秋天之所以在金所军的诗歌中如此灿然又如此令人叹惋，一方面与诗人对晋土生活细致入微的体验有关，另一方面也与他不懈的艺术探求分不开。

三

　　金所军的中年书写与早期的诗歌相比，在艺术表达上更趋成熟。
　　金所军通过对诗歌内在审美视点的把握来表达秋思。仔细阅读金所军关于秋天的诗篇，读者常常会发现自然物象在作品中被诗人重新分解组合在一起，其构思超出了物理时间和物理空间的制约，从而调动了所有感官的审美能动性。比如《秋辞》中有这样的诗句："把季节变成一件衣裳 / 披在肩上"，季节是无形的时间层面上的"虚无"之物，怎么可能变成具体的可以感知的衣裳呢？又怎么能够披在肩上呢？但正是凭借诗人对超出常规的"虚－实"搭配的运用，秋天的黄色以及秋天的凉意才如此艺术性地得以展现。类似的例子还很多，比如在《这个深秋的午后》中，最后一节的诗行如下："一个赶路的人 / 在这个深秋的午后 / 走不出一片明亮的蓝。"人不可能在一片明亮的"蓝"中行走，我们必须脚踏实地才能行走，但金所军此时将"走"上升为心灵行为，短短的三行诗刻画出一个不断赶路向前的奋斗者因为秋天明亮的天空而放缓了脚步，静下心来欣赏难得的好天气。金所军对诗歌内在审美视点的把握还体现在采用拟人的表现方式，比如《秋天说走就要走了》这首诗在诗人笔下显得异常的形象生动，这个令人熟悉又向往的季节在诗人看来就像自己家中的成员一样亲切，他希望秋天常驻心间："我家的秋天要走了 / 初步定在立冬那日 / 摆一席好酒　大家都来 / 送送我家的秋天。"相应地，诗人在表现秋天来临的时候同样采用了拟人的表现方法，开篇即说秋夜"一声不吭"地来了，然后从清冷的街道肆意蔓延到眼睛"望不穿"的远方，诗人的"愁绪"也跟着这凄冷的秋夜浓烈起来，心情在秋天的夜晚变得"冷情"而"低沉"。拟人化地表现秋天到来或离去的过程一则表明诗人钟爱这个季节，二则能把诗人体验到的北国之秋形象地传递出来，让读者在领受晋土秋色的同时感受到诗人内心涌动的秋思。

金所军使用非常细腻的表现方法来表达秋天的情思。诗人只有具备敏锐而细腻的观察能力，才会从一片黄叶中透视出整个秋天，从一粒沙中折射出整个世界。金所军对晋土大地怀有深厚的感情，对北国生活丰富而深刻的体验让诗人能觉察到季节微妙的变化，于细小处发现诗意。比如在《一片叶子在变黄》这首诗中，诗人采用了逼真的"特写"方法，不仅把秋风中的一片枯叶摹写得惟妙惟肖，而且相应地把树皮和树枝也形象地呈现出来。正是通过"特写"加"蒙太奇"的表现方式，秋风中变黄的"叶子"、微微发凉的"枝干"和干瘪的"树皮"为读者营造了苍凉的气氛。在深入刻画秋天的时候，诗人常常采用细致而独到的表现方式，而在整体表现秋景的时候，诗人则将之纳入宏大的观照视野。比如《秋，或者秋后》这首诗以描写秋天晋北农村的土地为切入点，用少量的文字便刻写出了农人的劳作和他们世代在此繁衍生息的生活模式。秋天的"图画"从晋土的南面一直往北，诗意构想的空间也逐渐延展扩大，彰显出秋天不可阻挡的恢弘气势，一任整个晋土沉浸在秋天的气息中，从而完成了诗人对晋土秋天从局部到整体的建构过程。

此外，金所军还善于从细小处发现诗意，一米阳光或者一片月色都能让他捕捉到晋土秋天的魅力，这反过来也证明了诗人心思的细腻与敏锐，证明了他极强的艺术感受力和表现力。比如在《羊楼司收费站的秋夜》中，诗人傍晚驱车前行的时候看见月亮在前方的地平线上升起，似乎低低地"挂在树梢"上，车转弯便把月亮抛出了视线，眼前只见到灰蓝色的天空"一动不动"，而当车驶入羊楼司收费站的时候，天色渐晚，于是月亮出现在了头顶上，天空似乎更加低矮了。这首诗看似着意写汽车的位移带来的视野变化，但其实写出了北方秋夜空旷冷寂的意境，让人不免感叹在浩渺的宇宙下个人的存在是多么短暂而渺小。

形象地呈现出晋土金色的秋天以及农人自在的生活，足以见出金所军不同寻常的生活体验能力；从自然美景的背后探究出生命的演变和无可更改的自然定律，更能见出诗人思想的深邃和形而上的人文思想。在物质日益吞噬心灵空间并使人异化的商品社会里，金所军关于秋天的诗歌引领我们在滚滚红尘中反观自我的内在世界，从精神的维度去建构诗意的生活，这些诗作也因此获得了较高的艺术价值和社会价值。

第四节

当代女性诗人的"中年"写作

本节以冉冉的创作为例,来谈女性诗人的中年写作。作为一位颇有创作成就的土家族作家,冉冉①是中国当代少数民族诗歌创作群体中难得的女性代表。她的诗歌以早年的乡村生活体验和少数民族文化传统为精神内核,浅易的语言和跳跃的意象背后包裹着诗人对土地和生活的挚爱之情。从儿时的土家山寨外出求学,从风景秀美的滨江小城到物欲横流的繁华都市,地域和都市的侨易过程让冉冉的内心经历了不同文化、不同时代乃至不同价值观念的交替冲击,其诗歌创作也呈现出主体情思和外在关怀不断流变的过程。性别和民族身份使冉冉在当代诗坛成为辨识度最高的诗人,但在此基础上,坚持不懈地追求更加有

---

① 冉冉,女,土家族,重庆酉阳人,上世纪80年代中期开始文学创作,作品入选多种选本和年选。著有诗集《暗处的梨花》《从秋天到冬天》《空隙之地》《朱雀听》,中短篇小说《八月蔚蓝》《爱上本一师》《妙菩提》《开吧,梨花》《看得见峡谷的房间》等,曾获全国少数民族文学骏马奖、艾青诗歌奖、重庆文学奖、重庆少数民族文学奖、滇池文学奖、边疆文学奖、台湾薛林青年诗歌奖等。长期从事文学创作、编辑和组织工作,多次组织、主持文学评奖、文学讲座与作家作品的研讨及全国性作家采风活动,组织出版多套重庆作家作品丛书。系中国作协会员、一级作家、重庆市作家协会副主席、重庆市作家协会创研部主任,《重庆文学》执行主编,中国少数民族作家学会理事。

普适性的诗歌情感和艺术风格又使她迅速地融入当代诗坛。从这个意义上讲,冉冉的诗歌具有跨越性别和民族文化的特征。尤其是进入中年之后,随着生存环境的变化与生活体验的深化,冉冉的诗歌显得更加沉稳内敛,在抒情与"言志"之外体现出难得的淡定与从容之气。

一

"中年"不仅是时间的能指符号,同时更是心理和人生阅历的代称,它并不能标志或划分出诗歌创作的"代际",因为每个诗人都会步入中年并创作属于自己的中年诗篇。所有中年写作的诗篇"总是有一种沉思的品格,即不仅诉诸读者的情感,而且诉诸读者的理智,不仅给人一种感情的激荡,而且给人以绵长的回味"[①]。冉冉近年的诗歌创作具有浓厚的中年写作色彩,其作品既有对时光流年的叹息,也有历经诸事之后对生活现实的本质体认与沉思,而后者显示出诗人中年写作的深刻意蕴。

冉冉中年创作的诗歌折射出的生活具有十分浓厚的"面具"色彩,体现出诗人对世故现实的排斥与游离。现实生活就像一个巨大的舞场,作为舞者的我们在不同的场合跳着不同的舞蹈,为着物质利益扮演着各种舞姿。想来生活是无限残酷的,我们每个人都会被卷入一场旷日持久的舞会,就像鱼和虾那样在流水般的生活中来回穿梭,目的其实就是为了生存,为了实现"众生的梦幻"。所以冉冉在《化装舞会》这首诗中这样写道:"鳞次栉比的不是医院/是往生的鱼虾 无眠的鱼虾/流利的泳姿万人模仿。"生活中缺少的不是医治身体的医院,而是有人为了营生无暇顾及自己的身体,他们为着生计千篇一律地做着同样的

[①] 吴思敬:《当下诗坛的中年写作》,《文艺争鸣》2008年6期。

事情。人们生活在一个异化的空间里,人与人之间因为生活压力或物质利诱而倍感陌生,很少停下匆忙的脚步做一次悠闲的心灵沟通,我们像是戴着面具出现在别人面前,难以用真实的面目示人。因此,诗人无限感慨地写道:"在鱼虾之间　隔着信使/在鱼虾和人之间　隔着/一群化装师　在信使/和化装师之间　隔着/来世和往昔。""鱼虾"显然指的是为着生计奔波的人群,他们之间缺乏的是信任和沟通;"信使"指的是人与人之间的联系纽带,"人"指的是没有经过化装师装点前的"鱼虾";"化装师"并非真实的人,而是现实生活的压力或者人们为了某种目的而被迫选择的特殊心理,它会驱动人们戴上面具去做违心或者有失尊严的事情。但不管如何生活,如何在现实里把自己装扮得面目全非,我们都无法预知自己的来世,也无法感知自己的往昔,唯有时光匆匆的脚步让我们等到生活的舞场曲终人散,那时我们方能在垂暮之年看清生活和他人的本来面目。

　　生活尚且如此虚妄无常,诗人内心却渴望和身边的人作一次深入的情感交流,也渴望看到熟悉而真诚的面容。在一个原本熟悉的生活环境里,由于人与人之间的隔膜和交流的浮表化,我们有时感觉自己仿佛处身陌生的环境,"茫然地"看着彼此而不过问真正属于彼此的有用信息。诗人因此觉得"他们的容貌他们的表情/比一个新地方更让我陌生",这样的氛围有时会让她觉得自己也同样陌生,她听不懂别人说的"方言",世界似乎距离她很遥远。但冉冉并不希望自己生活在压抑的氛围里,于是在《在陌生人中间》里这样写道:"我渴望熟悉他们/我会用我有过错的身体/热爱他们也善待自己。"但要摆脱这样的尴尬处境,诗人必须克制内心情感的波动,尤其不能表达自己对周围人事的情感判断。或者,诗人要选择一种平和的方式来表达自己的情感,从而忘掉那些不愉快的往事,故而诗人继续写道:"我要用我渐渐明亮的忧伤传递我/平静的忧伤/传递忧伤是为了将忧伤遗忘。"

　　无情的生活让冉冉的内心世界充满了诸多裂变和易位的痛苦,她不得不在精神的挣扎中面对世俗的礼仪和人事，谨慎地走好生活的每一步成为诗人坚守的态度，也是她对抗"芸芸众生，皆为利来，皆为利往"的俗世信条的唯一方式。人生总是在一念之间发生预想不到的变化，处于量变与质变临界点的心理状态让人纠结与彷徨，生活时时处处都会面临各种进退维谷的艰难选择。面对挑战，我们坚韧地向前迈进一步就会迎来丰收的喜悦，这一步如同"花朵迈向果实"；面对诱惑，我们毫无节制地向前迈进一步就会铸就生活的悲剧，这一步如同"掉进松软的陷阱"。所以，人到中年后的诗人在经历了形形色色的人生事态之后，心态逐渐平和却又不得不顾及各种繁杂的因素，在可能促使事物变化的节点上每走一步都显得特别沉重而缓慢，甚至是惊心动魄地移动，作决定也就变得相当困难和不易。生命年轮线的划分严格如阶梯的搭建，一圈有一圈的含义和历练，哪怕"意外的闪失"都可能会导致整个生活的坍塌，每个人必须认真地走好每一步，就像冉冉在《我们在树下喝加了蜜的茶》中所写下的诗行："我们生过的病误吞过的药 / 稀里糊涂地选择不明就里的恋情 / 无端地舍弃　每一样变故 / 都是闪失的爆炸 / 它们貌似无关 / 其实都有秘密的通道相连。"

在认清了生活的本质之后，在拥有自身坚守的处事尺度之后，冉冉对生活依然充满了美好的期待和向往。怀着一颗仁爱之心并带着对美的期待去观照现实，冉冉眼中的世界幸福而祥和。在漫长而寂寞的人生旅途中，很多人为着虚无的名利而劳碌奔波，忽略了一路的人生好风景，到最后留给自己的是毫无价值的东西。因而，哪怕我们能在某个寒冷冬日的早上看一场洁白的雪景，在暮春等到最晚的花朵盛开或者在没有期待的时日意外地迎来果实的成熟，只要生命中能有如此圣洁的时刻和收获的喜悦，"半生的颠簸"也是值得的。在诗人所能感受到的美好时刻里，一切外物都"褪尽了颜色和气味"，被还原成原初的本来面目，世界以本真的面目出现在诗人眼里，人与自然获得了真实的存在，目光所到之处尽是"清澈的金透亮的银"，此情此景让诗人陶醉其中。《半壶水》这首诗体现了冉冉对美好生活瞬间的把握能力，更表达了诗人内心对纯洁美好世界的追求与守望。人们的日常生活总是充满情绪化的喜怒哀乐，生命的长度也是由哀伤与幸福组成。"狭窄的小街"透出人间烟火的味道，"廉价店铺"和"废品站"显示出卑微的生活方式和强大的生存勇气，"旧貌和新颜"的更迭暗示出时间的流逝，《学田湾》一诗表明诗人在滚滚的物质红尘中，在来来往往的人流里领略了时光的残忍和生命平凡的真相之后，"重新感到了幸福"。

在庸常而短暂的人生旅程中，我们应该学会舍弃原本就不可能得到的东西，同时珍惜身边的人事和那些唾手可得的点滴幸福，只有这样我们才会如释重负地卸掉心中的"块垒"并快乐地活着。

二

冉冉诗歌的中年写作意味着生活阅历的增加，意味着自身为人处世的严谨，她没有在忙碌而混乱的生活现场中迷失自我，也没有抱怨生活的苛刻和时间的残忍。诗人在时光的流逝和生活的磨难中收获了一份成熟的心智，能够从容而淡定地面对各种愉快或伤心的结局。

人到中年仍然洁身自好是冉冉一贯的生活作风，也是她在这个世界上获得幸福和内心安宁的最好路径。曾经有学者这样评价冉冉的诗歌："冉冉的诗，不在认识世界和显示生活，她的创造性的智性行为，她的想象力，很大程度在面对自己丰富的、复杂的内心世界。她以诗重新创造着她自己。"[①] 以诗歌创造并塑造完美的自我形象是冉冉创作的一大特色，中年时期的冉冉延续了这种自我创作的风格，尤其是当她面对纷繁复杂的社会现实时，诗歌创作道路更是成为她自我拯救的

[①] 易光:《朝向自身的世界——冉冉诗歌创作论》,《涪陵师范学院学报》2002 年 3 期。

朝圣之途。我们一生都行走在养成心智的道路上，孔子倡言"吾日三省吾身"，在讲求内敛的传统文化影响下，冉冉自知"君子当自强不息"。在《一个笨人》这首诗中，诗人以"牙"暗喻成年人的心智，认为它有时候会给我们带来巨大的收获，有时候也会因为不够"牢固"而带来无法弥补的耗损。因此，诗人"花了半生时间喂他的牙／咬过的食物　堆起来／是九座粮仓　咬下的伤口／垒起来　是挂满叶片的大树"，惟其如此才能"稳住"我们原本"动荡不宁的一生"。《有没有这样一个人》这首诗可视为冉冉自我人格塑造的真实写照，她认为人们生活在世上的所有劳作不能仅仅停留在"吃"的物质层面上，更应该为了精神而一直行走在路上。"少说多做"也许是一个让我们永远不失颜面的颠扑不破的真理，但有时候"少言不是因为无话可说／而是没有遇到相应的耳朵"，生活中最难寻觅的不是成功的足迹而是知音的倾听。我们"总是穿着厚而整洁的衣服／即使夏天也是长衣长裤"，以这样的方式出现在众人面前方能让自己感到体面，因为我们将内心的许多想法和看法遮蔽进了服饰，同时也让"衣服"为我们承担了生活的重负，只有到了无人关注的晚上，我们卸掉沉重的衣服饰物的时候，才能面对真实的自我并感受到内在灵魂的"灼热而且干净"。人只有保持一颗与世无争的心才会拥有清澈而明亮的眼睛，才会延长在尘世中看风景的时间，也才会让自己最终的模样显得"那样的体面和荣耀"，甚至让自己的精神血脉永远流淌在人间。冉冉在《有没有这样一个人》一诗中浸入了一种严肃而积极的"修行"理念，并且具有佛家生死"轮回"的生命观，其目的不仅是为了提升自己的精神境界，同时也是为了歌颂高尚精神的不朽。

诗歌的文本结构可分为"表层结构"和"深层结构"，诗歌语言的表层意义构成了显文本结构，由抽象思维把握的引申意义便构成了潜文本结构。形式主义、结构主义和英美新批评等以文本为中心的20世纪西方文论倡导透过文本的表层结构去发掘文本的深层结构。作为极端的文本主义批评方法，英美新批评将文本视为"对立调和机制"，主张通过发现文本语言的矛盾、反讽、悖论和含混等去化解内容的矛盾，从而让文本成为一个意义的统一体。而在谈到语言的悖论时，布鲁克斯认为语言的"内涵和外延起着同样重要的作用"①。结合形式主义文论的批评观点，我们就会发现冉冉的诗歌选用了许多语意含混的词汇，从而形成了语言的强大张力和丰富的潜文本意义。比如《天黑下来》这首诗看似诗人在和"你"进行对话和情感交流，但实际上诗中所谓的"你"是诗人另一个"自我"的存在方式。只有当天黑下来的时候，她才可以独自面对真实的自我；而当她对着镜子的时候，却看见了虚假的自我。"镜子"在法国文论家拉康的理论中预示着"自我"，他认为意识的确立发生在每个人的婴儿期，更准确地说是在前语言期的某个不可言说的瞬间，亦即所谓的"镜像阶段"。每个人的自我形象和完整的自我意识由此开始出现，当婴儿在镜子中认出自己的影像时，他还不能控制自己的身体和动作，还需要旁人的帮助，旁人的目光也是婴儿认识自我的一面镜子，二者的共同作用让婴儿将镜子中的影像内化成为自我。②所以，镜子中的自我并非完全真实的自我，只有当我们经历了"悲恸和屈辱"之后，才能认识到真实的自我形象。"从前我们彻夜走在铁轨上／滑翔的火车黑得透明"，众人面前的自我与真实的自我之间就像两根平行的铁轨，共同承载起了生活的重负，但却永远不会融合在一起；但是现在，诗人在经历了生活的磨炼和岁月的洗礼之后，她不再戴着面具去面对人们的表情，而是有了成熟且稳定的心态，"自我"形象已经表里如一。

---

① [美] 布鲁克斯：《悖论语言》，赵毅衡编：《新批评文集》，北京：中国社会科学出版社，1988年，第319页。
② [法] 拉康：《助成"我"的功能形成的镜子阶段》，褚孝泉译，朱立元、李钧编：《二十世纪西方文论选》（上卷），北京：高等教育出版社，2002年，第356—360页。

因为有严谨的生活态度和自我精神世界的净化与提升,冉冉拥有足够的精神力量去直面生活。很多人尤其是女性总在季节的更迭中感叹容颜的衰老,冉冉却感谢在时光的流逝中收获了成熟的心智。比如在《这身体旧了》一诗中,诗人表达了人到中年之后的睡眠质量开始下降,夜不能寐的时候就会想起很多曾经的往事,而不管这些往事是悲是喜,都会化作满天的星辰和奔流的河水,在空间的浩渺和时间的流逝中成为生命中不可多得的风景。无情的时光将我们的身体变得又老又旧,可又将我们的心理雕刻得又强又韧;那些"被恶语锻打的耳朵""被泪水泡亮的瞳仁""哽在喉咙的呜咽"以及"变成乌金的块垒"固然可以表征我们身体的衰败,但却可以帮助我们漏掉"哀伤和喜乐的消息"。衰老是无法抗拒的生理现象,但我们在衰老中收获了成熟和从容的心态,可以直面人世间一切的伤痛和残缺。又比如《赶在天亮之前》一诗书写了人在现实生活中总会遭遇诸多心灵的创伤和奋斗的挫折,如何才能弥合那些情感的伤口呢?我们往往需要培养出世的心态,内心深处要"藏着剃度的发丝",看淡世间风云变幻和成败得失,方能在最后让心灵沉静成一湖秋水,没有涟漪和情绪起伏的波澜,只留下安静而祥和的美丽。到那个时候,我们就会习惯并且能够化解生活的烦忧,宠辱不惊且从容淡定。

中国人信奉"人往高处走,水往低处流"的俗谚,因此我们在面临生活重压的时候总是拼尽全力逆流而上,结局要么是心想事成,要么是粉身碎骨。在励志的传统教育观念中,结局的好坏并非评判我们行事能力的唯一标准,是否能够身体力行地迎难而上才是人们看重的品质。如此一来,很多人的身心便会陷入奋斗的痛苦之中,有时甚至为了达到目的而不择手段,加重了内心道德和伦理的负罪感。但实际上,人在生活中有选择性地"往下"也并非坏事,所谓"退一步海阔天空"即是此理,潜居低处反而会让我们看见"最大""最美""最令人瞠目结舌"的天地。冉冉在《落地》这首诗中就深刻地表达了这种生活的气节和胸怀的高度,诗中朴素而又深刻的生活道理是诗人在经历了很多丰富而复杂的事情之后,所流露出的无奈却淡然的心态,这种与世无争的生活姿态饱含着她强大的内心和坚韧向前的生活勇气。

　　冉冉诗歌的语言看似简单平实,但意象和思维的跳跃足以显示出她诗歌艺术的建构方式,也足以凸显出其诗歌情感的浓厚和思想的深刻。这正好应和了冉冉自己的话:"我希望我所写就的文字像镜子一样简单、透明、直接,同时也希望这简单与透明的后面连带着黑暗般广大厚实的真实存在。"[①] 冉冉诗歌的中年写作在艺术表现力上更加成熟,也更具自我的风格化特征,那就是用简单的语言去表达丰富的存在。

三

　　母爱是冉冉中年书写的重要内容,其新近出版的诗集名为《朱雀听》,而诗集中编入"朱雀听"部分的诗歌几乎都是写给她儿子的作品,由此可见诗中的"朱雀"潜在地指代诗人的儿子。朱雀是中国神话传说中的四大神兽之一,是一种代表幸福的灵物,冉冉以此示儿想必寄托了她希望儿子快乐幸福的夙愿。

　　母爱是天底下最伟大且最无私的爱,它总能包容儿女的过错却不能原谅母亲的疏忽。诗人做任何事情都会率先顾及儿子的感受,她尽量将那些不高兴的事情深埋在心里,因为她知道哪怕是"像尘埃那般细小"的事情都会在儿子身上投下"阴影"。正是有了对儿子的这种关爱,冉冉也总是能够容忍儿子对自己的"冒犯",她觉得这是儿子与自己情感交流的特殊方式,最后一定会在母子的心中流淌出"像涌泉那样多"的幸福和甜蜜。随着儿子的成长和自我意识的成熟,冉冉难免

---

① 冉冉:《对镜写作》,《涪陵师范学院学报》2002 年 3 期。

会与他发生不愉快的冲突,但在风轻云淡的夜晚,诗人听着窗外的各种声响时,那些"尖利的令人心碎的话"虽然不曾消失,但内心其实早已涌动着"相互忏悔"的情愫,《仔细听》这首诗表明儿子仍然是诗人心目中无条件地深爱着的那个人。《在这个宁静的下午》一诗则是表达冉冉对儿子的亏欠之情:工作的繁忙让诗人的生活显得有些凌乱,她有时候甚至忙得忘记了自己在家庭中的地位和义务,所以在一个宁静的下午,诗人想起了自己的儿子和丈夫,于是愧疚地写道:"一个像你,无意被我忽略／一个像你的父亲／假装被我忽略。"

子女是母亲今世生活的希望和寄托,也是来世生命和情感的延续,因此他们便成为诗人毕生最重要的存在意义。儿子在冉冉的心目中就像钥匙一样重要,如果没有他就不能打开生活之门,更不会有自己生命的存在意义,周遭的一切都会显得"空白"而"虚妄":"没有你意味着她没有根／没有你／她的血是死的／我的火永远点不燃／没有你／她只有头没有脸／没有你／我只有河没有水。"这几行诗蕴含着儿子在诗人生命中的重要意义,同时更值得注意的是诗中人称的转变,那就是作为母亲角色的诗人一会儿用三人称的"她"来指称,一会儿又用第一人称的"我"来代指,这就形成了叙述学上所谓的直接自由式引语和直接式引语。在直接自由式引语中:"人物主体不仅控制了转述语,而且,由于转述语与叙述语流相混杂,人物主体渗透到叙述语流中去,反使叙述流受到人物影响。所谓内心独白和意识流,就是这种渗透在大规模范围上形成的特殊语体。"[1]在诗歌创作中采用直接自由式引语的表达方式,就会让诗人的主观情感渗透到诗歌情感中,而且有助于诗人控制整个诗情的表达。故此,《钥匙不见了》一诗中人称代词的变换不但没有给诗歌情感的表达带来紊乱,反而让我们理解了作为抒情主体的诗人和对象化了的诗人与儿子的心灵对话,既有客观冷静的情

---

[1] 赵毅衡:《苦恼的叙述者》,北京:十月文艺出版社,1994年,第96页。

感表达，又有主观浓情的自然流露。同样，诗人在《河水又涨上来了》中也书写了儿子对自己的重要性，因为有了儿子的降生，才让她一直深爱着"这个千疮百孔的世界"。

每个母亲都会用自己切身的感受对儿女进行言传身教，但儿女们却往往忽视了母亲的金玉良言，等尝到了生活的艰辛之后才会掂量出母亲话语的重要性。冉冉在《自说自话》里苦口婆心地写下了这样的诗行："但愿你听见我说过的每一句话／比我自己听见的还清晰／这样你就可以在大浪里淘沙／每个母亲都有她的金玉良言／只有最幸运的母亲／才有可能被她的儿子发现。"这首诗表达了冉冉对天下母亲的尊重和对天下儿女的劝诫，只有母亲才会如此不厌其烦地告诉儿女成长过程中的注意事项，也只有母亲才会将自己的"金玉良言"毫无保留地传授给儿女，因此她内心深处并非是要"自说自话"，而是希望母亲的心思能被儿女们早日用心听见，在生活的道路上减少走弯路的次数。

冉冉曾说："诗的质地对应于生命的质地。"① 其质朴而深刻的创作感悟传递出两个维度的意义：一则表明诗人必须拥有严谨而认真的生活姿态，拥有真诚而质朴的生活质地，才会写出优秀的诗篇；二则表明诗人可以通过创作达到"修炼"的目的，一个能写出具有饱满而厚重质地诗篇的诗人，相信也会在尘世中收获有质地的生命。不管从哪个角度讲，诗歌都已融入冉冉的生命中，成为她表达自我情感与展示社会关怀的重要载体。

---

① 冉冉：《冉冉诗歌及诗观》，《诗选刊》2006年12期。

第四章
中国当代新诗的艺术探求

  艺术感染力是文学作品及其他各艺术门类特有的综合性审美效应,它可以通过情感、思想、形式等多种途径表现出来,如托尔斯泰在《艺术论》中所说,它是"区分真正的艺术与虚假的艺术肯定无疑的标准"。大凡优秀的抒情诗都因为承载了深厚的感情而具有较强的艺术感染力,卡西尔在《艺术》中认为:"毫无疑问,伟大的抒情诗人都具有最深厚的情感,而且一个不具有强烈感情的艺术家除了浅薄和轻浮的艺术以外就不可能创造出什么东西来。"但实际上,作为艺术性最强的诗歌文体,其艺术感染力除了情感的浓烈之外,也与诗人的艺术表达能力戚戚相关。

  中国新诗是诞生在中国传统诗歌文化土壤中的"宁馨儿",但又吮吸着外国诗歌艺术的营养成长着,如何探索一条适合中国新诗艺术发展的道路,是困扰几代学人的艰难话题。因此,本部分内容主要探讨几位诗人对中国传统诗歌艺术的继承,同时分析中国当代新诗的艺术创新。

第一节

传统诗歌艺术的现代传承

在现代性思潮和文化观念不断更迭变化的语境下,澳门诗歌因为和外界文化交流的加强以及自身内部的发展新变而在内容和形式上取得了较大的突破,其创作数量和质量在澳门各文学体裁中最为突出。除传统的古典诗歌在澳门诗坛继续引领风骚外,以现代汉语为写作媒介的新诗创作也蔚然成风且时有佳作推出,其中高戈①的作品颇能代表澳门新诗的创作实绩,从中我们至少可以窥见澳门诗歌精神和艺术的一个侧面。凡是细读过高戈诗歌文本的读者都会赞同这样的说法:高戈在澳门乃至整个中国诗坛的地位不仅仅取决于他的社会地位和文化活动,而更重要的是取决于他的诗作。高戈以独特的审美视角对生命本体的存在进行了深沉的思考和形而上的哲理性追问,其语言在营造

---

① 高戈,本名黄晓峰,福建莆田人,武汉大学写作进修班毕业,澳门文化司署《文化杂志》中文版编辑、《澳门文化丛书》编审、《澳门艺术报》主编,并于广州暨南大学攻读博士课程。80年代与陶里、汪浩瀚等人组织澳门五月诗社,曾任理事长,策划出版《五月诗丛》和《澳门现代诗刊》;90年代参与组建澳门写作学会,曾任副会长,是《澳门写作学刊》的主编之一;同时策划了多次国际性学术研讨会,积极推动澳门的学术交流。他具有诗人的气质,擅写现代诗,又热衷研究澳门现代艺术和澳门文化,发表了不少评论文章,近年致力于澳门历史的研究工作。著有《澳门现代艺术和现代诗评论》及诗集《梦回情天》,另编有《神往——澳门现代抒情诗选》及多次学术研讨会的论文集。

出幽深意境的同时又显示出对诗歌文体形式艺术的自觉坚守和建构，因此，高戈的诗是澳门的，更是中国的。

一

诗是诗人在对生活进行体验和思考的过程中流泻出来的心灵之音。"多风多雨多情多思"的人生岁月和沧桑往事在塑造了高戈流浪者形象的同时也使他的诗歌具备了"异质"的性格。高戈的诗心是真诚的，他的诗源自他对生命本真状态的体验和对终极彼岸的遥望，没有丝毫的世俗气息和经验味道；高戈的诗思是孤独的，他的诗因远离了对喧嚣尘世和物化现实的观照而渗透出形而上的悲凉意蕴和对虚无存在的哲学思考，用他自己的话说，他的诗"是一个孤独的流浪者在无边的荒漠寻找一片绿洲时蓦然梦幻成真的心境写照"[①]。

高戈的诗是孤独而灰色的。只要我们对高戈诗思的产生时间作一次量化的统计分析就会发现，诗人获得创作灵感和创作心情的时段大都分布在一天中的黄昏、傍晚、月夜和一年中的秋天、冬天。"黄昏"是一天快结束的时候，它会使人产生惆怅感和急切归家的想法。古人"夕阳无限好，只是近黄昏"（李商隐）便是对时光流逝的感叹和惋惜，体现出的是一种惆怅和没落的情思；而"日暮乡关何处是，烟波江上使人愁"（崔颢）和"夕阳西下，断肠人在天涯"（马致远）的诗词使我们联想起现代诗句"黄昏还没有溶尽归鸦的翅膀"（臧克家），黄昏是回家的时候，对于一个流浪者来说却是想家的时候。"家"在哪里？远在"天涯"的断肠人高戈只能长久地孤独着，寂寞着。"月夜"在中

[①] 这是高戈在谈《梦回情天》这部诗集的命名时所说的话。参见舒望：《梦回情天·编后记》，高戈：《梦回情天》，澳门：澳门五月诗社出版，1992年。

国传统文化中是产生思念之情的时候，它使人思绪难平。李白有诗曰："露从今夜白，月是故乡明"，说明月亮自古就承载了思念故乡和亲人的情感。黄昏和月夜这两个时间段共同反映出了高戈在孤独的人生旅途中对故土家园的浓烈思念。"秋天"是一年中的丰收季节，也是万物由繁盛走向凋零的时候，悲秋之情与感叹"夕阳西下"之情都是诗人内心失落和惆怅感的外露。"冬天"是"万径人踪灭"的寒冷季节，在阴冷心情的包裹下，一切都封冻了，连同诗人的梦想和渴望。从以上对高戈作诗的时段分析来看，其诗思必然和"家"、孤独、思念以及失望联系在一起，是游子对地理和精神层面的"家"的诉求。对高戈作品中的意象进行量化统计分析的结果显示，夕阳、寒星、泪滴（泪痕）、七弦古琴（琵琶）、木鱼和墓地（裹尸布）、枯藤、荒原等意象在高戈的诗中出现的频率最高。意象是中国传统诗学中重要的美学术语，古人有"言不尽意"而"立象尽意"之说，诗歌的情思只有在意象中才能求得形象而丰富的诠释。意象是"意与象的契合"，很多意象在文化的发展流变中与某一类情感联系在一起。高戈诗中常用的意象是冷色调的，它们与诗人内心深处潜藏的孤独和寂寞之情相对应，要么发出悲伤婉转的乐音，将读者带入一片悲鸣声中，要么组合成沧桑寂寞的意境，让读者陷入无尽的忧郁之中。试看下面这几行诗：

    匍伏的秃山低首隐退
    疏落的流萤爬上天网
    啃啮一钩病蚀的残月

    山寺遁形　万籁俱寂
    一尊铁铸的乌鸦飞走
    叼走几粒木鱼的脆音

        ——《暮游》

该诗用"秃山""流萤""病蚀的残月""山寺""乌鸦"和"木鱼的脆音"等冷色调的意象来构成了一种凄凉而幽深的意境,其间又响动着孤独而单调的声音,庙堂里敲打的木鱼声因为四周的死寂听起来很"脆"很响,这种静中写动的方法为整首诗的意境增添了更加凄美的色彩,孤独于是浓重起来,包围了读者。

高戈的诗为什么会显得如此孤独而沉重呢?"每个人都在一定的历史文化背景前走过人生。……可以说,八十年代对高戈个人和整个历史都是一段多风多雨多情多思的日子。于是,就换回了曾经是高戈生命一小部分的诗篇。"①从这段话中我们可以看出"历史文化背景"和"八十年代"(现实生活)是高戈诗歌创作的内在驱动力和他诗歌情思的经验来源。传统文化思想和个人往昔的生活经历都属于历史文化背景的内容,这两者构成了高戈生命感悟的底色,使其作品显现出对世俗人生的无奈感叹和强力超越。诗人背井离乡来到澳门,其间他所经历的感情割舍之痛和生活磨难之苦积压成心中长久的无与述说的苦闷,高戈的心灵世界从此染上了与生命个体和精神相关的流浪体验。尽管我们每个人都极力地和命运抗争,但终究逃不脱宿命的摆弄,在本就孤独的人生路途上,诗人在葡萄牙管辖的澳门寂寞地品味着生活的哲理。精神的流放使高戈以为被故土乡情拥抱的简单生活才是他这个"幸存者"对幸福最大的渴望:"哪一天去找你的故园/浪迹四乡寻一 黄土/一个饭碗和两只筷子/那将是幸存者的归宿"(《哲理》)。这种常人唾手可得的幸福对诗人来说却是遥远的圣境,它除了表现为诗人在现世中追求的幸福以外,更寄寓着诗人深层次的生命哲学体验,是对老庄"小国寡民"似的原生态生活的向往。高戈深谙传统道家文化的精神内涵,也继承了传统文人的秉性——在人生仕途失意时选择道家放情山水的"逍遥自在"和归隐出世。可以说,正是有了道家精神的

---

① 舒望:《梦回情天·编后记》,《梦回情天》。

内核才使高戈的诗较其他诗人的作品具有了更加超然的气质,他甚至"责怪"老子聃没有将《南华经》传授给孔子仲尼而导致现在的人们追名逐利。在《献给教师节》这首诗中,似以"偷渡出关"的老子自喻的诗人看破了世俗名利:"一声不吭偷渡出关的老聃/为何不叫仲尼念南华经呢/好让弟子把荣华富贵看破。"在《我要高飞》中,诗人又似庄子一样在大自然的"逍遥"中寻求生命的快乐:"有一天我也张开了垂天之翼/把海上的喷泉弯成了一副山羊角/然后告诉庄子那是飓风的雕塑。"高戈对传统道家文化的自觉认同并将之转化为自我心智的成分与他个人的生活遭遇戚戚相关,只有像高戈这样孤独的流浪者在几乎超极限地承受了生活的风雨之后,才能坦然地面对人生路途上的苦难,才能在生命尚存一线希望的情况下顽强地生存下去:"那黑暗中孕育的一点光明/是痛苦记忆里的仅存慰藉/生命曾经承受死亡的重创/苦难不过是种自然的奉献。"(《残贝》)

高戈的孤独与他的生活经历和对道家文化思想的认同相关,但也与他离群索居的生存体验相关。高戈是孤独的流浪者,但同时又是孤独的思想者,其对生命本身超脱于物质之外的终极思考必然使他的思想在现实的物化世界里令人感到"陌生"。存在主义大师海德格尔认为屹立于大地之上的人的存在是与世界的对话,在这一对话过程中,人只能对大自然采取多听(hearing)少说(saying)的谦卑态度,因为世界本身的存在不容我们策划。① 其玄思使我们懂得人的存在之于自然和宏大的历史来说永远都是愚笨的。对人的本真存在的思考使高戈认为现实是一个苦难的世界,到处都是"冷酷的苍茫",诗人"在沙漠上拓荒/撒下希望的种子/幻想于梦里催生/却收获绝望的刺"(《信仰》),在"旷古空寂的浩瀚沙海"里,个人之于"普度众生"的努力不但不

---

① 参见[英]泰瑞·伊格尔顿:《文学理论导读》,吴新发译,台北书林出版有限公司,1993年,第84页。

会收获希望，反而会带来自我伤害，这深刻地反映了海德格尔的存在之思。因此，高戈在《求证》的诗篇中否定了"灵魂""理性"与人类的精神活动赖以存在的"上帝""释迦牟尼"和"观世音"，认为梦想与现实始终存在着很远的距离："夜空依旧紧箍大地／芳草距离星光很远。"（《草根》）显然，诗人对现实生活的思考已经从物质层面上升到了精神层面。诗人自己曾说："写诗完全是一种人类的错误／然而此种谬行又是多么绝妙／据说所有的大圣人都是大诗人／他们谁不擅长用诗篇传经布道。"① 高戈要用他的诗篇向人们传什么"经"，布什么"道"呢？细读高戈的诗，我们会发现他一直都在物质膨胀的现实中寻找生命的最终归宿。《街景》这首诗将诗人对物化环境的厌恶表现得淋漓尽致："歪斜的拼板像朽棺废椁／干净的蓝天被开刀切割／钢筋水泥的峭壁在膨胀／通衢大道塞满模特填料。"在否定物质社会的同时，诗人认为现代社会的人已经严重异化，"生命组装成一堆无序符码"（《异化组合》）。这种关于社会和人的存在的认识无疑是超越现实的，高戈诗歌意义的表面虚无其实是在诉说一个常人难以进入的超验真实："我们每一个人一定会在偶然之间感到世界的实体有如梦境，感到墙壁不再坚不可透，感到我们似乎能够透过每一件东西看到一片纯粹由光和色构成的无垠宇宙，此时此刻，生活的全部，世界的全部历史都变得毫无价值，毫无意义，而且变得不可能存在了。"② 这种毫无价值和毫无意义的"存在"在诗人高戈看来只是针对物质世界而言，对物质的追求不仅使人感到虚无，而且使人感到痛苦。既然如此，那诗人在现实中究竟追求什么呢？"于是我沉入冥想／想象尼采的疯狂／苦海上一苇遥渡／彼岸在尽头摇晃"（《信仰》）。尼采宣布上帝已经死了，生命的尽头才是

---

① 高戈：《梦回情天·序诗》，《梦回情天》。
② [法]尤奈库斯：《关于〈椅子〉》，《外国现代剧作家论戏剧》，北京：中国社会科学出版社，1982年，第304页。

凡夫俗子们渡过尘世苦海的彼岸，由此，诗人在对现实物质世界的否定中无可避免地会走向"死亡"之思。高戈诗中的死亡之思不是他在现实世界中产生的消极情绪，而是他对生命的终极体验。作为一个情感丰富的诗人，高戈知道，生活中的每一个人在生命航程中总会时时被家人、朋友、爱人，甚至是素昧平生的人的情感温暖地包围着，会被一些自我爱好和所谓的成就牵绊着，但死亡却不会因此而消失，它是生命之渡船最后搁浅和停泊的地方。所以，高戈对生命的死亡体验与尘世中的欢乐（"鸟语花香"）和痛苦（"急风骤雨"）无关，它是生命的终极走向：

> 急风骤雨一旦偃旗息鼓
> 树林里将充满鸟语花香
> 我就这样哼唱流浪者之歌
> 在荒野的暮色里寻找墓碑
>
> ——《风雨》

诗人是上帝流放在尘世中的子民，是天堂的流浪者，其生命体验的深层性决定了他的思想就如"流浪者之歌"，生命垂暮（"暮色"）的人在孤独的尘世（"荒野"）中寻找自己生命最后的归宿——死亡（"墓碑"）。因此，我们终于可以明白高戈作品中为何频繁地出现暮色、夕阳、墓地、裹尸布等与死亡相关的意象了，诗人选用这些意象不是对西方"审丑"的美学立场的指认，而是对形而上的生命体验的形象表达。

总之，高戈的诗是一个游子在背井离乡和精神流亡的双重孤独中的生命体验，其诗歌所表现出的苍凉意蕴不仅与他坎坷的生活经历和对道家精神的认同有关，而且与他对人的存在的哲学思考紧密联系，高戈的诗也因此而具备了精神和文化的厚度，从而代表了澳门诗歌在精神上的某种取向。

二

在"全球化"开放的语境中,任何一个有成就的诗人必须以本民族的传统文化作为写作资源才可能使自己的作品真正具备艺术优势,一味地追求模仿西方"先锋"和"前卫"艺术的作品在给人以短暂的新奇感以后,都会被历史很快地淘汰出民族文学的洪流之外,更无经典可言了。高戈的诗继承了中国古典诗歌和民歌的优良传统,丰富的生活经历和情感体验是他创作的优势。诗人从小在内地受到了传统文化的熏陶,因而在思维方式、情感体验以及审美价值的取向上都不同程度地表现为对传统诗歌艺术的皈依。"一言以蔽之,高戈的诗仍然是中国传统的'诗言志'那一路,并无'新'意可言,请不甚了了现代派或后现代派奥义的读者不必紧张。"①

从高戈的诗中,我们可以读出诗人对传统文化的眷念之情。诗人对传统文化的认同首先体现在精神旨趣和价值取向上。正如第一节所述,高戈骨子里已经融入了道家文化的精髓,他"逍遥自在"于物质世界外并在精神层面上追求人生的真谛。高戈离开内地30年后,记忆中依然留存着家乡清晰的景象,当一切都随着时间的流逝而发生改变以后,诗人内心的文化情结却依然"传统":"三十年梦里还有股雄黄味儿/木兰溪的鱼鹰早把童年噙走。"(《梦乡》)童年已经流走,童年时就已浸染诗人的文化环境却依然笼罩着诗人。中华五千年悠久历史承载的不仅是神圣的辉煌,也有让人感到沉痛的屈辱和灾难,作为在传统文化中生长起来的文化人,高戈自然会在他作品中反映中国的历史意识和文化心理,进而肩负起中国文化发展建设的历史责任。在《黄河》中,高戈面对中国历史文化更多地表现出的是痛心和忧虑:"五千

---

① 舒望:《梦回情天·编后记》,《梦回情天》。

个年头呵／在我的忧思里／淌过／却流不尽／我的沉痛／和灾祸",诗人说"我是黄河","我要奔腾／我要咆哮／我要挣脱"。传统文化已经盘踞诗人的心里,他不自觉地就会流露出对传统文化的延续和依附。比如在《听泉》中,"清泉呜咽""乱石""松林"和"云蒸霞蔚"等片段所构成的清幽意境很容易让人想起王维《过香积寺》中的诗句:"清泉咽危石,日色冷青松。"而《夕照》中的"苍茫的广袤大地"和"长河落照的绚丽"等诗句也会让人不自觉地想起王维在《使至塞上》这首诗里对落日的写照:"大漠孤烟直,长河落日圆。"如果不是高戈刻意地模仿王维的"禅"诗,那便是传统文化中的禅意和诗艺已经在高戈的文学思维中盘根错节并内化为自我文化心理和文学意识的有机成分。此外,高戈在他的作品中还比较喜欢用古典诗歌中常用的意象来表现自己的情思,比如琵琶、月、江枫、渔火以及塞北、江南等,这些传统的意象经过诗人的艺术处理以后传达出了一个现代人在现代生存处境下的现代意识和情感。

一个如此眷念传统文化的流浪者对"家"或故土都会有着超于常人的情感守望,因为故土是传统文化精神的具体载体,是我们文化生存的最初处所。中国农耕社会的生产方式决定了"家"和故土的特殊文化含义,每一个漂泊者或精神流亡的人都会在精神彻底孤独的时候想到"故园",在那里,他们可以找到精神的避风港湾。从这个意义上讲,内地上世纪90年代乡土诗歌的兴起便从文化和思想上找到了原因,因为物质的发展压抑并占据了人们的精神空间,都市物质的繁荣掩饰不住人们精神世界的空虚,加上知识分子自身处境的不断边缘化等社会现实原因,人们只有将"乡土"作为主体精神追求和信仰寄托的载体。高戈产生思乡情结有多重原因,一是他的流浪体验,二是他的精神流亡,三是他的传统文化心理。只要我们知道高戈为什么会离开内地去澳门就会明白他的精神流亡,因此这一点在此就不多述,我们着重从传统文化心理的角度来谈高戈对故土的思念。在高戈的所有诗情中，乡情最为热烈，从艺术的角度讲，乡情也是表现得最为形象生动的。在《我望故乡山头月》这首诗中，诗人在中秋夜里浓烈的思乡之情仅以柳树上的一个"小天牛"为注脚，这在使诗人的思乡之情物态化的同时让读者感到诗歌中的情感具体得触手可摸。在《枫桥》中，诗人的思乡之情由"虚"转"实"，又由"实"转"虚"，在虚实相生中，诗人的乡情表现得更加热烈可感："它不是梦境，是渔火／它不是渔火，是乡愁"，该诗在承续了张继《枫桥夜泊》一诗中清幽和孤独的意境时，高戈又赋予了渔火浓浓的乡愁。高戈的心思时常在祖国的山水中游荡，其诗中也经常出现"神女峰"、敦煌石窟中的"飞天女神"等，表明诗人不仅在抽象的文化层面上将自己的文化心理融入了传统文化之中，而且在具体的地理层面上也常常寄托着诗人的思乡梦。所以，高戈写怀乡诗除了与他作为流浪者的身份相关以外，也与他的传统文化情结分不开。

　　高戈对传统文化的认同必然导致他对传统诗歌艺术的认同，因为文学是文化最有效的表现方式。孔子说："文质彬彬，然后君子。"一首诗必须兼备形式（"文"）和内容（"质"）两个方面才可能成为好诗。现代派的艺术观念极端地将诗歌视为形式的艺术（比如俄国形式主义），此种艺术观念尽管偏激，但却深有启发性，那就是诗歌形式的确是诗歌艺术的重要内容。中国古代诗和歌不分家，表明诗应该具备音韵和节奏方面的音乐性，才会给读者带来审美的快感。1917年诞生的现代新诗可以分为自由诗和格律诗两类，由于格律诗对作者提出了较为严格的形式要求而使许多人选择了自由诗创作，从而使新诗的形式建设走到了危险的边缘。自上世纪30年代闻一多等人提出创作格律诗的主张以后，虽然有不少诗人创作实践了格律诗，同时提出了一些格律诗的理论主张。但50年代何其芳发表了格律诗的主张以后，就很少有人专门在格律诗上做文章（诗或者诗歌理论）了，闻一多"戴着镣铐跳舞"和何其芳"有规律的顿和押韵"被越来越多的人抛弃了，中国新诗艺术陷入了"山穷水尽"的困境中。高戈作诗有高度的文体形式自觉性,诚如他在《梦回情天》的"序诗"中所说:"昏蛋指责我填词作曲跑了调/写诗怎么敢不顾平仄丢了韵脚/浑蛋讥笑我怎不会跳镲铐舞/玩文字游戏要像玩魔方积木。"①高戈的诗在没有被深入解读的时候其形式美就已经征服了读者,因为他的很多诗在节奏和韵律上是均齐的,具备闻一多所说的"建筑美",比如《暮游》《蝉鸣》等诗篇。高戈诗歌的均齐与闻一多所创作的"豆腐块"诗不一样,他不是为了追求形式的均齐而有意地对诗行进行生硬的割裂,其整齐的诗行在语言和诗意上都显得十分自然和谐,全无刻意雕琢的痕迹,显示了诗人在形式艺术上的能力——"炼字"的功夫。在韵律方面,高戈的诗大都讲求押韵,当然有些诗的押韵是不规则的,但至少比无韵诗更具有"音乐美"。

除了上面讲到的形式外,高戈还很好地利用了传统诗歌的一些美学术语和诗美表现方法,比如意象和意境,比如兴的表现手法等。有人在概述澳门诗坛前辈的艺术特点时说:"他们的诗歌以直抒胸臆的表达方式为主,兼用比兴手法,有浓烈的生活气息,并不刻意经营意象,于平淡中见精神。"②由此看来,高戈在艺术上实现了对澳门新诗艺术的突破和创新,因为高戈的诗并非直抒胸臆,而是刻意地去追求意象的选用和意境的营造,中国古典诗歌传统也杜绝直抒胸臆的写法,人们总是"托象尽意"。高戈对生命的深刻感悟以及对故土家园的眷念正是在对意象的刻意追求中得到了形象的表达,并很快让读者进入了他的情感世界。高戈的孤独之情是通过夕阳、寒星、泪滴(泪痕)、七弦古琴(琵琶)、木鱼和墓地、枯藤、荒原等灰色意象来表达深化的,读者也正是通过这些冷色调的意象把握住了高戈内心的孤独和生命体验的

---

① 高 戈:《梦回情天·序诗》,《梦回情天》。
② 参见《文学史料》,载"中国作家网":www.chinawriter.org。

高远。如在《忘却》一诗中有这样的诗行："颤栗的荒古冷月／坠下苍白的毫芒／／……残石断枝枯藤／缀满敲碎的月色／／记忆化为流萤／落叶不再飘零","荒古冷月""残石""断枝""枯藤""月色""流萤"和"落叶"等意象很快就把读者带入了诗人内心的荒凉之中。在追求意象的基础上,高戈的诗还特别注重意境的营造,注重情与境的交融。高戈的诗给人最大的震撼就是其意境的悠远孤独。诗人通过瞬间的感觉捕捉到了诗意和景致,然后再通过严格筛选的意象来艺术性地为读者勾勒出一幅幅孤独寂寞或温暖可人的意境。"兴"是中国最为古老的艺术表现方法,简单地说,这种方法就是"先言它物以引起所咏之词也"(朱熹:《诗集传》)。《诗经》开篇《关雎》就是通过对河边水鸟亲密嬉戏的描写来引出诗人对在水一方的姑娘的想念,这是典型的"兴"手法的应用。高戈在作品中也应用了兴的手法来表现情思,例如《梦乡》,诗人先写自己当年离开家乡时"杨柳依依"的景象,然后才抒发出在岁月流逝中对故乡依依不舍的眷念之情。有时候,高戈的整个诗看上去都在写景或对景物进行所谓的"白描",但诗歌中的景物总会带有强烈的情感色彩,正所谓"一切景语皆情语",体现出诗人对中国最早的诗话"诗言志"说的认同和实践。

高戈的诗无疑代表了当下澳门诗歌创作现状的整体实力,反映了澳门现代诗歌创作的一个侧面,即在追求生命感悟的同时,自觉地承传中国传统的诗歌艺术。高戈的诗除了对生命感悟的那份深沉与超然给读者的心灵以震撼和净化外,其诗中表现出来的对传统文化和故土家园的皈依感以及对传统诗歌艺术的自觉承传等,都给人留下了深刻的印象,使人很容易就记住了高戈这位澳门诗人。

高戈在以自己的创作来彰显澳门诗歌的实力和特点时,又在推动澳门诗歌和文化的发展方面作出了卓越的贡献。高戈是澳门文化司主办的纯学术刊物《文化杂志》的中文版主编、《澳门文化丛书》编审、

《澳门艺术节报》总编辑，主编了《澳门现代诗刊》和《澳门写作学报》，并兼任澳门五月诗社理事长等职务。更为重要的是，高戈作为一位资深的诗人在扶持澳门年轻诗人和促进澳门诗坛繁荣上做了积极的努力。1986年，由高戈主编的《澳门现代抒情诗选》就收入了不少青年诗人的作品，其主编的《澳门现代诗刊》专门开辟了"诗苗"栏目来刊登年轻人的作品。

第二节
根植于传统诗歌艺术的创新

20世纪80年代中期的社会转型几乎给中国社会的各个领域带来了革命性的变化,文学尤其是诗歌以超乎想象的速度走向人们生活的边缘,以经济为参照的价值取向成了衡量一切的标尺。然而,就是在这样的时代语境中,为什么叶延滨[①]却"从80年代进入创作旺盛期"(叶延滨:《沧桑·后记》)呢?一方面的原因是他的诗歌创作不怀世

[①] 叶延滨,1948年生,中国作家协会全国委员会委员,1982年分配到四川作家协会《星星》诗刊任编辑、副主编、主编共12年整,1994年调北京广播学院文艺系任系主任、教授,1995年调中国作家协会任《诗刊》主编等职。曾获中国作家协会优秀中青年诗人诗歌奖(1979—1980)、第三届中国新诗集奖(1985—1986)以及十月文学奖、四川文学奖、北京文学奖、郭沫若文学奖等40余种全国及省以上的文学艺术奖。有诗集《不悔》(1983)、《二重奏》(1985)、《乳泉》(1986)、《心的沉吟》(1986)、《囚徒与白鸽》(1988)、《叶延滨诗选》(1988)、《在天堂与地狱之间》(1989)《蜜月箴言》(1989)、《都市罗曼史》(1989)、《血液的歌声》(1991)、《禁果的诱惑》(1992)、《现代九歌》(1992)、《与你同行》(1993)、《玫瑰火焰》(1994)、《二十一世纪印象》(1997),文集有《生活启示录》(1988)、《秋天的伤感》(1993)《二十二条诗规》(1993)、《听风数雁》(1996)、《白日画梦》(1998年)等44部,其余作品自1980年以来被收入了国内外450余种选集以及大学、中学课本,部分作品被译为英、法、俄、德、日、意、韩等文字。

俗的功利目的，是纯粹的诗性写作；另一方面的原因是他对诗歌艺术执着的追求和偏爱，在用创作实绩不断给读者带来惊喜的同时，其诗歌艺术的特质也在喧嚣杂乱的多元化写作环境中得到了彰显。20世纪90年代以降，叶延滨出版了《血液的歌声》(1991年)、《禁果的诱惑》(1992年)、《现代九歌》(1992年)、《与你同行》(1993年)、《玫瑰火焰》(1994年)、《二十一世纪印象》(1997年)和《沧桑》(2002年)7部诗集。细细解读这些艺术和情感俱佳的作品，我们不难发现叶延滨诗歌艺术的如下特质：

一

传统诗话要求诗应具有"韵外之致"和"言外之意"，这其实是要求诗应具有丰富的意义内涵，否则读之便会像嚼蜡一样无味。诗歌意义内涵的丰富性一则体现为诗的复义现象，二则体现为诗对生命的深层体验。拥有厚重的意义内涵是叶延滨诗歌艺术的特点之一，他的诗歌读起来让人觉得饶有兴味，让人若有所思，读者的心不再游荡于浮华的俗世而进入了真实的生命体验之中。

以多元化和个性化为表征的诗坛似乎显得并不萧条。在一个追求物质发展速度的时代里，急功近利成了现代人的通病，因此，大多数诗歌作品有如都市里的"泡沫经济"，繁华的表象背后是贫瘠甚至隐藏着深深的危机。一些粗制滥造的诗歌作品虽然让诗坛显得十分热闹，但其自身在艺术建构和情感体验上显得十分浮泛，其承载的思想连最表层的意思都缺乏严肃性和高雅性，哪还有内涵可言呢？20世纪90年代以来，诗坛的流行语是以身体的某一部分为观照对象的"写作"，诸如"身体写作""下半身写作"等。如果非要给这类诗歌加上什么内涵的话，那便是还原在物质流溢的现代文明中被异化了的人，解除物质文明对人的压抑,从而使人在生理上找回自我。以"身体"和"性"来写作的路向有横移外国思潮的嫌疑,因为中国的社会现实有别于西方:西方社会已步入后工业化阶段,而在中国,封建愚昧思想对人的禁锢还没完全解除,对人的发现也应与改变贫穷落后社会面貌同步,主体意识的觉醒、对生命的发现和追问才应是当下中国诗歌内涵的主流,抵制物质对人的异化对中国社会实际而言似乎为时过早。当然,随着物质文明的发展,我们应提防人的精神在现代文明中的失落和异化。根植于本国文化的土壤,关注当下中国人的生存状态,紧扣时代的鲜明特征,这使叶延滨的诗全然没有模仿和故作之态,他在浮躁的诗歌环境中依然把持着自我,将"爱""乡情""亲情"以及"生命"等作为诗歌观照的对象,写出的诗不仅有丰富厚重的思想内涵,而且符合当下中国人的生存现状。

伴着自然科学的进步,物质文明的发展成了社会发展的主导,它进而侵占了人类的精神家园并挤压着人的精神空间。在物质的诱惑下,人们除了整天疲于奔波外,几乎没有时间、没有精力甚至没有心情去思考生命本身的存在之义。在城市的灯红与酒绿间,在高楼与拥挤的人群中,叶延滨坚守着宁静的心灵空间,这给他提供了一个思索人生、社会和我们赖以活着的自然的场所。诗是诗人用心灵说出来的话,每一行都凝结着诗人对生活的思考和体验。叶延滨一生漂泊在外,用他自己的话说,在半个多世纪里,"我的名字带上我出生地给我的那个'滨'字,跑遍了中国"(叶延滨:《沧桑·后记》)。漂泊给人以沧桑,沧桑给人以沉思,沉思给人以深刻,叶延滨的诗正是他心灵的"沧桑之歌",给人以思索,教人深刻。在《沧桑》一诗中,诗人以"灵魂上的千年虫"喻指"沧桑",暗示生活的沧桑经历堆积起来会毁人心思。诗人的情感也因生活经历的丰富而更加敏感,一草一木都寄寓着一段心情:手背上爬过的"花瓢虫"使他想起生活的艰辛,溅在眉梢的"泉水"让他想起生命中的某次激情,而被风扯动了的"铃声"让他想起遥远的故乡。生命到底是什么？生命是时间和情感的抽象。"精彩的日子是花朵"，"痛苦的日子是疤结"，而日子"像泪水笑脸上滑落／变成一张照片一行诗一封信／一次梦中醒来的不眠……"(《脱落的日子》)生命在"精彩"和"痛苦"的两极间摆动，其意义也会在每次经历之后无声地流淌出来。欲望是生命的构成要素，欲望和人的修养呈二律背反的关系："你的知识一天天地增长／你的欲望才一天天萎缩。"(《最朴素的真理》)欲望给人奋斗的动力，欲望也使人掉进泥沼，在物质至上的社会里，没有人去提升自己的内在素养，于是这个社会继续病态地发展着，欲望的膨胀淹没了人本身的存在意义。在《欲望之河》中，诗人将眼光从个体的人扩展到整个人类，认为正是人类的欲望才使地球这个可爱的"蓝色星体发出叹息"，历史的长河不过是"一条欲望之河"，抒发了诗人在物质的开发掠夺过程中对整个人类命运的担忧。从《青春》到《中年》则记载了人思想的转变，青春"是个考试的梦"，"是个爱情的梦"，青春"强壮有力，多么的健美"，充满了希望。而中年则是对往事的留恋，对南方小城乡恋一样的回忆，但韶华已逝，除了咏叹之外，谁又能真的回到从前呢？《选择》一类作品体现出了诗人在理想与现实之间所做的无奈选择："苹果"和"小刀"本是典雅的静物图，但现实的结果却是"铁锈紧裹小刀的全身"，"腐烂""丑陋着苹果的遗容"。总之，叶延滨以他丰富的人生经历为背景，以对生命之思的深刻性为主色，以不受物欲冲击的心灵为框架，为我们描绘出了生活的沧桑并展示了诗人深层的人生思考。

农业化生产方式使中国传统文化具有浓厚的乡土情结，对叶延滨这样一个一直漂泊在外的人来说，故乡和亲人是他永恒的情感依靠和归宿。诗人对故土的感情是深沉而真挚的：

给我一双充满泪水的眼睛／让我看够这祖父般苍老的土地／还有那妹妹一样清纯的天空／给我一双洞听八方的耳朵／

让我听够这祖母织出的故事／还有那揪心窝的兰花花哭泣的歌／给我一双手学爬就在你胸膛上／给我一双脚学走丈量你的情与爱／给我一颗心我就知道你的痛苦／给我一张嘴让我说出你千年的梦／给予我这一切啊，就是个你……

——《故土》

"故土"俨然亲人般亲切："苍老的土地"有如"祖父"，"清纯的天空"有如"妹妹"，故乡的历史与传说有如"祖母织出的故事"；故乡用她的"胸膛"让我学走路，用她的"情与爱"教会我生活，而"我"也能读懂故乡"千年的梦"。这"千年的梦"是什么呢？在《偶得》中，诗人写道："很老的土地了，已是一位／没有乳汁的老妇人／那些星星点点的草棵／让人想起那些老人斑……"古老的土地像一位"老妇人"，养育了一代代儿女，而她却日渐"贫瘠"病老，故土千年的梦便是使其贫瘠改变，使其容颜得到装扮。在《中年》一诗中，诗人说自己的"魂"常溜到一个"南方小城"，那些"青石铺成的小街"、小店里的"红油素面""黄桷树""布衫"等意象为我们勾勒出一幅生动形象的南方小城图。叶延滨的诗心为什么会经常停留在那个不是他故乡的南方小城呢？这一方面与诗人的乡土情结相关，另一方面也显示出诗人对都市的反叛，他神往那宁静祥和的小城，排斥这喧嚣杂乱的都市。

对土地田园的慕恋折射出诗人对都市文明的厌倦。《都市消息》将都市里各种病态现象写得一目了然；《包装时代》深刻而形象地揭示了我们这个时代的多个侧面："时代是年轻的模特儿下班了"，美丽只是"幻觉"和"背影"，你真正面对的是个"空荡荡的""T字台"；"时代是个老奸的政客走马上任去了"，"战争""和平希望"和"利好股市"只是虚假的"许诺"，你真正面对的是一个空荡荡的"投票箱"；"时代是个只会签名的名人"，"电视剧、后现代小说，还有MTV……"只是"追星族"的"签名"，你真正面对的是随风而去的文化快餐。诗人对都市人生也感到十分沮丧,在《都市病房》中他曾说:"都市的人死得都很轻盈/……活着的时候却很沉重。"都市人没有"小木屋",只有"水泥浇铸的匣子",都市人没有串门拉家常的空间,屋子里只有"一个小小的孔/以便安装一把锁",都市人没有自由的空气和闲散的心情,其生活的一切内容早已"定制"有序。这一切怎么不叫诗人怀想起他曾住过的安静祥和且自由闲散的南方小城呢?这种对土地田园和对繁华都市的不同心情,承接了我国古老的诗歌传统,反映出中国人浓厚的乡土观念;同时,也是对物质文明逐渐吞噬我们精神家园的一种忧虑。叶延滨的这种思想无疑对重建中国的人文精神以及协调好物质文明与精神文明的发展关系提供了某种启示。

"爱"是人类永恒的话题,对一个诗人而言,爱是其创作的根基和源泉。没有爱心,诗人打量世界的方式和对生活内容的关注就会出现偏差,唯有用善良和充满爱意的眼光去打量我们身边的人和事,诗人写出的诗才可能富含诗美并满足多数读者的审美期待。只有在爱的世界里,我们才能顺利地成长,每一个人都直接地受惠于母爱,它与我们相伴一生并最能经受住世俗眼光和时间的丈量。叶延滨对母爱的体验是简单而深层的:母爱将儿时上学后的周末变成天堂,将被爱情遗忘了的"知识青年"的青春变得美丽;"母爱是医院里的药瓶",在我们受伤生病时发出内心的叹息并护理我们康复;"母爱是一根灯芯",为了我们的成长而默默地燃烧,然后在我们学会自立时"悄悄地熄灭"。《母爱》用简单的生活场景将天下父母的痛子之心和天下儿女的感激之情表现得深沉凝重。爱有时是与善良同义的,对叶延滨来说更是如此,他用自己善良的诗行去关注下层人的灰色人生,在刻画出这类人生活贫困的同时,诗人的爱心也得到了凸现。例如在《窗外的工地》中,像机器一样工作的人"在想下岗的老婆和升学的女儿",他们尽管像工蜂一样成天忙碌,但家庭经济的拮据仍是不可改变的现实,这一幕"蜇痛了诗句",让诗行"发出几声呻吟"。爱对叶延滨来说是一个含义宽泛的字眼，体现为爱母亲、爱故土家园、爱生活艰难的人，更爱本民族的语言文化。一个深谙本民族文化的人必然会被本民族古老而悠久的文明折服，一个吮吸本民族文化成长起来的诗人也必然会懂得去珍爱自己的民族和祖国。《加拿大诗情》（组诗十八首）中有一首题为《唐人街·龙虾与汉字》的诗，叶延滨在海外面对有汉文化象征的汉字时直接反问道："还有比汉字招牌更挑逗人的吗？"他在加拿大的唐人街吃着"龙虾"，饮着"青岛啤酒"，听着熟悉的"乡音"，仿佛又回到了大洋彼岸的祖国。是啊，无论身居何处，民族文化和祖国人民都让我们魂牵梦绕。从对"母亲"的爱到对"一群工蜂"的爱，从对故乡的爱到对中华民族及其文化的爱，叶延滨的诗歌内涵也由此而更加凝重更加深沉。

二

在"失语症"和异质文化隔膜严重困扰中国诗坛的今天，对传统文化和诗学的自觉传承和发展不仅是一个诗人自身丰富的文化积淀和文学素养的体现，而且是对本民族文化价值的认同。

新诗是在与传统文化断裂的语境中发展起来的。出于一种策略也好，出于一种完全的背离也罢，"大胆拿来"西方文化与"打倒孔家店"的结果是让新文学成了"断奶的婴儿"，它生长在中国文化的土地上却吮吸着外国文化的营养。这是一种非常态的文学发展路子，值得从事文学创作和研究的人深思！新时期以来，由于对西方工业技术和经济实力的倾慕，西方的各种"主义""代"和"思潮"走马灯似地涌入中国，在创作上，以诗歌最为突出地反映了这一文化引进潮流。由于有深刻的哲学思想基础，我们不否定各种外国文化思潮和文学理论的合理性，但如果以抛弃本土的传统文化思想为前提，并不加选择不加吸收地照搬外国文学思想，其结果只能是揠苗助长，创作界和理论的繁荣也只能是暂时的，其背后必然隐藏着深深的危机。"诗是最富民族性的文体，诗学是最富民族性的文学理论"（吕进：《中国现代诗学》），中国诗歌繁荣的重要前提是在借鉴西方的同时把握中国诗歌传统的精髓，只有立足本国文化传统，应用本土文化思维，才可能走出"失语"带来的困境和解除异质文化的隔膜，让诗歌这种"最富民族性的文体"走向复兴之路。

上世纪 80 年代中期以来，由于诗歌的地位从社会政治的中心转变为社会经济的边缘，诗歌内部也经历了一次现代性嬗变：诗歌服务政治的功能和表现意识形态的功能开始弱化，个人化的自由写作成为诗歌创作的一元方向。诗歌地位的转变带来了创作方式的变化，而创作方式的变化必将导致诗歌表现主题和关照对象的变化。部分诗人在缺乏文化价值认同的语境下坚持个人化写作，使诗坛新潮迭起，多元共生。这在给诗坛带来表象繁荣的同时，其自身的弱点也暴露出来：这类诗只重视语言和形式的打造，脱离原生态生活，在疏离社会历史关怀的同时也忽视了对人的生存现状的人文关怀；也有一些诗将审美视角转向当下人日常琐碎的生存现状，其平面化和世俗化的价值取向仍然使这些诗歌作品没有理性深度和人文精神。因此，用"浮躁"或"粗浅"来概括今天的诗坛也许并不全面，但至少总结了诗坛特征的某些方面。试问，一个没有本土文化积淀的人，一个追赶西方文化思潮的人，其诗歌作品能在本国文化的土壤上生根吗？他们至多只会昙花一现，诗坛不会留下其作品的影响，一个不认同本民族文化价值的诗人的作品必然不会被本民族文化所认同，更别说接纳了。

叶延滨懂得传统文化之于诗歌创作的重要性，他对中国的诗歌传统有浓厚的感情，对曾生他养他的出生地也念念不忘："半个世纪之后，我献给我出生地的，就是这本诗集（指《沧桑》——引者）"，他在《沧桑》后记中道明了他写诗出集子的目的。一个不忘故土的文化人自然也不会忘掉本民族的文化传统，叶延滨的诗歌创作体现出了对传统文化的自觉传承，这也是他的诗歌创作能一直立足诗坛并吸引读者的原因所在。叶延滨首先认同传统诗歌的价值取向，他除了关注当代人的生存状态外，也注意去把握诗歌的社会价值和审美价值。由于他将文学的审美性与功利性，个人化与社会化结合起来，因此，他的作品既体现出了对艺术的探索与创新，又体现出了对生命意义和价值的追问与思考。比如《镀银的山坡》最后一节就体现出了诗人对诗美的追求与对生命情感体验的完美结合：

长天一声雁唳／一队悄然远去的相思之翅／像一串泪珠／滑落在我的眼角，啊这镀银的山坡／是谁让我与你／相对无语于银色的寂静

从艺术的角度来看，该诗不仅营造了一个幽静凄美的意境，而且"雁唳""相思之翅"等意象将一种遥远而忧伤的感受带回到现代人的生活中，读后味之良久。从生命情感关怀的角度来看，这几行诗不仅体现了"天人合一""物我同一"的传统文化思想，比如"雁唳"是诗人的哭喊，一队远去的雁翅是诗人相思的"眼泪"；而且，这几行诗体现出了强烈的生命意义和深层的情感体验，是艺术性强和情感丰富的作品。在今天这种艺术与人文关怀难以兼顾的诗坛上，这样的诗无疑应被视为佳品。在《足球记者的手记》和《奇迹》等一类诗中则体现出了诗人将诗歌的审美价值和社会价值相融合的自觉。早在孔子之时便确立了诗歌的"怨刺"功能，认为诗是"经国之大业，不朽之盛事"，但与此诗歌观相对立的却是"为艺术而艺术"的观念。诗歌的审美性和诗歌的社会性这两者本无高下优劣之分，只是各自偏重的侧面不同，如果能将二者的关系加以协调，那诗作自然会上一个新高度。在诗歌地位边缘化的今天，诗歌的社会作用相对减弱，叶延滨继续着诗歌"怨

刺"的这一传统,不但没有削减其诗歌的艺术性,反而在表明其诗歌价值取向的同时,流露出诗人思想的深度和忧国忧民的情怀。

我国传统诗歌的佳作多是抒情诗,其对"人"和对"情"的关注多于对外物的刻画,在具有深层的人文关怀的同时,显出较强的人文精神。除了在诗歌价值取向上追求生命关怀与诗美的结合和社会关怀与诗美的结合外,叶延滨在审美意识上也自觉地传承了我国优秀的诗歌传统。无论当前的诗歌创作和艺术追求多么驳杂化和个性化,但有一点却是可以肯定的,那就是生成于中国现实与历史文化传统笼罩中的中国现代新诗,其在表现论与再现论的二元对立中,在群体精神与主体精神的二元对立中,在西方现代主义诗歌的主体神话与后现代主义的解构思潮中,不可能离开民族审美意识,它会自觉或不自觉地体现为对传统文化及艺术思维的继承和阐释。以弗莱为代表的原型批评家们,也正是在荣格的"集体无意识"(或称"种族记忆",或称"原型")理论基础上阐明一个民族(或种族)文化在后世文学中的再现,指出原型(即民族文化或心理)始终会在一个民族不同时期的文化中存在,这是毋庸置疑的(参见弗莱:《批评的解剖》)。我国传统文化追求平实而不崇尚浮华,追求朴素美并看重事物的品格,这一点尤以老庄追求的"返璞归真"为圭臬。这其实也是中国传统文化讲求内敛的体现,孔子曾倡言:"吾日三省吾身"。所以,传统诗歌对梅、兰、竹、菊和松等的赞颂则意味着对人格精神的建构和对内在审美意识的偏好。读叶延滨的作品,一个现代人对工作、家庭、社会、祖国乃至整个地球的热爱、忧虑和责任便会跃然纸上。人格精神是一个抽象的词汇,但它却在叶延滨的诗中得到了形象的诠释,"文如其人",这与诗人的人格修养和平日的为人原则戚戚相关。

对个体审美人格和精神的建构是叶延滨构造其诗歌审美大厦的基石。叶延滨注重在传统文化中去寻找精神的营养,因为传统文化能将诗人从现代都市的繁乱中解脱出来,能将那"七窍生烟""头破血流""如痴如醉"的"忘记归路"的灵魂招回家。在《读诗的时候点燃一根烛》中,叶延滨这样写道:"精神是一介寒士/就像一本好书般清贫/清贫好啊无人生嫉无人打劫/于是传之后人去读……"什么是人的精神呢?在诗人看来,精神"就像一本好书",是知识是文化;精神是"一介寒士",不对人产生嫉忌不对人产生坏心眼,也只有这种精神,才是"传之后人去读"的好书。这种讲求内敛的品格是叶延滨对日益膨胀的都市文明产生厌倦之情的又一重要原因。在以物质为价值标尺的社会里,追求外在的物质满足成了人们的生活目标,还有多少人懂得文化对于民族精神和个体人格的重要意义呢?"那些金黄色的屋背"在风中"空洞得悠远","从地下冒出来的高楼/一个接着一个地抬高了人们的视线/暴发户般地在每扇玻璃墙挂上一颗太阳"(《都市印象》)!生活在一个"屋脊占据了所有的地面""高楼占据了所有的空间"的时代,诗人在过去与现实之间,在传统文化与现代文明之间迷茫着,但又清醒着:

雨从瓦屋的檐沿流下/唱着千古不变的民谣/雨从高楼的玻璃上淌下/默默地成为时代的脸——/不知流的是泪/还是流的汗……(《时代》)

"瓦屋的檐沿"与"高楼的玻璃"是过去与现在的对照,"千古不变的民谣"与"时代的脸"是传统文化或民族精神与现代物质文明或时代面貌的对照。不管流的是"泪"还是"汗",其味都是咸的,都表现出一种伤心和艰难,而"泪"和"汗"随时光的流逝都会蒸发得无影无踪,只有"民谣"可以千古不变。这首诗恰到好处地体现出了叶延滨对传统文化及其精神的坚守与传承。

除审美价值和精神价值外,叶延滨还自觉认同了传统诗歌的艺术价值。在炒作、新潮、先锋的诗坛中,叶延滨清醒地意识到,只有扎根本民族传统文化的土壤，一种文艺思潮或艺术形式才可能生长，只有把当下的"新"与传统的"旧"相结合，诗歌才可能在艺术上有所提高。在《叶延滨诗选·后记》中有这样的话："根扎进了传统的土壤，越扎越深，而枝叶却以叛逆的姿态向天空伸展，展示一个飞翔的梦境。"叶延滨的话对今天的诗歌创作和诗歌理论有一定的指导意义：只有继承传统，才可能"叛逆"创新，只有创新，才可能有"飞翔的梦境"。在后现代举起"解构传统""躲避崇高"旗帜的时候，诗坛兴起了一股反叛逆流。反叛意味着新变，意味着发展，但反叛的前提是什么？用外国的东西反叛本土的东西纯属无稽之谈，一则文化本无高下之别，二则异质的两种文化本来就互不认同，何谈反叛消解呢？以叶延滨的观点，反叛需以传统文化为基础，唯其如此，才可能在新时代里塑造民族文化新形象。在文化全球化的今天，在西方文艺思潮和艺术形式被大量译介到中国的今天，只有把握住传统文化及其精神，我们今天的诗歌艺术才能够在显出民族特色的前提下超越传统诗歌。叶延滨的很多作品在艺术形式上直接承传了我国传统的诗歌艺术形式，比如讲韵律，讲意境，讲"象外之象"和"言外之意"等，在此仅作提示，留待后面作详尽的探讨。

三

艺术创新是诗人最根本的品质。新时期以来，在诗歌艺术及其形式急剧演变更换的浪潮中，正是艺术上的不断拓展与创新，以及对传统诗歌艺术的传承与反叛，才使叶延滨的诗凭着成熟且个性鲜明的艺术特质被诗坛接纳并为人称道。

极端地说，诗是一种形式艺术，而语言则是诗歌形式的主要构成要素。任何一种文体艺术都可用语言进行区分，海德格尔说"语言是存在的家",一切文体都必须诉诸语言才可能存在,而"文学语言的特征与各种文体的自身特征相一致,换句话说,不同文体的语言方式是不同的"(蒋登科:《散文诗文体论》)。因此,对语言的把握是诗人的首要素质。作为一个成熟的诗人,一个有自身艺术特色的诗人,叶延滨首先用语言来显出他的诗歌艺术个性。正是如此,他的语言世界丰富多变但又相对稳定,显得既不先锋又不保守,既浅显明了又不落俗,他用自己有特色的语言抒写着那份浓浓的诗心。"日常性"是叶延滨诗歌语言的一大特点。日常的口语、俗语没有文化惰性,它是鲜活的,与原生态的生活有着天然的亲密关系。相对于那些玩弄语词的"智性"写作而言,它能清除语言上的积垢并排斥异质的文化思维和表现形式,写出的诗歌不会让读者感到有文化隔膜。在一部分人脱离原生态的生活并失去语言资源的情况下,日常性的语言无疑给诗坛带来了新鲜和活力。诗歌语言的"日常性"并不等于"散文化",也并不意味着将诗性排除,关键看诗人如何让这类语言入诗。而诗人运用日常语言写诗的过程则表现出了一个诗人对语言的驾驭能力。叶延滨的很多诗是用大众熟悉的日常语言写成的,这些作品不同于政治白话或民谣,而是真真切切地以诗的方式去关注当下人的生存状态,反映当下生活和时代气息的现代诗歌。这些日常语言经过诗人的艺术加工后并不粗俗浅白,而是诗味浓厚。比如《足球记者的手记》《立场转变》《鹰与筝》等,凭着诗人独特的审美视角与诗性操作,其中的日常性语言在表达出诗意的同时让人感觉到叶延滨诗歌语言的新鲜但不艰涩。《时空游戏》中有这样几行诗:"你的世界是个老太婆/是老太婆飞溅的唾沫/是唾沫后的几颗黄牙/是黄牙间的一条长舌/是长舌上逃命的爱情/是爱情却忘记了年龄","老太婆""唾沫""黄牙""长舌"等都是近乎俗化的日常性语言,但读者读该诗时除了领会到激情和诗意外并无庸俗的感觉。

作为有双重视点(内视点和外视点)的文体,诗歌的韵律有内在韵律和外在韵律。前者表现为诗歌感情的跌宕起伏、错落有致,后者表现为字或词的押韵。《成熟的季节》中,"漫→险→箱→价→烂"等几个韵脚出现在诗的各节中,情感似乎因有了押韵而更加浓烈,更加耐读。而在《沧桑》中,这两种"韵"几乎完美地结合在一起,诗中不仅洋溢着流畅且富有韵味的诗情,而且语言因押韵而较明朗且有节奏。但总体说来,叶延滨的诗讲求韵律的并不多。在我们倡导诗体重建的今天,作为一种诗学传统,诗的韵律无疑更应引起我们的重视。韵律虽然在某些时候对情感的表达有一些约束,但它却对诗的感情有补救和烘托渲染的作用,用何其芳的观点说:"诗的内容总是饱和着强烈而深厚的感情,这就要求它的形式能利于表现一种反复回旋,一唱三叹的抒情气氛,而格律恰好适应了诗歌内容的这一要求。"(何其芳:《关于格体诗》)虽然韵律只是格律的一个方面,但不管怎样,它总会有利于诗情的表达。在此,我不是想以格律诗之一种形式去覆盖诗歌形式的多元化,既然一些内容适合用格律诗去表现,那必然也有一些内容更宜于用自由诗去表现,这是一个浅显的道理。而今天的诗体形式之所以出现危机,是因为很多人对诗这种文体的必要特征知之甚少,以为写自由诗十分容易,什么都可以用自由诗去表达,以为"自由"便意味着对形式的完全抛弃,这些错误的观点是导致诗歌形式泛滥和诗体形式模糊的重要原因。一个有文化素养并懂得民族诗歌传统的诗人,他对诗体形式的追求和建构完全应是自觉的。从诗歌形式的多样化中便可证实叶延滨对韵律及形式的自觉探索,只是希望诗人能更多地写出情感和形式(主要指韵律)兼顾的作品,否则,便会失去诗歌文体的一大优势——韵律。

在新诗诞生的近一个世纪里,关于新诗形式的创作尝试和理论探讨始终是新诗建设的前沿问题。胡适讲求"作诗如作文",闻一多讲求句式的"均齐",何其芳讲求"有规律地押韵",而郭沫若则倡导"主情说",讲求"抒情的便是诗"。不可否认,每一种主张都是合理的,它们构成了诗歌理论和创作的丰富性,各侧重于诗体形式的某一个方面并对之进行了相对深入的探讨,这对新诗的发展而言是一项突出的贡献。在诗体形式方面,叶延滨主张形式的多样化,他的诗并不局限于某一类形式。首先,叶延滨的诗大多是自由诗,每一首诗没有固定的韵,每一节没有固定的行数,每一行没有固定的字数,诗情完全成了主导并联系一切的纽带。诗通常是诗人情感的直接抒写,除了叙事诗外,一般的抒情诗较少采用对话的形式,但叶延滨有几首诗几乎全是由对话写成的,比如《花儿》,每一节都以小孙孙的"这是啥花儿呀"开头,然后以老爷爷的回答结束。《落伍者》这首诗则采用自向自答的形式,否定了所谓"落伍者"的落伍。叶延滨在诗中还善于应用各种写作手法,比如"顶针"手法,将前一行诗的结尾作为下一行诗的开头,使整首诗歌显得十分连贯,逻辑紧密,《时空游戏》可以说是这类诗的代表,其中的主要两节都采用了这种表达方式:

> 你的世界是一个少女
> 是少女身旁婀娜垂柳
> 是垂柳般的秀美长发
> 是长发下的羞涩低语
> 是低语中的呢喃诗句
> 是诗句样的初恋岁月

该诗不仅读起来给人一种回环连贯的感觉,而且句式相当均齐,显出了作者对形式的努力追求。《时代》一诗的形式也颇有创意,不仅每一节诗的诗行形成并列排比的关系,而且每一行后面都有意义相反的说明,如第一节:这是道具库/(当然也是一个世界假肢房)/这是布景场/(假的像真的,不,比真的好)/……这样的诗总能让读者在生活的表象中去发现生活真实的面貌。叶延滨诗歌的形式除了上面所提及的以外，还有很多与众不同且个性鲜明的诗体形式，在此不作过多的论述，只是想说明一点，叶延滨的诗歌表现形式是新颖而丰富的。

虽然叶延滨讲求韵律的诗不多，但这并不表明他对诗歌这一外在形式的忽略甚至抛弃，他用自己的创作实际向人们展示了他的诗歌形式观念：诗歌的形式是丰富的，单一地要求格律或单一地要求自由都是不合理的，不同的诗情自有其合适的形式，不同的诗人自有其偏爱的形式。叶延滨进行着多种诗体形式的尝试，除了上述诸种自由形式外，他的有些诗也讲求韵律，讲求句式的均齐。如《赠美发师某君》共有五节，每节都是两行，每行都是四个字，整首诗显得相当均齐。《节日夜剪辑》也是一首句式均齐、格律较强的诗：

> 电视机。
> 瓜子。点心。茶。
> 大歌舞。
> 小品。相声。笑。
> 麻将牌。
> 四筒。二饼。碰！
>
> 门铃声。
> 送礼。请坐。茶。
> 大哈欠。
> 送客。起身。笑。
> 三缺一。
> 北风。五条。碰！

这首诗不仅每一节行数相等，而且每一节中相对应的两行的字数甚至标点符号都相同。该诗还有一大特点是每一行、每一句都由名词构成，真正体现了闻一多诗之三美中的"建筑美",由此可见叶延滨在形式的追求上真可谓用心良苦。

叶延滨的有些诗写得诙谐幽默,在引人发笑的同时,其深刻的生活思考也给人以启示。诗人常以机智灵巧的思维和幽默风趣的笔调将一些庸俗的社会丑态和钻营俗气的人戏谑一番,谈笑间将严肃的社会问题针砭得淋漓尽致。例如《奇迹》一诗中,"终于在丰盛的宴会上有了位置"的人"只是……牙签","一级一级往上钻朝上爬"的人只是"痰盂","敢向一切人露出锋刃"的人是"一把……剃刀","占尽了天下的风景处处风流的人是"满筒……垃圾"。实际上,"牙签"在宴会上无任何位置可言,"痰盂"向上爬的代价是招来万人的唾骂,"剃刀"在任何人面前都光泽不减,连好人也照"剃"不误,"垃圾"看似风流,其实骨子里全是糟粕,没有一点才气。

既然叶延滨在诗歌艺术上传承了我国古代诗歌艺术的传统,那他必然会"立象尽意",注重意象的选用和诗情表达的含蓄。西方诗歌讲求"摹仿"再现,中国诗歌讲求含蓄表现,最早的诗歌表现手法"兴"是先言他物以引起所言之物,便是一种含蓄表现的传统方式。王国维的"意境"说以及朱光潜的"情趣与意象的契合"都是对中国诗歌传统中关于含蓄表现的言说。叶延滨对意象的应用可以说是他诗歌艺术成熟的一大标志,他将一些难以表达的情感诉诸事物形象,不仅能形象地表达出情思,而且使诗歌本身具有了含蓄的诗美,并能为读者营造出优美的意境。在《归》这首诗中有这样几行诗:"一声角号吹走漫天流云／听到冰雪之路上轧轧的车轮／一串鸟啼溅起一圈圈涟漪／啊,此刻不敢睁开眼睛／怕归路上那年迈的桥／被一对目光折断……"这6行诗中有近10个意象:"角号""漫天流云""冰雪之路""车轮""鸟啼""涟漪""眼睛""桥"以及"目光"。正是这些意象,将诗人归家时那种澎湃起伏的心情以及不敢正视母亲和故土的矛盾心理表现得生动形象却又含蓄诗化。这些形象已不再是单纯的写实,而是寄托了诗人的情思，并为我们营造出一个富含归家情绪的意境。此种表现方式和其他诸种符合传统的诗歌美学要求的表现形式在叶延滨的很多诗中都有所应用。

在追求缪斯的道路上，叶延滨不懈地跋涉了很久，其间的艰辛和磨难毋庸多说，与诗人一样，我们今天能读到他的好诗便是一种莫大的欣慰。也正是在不断的跋涉与追求中，叶延滨的诗歌艺术特质才日趋鲜明和成熟。写下这篇文章，也不足以全面深刻地勾画出真正的叶延滨和叶延滨的诗，唯有诗歌文本本身才能告诉读者一切。

第三节
当前军旅抒情长诗的艺术特质①

近年来,随着一大批中青年军旅诗人的崛起和大量优秀军旅诗作的诞生,尤其是当前的军旅抒情长诗在表现重大的历史题材和现实生活的同时又结合着精细的艺术探求,在承接先前军旅诗歌表现主题和观照对象的同时又实现了艺术上的"转向"和超越,追求宏大的历史叙事和精致的艺术表达的深度融合,军旅诗的发展步入了新的历史阶段。为庆祝建军 80 周年,《解放军文艺》2007 年第 8 期以整期的篇幅集中推出了 7 部军旅题材长诗,其作者基本上都是中青年诗人,既体现了军旅诗创作在题材、主题、艺术手段等方面的新尝试和新收获,探索了军旅诗歌发展的新的可能,也为当下的新诗创作提供了有益的艺术启示。

一 宏大的历史叙事

与老一代军旅诗人相比,中青年军旅诗人有着特殊的成长经历和战争体验,他们虽然较少实战经历却有对战争和历史的认知经验,对当前军旅生活有着独特的体会和认识。因此,当下军旅抒情长诗的表

---

① 本部分系与蒋登科教授合作完成。

现内容是丰富多元的，而且，即便是对原有军旅诗歌题材的表达也呈现出不同的情感认同和价值取向。这种差异表明新一代军旅诗人在自己的生活现场中对战争、历史和军旅生活产生了特殊的情感体验和价值判断，是在承传并坚守军旅诗歌惯常的精神价值取向的基础上作出的积极调整。

表现或思考历史以及战争仍然是当前军旅抒情长诗的主要内容，但这并非简单的战争文化心理的表现或影响，而是诗人对历史、人性和社会现实的思考。"实用理性与狂热的非理性的奇特结合，民族主义情绪的高度发扬，对外来文化的本能排斥，以及因战争的胜利而陶醉于军事生活、把战时军队生活方式视作最完美的理想境界，等等，可以笼统地概括为战争文化心理"，在很多"描写和平生活的文学作品中，也难以摆脱这种战时的痕迹。譬如，当代文学中反映社会主义建设的作品里，主人公的英雄行为往往从战争的回忆中得到鼓励"①。如果说这就是战争文化心理以及它在文学作品中的具体体现的话，那么当前的很多军旅长诗无疑打上了战争文化心理的烙印，虽然和平年代的诗人没有亲历过实际的战争现场，但他们往往能够从历史经验和现实身份赋予的对战争的特殊体验中感受到战争铸就的英雄品格，也很自然地认同并承传了人民军队在战争中体现出来的战斗精神，并认为在新的历史条件下其仍然是支撑中国社会发展的宝贵精神财富。正文的《光辉的八一》在概括解放军光辉历史的基础上体现出对解放军奋斗精神的肯定，并希望在新的历史时期将之发扬光大；王久辛在《大地夯歌》中表现出对军人坚韧的奋斗精神的仰慕；周启垠的《血之水》在刻画战争场面时插入了历史与现实的比照，突出了我们应该记住那些在解放战争中牺牲的英雄，是他们让今天的生活"丰衣足食　燕舞莺歌"；吴天鹏的《铁血红》主要表达共产党人在抗日战争中的智略和勇

---

① 参见陈思和：《中国当代文学关键词十讲》，上海：复旦大学出版社，2002年，第2—15页。

敢，在民族解放战争中所起到的重要作用，从"卢沟桥事变"到白洋淀的游击战争，从南京大屠杀到太行山上的无畏杀敌，从毛泽东的"论持久战"到抗日战争的最后胜利，诗人从人民子弟兵的身上找到了"生命原野的恩情之发"，他无法"放弃对铁血浩荡阔美的膜拜"，对生命的热爱和对信仰的忠诚让诗人在对革命军人产生敬畏的同时也难以忘记历史的沉重。这些作品显然受到了战争文化心理的影响。

但是，为纪念中国人民解放军建军80周年而创作的抒情长诗是在丰富的文化和文学背景中诞生的，军旅诗歌经过上世纪的"革命诗歌""大众歌调""抗战诗歌"以及后来的"政治抒情诗""边防诗歌"等发展阶段以后，在开放的文化语境中已经积淀起了自身独特的艺术和精神传统。在当前多元化创作潮流的推动下，很多军旅诗人已经自觉地摆脱了老一代作家在战争经历中获得的抒情内容，开始探讨更加深纵的人性问题和历史问题，战争仅仅是一种叙事载体和抒情触媒。王久辛的长诗如《狂雪》《致大海》《蓝月上的黑石桥》等在对历史和战争的书写中促使人们对现实进行深层次的思考，在《大地夯歌》中，诗人在肯定革命党人具有坚定的政治信仰和美好的憧憬时却语重心长地喟叹道：

> 如果前进的时代没有灵魂
> 我们该怎样来面对希望
> 如果提高的素质没有理想
> 我们又该怎样来期待未来

我们的时代随着科技文明的进程前进了，但我们因为"灵魂"的丢失而看不到生活的希望，我们的素质在教育制度和传播媒介的推动下提高了，但我们却因为理想的泯灭而无法期待未来。王久辛对现实社会信仰、道德和理想沦丧的忧虑必将启示更多的人去关注和思考我们这个时代的病症,推动民族精神的建构。周承强的《风从大崮走过》在再现孟良崮战役、突出它的历史意义时对人性和历史进行了深刻的反思和拷问,兼顾了文学的"使命意识"和"生命意识"。比如,诗人在孟良崮战役的最后时刻安排了"萧云成"和"周志远"这两个人物出场,通过重温一段"人情割裂的日子"引发读者对人性的深思:"人心躺在历史深处一言不发/是啊我们曾经是兄弟/可我们在来路上丢失了什么?"为什么本是同根生的我们在赶走了外来侵略者后会走向"相煎"残杀的地步?这不仅涉及人性的问题,也涉及历史抉择的问题,发人深省。又比如,在写历史对个人生命价值的嘲弄时,诗人这样写道:"如果时光倒回抗日战争/另外一些人无疑也是/可敬可爱的英雄。"是的,同样是中国人,同样是浴血沙场,为什么有的人成了历史的"罪人",有的人却被写入光荣的史册?诗人在赞扬人民解放军崇高的同时也清醒地认识到战争对于塑造一个普通士兵历史形象的重要性。

如果仅仅从政治信仰的角度去解读军旅抒情长诗在对社会重大历史题材的抒写中渗透出来的社会意识形态就会失之偏颇,也会抹杀这些作品固有的个性化抒情特征和艺术性审美追求,进而简单地认为它们在主流社会意识形态的传播中扮演着工具性角色,否定其合法的艺术性身份。事实上,无论从马克思主义文学批评还是诗人自身的社会认知来看,生命个体在本质上仍然是一种客观的物质和社会存在,这决定了诗人(每个人)的思想观念必然会受到在他们所生活的社会中占据主导地位的意识形态的制约,其诗作中的社会意识形态并非只是主观的政治信仰所致,而是个体思想和意识存在的构成要素。因此,"'意识形态'不是一套政治信条,而往往是被无意识地奉行的由社会关系构成的世界的形象和图景"①。以正文的《光辉的八一》为例,这首

---

① [英]拉曼·塞尔登编:《文学批评理论:从柏拉图到现在》,北京:北京大学出版社,2003年,第406页。

概括了解放军八十年奋斗历程的诗可以被看作史诗:《南昌枪声》宣告了人民子弟兵的诞生和武装革命的开始;《井冈风云》书写了开辟农村包围城市的革命新路,丰富了马列主义的内容;《长征岁月》不仅确立了我党新的领导核心,而且长征途中体现出来的精神铸就了红军如铁似钢的英勇形象,在中国人民解放军的历史上留下了光辉的一页;《延安灯火》书写了我军在民族解放战争中做出的不懈努力和取得的伟大胜利;《命运决战》写中国人民在两种命运的抉择中气势如虹地"克辽沈,战淮海,/取平津,夺南京",最终让"中华民族站起来,/天翻地覆太阳升";《和平征途》写的是在新中国建立之后,人民子弟兵积极地参与到建设中去;《东方巨响》写的是我军在艰苦的环境中加强自身建设,在难以想象的处境下成功地研制出"两弹一星";《精兵之路》写的是第二代领导人的治军思想,确立了军队"革命化""现代化"和"正规化"的建设目标;《科技强军》写的是第三代领导人的治军思想,在"科技强军"的建设思想和"三个代表"的政治思想的指引下,人民军队正"继往开来朝前迈";《新的使命》写的是第四代领导人的治军思想,保卫全国人民奔小康是军队在新世纪里的神圣使命,而且在新的历史条件下,人民军队应该牢记胡锦涛同志 2006 年 6 月 27 日在全军军事训练会上的讲话,推进我军机械化条件下的训练向信息化条件下的训练的转化,"听党指挥、服务人民、英勇善战"[①],才能更好地"捍主权,作栋梁,/维和平,争荣光"。

也许有人会认为像《光辉的八一》这样的长诗是在客观存在的主流意识的影响下对解放军光辉历史的抒写,诗歌所必备的主观性和个性化特征的缺失降低了作品的诗性隶属度。但我们从这些作品的语言形式中却能够清晰地看见个人体验和个性化表达的跃动,作为一个长期生活在部队的诗人,对战争和军队的理解必然带上浓厚的意识形态

---

① 胡锦涛:《在纪念红军长征胜利七十周年大会上的讲话》,《求是》2006 年第 21 期。

色彩,这并非诗人主观为之,而是与生俱来地流淌在他情感的血液中的自然元素。正如德国文论家阿多诺所说:"抒情诗从主观性转化为客观性,是一种特殊的悖论,这与人们在诗中首先看到的是语言形象有关。……语言又是概念的媒介,因而不可避免地要同普遍性和社会发生关系。在一首高明的抒情诗中,主体不带有任何材料的痕迹,发出心的呼喊,直到让语言自己跑来应合。这就是主体把自己当作客体献给语言时的自我忘却,就是主体流露时的直接性和无意性。这样,语言就在最深处将抒情诗与社会联系在一起了。"① 张春燕的作品具有很强的个人体验,但透过这些自由的诗行和情思,我们依然可以看见宏大的叙事隐现在作品中。她的《大疆无涯》之《山域之山》组诗主要抒发了西部戍边战士的心声,比如《神仙湾童话》中的"前哨班"士兵在艰苦的自然条件中怀揣保卫祖国和人民的坚定信仰,从而"把乡愁安置在暴雪的迷雾中";《行走北疆边防》中的边防士兵"永远等待没有足音的归期"让我们普通人的"忧郁、焦虑和伤痛/苍白如失血的水藻",他们"团结更多坚强的石头成为朋友"让我们充分领会到了边防战士孤独寂寞的心思;《沙漠的女儿》写河西走廊的女兵在黄沙中产生了很多美好的幻想:"沙漠的盛宴随处可见/眷念是故乡吹箫的孤独少年",面对孤独和黄沙大漠,女兵没有退却,"沙"在她们的眼里"成为一滴/永不言败的泪水"。《雪域之雪》和《海域之海》组诗是对驻守在祖国东北边疆的战士以及中国海军情怀的抒发,读之亲切感人。由此可见,军旅诗人的作品实质上与其他诗歌类型一样,都是诗人在特殊的环境中形成的审美观念和情感体验的自由抒发,并非在背离个人化体验的基础上对社会主流意识的刻意阐释,当前军旅诗人的作品应该划归"无名"写作而非"共名"写作,他们仍然很好地实践了诗歌审

---

① [德]阿多诺:《谈谈抒情诗与社会的关系》,朱立元、李钧主编:《二十世纪西方文论选》(上卷),北京:高等教育出版社,2002年,第686页。

美理念并实现了艺术创新。

当前的军旅抒情长诗在肯定人民军队的战斗精神的同时，倾向于认同人民在战争胜负和历史抉择中的决定性作用。军人的斗志是决定战争胜负的关键力量，在回顾人民解放军的奋斗历程时，诗人们无不被人民子弟兵的战斗精神所折服。正文的《光辉的八一》始终贯穿着对人民军队的精神和战斗力量的歌颂。王久辛凭借着全面而深刻的历史认知能力和激越的情感想象能力创作出了《大地夯歌》，长征给他的感受如同一首震撼人心的夯歌，这支"大地上的夯歌啊／不仅震撼着世界／还震撼着世界以外的九重云天"。即便是在和平年代的建设大潮和危难关头，人民军队在行动中体现出来的为民精神依然令人感动，刘笑伟的《和平颂》抒写了在和平年代里，解放军在建设战线上建立了新的功勋，在保护人民群众财产和生命安全的紧要关头，在唐山大地震、大兴安岭失火，洪水泛滥等"和平年代"的战役中体现出新一代人民子弟兵对军人作风和精神的承接和发扬，而军事演习、进驻香港特别行政区等显示了人民军队和平年代的军人精神面貌。吴天鹏的《铁血红》所赞扬的"铁血红"是具有像铁一样坚硬作风的中国人民解放军在血雨腥风的战争年代铸就的红色军魂，这军魂带领民族朝着理想、自由、信仰和希望的方向不断进发，"向太阳"前进的脚步必将温暖每一个中国人的心房，必将让辽阔的国疆处处焕发光彩，"铁血红"是指引民族走向复兴的部队精神。不过，他们却都认为人民的力量是决定战争和历史走向的关键力量。《醒狮》（郭宗忠）表达了在民族危难的关头需要每一个中国人站起来进行不屈不挠的斗争，人民的积极参与才能取得战争的最后胜利："每个人都是一块砖／所有的砖头集合在一起／筑成了中华民族的不朽长城"，人民军队在"开满金色雏菊的城墙内外"将"愤怒的子弹毫不迟疑地／射向豺狼的心脏"，民族之爱"筑起的城墙才坚不可摧"，侵略者最终被赶出了我们"亲爱的家园"。《风从大崮走过》（周承强）要表达的主题之一便是："在人心的天平上／

只有向背问题／而无强弱可言",得人心者得天下,中国人民解放军的胜利是"父老乡亲"的胜利。人民是"撰写史诗的人们",在和平安宁的社会里,他们正在书写更加厚重深刻的"史诗"。周启垠在《血之水》中传达出这样的历史认识,即战争的胜利是属于人民的,人民是左右战争的关键力量。比如诗人第五部分专门以《人民送大军过江》为题,写了"那穿着破旧衣服的男人女人""冒着死神炮火"奔赴战场,而一些群众则倾家出动,护送人民解放军渡江作战,解放全中国:"那是一个姑娘撑船的背影／爸爸在船头／哥哥在船尾／战斗的队伍就坐在船上",突出了人民对解放战争的有力支持。最终是人民的力量让渡江战役取得了胜利,让解放全中国的理想成为了现实,诗人在诗歌中这样叹服人民的力量:"我渐渐懂得　那翻滚的／是人民的力量／那是雄浑的力量／鼓动着热血与泪水的力量／摧枯拉朽的力量／风云浩荡!"正是人民有了"坚强　团结与向上的精神",祖国才有今天的"豪放与婉约",才有更加美好的未来,如同江水一样"浩浩荡荡"地朝向"东方的阳光"。

当前的军旅抒情长诗不管是在对战争的理解还是对主流意识形态的表现上都体现出与以往同类诗歌的差异,而这种差异正是当代军人真实情感的抒发,是合历史性和人性的上佳作品,在"身体写作"和平面化写作泛滥的年代,指引着诗歌精神重建的路向。

二　精致的艺术表达

如何将宏大的历史叙事和高度凝练的诗歌文体完美地结合起来是每一个书写军旅长诗的诗人在创作中必须解决的实际难题。这批中青年军旅诗人通过对语言的艺术性操作、营造意境、采用多样化的修辞手法和叙事结构的合理安排等,让自己的长诗创作在情感和艺术上达到了有机的契合并成就了作品的历史和艺术价值。

　　语言表达的形象性是诗歌的基本品格，但对于表现重大历史事件尤其是残酷的战争而言，语言的生动形象更能显示出诗人艺术创作的成熟。周承强的《风从大崮走过》生动地刻画了孟良崮战役的惨烈景象，周启垠的《血之水》则用大量的诗行描述了人民解放军渡江作战的动人场面，这两首诗应该是近年来军旅诗歌中将战争场面刻画得最为逼真的作品，读之会产生一种真实的现场感。而吴天鹏的《铁血红》主要书写的是中国人民的抗日战争史，诗人在回望这段历史的时候心中充满了激越的情感，在强烈的民族情感的驱动下对日本军人侵略面孔的刻画显得入木三分：

> 洞开的城门更适合进入
> 于是一面血淋淋的膏药旗进来了
> 伴随着怪异的号叫
> 高筒靴子之上的小胡子
> 摇晃着挂在腰上的东洋刀
> 靴底的铁掌敲击在石板上
> 滑稽而杂乱

这几行诗勾勒出了日本国旗表征出的侵略气质和日本军人丑陋而狰狞的形象，反映出诗人语言表达能力的高超。王久辛也善于雕琢诗歌的语言，他常常把沉重而抽象的道理表达得诗意盎然，比如他在写共产党员方志敏、瞿秋白等人因对共产主义信仰的忠诚而不惜牺牲生命的时候这样写道："他们用他们全部的生命／昭告世界　信仰啊／就这么绚丽夺目　迷人烂漫／生如鲜花娇艳之盛开／死若流星横空一闪／仿佛天下的美集于一身／命她所有的钟情者／海枯石烂　心也不变。"很多诗人在表达抽象而坚定的政治信仰时通常很难具有如此形象的诗意呈现，王久辛能够在表达技巧和诗歌精神等方面达到这样的高度，足以见出他诗歌艺术的成熟。

诗歌语言的形象性更多的时候是通过意象和意境体现出来的，这种将作者的主观情感与客观景象交融而成的表现方法使诗歌显得优美而婉转，诗情饱满而含蓄。"移情入境"是中国诗歌传统中非常典型的意境营造方式，诗歌艺术的隶属度有时取决于意境的营造，如果仅仅有强烈的抒情冲动而没有理想的抒情媒介，诗情就会流于空洞和浅白，因为"情仅仅是诗的胚胎，要将它培育成诗，必须找到适合于它的媒介物，这就是景。诗由情胚而孕育，借景媒以表现，情胚与景媒交融契合才产生诗的意境"①。郭宗忠的诗歌很好地承传了传统诗歌的艺术表现方法，其作品中充满了具体意象与感性情感的有机结合，充满了抽象情感与具体物象的搭配，诗歌情感的张力与语言的弹性让《醒狮》等作品诗性浓重。诗人这样表达"卢沟桥事变"后的民族危难：

    那一声炮响是一场梦吗？
    划破了卢沟桥晓月的宁静
    摇动的大地。停顿的风
    危难的日子　惊飞的鸽子没有了窝
    孤单地落在别人家的屋顶
    警醒不睡
    惊慌失措的月亮
    从此蒙上一层惨淡
    蒙着岁月和历史的雾纱

郭宗忠没有直接写日本人的入侵让中国人失去了昔日宁静的生活，让

---

① 袁行霈：《中国诗歌艺术研究》，北京：北京大学出版社，1996年，第36页。

中国人失去了自己的家园，让中华民族的历史蒙上了阴影，而是通过对"晓月""鸽子"和"雾纱"等意象的刻画诗意地表达出了"卢沟桥事变"后中国大地、人民和民族历史等遭受的巨大变迁。诗人在写中国人民奋力抗击入侵者时所体现出来精神气魄时也别具特色："我知道了源源不断的黄河水／为什么一直狂奔不息／我知道了万里长城／为什么会是一个民族的脊梁"，这种"托物言志"的表达方式让郭宗忠的作品在军旅诗歌中格外醒目。此外，张春燕的《大疆无涯》也是通过诗人细致的艺术探求和意象间的奇特组合而形成了强烈的张力，其"文本空白结构"留给读者充分的鉴赏和想象空间。

如何将宏大的历史叙事在诗歌中表现得形象生动呢？通常情况下，诗人注重采用一些修辞方法来烘托这类诗歌的艺术效果。正文在《光辉的八一》中通过外在韵律和内在韵律的统一来达到书写解放军历史的目的。郭宗忠应用"虚"与"实"的错位搭配来凸现作品的诗意，比如他的长诗《醒狮》中有这样两行诗："把隐忍的苦难／一层一层缝进厚实的鞋底"，"苦难"是抽象的虚的情感，而"鞋底"是具体的实的物象，二者通过诗人的抒情需要而巧妙地结合在一起，诗歌的张力和艺术性由此而生。周启垠在《血之水》中也应用了这样的艺术表达形式，比如在"四月芬芳的桃花汛／上涨着战争的浪涛"这两行诗中，"桃花汛"分明写的是桃花开放的花期，它怎么会像洪水一样"上涨"呢？即便是像洪水一样上涨，又怎么不是水的浪涛而是"战争的浪涛"呢？但正是这种"错位"的搭配，形象地表达了中国人民解放军"打过长江去，解放全中国"的决心。周承强善于通过一些具体的细节和画面来突出重大的思想主题，《风从大崮走过》为了表达解放军和人民的鱼水深情而择取了"帮奶奶挑水劈柴的十名勇士"和"邻居大娘"因为战士的牺牲而"痛心得哭红了双眼"这两种具体而典型的形象，同时夹杂着对在解放战争中英勇牺牲的战士坚韧品格的诗意歌颂："血水流红的坡地板结坚硬／多年后仍然寸草不生／我听到一种深情的鸟叫／它在呼唤一种什么样的情怀/苹果滴翠板栗飘香山楂透红……尽情展示着沧桑中的坚韧。"周承强还通过蒋介石和毛泽东等人物在战争中的行动和心态来体现人民解放战争中两支军队的人心所向和最终必然出现的历史结局。王久辛则在《大地夯歌》中采用了多种修辞方法，他的序诗沿袭了《诗经》中"兴"的抒情传统，即为了言说红军当年为了求得生存而进行的艰苦卓绝的斗争而先言井冈山五月清晨的景象，通过猜疑一只松鼠看见的内容而引出自己眼中的历史情景。他还应用顶针的修辞手法在作品中造成一种紧凑的音乐效果，比如："这夯歌的每一个音符/都不是音符而是命运的旋律/这旋律的每一节乐章/都不是乐章而是生命的绝响。"

　　中国新诗在节奏韵律上因为对"内在律"的把握而实现了对传统诗歌的超越。作为当代新诗的重要组成部分，军旅抒情长诗在注重外在形式和音乐性的基础上也十分看重诗歌的内在音乐性。在新诗历史上，《女神》因为摆脱了古诗形式的限制而确立了自由诗的经典范式，同时它还在音韵上开创了不同于古诗的内在音乐性传统。郭沫若在《三叶集》中说："我想我们的好诗只要是我们心中的诗意诗境底纯真表现，命泉中流出的 strain，心琴上弹出的 melody，生底颤动，灵底喊叫；那便是真诗，好诗，便是我们人类底欢乐底源泉，陶醉的美酿，慰安的天国。"① 郭沫若认为诗完全是情绪的表达，这与华兹华斯所说的"诗是强烈感情的自然流露"有一致性。因此，如果按照古诗那样去品读今天的新诗，去讲求音韵的抑扬顿挫，那我们的阅读期待就难以得到满足，但如果我们顺着诗人的情绪一直读下去，就会体味到浓厚的情绪和急促的情感节奏给诗歌带来的是情绪美、抒情美和音乐美。正文先生《光辉的八一》是外在音乐性和内在音乐性俱佳的作品，该组诗由 10 首诗构成，每一首诗的第一节都记载了解放军在不同历史时期为人民和民

---

① 郭沫若：《郭沫若致宗白华的第一封信》，《三叶集》，上海：亚东图书馆，1920 年。

族所做出的牺牲和贡献；第二节都是讲人民军队在不同的历史时期所体现出来的精神和气势，以及每个历史时期领导人的治军思想。从长诗的角度来讲，这种有规律性的情感抒发有助于造成一种内在的情感节奏，在增强诗歌音乐性和节奏感的同时使整个组诗得到了有机的协调统一。再以王久辛《大地夯歌》中的诗行为例：

> 夯锤　夯锤哟夯锤
> 重如千钧的夯锤哟
> 当你被举起来
> 就是希望被举起来了哟
> 举起希望　举起希望哟
> 把希望举得高高　举得
> 高高哟　夯下去夯下去
> 夯下去啊　把希望
> 夯实啊

这样情绪急促的诗行在王久辛的作品中随处可见，但诗人并非仅仅使用这样的抒情方式来打造诗歌的内在节奏，因为优秀的诗歌总会有丰富的音韵方式，如果仅仅以强烈的节奏来一以贯之的话，那长诗就会给读者的阅读鉴赏带来"劳顿"，在激昂的情绪支配下一口气读完上千行的诗歌非但不会让读者达到净化心灵的目的，反而会使读者感到疲惫和茫然。因此，在王久辛的诗歌作品中，我们还会经常读到这样的诗行："一线金橘色的霞缕/从云翳的缝隙中穿出/斜斜地照在赶往乌江的/先遣团脚上"这种具有深远的意境且节奏舒缓的诗行夹杂在诗中，与那些情绪紧促的诗行一道共同形成了跌宕起伏的音韵效果，诗歌的节奏也由此丰富起来。像吴天鹏的《铁血红》、刘笑伟的《和平颂》等长诗作品都具有这样的音乐性效果。

宏大的历史叙事决定了文学作品不可能是单线条式的表现方式，对于诗歌而言同样如此。俄国文论家巴赫金在研究陀思妥耶夫斯基小说的基础上提出了"复调"理论，他认为文学作品中存在众多的各自独立而不相融合的声音和意识，小说由具有充分价值的不同声音组合成真正的复调，其借用这个音乐术语在于说明文学创作中的"多声部"现象。① 王久辛在《大地夯歌》每一章的开头都用老百姓劳动时为了减轻体力耗损带来的痛苦而唱的夯歌，通过一种原始而晓畅的文学形式将每一章所要抒发的情感传递给读者，消除了读者的诗歌鉴赏活动与诗歌文本之间的"隔膜"。从结构的角度来讲，每一章都是在先采用夯歌后创作出富于智性和艺术性的现代诗，有助于形成"双文本"，造成长诗的复调效果，通俗的民歌体和学院气十足的新诗体之间交相辉映，从不同的艺术和语言形式上传达出诗人对人民军队曲折而光辉的历史的书写。王久辛在表达自己对长征感受的同时，插入了长征路上诸多的英雄形象，比如对毛泽东雄才伟略的刻画，对方志敏、瞿秋白为了信仰而不惜牺牲生命的歌颂，对董振堂、陈树湘以及众多战士为了信仰而搏杀沙场的钦佩。同时，诗人选取了长征路上比较重要的几个据点作为自己诗情展开的依托点，比如红色革命根据地瑞金、确立了新的领导集体的遵义、逃过了敌人封杀的赤水、处于国统区的闽浙赣根据地、考验人的生命极限的雪山草地、打通了中央红军北上的腊子口等，这些地点使红军长征途中的许多重大历史事件有了具体的依托，使读者对历史有了形象而生动的现场感。对这些人物和大量场景的描述如同一个个动听醒目的音符，共同组成了王久辛在他的诗歌作品中精心谱写的"夯歌"。如果没有这些具体人物和具体场景的刻画，《大地夯歌》就会失去现有的鲜活的生命而成为一首空洞的曲调，读者就不会从中获得巨大的灵魂的震撼和心灵的净化。从另外一个角度来讲，人

---

① [俄]巴赫金：《陀思妥耶夫斯基诗学问题》，《二十世纪西方文论选》（下卷），第68—92页。

物和地点的交替出现和抒情对象的交替更换让诗歌更加血肉丰满,它们构成了长诗的两条主线,每一条主线在自己所承载的情感中又自成一统,在长诗中发出了自己完整而优美的"音调",最终让这首《大地夯歌》谱写成为一个复调式的交响乐。

诗歌是艺术性最强的文体,新诗自诞生之日起就在不断地进行诗体革命,时至今日,新诗文体建构仍然是诗人和诗评家关注的前沿问题。新诗究竟该如何进行文体建设?这是某一个时代内的诗人、诗群或诗评家难以完成的沉重课题。但至少我们可以肯定,那些依靠炒作和"时尚"的诗体是不可能给诗歌注入发展生机的,唯有像以上所讲的军旅诗人们那样,在承传本民族诗歌传统的基础上融合外国文学的创作方法,新诗才会焕发新鲜的光彩。

三 军旅诗创作的艺术启示

以上从诗歌内容和诗歌艺术的角度分析了当前军旅抒情长诗取得的历史性突破,从纵向的新诗发展历程和横向的各类诗歌比较中,我们发现这种突破不仅预示着军旅长诗已经跨入了新的发展阶段,显示出军旅诗歌的艺术性和历史性进步,而且其艺术成就在当下诗坛中具有普适性和启示性。在诗歌艺术追求和价值取向"多元化"的时代,目前的军旅抒情长诗在诗歌精神、诗歌文体、艺术观念等方面显示出来的巨大成就无疑为新诗的发展路向提供了合理的参照。

从诗歌精神的角度来讲,上世纪 80 年代中后期的社会转型改变了包括新诗在内的文学精神价值的取向。在惯常的价值体系和审美观念遭受"解构"后,新诗在艺术上有了长足进步的同时却脱离了社会与时代,导致担当意识的缺失。回顾新诗近百年的发展历程,在诞生之初的艰难的生存语境下,在革命战争时期的"救亡"思潮中,在建国后政治至上的一段时期内，新诗的精神一直跟着时代和民族命运的脉搏在跃动，尽管诗歌可能充当了"工具"和"传声筒"的社会角色。因此，我们在承认诗歌的文学性身份的时候也不应该将社会担当意识、时代使命以及精神建构放逐出诗歌门外，达到生命意识和使命意识的协调。那么，面对嘲弄意义、反对理性、解构崇高、取消价值的"后现代"思潮，优秀的民族诗人应该在作品中表现怎样的精神和情思呢？当前的军旅抒情长诗冲破了"平面化"的价值取向，对历史、人性、社会现状等进行了深刻的人文关怀，对民族的美好未来作出了寓言式的判断。比如正文在《光辉的八一》之《和平征途》中写人民子弟兵在新中国建立后积极地参与到建设中去，广大官兵自觉地发扬战争年代艰苦奋斗的优良传统，在思想政治上永葆军人的本色，怀着"为人民服务"的信仰在"急难险重"中"赴汤蹈火"，艰苦创业。诗人表达这种情思实际上警醒人们包括军人应该坚持创业精神，不断推动民族的发展进步。王久辛对社会有敏锐的洞察能力和担当意识，这导致他的诗歌总是充满沉重而忧虑的音符。他在《狂雪》《致大海》和《大地夯歌》等作品中都表达出了浓厚的忧患意识，目的是希望他所热爱的民族和人民能够在"渔歌"声中、在"阳光"下、在"和平"里幸福地生活。周承强在符合人性的立场上创作诗歌并在作品中思考人性，对价值取向紊乱导致人性扭曲的当下社会而言是一种鞭挞。总之，为庆祝建军80周年而作的这批军旅抒情长诗对历史的诗意表达本身就是对新诗精神的积极建构，必然带来军旅诗歌乃至整个新诗精神和价值取向的新变化。

　　从诗歌文体的角度来讲，诗体重建始终是当代诗学的前沿性问题，因为新诗自诞生之日起就有"重内容轻形式"的发展趋势。面对今天诗歌艺术的多元化发展态势，我们不必将创作拘泥于郭沫若的"内节奏"或艾青的"散文美"，也不必寻迹闻一多的"三美"的创格主张和何其芳的"现代格律诗"论，新诗要真正地实现诗体重建，"在无限多样的诗体创造中,有两个美学使命:规范自由诗和倡导格律诗"①。"自由诗"的"自由"是极其有限的自由,并非没有任何形式约束的完全自由,诗歌创作界尤其是部分"诗人"应该打破"自由诗便是无形式、无格律的散文语句的分行排列"的错误文体观念,要注重诗之为诗的诗性要素。现代格律诗建设的中心问题是艺术实验,要在借鉴西方诗歌形式因素的同时承传传统诗歌形式因素,才可能建设起符合当下审美观念的格律新诗。的确,诗歌作为一种形式艺术,"新诗诗体建设再不能无政府主义地听之任之下去,必须一步步走向定型"②,军旅抒情长诗的创作体现出自觉的文体意识,比如正文的《光辉的八一》整个组诗由10首诗歌构成,每一首诗歌之间的形式是相对应的,保持着整齐的诗歌创作形式;而每一首诗歌分为两节,每一节之间也是对应均齐的,不仅注意到了每一诗行之间的整齐,而且还注意到了押韵,即注意到了诗歌的外在音乐性。在诗歌形式建设被很多人忽略甚至有意遗忘的当下,正文的这组诗无疑具有很强的现实意义和诗学意义。像王久辛的《大地夯歌》、周启垠的《血之水》以及刘笑伟的《和平颂》等可以说在一首长诗中实践了多种诗体,虽然总体上讲他们创作的是自由诗,但我们从长短不一的诗行中经常会看到几行押韵或排列整齐的诗句,表明他们在创作的过程中有自觉的形式意识。如何让中国新诗走出"形式建设难"的处境,自觉实践并探索多样化的创作道路,戴着适合自己情感舞步的"镣铐"才能成就优美的姿态,诗人如果没有一定的形式意识或形式常识,就如同舞者失去了音乐和节奏而会导致舞步的杂乱无章,诗歌也就失去了它赖以存在的外在生命力。

此外,近期的军旅抒情长诗为长诗创作也提供了诸多有益的启示。

---

① 吕进:《从文体看中国新诗》,《西南师范大学学报》(哲学社会科学版)1999年1期。
② 骆寒超、陈玉兰:《新诗二次革命论》,《西南师范大学学报》(人文社会科学版)2005年1期。

比如王久辛在《大地夯歌》中采用了"双文本"并有意造成了"复调"效果，有助于多角度地展现宏大的历史现场和现实思考。张春燕的组诗通过对相对独立的具体的人和景的写照让读者联想到一幅幅连动的画面，从而将某一历史时期军人的生活及情怀整体性地传递给读者。正文从思想和形式上保持了长诗的同一性；郭宗忠通过意象的巧妙组合而增强了长诗的张力和诗性色彩；吴天鹏用自己的语言天赋成就了"最富动感"的长诗；郭宗忠的形象思维赋予了长诗出色的诗性品格；周承强和周启垠通过细腻的战争刻画传达出长诗应有的宏大意义；刘笑伟的长诗展现了"和平"年代的军人精神。

　　总之，当前的军旅抒情长诗由于抒情主体所处的时代语境的变化和历史知识构成背景的差异而呈现出新颖的艺术表达和深刻的情感体验，在对历史、战争、社会和生命个体的客观思考以及对艺术的不断创新中体现出新一代军旅诗人的创作特点和军旅诗歌自身的发展进步。愿军旅诗人在不断进步的时代和艺术语境中，创作出更多具有社会历史价值和艺术价值的抒情长诗。

第五章

中国当代新诗的代际批评

当代诗歌群体的划分可以有多种维度：从时段的角度讲，依据当下流行且简单的划分方式，可以有各个年代的"后"诗人群；从地域的角度讲，可以依据不同的区域，将有相同地缘文化创作背景的诗人视为一个诗群；从创作风格的角度讲，可以依据相同或相似的艺术主张和艺术创作理路将很多人集合成一个诗群。

尽管生硬地以十年为界线去划分诗歌的"代"极不合理，但在短暂的时间范围内，却也多少能标示出各时代诗人的部分差异。所以，本部分代际的批评中所谓的"代"，主要依据时下流行的划分方式，研究内容涉及60后、70后和90后的诗歌创作，既有文化层面的思想分析，又有女性角度的性别解读。

第一节
60后诗人的还乡情结

　　工业社会的到来和商品价值观念的确立映衬出昔日乡村农耕时代的宁静与祥和,一大批20世纪60年代出生的青年诗人在"镰刀"的光影和"麦子"的锋芒中呈现出集体性的"还乡"态势,为自己的创作找到了新的理想主义光辉。于是乡土诗歌在20世纪90年代以后重新获得了发展的良好土壤,很多评论者肯定了这类诗歌作品是诗人对乡村的人文关怀,对心灵憩园的坚守以及对土地意识的发掘。无可否认,所有的乡土诗歌以及所谓的新乡土诗歌所表现的情感大都不会超出这几个维度,但是年轻的诗人为什么会表现这些情感?难道他们关于乡村的写作皆由外部环境的变迁所引发?在此,本文试图分析60后诗人的"还乡"情结在精神和思想层面上显示出来的特质。

　　20世纪80年代中期以后,随着市场经济的实施和工业化进程的加速行进,新的价值体系的建立将在中国大地上奔流了几千年的纯朴情思撕扯成叫人心痛的碎片。那些曾经寄寓了诗人无限理想和愁思的土地、家园甚或村庄逐渐在一代人的记忆中变得遥不可及。上世纪60—70年代出生的人似乎都经历过这样的心路历程:在贫穷而寂寞的乡村,很多青少年曾对城市的高楼和丰富的物质产生了图腾般的膜拜,而当他们通过各种方式尤其是考学进入城市之后,却又将自我连同最初抱守的精神源泉迷失在茫茫的建筑森林中。当物质文明的发展成为社会发展的主导时，它迅速侵占了人类的精神家园并挤压着人的精神空间，在物质的诱惑或胁迫下，来自乡村的年轻人除了整天劳碌奔波外，几乎没有时间没有精力甚至没有心情去思考生命本身的存在意义。在城市的灯红与酒绿间，在高楼与拥挤的人群中，生存的压力和精神的压抑"将生活逼成了一条甬道"，这些来自乡村的诗人只能让自己的灵魂行走在"还乡"的路上。于是"麦子""镰刀""高粱"等频繁地出现在60后诗人作品中，展示出他们特殊的乡村经验。前工业时代的土地被定格成难以复现却又挥之不去的农耕盛典图景，盘绕在这代作家的心里并让他们不自觉地产生了"还乡"的诉求。

很多60后诗人关于乡村的写作主要集中体现为对"村庄"的吟唱。"村庄"是留下诗人美好生活记忆的地方，是那个让诗人在城市生活的节奏下陷于疲惫后想到的宁静居所，也是诗人在喧嚣的尘世中唯一可以坚守的心灵家园。古今中外的很多诗人都在作品中勾画过理想的栖居地，比如海德格尔曾这样描述过他急于返还的乡村："南黑森林一个开阔山谷的陡峭斜坡上，有一间滑雪小屋，海拔一千一百五十米。小屋仅六米宽，七米长。低矮的屋顶覆盖着三个房间：厨房兼起居室，卧室和书房。整个狭长的谷底和对面同样陡峭的山坡上，疏疏落落地点缀着农舍，再往上是草地和牧场，一直延伸到林子，那里古老的杉树茂密参天。这一切之上，是夏日明净的天空。两只苍鹰在这片灿烂的晴空里盘旋、舒缓、自在。"（《人，诗意地安居》）海德格尔主张"诗人的天职是还乡"，其欲还的处所祥和安宁，犹如中国东晋诗人陶渊明《饮酒》篇里的"南山"。虽然诗人笔下的村庄不及海德格尔和陶潜所描绘的"乡村"那么静谧，远离尘嚣而又诗意盎然，但在诗人的情感深处，它们无一例外地背负着相同质地的情感。60后诗人热爱那片洋溢着泥土芬芳和麦穗香气的村庄，那是他们"生命中永恒的星光"，离开村庄的诗人如同生活在漆黑的夜空下，思想和行为会失去方向。因此，这代诗人的"还乡"诗歌不仅是个体生命和生活体验的物化表达,更是刻写了同时代人集体的精神困境和不约而同的"还乡"之旅。

很多上世纪60年代出生的青年人将对城市的向往化为不屈的命运抗争,通过多季的耕耘劳作终于挤上了开往都市的列车,村庄在他们的视线中渐行渐远,而乡村记忆却始终挥之不去。村庄是这代人的出生地,他们把自己天真烂漫的童年时光乃至少年时代特有的理想情怀倾泻在这片土地上,所有关于生命、灵魂和情感的主题都死结一样地和村庄捆绑在一起。因此,"村庄"不再是一个抽象的地理名词,而是诗人思想的发源地和生长点,是诗人赖以在这个世界上存活的唯一精神支撑力。当诗人来到他付出万分艰辛才得以抵达的城市后,发现城市的一切都陌生得超越现实的常态,高高的楼房和长长的街道阻隔了诗人与思想的供血,在城市耀眼的灯光下他们不禁怀念起村庄迷人的星空。诗人成了徘徊在乡村和城市之间的精神游子,乡村和城市都是赋予他们作品魅力的地方,因为我们必须承认,诗人穿梭在城市林立的高楼中时其灵魂一定盘旋在村庄的上空,他们对都市生活的厌烦与他难以割舍的村庄情节密不可分。来自乡村的人们在经济浪潮的推动下离开了避风塘一样的村庄,四散在各个城市里跟着飞速转动的公共汽车忙碌着,异乡人的身份加重了他们漂泊流浪的情感体认,也使他们在夜深人静之时总会透过闪烁的霓虹想起遥远而祥和的村庄。因此,诗人带着既定的村庄记忆以及由此形成的情感判断在都市滚滚的红尘中遭遇了心理的挫败,都市的物质生存压力和没有根性的精神世界让诗人有了"还乡"的意向。

在此需要指出的是,60后诗人关于乡村的诗歌不只是普通意义上的乡土诗或所谓的新乡土诗,其最终的目的不仅是要缔造前工业时代的乡村晚景,赞美朴素而真实的乡村人文精神,也不仅是要反映一个知识分子应有的普世性关怀,更重要的是要诗意地呈现上世纪60年代及其以后出生在农村而后辗转到城市打拼的几代人的思想历程。当然,并不是所有的乡土诗歌都有这样的思想高度,也并不是所有的诗人都能行走在"还乡"的路上,"惟有这样的人方可还乡,他早已而且许久以来一直在他乡流浪,备尝漫游的艰辛,现在又归根返本"(《人,诗意地安居》)。很多来自乡村的诗人或者居住在某座城市的他乡者实际上从内心深处来讲都具有浓厚的乡村情结,"村庄"是与生俱来的且难以摆脱的生死相依之物,是城市候鸟人群流落他乡时不需要想起也从不会忘记的精神故乡。因此,"村庄"作为这代人作品中的一个隐喻,包含的绝非地理层面的星罗棋布在大地上的农人集聚地,更是一代人的历史记忆和沉重现实,以及由此生发的关于生命的存在之思。

"诗人的天职是还乡,还乡使故土成为亲近本源之处",海德格尔的这句话用到60后诗人的创作中,也许能够很好地诠释他们"还乡"的真意,能够反映出一代人成长旅程中的思想演化,而不仅仅是对村庄的人文关怀。我们盼望着这代诗人通过不懈的努力记录下一代人的情感和思想演变轨迹,在中国新诗的发展进程中留下深刻而独特的印迹。

第二节

70后诗歌的现代性特征

"现代性"是一个欲说清楚却还模糊的概念,但其基本特征却可以用如下五个关键词加以概括:现代主义、先锋派、颓废、媚俗艺术和后现代主义。① 现代性思潮的中兴与西方社会文化和价值观念的转型密切相关,20世纪80年代以后的中国社会在商品浪潮和解放思潮的冲击下,也迎来了相应的文化和价值的转型期。中西方社会共有的"转型"预示着上世纪80年代以后,现代主义在中国的生长适逢其时,而70后诗歌创作正是在这样的语境下产生的,现代性不可避免地就成为其鲜明的时代标记。事实上,细读70后诗歌文本就会发现,近乎绝望的"颓废"和近乎反叛的"先锋"构成了这代诗人情感的底色,因而现代性是70后诗歌的主要特质。

---

① 参见[美]马泰·卡林内斯库:《现代性的五副面孔》,顾爱彬、李瑞华译,北京:商务印书馆,2002年,第9—16页。

一

　　70后诗人虽然避免了政治运动对生活带来的干预，但却在强大的经济浪潮中遭遇了物质的纠缠。但扭曲的价值观念和从众的集体无意识心理使"政治效力"惯性般地植入了他们的思维活动中，当他们可以独立思考生命的存在并试图构筑理想未来的时候，却不得不面对理想主义、集体主义和实用主义、消费主义对立并存乃至矛盾纠结的复杂语境。抒发现实的失望、生活的空虚以及精神的虚无等"颓废"元素成为70后诗歌的重要内容，因此其现代性特征体现得尤为突出。

　　70后诗人在工业社会所确立的商品价值观念的驱使下已经成为实用主义和消费主义的践行者，但童年记忆中的那些政治生活以及宏大场面犹如"原型知识"一样成为他们挥之不去的记忆。因此，70后诗人在物质追求的浪潮中对早已成为历史烟云的"广场""纪念碑"等关涉政治和集体意识的意象表现出疏离的姿态，与此同时又对这段不能清楚地经历或不可逆转的历史产生了"隐秘的钟情"。"政治年代的最后残存的火焰，仍然燎烤着这些70年代诗人红彤彤的面庞和胸膛，然而当工业和商业的现代列车在无限制的加速度中到来的时候，理想情怀和生存的挣扎所构成的巨大峡谷呈现了少有的沉寂和尴尬。"① 70后诗人在红色文化的教育和熏陶下被驯化成"质朴"和无欲无望的革命接班人形象，青春期的情感萌动在被压抑的同时却伴随着上世纪80年代后期的思想解放潮流而焕发出顽强的生命力；工业化和城市化进程的加快让很多70后诗人怀着美好的期待从原乡走入喧嚣的都市，然而，他们理想的行囊一旦进入滚滚的物质红尘中就变得苍白而空洞，他们遭遇了理想和现实的巨大反差所产生的失望心理。

---

① 霍俊明：《尴尬的一代：中国70后先锋诗歌》，桂林：广西师范大学出版社，2009年，第76页。

这样的现实和精神处境让部分 70 后诗歌表现出对现实的失望情绪。比如江非先生的《你想和我交换什么》就是对世界失望的悲鸣，该诗在构思和语言表达上充满了童趣，诗人借助与"小镜子"的交流和谈话，勇敢地袒露了自己内心深处对周遭环境的深刻体悟。诗人眼中的世界充溢着失望的情愫，现实生活已经让诗人不再拥有"动画片里的明天"，真理也随时会在"天黑时"莫名地消散，人们的生活已经"忽略了祖传的羽翼"。诗人拥有表达情感和绘制蓝图的"纸"，但却没有"笔"；诗人在日常生活中拥有"脾气"和"礼拜日"，却没有真正过上自己的"生活"。在现实生活中，任何高傲的灵魂都会像鞋子一样"陷在发呆的泥泞里"，走不出属于自己的光彩道路。再就 70 后女性诗歌而言，与其他时代的女性相比，70 后女性的生活方式和成长经历具有很多特质，比如她们大都初为人妻并过上了相夫教子的婚姻生活，她们大都因为教育体制的改革而受过高等教育，也大都因为城镇化进程的加快或工业社会的到来而移居都市。因此这代女性是知识型的，拥有独立的情感思想和人生理想，但都市生活的压力、琐碎的日常生活和家庭事务往往使她们陷入被动与绝望的境地，这就是 70 后女性该阶段真实的生活镜像。比如作为 70 后女性诗人的桑眉，其作品一改少女时代对悲欢离合的吟唱，转而关注她这代女性的生存现状，折射出挥之不去的焦虑意识和深刻的生命体悟。

70 后诗人在经济改革浪潮中迎来了宽松而开放的生活空间，在中国社会发展的历史进程中敏锐地感受到了乡村和城市的巨大反差。为了求学、工作或谋生，大多数 70 年代出生的人踏上了从农村开往城市的列车，从出生地出发开始了漫长而无法预见结果的精神漂泊。这种漂泊最初是怀揣着理想上路的，但是当他们真正置身于城市森林的时候，却遭遇了孤独的心理压力和生存的物质压力，于是他们只能将理想寄寓"远方"。70 后一代在城市体验到的多是冰冷的站台、铁轨以及高速转动又不知疲倦的公共汽车，在强大的物质压力和精神压力面前，他们频频回首昔日乡村宁静的落日并想起少年时期的理想情怀，于是海德格尔所谓的"还乡"意识油然而生。当然，并不是所有的70后诗人都能行走在"还乡"的路上，"惟有这样的人方可还乡，他早已而且许久以来一直在他乡流浪，备尝漫游的艰辛，现在又归根返本"①。从这个层面来讲，70后诗人的返乡之途体现出来的不仅仅是外省意识，他们身处都市体验到的压力或在乡村体会到的工业文明对农业文明的侵蚀等，实际上充满了由都市和乡村的对立所凸显出来的时代阵痛。也正是在这种诗歌创作向度上，70后诗歌获得了生命体验的厚度。都市梦破碎后的70后诗人不得不将目光回转乡村，家园意识和土地情怀成为他们暂时的安身立命之所。江非诗歌中的"平墩湖"、韩宗宝诗歌中的"潍河滩"以及曹五木诗歌中的"张大郢"等乡村的地理名词便隐含了诗人的生活体验，承载了他们在失落的现实中重新燃起的理想薪火以及知识分子特有的祛魅后的担当意识。

70后诗歌对故土家园的书写不仅折射出他们特殊的生命体验，而且还在物质至上的时代表现出对精神文化的建构之功。承传地域性的传统文化并在新的历史条件下赋予其当下性内涵是诗人乡土诗创作的又一种价值追求。民间文化形态"能够比较真实地表达出民间社会生活的面貌和下层人民的情绪世界；……意味着人类原始的生命力紧紧拥抱生活本身的过程，由此迸发出对生活的爱和憎，对人生欲望的追求"。民间文化形态虽然具有原创性和原生态的特点，但它总是和"民主性的精华和封建性的糟粕交杂在一起"②，这也是为什么很多乡土诗歌创作专注于"猎奇"乡村表面生活的原因。如何在钩沉民间传统文化形态及其文化蕴涵的基础上给它注入新鲜活力，是衡量70后诗歌创

---

① [德] 海德格尔：《人，诗意地安居》，郜元宝译，桂林：广西师范大学出版社，2000年，第69页。
② 陈思和：《中国当代文学史教程》，上海：复旦大学出版社，1999年，第12—13页。

作价值的重要尺度。比如甘肃诗人邵小平对"黄土地"的吟诵,这片土地自古以来就孕育出了丰厚的民间文化。在《乡村皮影戏》中,诗人以传统的民间文化皮影戏为表现对象,道出了他对人和历史的深刻观察。在诗人看来,乡里人最看重的不是某个人是否"出人头地",而是这个人是否"有心跳、有灵魂",折射出农人的做人准则和评价标准,即内心的善良远比外在的成功更能体现出一个人的存在价值。同时,诗人还借助乡里常见的乐器来展示农人的生活习俗,比如铜唢呐响起的时候,可能是结婚的喜庆日子到了,预示着新婚夫妇"幸福的日子才刚刚开始";但当铜唢呐响起的时候,也有可能是老人辞世的哀痛日子到了,预示着劳顿一生的人从此不再承受"人间的苦难"。这首诗表现出乡里人世世代代的生存现状,他们在"苍茫的岁月中"不断地经历着人生的大喜与大悲,而悲喜交织的生活正是人生的常态(参阅《铜唢呐》)。生命在上演了精彩的华章之后,最终会降下帷幕走向凋零,而死亡对乡里人来说也许并非真正意义上的痛苦,因为这是人生旅程的终点站,生前显贵或落魄的人从此便归于平静。

　　当然,70后诗歌对故土家园的书写不一定都具有时代的担当意识或精神的建构作用,有时候也表达了对悲剧性生命的体悟。也正是从这个意义上讲,70后诗歌对故土家园的吟诵也具有十分明显的现代性色彩。诗人金所军以刻写"晋土大地"见长,但其作品渗透出对短暂生命的喟叹,以及对悲剧性生活的沉思。在《秋天深了》这首诗中,诗人花了大量的文字来描述晋土的深秋以及"村庄"曾经的风景,但最后短短的两行"秋天深了/好风景慢慢少了"却点石成金般地表达出诗人对韶华岁月一去不复返的哀叹,浓郁的"悲秋"之情注满诗行。秋天的声音实际上传来的是有关岁月的讯息,从"向阳的山坡一直到背阴的圪梁/从村口的草垛一直到敞开的粮仓"(《秋天的声音》)等典型的晋土秋景图中,诗人听到了在季节更迭过程中时光流淌的声音,看见了生命难以抗拒的由盛转衰的运转轨迹。从风华正茂转向枯萎的"秋天"，诗人逐渐积淀起了对生命悲剧化的体认，于是在夜深人静或心情阴霾时总会"饱含泪水"。江非的《平墩湖》就抒发了对古老村庄的忧虑之情：泥土的芬芳、月光的柔美、秋草的枯败以及田间的小路让古老的村庄几千年来保持着浓厚的吸引力，让人们在这块土地上繁衍生息，这是让诗人为之歌唱的源泉。但诗人同时也清醒地认识到，而且要让所有的人尤其是"孩子"认识到，这样的村庄在哺育一代代人的同时也充满了"忧伤"。依靠"翻土种粮"而单纯美好地生活的岁月固然让人怀念，但对村庄的忧思还是让诗人的前额布满皱纹。我们年轻的时候就像"葵花"一样在太阳的感召下对未来充满期待，但到了生命的最后时刻我们就会明白，人生跋涉的过程无异于"往锅里加水／水变成蒸汽"，而我们也会"变成灰尘"，飘浮在空气中或散落四方，个体生命最终会体现为无影又无踪的虚无状态。这是比西西弗斯更为悲剧的生命体认，人生就是在这种无效又无望的劳作中慢慢消耗殆尽，最后却一无所有，仅留尘埃。在一个物质丰富而精神空乏的年代，诗人用博大的情怀"给所有的树木浇水"，"树林并不口渴／但内心焦虑／天空并不高远／但空气隐秘"（《最后一天》）。在生命的最后一天，破碎的文字无法记录下诗人的任何感受，唯觉"时光虚度／青春耗尽"，我们到头来体味到的不过是生命的虚无。

中国的70后先锋诗人与他们所处的"城市"显得格格不入，因为他们曾经的梦想遗失在茫茫的城市之中，他们内心的家园意识和新增的外省人的漂泊意识让他们对城市有了反叛的情绪，更重要的是因为他们陷入了虚无的生存状态。事实上，70后诗人遭遇的现实危机与二战后欧洲大陆的情况有相似之处，二战的梦魇以及二战之后的冷战格局，让人们对之前的理论体系、价值观念以及理想信仰表现出怀疑的态度，反而"对存在主义者提出和描绘的虚无、荒谬、悲观、危机、焦虑、烦恼、绝望、毁灭、负罪、忧虑、恶心、自杀等产生共鸣"①。存在主义文学是现代主义文学的重要构成部分，其表现出来的"颓废"观念"通常联系着没落、黄昏、秋天、衰老和耗尽这类概念"②。70后诗人的理想主义情结在现实的商品浪潮中同样遭遇了彻底的否定，他们由此变得茫然而局促，并转而与各种"颓废"纠缠在一起。

通过以上分析，我们不难看出70后诗歌不仅体现出存在主义的哲思，而且也符合卡林内斯库关于现代性的界定，无疑具有较为明显的现代性色彩。

二

70后先锋诗人在汲取中外诗歌传统的基础上踏上了诗歌创作的道路，他们作为"后来者"诗人在影响的焦虑中奋力崛起，其否定性气质和反对精神不仅为他们的创作迎来了话语空间，而且充分彰显出其作品的先锋姿态。而"先锋性"是现代性的重要表征之一，更能体现出70后诗歌的现代性特征。

先锋派的思想来源于现代性意识的某些态度和价值倾向，即具有强烈的战斗意识，褒扬不遵从既定思想体系和传统范式的行为，不懈的探索精神和求新求异的姿态，"以及在更一般的层面上对于时间与内在性必然战胜传统的确信不疑"，而这些传统在其缔造者看来是不可更改地、永恒地、先验性地被规约为正确的东西。事实上，在很多人看来可以作为真理一样存在的先验性传统背后具有很大的欺骗性，它的产生并非实践经验的结果，乃是一种先入为主的假设，虽然在某种意义

---

① 张首映：《西方二十世纪文论史》，北京：北京大学出版社，1999年，第364页。
② [美] 马泰·卡林内斯库：《现代性的五副面孔》，第166页。

上它具有真理一样的普遍性,很难对其作出真伪的评价,"但是声称具有普遍性的任何一种思想,都应该就其本身……的特殊性和权威的来源,予以严格的检验"①。尼采不无讽刺地说,所谓的真理很多时候"是一支由隐喻、转喻和拟人修辞共同组成的移动的大军;简而言之,它是人类关系的总和,这些关系被诗意地而且强制性地强化、变形、装饰,并且经过长期的使用之后,对于一个民族来说,它们似乎成为一成不变的、经典性的和有约束力的真理;形形色色的真理不过是人们已经忘记其为幻觉的幻觉"②。不管是对传统思想观念可信度与正确度的怀疑也好,还是对现代主义"革命"精神的汲取也罢,否定要素在各种先锋派艺术的实际纲领中具有极其重要的支配力量。

"无视传统"或者否定传统是先锋诗人成为强者诗人的策略。真正的强者诗人不会似普通读者那样去认真理解前驱诗人的观点和意图,也不会去阅读在他们看来不值一提的前驱诗人的作品,他们自己就是一首读不完的诗。布鲁姆说:"诗人——或至少是诗人中的最强者——并不一定像批评家甚至其中的最强者们那样去阅读。诗人既不是理想的读者,也不是普通的读者;既不是阿诺德式也不是约翰逊式的读者。当他们读诗的时候,他们往往并不去思考:'在某某人的诗歌里,这是死的,而那还活着。'已经成长为强者的诗人不会去读'某某人'的诗;因为真正的强者诗人只能够读他们自己的诗。"③ 也许只有模仿者才会认真领会前驱者作品中的表现方式和思想情感,只有诗歌批评家才会仔细地甚至从广义的"互文性"角度牵强附会地去理解前驱者的诗歌。

---

① 刘禾:《跨语际实践——文学,民族文化与被译介的现代性》,宋伟杰译,北京:生活·读书·新知三联书店,2002年,第10页。

② [德]尼采:《论超道德意义上的真与伪》,参见刘禾:《跨语际实践——文学,民族文化与被译介的现代性》,第5页。

③ [美]哈德罗·布鲁姆:《影响的焦虑》,徐文博译,南京:江苏教育出版社,2006年,第19页。

具有先锋姿态的强者诗人惟有"否定传统"才能为自己找到一条通向成功的道路，否则只会在前驱者的光辉中变得黯然无光，失去自我色彩和诗歌地位。因为对于后来者诗人而言，"明智审慎意味着虚弱，而进行准确而公平的比较则意味着未被选中"①。如果后来者诗人不那么狂热而变得"明智"或者"公平"的话，他就会被前驱诗人打败，就会被传统掩埋，进而不会被诗歌历史"选中"而惨遭淘汰。布鲁姆分析密尔顿《失乐园》中的人物形象时认为，"无恶不作"的无理性的撒旦其实是处于巅峰状态的现代强者诗人的原型，而当他在尼菲茨山上进行推理和比较的时候，他就变得虚弱了，并从此开始了他的衰败过程。到了《复乐园》里，他已经沦落为一个"处于最虚弱阶段的现代批评家"的原型，只会按照诗人的意图去恢复诗歌的原意，失去了与传统抗争的能力和勇气。因此，中国 70 后先锋诗歌要真正进入历史的序列，诗人就应该具备超越传统的能力和否定传统的勇气。

中国 70 后先锋诗人以先锋的姿态否定了他们诗歌创作现场的"集体休眠"，从而将原生态的生命体验和艺术探求完美地结合起来，开创了新的诗歌发展方向。纵观 70 后先锋诗人的创作背景和创作实践，我们会很清楚地看见这代诗人身上流淌的否定性血液。根据艾略特在《传统与个人才能》中的观点，诗人"得随时不断地放弃当前的自己，归附更有价值的东西，一个艺术家的前进是不断地牺牲自己，不断地消灭自己的个性"②。因而，70 后先锋诗人的创作虽然因为"先锋"的气质而具有先天性的否定性格，但他们也不可能与中外诗歌的传统断然分裂。实际情况是，70 后先锋诗人们正是在阅读外国的艾略特、里尔克、

---

① [俄] 帕斯捷尔纳克：《人与事》，乌兰汉译，北京：生活·读书·新知三联出版社，1992 年，第 196 页。

② [美] 艾略特：《传统与个人才能》，卞之琳译，朱立元、李钧主编：《二十世纪西方文论选》（上卷），北京：高等教育出版社，2002 年，第 259 页。

赫尔伯斯等和中国的朦胧诗人海子、伊沙、韩东、李亚伟等一长串人的作品后开始创作诗歌的,他们在模仿的同时开始了与前辈诗人的对话,并找到了自己的话语空间。事实上,继承传统并不是简单的模仿,诗人"必须用很大的劳力",不仅要使自己的个性归附传统,还要使传统在个性中得到演绎。因此,"70后一代人并未处于强大的影响的焦虑的漩涡下而重弹老调,而是在经过一阵眩晕、镇痛、尴尬与选择之后确立了属于一代人所特有的声调"[①]。70后诗人集体出现在诗歌史的地平线上的时候,他们必须迅速地以前辈诗人所不具备的丰厚的阅读经验和在此基础上建立起来的新的美学原则去直面当下诗歌写作的平面化、技术化以及另类的个人化等构成的诗歌困境。70后诗人开始诗歌创作的时候,中国诗坛摆脱了政治话语、集体话语和宏大话语对作品的规约,开始走向自由的个人化写作阶段,然而在个人化写作浪潮中兴起的各种尝试以及由此产生的各种文本个人化有余而个性不足。与此同时,一些主流诗人的创作开始朝着更加智性化的方向迈进,他们通过对中外诗歌和前沿思想的广泛涉猎而更加强调创作的技艺性,通过对语词的把玩和语言张力的运用来寻找诗歌与存在的关联,从而步入了"知识分子写作"的困境。显然,背离当下的诗歌创作熟路并否定既往的诗歌创作成为70后先锋诗人必须突围的写作语境,惟其如此,才能探求到诗歌新的生长点。

中国的70后先锋诗人具有先锋派艺术的"反对"姿态和批判意识。法国思想家尤奈斯库在《记录与反记录》中曾对先锋派艺术家的生活姿态做过这样的描述:"我宁愿以对立和断裂来定义先锋派,虽然大多数作家、艺术家和思想家认为自己属于他们的时代,革命的戏剧家却感到与他的时代格格不入……一个先锋派的人就像一个处身城内的敌人,这个城市是他决意要摧毁的,是他要反对的;因为就像任何统

[①] 霍俊明:《尴尬的一代:中国70后先锋诗歌》,第38页。

治制度，一种已经确立的表现形式也是一种压迫形式。先锋派的人就是一种现存制度的反对者。"① 卡林内斯库曾对先锋派诗人的缘起和结局作过这样的判断："先锋派起源于浪漫乌托邦主义及其救世主义的狂热"，但由于先锋派所具有的否定性气质在"艺术先锋派的实际纲领中所具有的极端重要性表明，它们最终是在致力于一种全面的虚无主义，它们的必然结局是自我毁灭"。② 中国 70 后先锋诗人的生活和写作状态基本上符合卡林内斯库对先锋派艺术起源和结局的论断，也与尤奈斯库对先锋作家的姿态的描述基本吻合，只是中国 70 后先锋诗人在特殊的语境下缺乏对现存文学秩序的反对精神，或者说缺乏一种鲜明的反抗姿态。但是，中国的 70 后诗人在骨子里却存在着反抗精神，他们一直在内心深处通过诗篇来拷问和反思着其处身的"城市"，比如朵渔、周公度、康城等人的作品就具有一种批判意识，李小洛、安石榴等人的作品便是对这个时代的病态书写。70 后诗人"渐渐以一种独特的'慢'，以一种质朴、拙沉、雕塑感的诗歌质地承担起不能承受之重和不能承受之轻。在残酷的现实景观和诗歌践行上，他们与自己的内心展开较量。……开始以强烈的个人反省和怀疑精神在心灵深处和时代深处进行不断的拷问，并以此来印证一代人自觉的良知建设和道德规训"③。因而，中国的 70 后先锋诗人并不缺少先锋派艺术家的反对精神和批判意识，只是相对于国外的先锋派而言，他们的先锋姿态在特殊的时代语境下显得更加隐忍和内敛。

在具体的创作实践中，70 后诗歌的先锋性还表现为对之前诗歌创作集体化情感的反叛。70 后以前的诗人大都经历了完整的"文革"运

---

① [法] 欧仁·尤奈斯库：《记录与反记录》，转引自 [美] 马泰·卡林内斯库：《现代性的五副面孔》，顾爱彬、李瑞华译，北京：商务印书馆，2002 年，第 129 页。
② [美] 马泰·卡林内斯库：《现代性的五副面孔》，第 105 页。
③ 霍俊明：《尴尬的一代：中国 70 后先锋诗歌》，第 233 页。

动,而且他们的成长语境总是与各种政治活动联系在一起,空闲时的活动与阅读几乎都充斥着那个在政治操控下不断更迭的时代主题。所以,他们的诗歌作品在整体上具有宏大的历史叙事和"中心"色彩。即便是那些试图挣脱政治束缚的诗人,其在创作中仍然不自觉地会加入群体的和声中,构成表现时代精神的正反声部。陈思和先生曾说:"20世纪中国的各个历史时期,都有一些概念来涵盖时代的主题……这些重大而统一的时代主题深刻地涵盖了一个时代的精神走向,同时也是对知识分子思考和探索问题的制约。这样的文化状态称之为'共名'。"① 如果说中生代诗人处于集体性情感的抒发状态,那 70 后诗人则进入了价值取向多元化的语境中,而且他们的创作由于商业浪潮的冲击而偏于物质化。比如在 70 后诗人的作品中,"广场"这个表征集体意识的意象已经不同于上世纪 80 年代朦胧诗人北岛《履历》中的"广场",亦与 90 年代欧阳江河《傍晚穿过广场》中的"广场"有别。这两位中生代诗人作品中的广场"强调了内心对时代、宏大的政治历史场景的重新清洗和质问,不约而同的是在陈述一个遥远而模糊的历史的强行结束和一个灰蒙蒙的暧昧时代的强行开始",欧阳江河尽管立意对抗和颠覆关于广场的宏大叙事,但"诗人在不自觉中仍然坚持了宏大叙事的惯性言说"。② 而 70 后先锋诗人作品中的"广场"则成了后工业时代都市建筑的表征之一,在没有英雄雕像和政治运动的情况下显示出形而下的庸常的生活气息,充满了金钱和欲望,晒露出一代人生活的艰辛和沉重。比如霍俊明在《十二月的广场》中写下了这样的诗句:"这些外省的青年男女/紧密的拥抱和值勤的警察仅三步之遥/十块钱的牛仔裤绷紧着壮硕难耐的身体/拥抱、抚摸、接吻的姿态如此标准//我也知道,城市拐角处你们的窝棚太过狭促/宽阔的广场,伟大

---

① 陈思和:《中国当代文学史教程》,第 14 页。
② 霍俊明:《尴尬的一代:中国 70 后先锋诗歌》,第 65 页。

的心脏/适合你们小小的拥抱愿望。"这几行诗不仅表达出70后这代人从乡村到城市所经历的物质压抑,而且也用强烈的青春欲望消解了"警察"的权威,让昔日举行严肃政治会议或开展政治活动的广场成为满足普通个体生命欲望的场所。

70后诗歌正是借助其先锋性特征赢得了长足的发展空间,不仅标示出其与之前诗歌的差异,而且构成了中国新诗历史序列中不可或缺的特殊元素和衔接链条。

三

历史过于宏大和漫长,但有时又不免过于琐碎和短暂。在新诗不足一个世纪的历史中,仅隔十到二十年就划分出"代"的范围,除了说明我们当前诗歌研究的精细之外,也多少表明了我们工作的琐碎。纵观80年代以降的新诗创作,"个人化写作""口语写作"和"智性写作","身体写作"和"下半身写作","女性写作"以及"低龄化写作"等演绎着诗坛的繁盛景观。相应地,理论界总是力图从整体上去言说和概括各种写作潮流或诗歌群体的总体特征,有时候在多元化语境中不得不放弃归纳的努力,而根据出生时间简单地将之划入70后、80后乃至90后的行列,而模糊了其中包含的各种差异和代际的中间地带。实际上,各种写作和"代"之间并非截然的断裂关系,由于划分的标准是基于不同的层面,它们之间的重合交叉就难以避免。

70后诗歌是基于时间概念所提出的诗学概念,这代诗人出生时间的相近性决定了他们后来经历的相似性,进而拥有了大体相同的生命体验。从这个角度讲,70后诗歌的划定也是源于他们拥有相同的创作背景和大体一致的价值观念。当然,本文在此并非试图对诗歌代际划分的合理性或弊端作一番深入的辨析,而是在悬置各种争议的基础上姑且对之加以认同并进行相关的讨论,就像比较文学美国学派代表雷马克(Henry H. H. Remak)在阐述该学派的观点时所说:"对于比较文学的理论不管存在多少分歧,关于它的任务却有一个共识,那就是使学者、教师、学生以及广大读者能更好和更全面地把文学作为整体来理解,而不是看成某个部分或彼此孤立的几个部分的文学。"[①]

不管我们现在对 70 后诗歌的命名存在多少质疑,但我们却可以从这个概念出发研究相应的诗学命题,从而推动新诗创作的发展和现代诗学的建构。

---

① Henry H. H. Remak. Comparative Literature, Its Definition and Function, in *Comparative Literature: Method and Perspective*. Newton P. Stallknecht & Horst Frenz eds. Carbondale: Southern Illinois University Press, 1961, p.10.

第三节

70后女性生存现状的书写

70后女性诗人的创作早已步入成熟的个性化阶段,但能够表现这代女性成长焦虑和阵痛的诗篇却不多见。相对于其他时代的女性而言,70后女性的生活方式和成长经历具有很多特质,比如她们大都初为人妻并过上了相夫教子的婚姻生活,她们大都因为教育体制的改革而受过高等教育,也大都因为城镇化进程的加快或工业社会的到来而移居都市。因此这代女性是知识型的,拥有独立的情感思想和人生理想,但都市生活的压力、琐碎的日常生活和家庭事务往往使她们陷入被动与绝望的境地,这就是70后女性该阶段真实的生活镜像。

接下来,本节将主要以桑眉[①]的作品为例。作为70后女性诗人的桑眉一改少女时代对悲欢离合的吟唱,转而关注她这代女性的生存现状,在绝望与反抗中折射出挥之不去的焦虑意识和深刻的生命体悟。

[①] 桑眉,原名蓝晓梅,祖上畲族,生于20世纪70年代,四川广安人。15岁开始发表作品,迄今在《星星》《绿风》《南方》《岁月》《诗选刊》《扬子江》《延安文学》等文学(报)刊物发表作品数百篇,著有诗集《上邪》,有诗文获奖或入选集子。

一

　　70后女性有良好的教育背景，能够对自己的生活作出合理的规划，她们对事业和家庭怀有美好的期待，但当脱离父母的呵护与物质支持而独立生活的时候，她们必须为维持生计开始漫长甚或遥遥无期的打拼之路，必须在适当的年龄结婚生子，然后开始承担耗费时间和精力的家务劳动，留给她们梳理心灵空间和实现理想的时间几近为零。因此，70后女性在步入30岁以后陷入了有史以来最为严重的生活危机之中，她们被近乎绝望的生存现状逼得像"快要发疯的女人"。

　　桑眉的诗歌表现了70后女性混沌的生存现状。70后女性如今不得不起早贪黑为生计忙碌，个人理想在现实环境中荡然无存，最后只能感叹"这人生，有时现实得／让人吐口水"。真正的爱情意味着将个人情感完全托付给一个值得信赖的人，但同时也意味着拒绝所有的情感以至于和外界的交流，婚后的女性常常忙碌于煮饭烧茶。在《快要发疯的女人》这首诗中，诗人除了表达70后女性的生存境遇与人生理想存在难以调和的矛盾之外，还表现出她们在俗世中人格的两面性，那就是在现实的重负下，很多人像"驯鹿一样温顺"，但在"背地里"却"像头母狮"一般发出沉重而绝望的呐喊。从另外一个角度讲，这首诗其实是像桑眉这样具有独立思想和精神空间的知识女性不屈于现实生活的心灵写照，她们在生活和生存的重重压力下依然保持着对梦想的渴望，是一个步入婚姻的女性在家庭生活即将泯灭个人理想时发出的痛苦哀号，凸显出一个女性要在现实生活中葆有自己事业和精神的领地是多么艰难。桑眉早年的诗篇流露出对自我理想形象的塑造。比如《山苇》这首诗可以看作诗人潜意识里自我人格的写照，她希望自己就像山中的芦苇一样，在清晨里"头上簪着水银光泽的饰物"，而且还"不分昼夜地梦着"，永远沉浸在那片清新自然的天地里无忧无虑地生活，永远不知道"山外的繁华"。《桂湖问荷》生动地刻画了一个像荷花一样羞涩而又多情迷人的少女形象，桂湖的荷花"像谨言慎行的姑娘／在水边淘米、浣衣、悉心绣蝶／在雾气氤氲的月夜怀上幽怨／失眠、多梦，假想人来"。这该是女性一生中最美好的季节，她们出落得楚楚动人且产生了对爱情朦胧的想象与冲动。但是这样的季节会随着生活脚步的更迭和年龄的增长而逐渐消散，多数女性最终会走向婚姻生活，长大成人并承担起养活自己和料理日常起居饮食之类的繁琐事情，生活的重担在不知不觉中就会压上肩头，曾经的美好期望也会随之化解成无言的伤悲。

桑眉的诗歌表现了 70 后女性困顿的生存现状。《越狱》这首诗是桑眉所有作品中画面感最强的一首，为读者勾画出了因牢般的生活居所："地上青苔滑溜／阴沟淤泥散发瘴气／围墙倒插破酒瓶、碎玻璃／野生蕨让阳光变得珍稀，又诡异……"这是一幅令人恐怖的画面，"地上青苔滑溜"一则表明诗人写诗的时候正值梅雨季节，连绵几天不断的细雨自然会让南方的地面生起青苔，二则表明这是一个很少有人踏足的地方，没有脚痕没有人为的踩踏才会滋生青苔，很少有人经过的偏僻地方衬托出诗人内心的孤独与寂寞。"阴沟淤泥散发瘴气"说明这个居所因为人烟稀少呈现出一副破败的景象，或者表明这里的主人因为生活的慵懒而疏于打理房前屋后的卫生，映衬出诗人对生活缺乏必要的热情而内心枯败无望。"围墙倒插破酒瓶、碎玻璃"兴许是出于日常安全的考虑，严密的防范使外人无法进入主人的居室，但同时也拒绝了诗人与外面的接触和交流，这里只是诗人一个人的生存空间。接下来的诗句就自然而然地会突出"阳光"的重要性，因为"阳光"是在封闭的环境中唯一从"外面"进来的事物，是唯一让这里充满光亮的事物。诗人在牢笼般的生活环境里依然保持着对诗歌的热爱，这是支撑她活下去的唯一的"心上阳光"，她常常"从阴冷的房间走出来"，把孤独而阴森的世界抛在身后，沉醉在字里行间并让思绪在狭小的生存空间里广阔得"望不到头"。只有在看书读诗的时候，诗人才会沐浴着阳光,才会忘记生活的孤独和寂寞,才会忘记现实世界的可怖情景。桑眉在冰冻的"冬天"里向往精神的独立和自由,此行为就像"偷食"的老猫遭到现实"反复的驱赶",她的思想和行为似乎在现世中没有栖身之地,诗人"身下的小靠椅就只剩下一件衣裳",灵魂脱离肉身才会感受到逍遥自在,她才真正感受到了自我的存在。就如诗人在《越狱》的题记中所说:"多愚蠢,一生都在画地为牢,不断出逃,却无处可逃",人一旦步入俗世就难以摆脱俗事的纠缠,而明知很多付出是枉费心机却依然会孜孜不倦地向前行进,最后坠落尘网而无法自拔。只有清醒的诗人会时时想起原初的自我,并试图逃离现实;但命运或者说人之为人的属性决定了我们不可能真正逃离现实环境,因此诗人只有不断地选择精神逃亡,让自己的思想在尘世中孤独地高蹈。也正是因为不堪重负的生活压力,诗人希望能够"回到十岁之前",那时候虽然孤独,但却能在朴素的童年里真实而生动地活着,童年是"离梦境最近的地方",人可以感知世界的模样,不像长大以后怎么也看不清生活的真相。《如果》这首诗看似在写诗人对童年生活的追念,实则在表达她内心真实的生活诉求,更是 70 后女性在遭遇了生命中不能承受之重后发出的心灵绝唱。

桑眉的诗歌透露出 70 后女性无奈的生存现状。70 后女性在经历了生活磨难之后开始认识到个人的渺小和能力的限度。生命对个体而言至关重要,但在历史长河或他人眼中却无足轻重,桑眉在《逝去,或者永恒》中认为人死去之后反而显得十分平静,如同"家什"一样被对象化处置后放在一旁,周围的人们依然我行我素地干着自己的事情,世界并没有因为某人的离去而改变。人的命运有时候会在偶然中改道而行,但即便真实的出生日期被修改对诗人来说也不重要,重要的是她从此在现实生活中过上了怎样的生活,那改写她生辰八字的"宗谱"对每个人来说"只留下或生或死的日期"(《在命运中》),至于他们生活得是否称心如意,是否曾经历过什么轰动的爱情或做出过什么流芳千古的功绩则不得而知。作为人间的凡夫俗子，我们活着或者死去其实没什么区别，唯一让人惦念的就是那份骨肉亲情。婚后的爱情也让70后女性感到无可奈何，下雨的天气让人心绪黯淡，无端的忧愁像"雨丝一样绵密"地袭来，爱情的甜蜜在时间的流逝中逐渐归于平淡，但诗人痴迷的心情会因为爱人的一举一动而波动不平。人一旦步入生活的某个阶段，就再也难以创造出爱情的新高点，于是只能在回忆中体味日子的绵长和平静，哪怕此时"我们在彼此身边"（《给你》）。伤心和无奈的生活不管怎样都得继续，70后女性在体认到个体的渺小和爱情的平淡之后，开始学着慢慢地去适应生活。生活是一个无可奈何的适应过程，70后女性最初可能会因为生活的重负而产生悲伤的情感，但随着时间的推移，那些悲伤就会逐渐从心中褪去，只剩下对生活漠然的关注和无奈的淡然。比如诗人在《渐渐，渐渐地……》这首诗中抒写了一个结婚的女子不适应新家的生活环境，但还得天天早起给孩子和丈夫做饭，还得去砍柴、割猪草或者挖地、捡栗子等，琐碎的劳动让她体味到了婚后生活的沉重和死寂，悲伤之情油然而生。但这又有什么可埋怨的呢？时间是一把剪刀，它会慢慢剪去生活的棱角，让一切变得"合理"，就像桑眉的诗行所诉说的那样："山里树木葱郁却无比空旷／渐渐能容下她年轻时的悲伤／渐渐，渐渐地她忘了自己曾那么悲伤。"

　　70后女性步入了人生最艰难的转折时期，作为独具个性和生命观念的知识型女性，她们决不会在残酷的生存现状中沉沦。本文接下来将继续以桑眉的诗歌作品为例来分析70后女性对绝望的反抗。

二

　　70后女性在生活的磨难中经历了理想的幻灭，但她们由此获得了更为深刻的生活体认，在顺应生存现状的同时开始对生命作出更为贴切的构想。桑眉的创作也经历了少女时代的单纯、婚后的迷茫以及在此基础上的抗争，显示出 70 后女性不屈的生命价值观念。

桑眉的诗歌表现了 70 后女性的觉醒，她们开始对生活有了本真的认识。《古往今来》是一首生命的挽歌，是桑眉笔下不可多得的优秀诗篇。在诗人看来，那些曾经广为流传的诗篇最后会被青史遗忘，那段曾经惊艳动人的爱情到后来只是个无言的结局，因此人活着的时候没有必要去苛求历史的宠幸或爱情的亘古，岁月自然会过早过快地催促历史尘封往事，然后让在世的人群合着春夏秋冬的脚步迈向又一轮遗忘的旅程。普通人的正常生活应该是"为兑换口粮"而"奔命"，在把"战争或和平""荣耀或耻辱"以及"曾经的如画江山"都"轻拿轻放"的同时，冗长的生活却堆满了别人"乔迁新居""生庚嫁娶"或"殁葬"等庸常的信息。"现身的光阴"让一切"面色如纸"，声名显赫者抑或卑微下贱者、沉鱼落雁者抑或貌不惊人者最后都会有相似的结局——泛黄乃至腐朽为尘土。诗人骄傲但却虚妄地活着，她因为清楚自己步入了俗人俗事的生活轨迹而变得无限迷惘。她无力也无需抗拒此时的生活状态，毕竟这就是人活着的常态，先知先觉者又能将之如何呢？生命是一场旅行，诗人就是那位坐在车上静观沿路风景的"旁观者"，她一路看到的都是人们忙碌的身影：清洁工"拍打尘土"、路人"行色匆匆"，就连花盆里的鲜花也会因为争抢水分而"大打出手"（参阅《小事件》），对这些人生百态的关注反映出作为清醒者和思考者的桑眉孤独而绝望的体会。人生充满了很多未知的变数，在诗人的眼中，生活就是由诸多不定因素构成的复合体，"时而冷灰时而莹亮"，我们的事业和爱情也就在这样一个变幻莫测的世界里演绎着本相。桑眉的《赋闲，或扯淡》看似在写她居住的房间玻璃被报纸遮住了，她只能透过"报纸没能覆盖的那截玻璃"去看外面的世界，实际上道出了在现实生活中，很多人往往被几篇报道或花边新闻遮住了双眼而不能全面地认识世界。看懂了生活真相之后，诗人或许有短暂的失落，但她却会更加坦然和从容地去应对生活中不期而至的失败抑或成功;看清了忙碌的人群只为尘世中虚无的物质而奔波之后,诗人更愿意待在安静的角落里做一个"渺小"的人,散漫地去体会生活中淡淡的"清香"。

桑眉的诗歌表现出 70 后女性不屈的命运抗争,在艰难困苦面前依然怀有生活的激情。70 后女性的心思和精神就像那挂在树杈上的红"灯笼",由于悬挂的时间太长反而觉得"空荡荡的"。"灯笼"是诗人善于观察生活和世事的双眼,站得比一般人高,也自然望得比一般人远:"白天看天上行云地下车流 / 如水。夜晚听雨坠凡尘、虫鸣⋯⋯/ 有月华,亦如水。"(《四月的灯笼》)诗人对生活的认识是深刻且形而上的,她在目之所及的"白天"看见来来往往的车流和劳碌奔波的人群,他们为了现世的物质利益消耗着生命,而她却超然地视之"如水";诗人在看不清世事真相的"夜晚"悄然地倾听雨声和虫鸣,感受生命存在的气息,月华如练的夜晚让诗人的生活"如水"般的宁静和解脱。当然,诗人也有满腹心事的时候,也有不停地回味往事的时候,但她终能越过生命中严酷的季节并迎来春暖花开之时,像灯笼一样依旧保持着本色的"残红",希冀能回到自己认定的生活轨道。婚姻生活在给70 后女性带来负累的同时,也让她们产生出新的理想,比如在《这会儿》一诗中,诗人希望构筑起理想的居所,让自己和怀中的婴儿"像皇后和王子那样 / 被锦被簇拥着做鸟语花香的梦",表达了母亲对生活的企盼和构想,诗人在为人之母后重新燃烧起生活的激情与希望。70 后女性一直在内心深处与绝望作殊死的搏击,《呈述:阳春三月》是诗人不断说服自己应该做一个普通女人的绝望诗篇,结婚生子后就"不再适宜远行",而远方也"不再夜夜入梦"。难道女性婚后就该宅居家里并从此失去对自我梦想的追逐?但不管怎样,婚后的女性如若还抱有单纯而美好的梦想就会让心灵备受折磨,留一半清醒留一半醉反而会活得更满足,就像老家那群同龄的女性,"她们比我孩子生得多 / 笑得比我憔悴但满足"。因此,诗人的理想在万物复苏的阳春三月死而不复了,她觉得此时自己应该和那些普通的女性一样,"在桉树下/绣花!纳鞋!织毛衣!/地上只有狗和孩子在跑/天上只有鸟和树叶在飞"。而事实上,诗人并不愿意把生命耗费在家长里短的闲谈中,传统意义上的男耕女织在现代知识女性的身上不再是理想的生活模式,她们应该拥有独立的思想和生活空间。

三

当然,桑眉的诗歌情感是丰富的,表现 70 后女性的生存现状只是其面貌之一斑。

桑眉善良的诗行也流露出对社会底层的关注,比如《罗锅巷》《开往火车站的公交车》《异乡人》等,诗人担忧城里农民工的生活,他们整天生活在危险之中,整天为修建城市的高楼而奔波劳累,而他们的日常却充满了"危机",比如随时可能到来的生命危险、居住在没有路灯的偏僻里巷。《异乡人》对社会底层的关注之情真可谓"遍身罗绮者,不是养蚕人",民工建造了林立大厦,在城里建房却没有安稳的休息处,经常会遭受"雨注工棚"的侵袭。此外,桑眉的诗歌也抒发那缠绵的思念之情,比如《隐喻》;抒发浓厚的思乡之情,比如《趁这月华如练》;抒发深厚的怀念之情,比如《路过人间》《挽歌》和《表哥走了》等。

诗歌艺术隶属度的提升标准之一在于表现对象和表达情感的宽泛性和普适性,桑眉近年来的诗歌创作开始由表达个人情感转向关注一代人的生存现状,足以见出其在诗歌创作道路上的进步。但如果诗人能够在诗歌形式艺术、诗歌表现力度以及观照对象上作进一步探索,相信她还能为读者带来更多优秀的诗篇。

第四节

90后散文诗创作的特质

散文诗是在世界诗歌自由化潮流中产生的一种具有现代性气息的文体,自19世纪中期开始在世界各国蔓延开来。中国的散文诗诞生于五四新文化运动时期,它在近一个世纪的发展历程中已经架构起了自身独特的艺术传统和审美范式。因此,尽管那些脱离了原生态生活而一味效仿西方的创作技法和刻意前卫的各种"个人化写作"在商业运营中竞相"登陆"文坛,但却因为文学性的缺失而被匆匆地遗忘。事实上,能够用诗性的语言艺术地表现人类共通的情感并引起读者强烈的共鸣才是优秀散文诗应有的品质,本文接下来以潘云贵①的散文诗创作为例,来论述当代散文诗创作的情感和艺术特征。

我们生活在信息畅通和物质丰富的时代,享受着科技文明给生活

---

① 潘云贵,90后作家,出生闽都。作品发表于《诗刊》《山花》《作品》《西部》《南风》《美文》《延河》《萌芽》《福建文学》《青年文学》《儿童文学》等刊,被《读者》《格言》《青年博览》《散文选刊》等刊转载,出版个人文集《我们的青春长着风的模样》《飞鸟向左,扬花向右》等书。曾获首届新蕾青春文学新星选拔赛全国总冠军,2011年冰心儿童文学新作奖大奖,第四届《人民文学》"包商银行杯"全国高校征文评奖活动一等奖,首届《儿童文学》全国大学生文学创作大赛"最具潜力新人奖",《诗歌月刊》2013年度优秀散文诗奖。

带来的各种便捷与高效，但与此同时，我们又生活在一个冷漠而脆弱的时代，人类为了不断膨胀的物质欲望而抛却了心灵之间的交流与理解，世界的和平与安宁一直遭受着政治意图和局部利益的侵扰。作为对世界、生活和生命有独到理解的诗人，潘云贵在他的散文诗中灌注了浓烈的人文内涵，他的作品既表达了当下复杂语境中的生存体验和生命思考，也寄予了沉重的悲悯情怀和高远的社会理想。

一

优秀的散文诗应该是生命意识和使命意识的结合，潘云贵的作品是对生活现实的观照，他痛心于我们生存环境的污染和生活空间的异化，从自然环境和文化环境两个维度上对当前的社会现状进行了批判，体现出知识分子的社会责任感和忧患意识。

现代人在追逐物质利益和满足个人欲望的过程中忽视了对环境的保护，严重的生态污染危及各种生物的生命安全。在一个无限伟大而又无限渺小的世界里，人类赖以存活的蓝色星球悬浮在宇宙中，如同一片棕榈树叶漂浮在偌大的湖面上。存在本身是虚无的，只有植物种子发芽时的"颤动"，昆虫飞舞时翅膀的"振动"以及鸟群向高空翱翔时"撒下清脆的音节"方能显示出地球的生机与活力，而被喻为万物之灵长的人类只是在"年轮里""洞穴中"和"墓碑下"毫无生气地"伴随衰老、意外、疾病而深眠"。生命具有无法摆脱的悲剧色彩，我们为着那些与生活毫不相关的声名活着，除了跳动的心脏外完全失去了生命的迹象。即便人是宇宙中最伟大的物种，如果死去也会"与最微小的菌类无异"，所以我们应该维护"心脏的跳动"。但人类的可悲之处在于，我们在设法追求虚无的东西时却忘记了生存是第一要义，"皮之不存毛将焉附"？所以潘云贵在《回归》中有如下诗行："森林之外的工厂飘浮幽灵般的灰色，阴沉沉的现代文明正隐藏所有真相。道路与建筑间飘满自然的亡灵。"酸雨毁坏了树叶并腐蚀了钢筋水泥，工厂排放的气体污染了鸟群的天空并掠走了肺部的功能，现代工业文明用华丽的建筑和超越想象的技术掩盖了其潜在的危害，我们生活在"无法消退的雾气里"，无法送还的电波和辐射中。在压抑浑浊的环境里，相比都市的灯红酒绿和昼夜喧哗，诗人更愿意接受乡下清淡如水的生活，他"悼念大工厂未曾到来的时代，风像青草一样鲜嫩，黄昏下的花田像片金色的海"（《熄火的城市》），可如今人类不仅在扼杀自我的生命，而且给其他物种也带来了直接的威胁，我们的作为和生存状态何其可悲？人类"回归"自然万物的行列与天然无忧的生活之途漫长无边，甚至背道而驰地演绎着南辕北辙的荒唐"追求"。此外，潘云贵在《黎明尚远》《工业城市》等诗篇中均对工业文明给人类和生物界造成的生存危机进行了严厉的控诉，并对昔日清新宁静的乡村生活生出几许留恋。

　　对现代社会文化和精神价值的忧思，对工业文明和物质欲望的厌恶，对传统文化和思想遗落的叹息等情感让潘云贵产生了回归自由自在的生活状态的愿望，他希望我们生存的社会环境能够还原成清澈纯洁的蓝色海洋。带着这样的人文关怀和理想情结，潘云贵创作了《人的一半面孔是鱼》，其中"鱼"这个意象既指心思处于纯洁阶段的人，又指处于自由生活状态的人；"海洋"这个意象则是一个滑动的能指符号，可理解为与陆地相对的区域，也可理解为生活的现场，而在历史的演进过程中，"海洋"可能是没有融进浑浊之物的场所，也可能是不断变化的现实社会。需要特别阐明的是，诗人笔下的"海洋"主要喻指人们生存的自然环境和人文环境，诗人希望人类就像自由自在的鱼群那样"蠕动如云"，在"干净如瓷，一潭清泉"里简单悠闲地生活着。而我们生活的现实空间已经沦为"混进浊物的汪洋，从未消退，只在混沌中伪装透明，散漫地于空气中吸食，吞咽和倾吐个体的命运"。只有到了夜晚，我们独自面对内心的时候，才可以卸掉白天的伪装而倾听心灵真实的声音，那些"复杂困窘的人事总在无灯之夜模仿大海的潮涌，席卷而来"，人事的黑白、善恶、真假不断搅合并重组成俗世的面目。每每此时，潘云贵便开始"怀念一只鱼的自由和单纯：水、食物、游动。简单生存，仅此而已"。人类自以为"高贵，太在意一种仰视"，因此常常被各种欲望撕扯得精疲力竭。诗人希望人类像鱼群一样生活在绿色的海洋里，而现实却恰恰相反，我们"无果地被现实剥夺了鳞片、光鲜的梦，连站在洪流前的勇气都没有"。在无奈的现实语境中，"鱼的故事只能由鱼去演绎。人只在童年时拥有鱼的指纹，成熟时便已交还大海，像陌路人从相视的镜中走来，即使认出彼此，也要学会背离"。我们为什么不能像鱼一样自由自在地生活？我们为什么不能一直像童年一样拥有"鱼的指纹"？我们为什么要残酷地学会背离纯洁和天真？在诗人看来，欲望的大海淹没了人本初的模样，而人与人之间的"数落、赞美、嘲讽、讥笑和伤害"又让现实矛盾重重，我们一旦离开大海上岸之后，"席卷而来的欺骗、麻木与贪婪，在加速水蓝色星球前程的穷途与末路"。我们就身不由己地被带到了浑浊的世界里。

　　从文化的角度审视，在中国历史文化的汪洋大海里，很多人就像鱼一样在其中肆意徜徉游动，"它们健硕有力，从江河到深海，一路划开云烟与叠嶂，像一张弓拉开，惊慌的雁阵垂落"。古人在中国人文社会的汪洋大海里自由穿梭，阐发自己对江山社稷、生命情感的看法，很多思想在历经沧桑之变后仍然言之凿凿。然而，今天"在墨一样的天空下，在流水线上"，我们被动地变得如同失去鳍的鱼群，找不到平衡、推动以及引导自己前进的动力，我们的身上早已没有祖先的光芒，大海已不是昔日的大海，我们亦非昨日"带鳍"的"鱼类"，精神和肉体的蜕化成为现代人的集体标志。现代科技看似给我们的生活带来了方便，但人却失去了自我隐私和活动自由，各种条例和程序规定着我们日常的路径，各种摄像头和电波检测着我们的行动，各种证件制约着我们的身份，导致"我们逐渐成为透明的鱼或者一个赤裸的人，鳞片和机体不再深藏秘密和生命"。人类的生存环境包括人文环境和自然环境，由人和精神世界建构起来的人文环境在物质欲望的冲击下已经坍塌，而我们的生存环境在工业生产的污染下也失去了昔日的清澈："在多久以前，没有工厂、马路、矿井、脚手架、争执和妥协，鱼只是鱼，吞吐自己的泡沫，摇摆自己的长尾或者短尾、燕尾或者蝶尾。"人类对物质无休止的追求带来了环境的恶化，我们再也不能像鱼游海底那样轻松自由地生活，我们不得不面对生存空间的异化，不得不面对"望不穿的公司大楼，穿不透的车水马龙"。因此，诗人希望回到"母亲的子宫"，因为那里"纯粹的泡沫多么丰盈与可爱"，那里是孕育人类生命的原初海洋，也是人类最自在和安全的生活场所。

诗人生活在当下，却对现实社会的工业和都市文明产生了反感，那些"活在昨日的村庄、田野、山林和果实，已经去世"（《去黑暗里找寻一些东西》），他希望离开"齿轮继续转动，城市没有停下"的生活现场，在黑夜里和回忆中找到一些接近自然的东西。诗人在《鹏的眼泪》中借助庄子常用的文化意象大鹏的翅膀，标示出对现实生态环境的担忧："青峰在黑暗中碎裂，露出铜色的本身。树木抽离地表，鬼魅般飘向空中。"因为工业发展的需要，我们开垦荒山，砍伐森林，地球到处布满了伤口。令人忧心的不仅仅是生态的破坏，而是我们民族传统文化的流失，现代人对中国古代的文学思想产生了不可化解的隔膜，即便传统的"金文、铭文、篆书或者隶书"摆在眼前，我们也"早已辨认不出祖先的文字"。因此，诗人写道："鹏的翅膀上有一丝哀泣的血痕"，环境遭遇了严重的破坏，传统文明遭遇了严重的遗忘，我们今天的"发展"究竟是为了什么，人们从"发展"中又究竟获得了什么？此处诗人用的是"血痕"而不是泪痕，道出了诗人对传统文化失传的担忧，对承传和发扬中华文明的强烈心愿。

除开对自然环境和人文环境的忧思之外，潘云贵的散文诗还深入地思考了人伦社会的阴暗面孔。《最后一只蝴蝶》这首散文诗充满了隐喻性,"银杏树上唯一闪耀的叶子"暗示着人格化的诗人,而这片叶子的下落并"很快被尘土覆盖",表明品格高尚之人也许会在生活的"染缸"里被各种陋习或俗礼所改变。世界是残酷的,当你处于"堕落"之途或力求远离尘埃时,所有人都"冷漠"地看着你在泥沼中越陷越深,没有人会理睬或帮助你完成夙愿,也"无人会同情那只即将死去的金色蝴蝶"。"金蝴蝶"的跌落预示着人类社会理想情怀的陨落,该诗表达了诗人对社会价值和道德理念的担忧。潘云贵希望人与人之间的关系是淳朴的,人与自然万物的关系是和谐的。《天真皮肤的同类》中的"萤火虫"的光亮牵动着童年时期纯洁而美好的梦想,但这些梦想在现实的"夏夜"里只能"忧伤而行";"乌鸦"的黑在时间的递进中一再加剧,如同月光下人类"抖动的伤口"。为什么这些美好的事物总会"被时间熏黑"?诗人在此诗中流露出强烈的理想主义情怀,他希望"透明的人类"不会被尘世玷污,我们应该与那些负面的事物"绝缘",像孩子一样脚踏跷跷板,"眺望银河"并仰望星空,身旁栀子花开,一切都天然而美好地按照自己的方式存在着,与人类一起诗意地在大地上栖居。

我们无法选择既定的自然和人文环境,世界固然如此,但我们的内心却会生出几许理想的光芒。潘云贵通过他的散文诗创作给我们展示了"荒原"般的现实,也通过他的作品唤起了我们对理想生活的向往。

二

很多人在尘世的喧嚣中追名逐利,富贵荣达之后仍然会形同草木,消隐于山林和尘土之中。世间万物都有相同的归宿,所以我们生前不必计较太多的得失,也不必歇斯底里地傲视万物,每个人都会臣服于无情的生命定律。

在光明中想到黑暗，在希望中看到绝望，心思细腻的潘云贵清醒地意识到生命的意义和最终归宿：好景怡人不常在，好花美丽不常开，短暂的生命旅途中更多的是平淡乃至凄清。在《大地的列车》一诗中，诗人清晨看着树枝"相互拉手"，听着"鸟雀被温暖的爱唤醒"，心中顿时充满了对生活和大地的热爱，由此衍生出对未来的美好期待。这首诗看起来无异于在诠释"一日之计在于晨"的陈理，倘若如此便无新意可言。但接下来的诗句"山楂花簌簌落着，年轻的心事飘满世界"，突然将一种高昂的情绪带入低谷。山楂花纷纷扬扬地飘落，就像有人在簌簌地掉着眼泪，此时"年轻的心事"一定包含着忧伤，这种情绪迅速弥漫在诗人身处的世界里，它让天边的晨曦黯淡无光，让远处的杉树披上了"冷"而"黑"的外衣。为什么诗人会在充满希望的清早产生愁绪呢？诗人置身无人的清晨，看着苏醒的大地，想着人生天地间的虚无意义，不禁悲从心来。"大地是尘埃组成的列车"，倘若大地是尘埃构成的，寄居大地的人类也同样来自尘埃，我们的成败得失于浩渺的宇宙而言更不足为道；倘若大地是一趟列车，从清晨的时间开始出发驶向未来，个体生命也将随着无数个清晨的到来而奔赴未知的前程，"一节节"车厢看似充满光亮，一生也就倏忽而过。因此，这首诗蕴含着无限悲凉的意蕴，道出了生命的渺小和短暂。类似的情感在《嘘》中表现得更加直接，"嘘"的声响是诗人力图保存江南春晨美景和生命萌动状态的心之声，但就是在这个"清澈如同少年"的景致里，潘云贵的情绪却低落了下去，因为他在"崭新的生里有对死的担忧"。华年易逝，我们的韶华时光如同昔日光鲜照人的花朵，最后便会蜕变成"恹恹的雌蕊"，"不久便有花落"。绚烂的樱花预示着春之盛事和夏之繁盛，但灿烂之后也就预示着花期的结束和一段春之心事的终结，所以诗人说"樱花里住着爱情的亡灵"，爱情终归要从激情步入平实，生命也终归要从青春步入暮年。

《兰亭序》是潘云贵散文诗中的佳品，综合了诗人对人事、生命、情爱以及历史、文化产生的复杂思考。潘云贵取王羲之的经典散文《兰亭集序》（又称《兰亭序》）之名为自己的散文诗命名，是因为诗人在阅读了王羲之作品之后产生了强烈的共鸣。东晋穆帝永和九年（公元353年）三月三日，王羲之与当时的社会名流在山阴兰亭举行春游聚会，每人赋诗一首，整理成"兰亭集"，今日所见《兰亭集序》遂为王羲之为该诗集所写之序。《兰亭集序》首先记叙兰亭周围的美丽山水和聚会时的热闹投缘之情；接着抒发王羲之对社会和人生的看法：虽时逢盛世，但"盛世不常"，虽此刻人生得意，但"老之将至"。因此，王羲之作品表现了魏晋以来文人生命意识的觉醒，是对世事无常和人生短暂的喟叹，与后来李白"人生得意须尽欢"的豪迈风格形成鲜明的对照。事实上，由盛世想到衰败，由年华正盛想到衰老将至，在月圆之夜想到月亏之时，这种思维方式和行文抒情正是潘云贵散文诗创作的主要路向，这也是为什么他在阅读了王羲之的文章之后会产生"相见恨晚"的感觉。潘云贵在他的散文诗《兰亭序》中颂赞了王羲之书法和文字的柔美坚硬，追思了一群志趣相投的文友在水边草地上吹奏弹唱、吟诗附和的热闹场景。人生得意之时应当豪饮千秋，"岁月不回头"，世事变幻无常，且当"今朝有酒今朝醉"。这首散文诗虽属潘云贵与王羲之的心灵邂逅之作，但毕竟我们生活的年代与东晋有很大差异，历史自那时起又积淀了近1700年，民族文化在承传中发生了巨大的变化："夏商周如烟出岫，子规的叫声啼破春晓，青铜从炉火中涅槃，铿锵的打造声，远了。"但人类的生命观念再怎么演化也逃不过死亡的结局，"人活于世，沧海一粟"，个体生命在漫长的历史面前轻薄如纸，就是整个人类社会在浩渺的宇宙中也显得无足轻重。因此，潘云贵在认同人和人类社会单薄无力的同时，认为王羲之的文章具有时间和空间上的局限性，它"只能摘取一个视野，而不是一个世界"。人生天地间，最不能释怀的莫过于风月情感；"大雁南飞"，别离的伤痛自古困扰了多少才郎貌女。"不以物喜，不以己悲"，潘云贵的《兰亭序》最后认为，个体生命在历史和时间的节点上偶然出现，我们应该看淡浮华，"得失莫计，宠辱皆忘"；而我们的心"应如白纸，洁净单纯，没有高墙、密林、深渊、汪洋。它只应是清澈的溪流，钴蓝的天空，与自然的内涵，平静地交流"。在物质和科技迅速崛起的今天，在欲望吞噬着我们生存空间的当下，倘若生命素朴如此，倘若心绪平静如是，我们便理解了潘云贵作《兰亭序》的初衷和愿望。

生命的真假和虚实不断转换，我们应具备洞察生活与明辨是非的能力。现实世相纷乱复杂，我们的内心如"山阴的湖水"般明澈而清晰地映射出它的倒影，究竟哪些是真实的，哪些又是虚幻的？"有人站在实像中，有人愿意活在虚像里"，活在当下的人们难以辨明是非曲直，总有人愿意蛰居到"虚像"中。倘若虚幻的梦境能够慰藉现实中受伤的心灵，倘若虚幻和梦境并无本质的差异，更何况每个人都有自己的"审美"，都有自己投射给如烟往事和迷雾现实的"信任"，那"真相"的存在又有什么意义？真相"只会在风的审判里恒久"，但风什么时候吹起，又将会向哪一个方向吹，那些"恒久"的真相有没有统一的审判标准？时间脚步和岁月风尘最终会让遮蔽的东西敞亮，但在近于偏执的主观情感面前，并非只有"真相"可以留存下来。潘云贵在《真相》这首诗中认为真相和虚像是没有边界的，尤其是对富于情绪性和主观性的人类判断而言，二者的存在更是取决于主体的情感趋好。人在真实与虚幻之间很难作出明确的选择，但只要给我们带来片刻美感的事物都值得为之心动。诗人晚上独自一人穿行在"黑压压"的森林中，仿佛置身于无限压抑的生活现实里，如同一只"在林中穿行的鹿"，因为遭遇到令人烦心而失落的事情而发出沉重的"哀鸣"。但他马上停止了抱怨和叹息，像"趴在湖边"的鹿子"看自己的倒影"那样，开始进行自我反省或自我欣赏，并在忧郁中看到了那依稀泛着光亮的梦想。"天空和水面有两个月亮，世界有一双眼睛"（《眼睛》），真实的东西如同天上的月亮那样遥远，虚幻的东西如同水面的月亮那样垂手可触，我们该怎样去甄别自己的梦想？这首诗与其说是年轻的诗人在孤独寂寞的夜晚抒发对爱情的渴望之情，毋宁说是他在真实与虚幻的抉择中作艰苦的挣扎，道出了世事的艰难和人生选择的不易，每个人都要有审视现实和期待未来的"眼睛"。雨过天晴的傍晚时分，清新的空气和明亮的蓝天让人神清气爽，天边那道彩虹仿佛是连接往昔与当下、现世和彼岸的桥梁，造物主赐予我们如此祥和美好的景致和心情，我们心里除了感恩便是珍惜。"这时候，谁心上的忧伤还在哭泣？"（《虹》）即便平日的生活欺骗我们太多，但"这一刻的欢愉，要纯粹享用"。现实如此残酷无情，人们穿行在欲望和物质的满足与企及中，很久都没有人倾听内心本质的诉求，与利益和温饱无关的精神建构也被人们遗忘在都市的角落，诗人在彩虹的幻影中找到了久违的诗意。因此，即便生命中那些梦想或梦境是不真实的，但只要能给我们带来须臾的纯美感受，都值得为之心动。

　　生命如此轻薄，个体却渴望在有限的生年里获得超度，于是便有了潘云贵散文诗对人格修养的关注与提升。茉莉花原产于印度和巴基斯坦等地，其传入中土与佛教东渐有密切的关系，因此在散文诗《茉莉香》中，潘云贵始终将茉莉花与佛心联系在一起，从而使茉莉花洁白的身影和芬芳的气息有了更为高尚的精神与灵魂。茉莉花在中国种植的历史可以追溯到汉代，它见证了中国文化发展的坎坷历程却初心不改，年年初夏不约而至，"以一身白裙包裹娇小娉婷的自己，以水般纯净的眼眸蓄满一世的真情"。诗人喜欢茉莉花的素雅，喜欢它在高贵的牡丹和孤傲的蔷薇之外，"把最纯澈的目光投向万户千家"。正因为茉莉花具有纯洁而善良的亲和力，具有朴素而不妖艳的气质，自北宋开始便有无数的文人墨客吟诗作词去赞美茉莉花，从而让这种洁白的小花逐渐积聚起雅致的审美趣味。茉莉花的"白"带给人们持久的审美感受，它可以在历经岁月的洗礼和时间的残忍之后，仍旧保持一贯的"洁白"并让万千世界的喧哗和躁动黯然失色："世俗的墙垣被剥落，空灵的白将是世界唯一的镜子，照出喧嚣后的落寞，照出繁华后的衰败，照出桃红柳绿后的无限灰蒙。"茉莉花在北宋以前主要种植在福建等地，而后才开始在黄河流域铺展开来，因此住在闽都的福州人将茉莉花视为市花，一则因为该地种植茉莉花的历史，二则因为茉莉花的洁白与芬芳符合福建人的审美要求。随着茉莉花种植范围的扩大，以及被制成茶叶之后行销各地，走出故乡的茉莉花让更多的人欣赏并品尝到了它的香气。如果世人之前爱慕茉莉花素雅的外表和恬适的香气，对之的赞美停留在感官的审美上，那潘云贵则更喜欢茉莉花宠辱不惊的精神和不为情困的淡然之心。于是他在诗中写道："你或许在佛的手心许过下世的誓言，虽为花，但不为情所困。……有些爱无须浓烈，淡然处之，心静如水，沉默亦是一种爱。"在诗人看来，茉莉花制成茶叶的过程其实也是一种洗礼和涅槃的过程："烧去人世间的淫邪、卑劣、肮脏，以及无数的迷惘与苦难，愿这一切焚烧干净，而后剩下最美最美的自己与最善最善的人间。"自此以后，世人就会品尝到茉莉花茶的香气，沁人心脾的芬芳让人心静如佛，茉莉花也因此而涅槃成了坐于杯中的"真正的佛"。潘云贵在这首散文诗中采用他一贯细腻而优美的文笔去表现他内心的情感，其成功之处不仅在于呈现了茉莉花及制茶的历史，呈现了茉莉花外表的洁白和香气，更在于熔铸了高洁的人格和有修养的品格，熔铸了佛心和与世无争的平静心态，由此寄寓了诗人的超脱之志和心性追求。

在孤独而晦暗的人生旅途中，在短暂而愁肠万断的生命里，我们要远离那些叫人愈陷愈深的痛苦情绪，在青春岁月里怀着美好的梦想去期待爱情的来临，只有内心闪亮的人才会获得期待未来的视力，也才会在真实与虚幻的生命中获得洞明世事的眼光。

三

潘云贵从珍视个体生命的角度出发，对那些打着仁义道德或宗教信仰旗帜从事利益争夺的行为予以深刻的揭露，尤其是在和平与博爱的幌子下为着政治企图而发动战争的行为更让诗人感到痛心疾首。

潘云贵对无视生命尊严的战争表示深恶痛绝，因为政治家的阴谋最终损害的是黎民百姓的生活。中东的巴以冲突导致连年混战，最富戏剧性的是耶路撒冷作为一个宣扬自由、民主、仁义乃至博爱的宗教发源地，在今天却遭遇了其教义的挑战，这里的人们长期处在枪林弹雨中，饥饿与死亡成为他们日常生活的主题，他们距离基督的福音越来越遥远。诗人在《透明的耶路撒冷》中痛斥战争的发动者，同时也对那里普通百姓的生活表示同情与担忧，他希望耶路撒冷能够摆脱鬼魅的迷惑，摆脱战争的创伤，人们能够从政治的迷雾中清醒过来，让耶路撒冷变得"透明"而祥和。在这首散文诗中，潘云贵抱着珍视人类文明的眼光与虔诚的宗教视角，首先对今日之耶路撒冷的颓废荒芜表示深深的遗憾："城门紧锁，风是黑色饱满的瞳孔，是犹大遗留下的子嗣，在窥探烛光亮起的秘密。蜥蜴、壁虎和眼镜蛇藏匿在黑夜深处的洞穴中，尝试用变形来对抗神像的崇高。"这种借古伤今的情感易于让人想起拜伦对希腊昔日荣光不再的叹息之词《哀希腊》："希腊群岛呵，美丽的希腊群岛！／热情的萨弗在这里唱过恋歌；／在这里，战争与和平的艺术并兴，／狄洛斯崛起，阿波罗跃出海波！永恒的夏天还把海岛镀成金，／可是除了太阳，一切已经消沉。"[1]潘云贵进而在这首散文诗中表示出对宗教精神的怀疑，面对满目疮痍以及众人的祈祷，神却没有看到也"没有听到"，"从饥饿、疲乏和困顿中挣脱的信徒，在雏菊和

---

[1] [英]拜伦：《唐璜》，穆旦译，《穆旦译文集》(1)，北京：人民文学出版社，2005年，第220页。

镣铐间选择一条出路。妄想在尘世中减轻肉身和欲望的重量,却在河岸丢失了火把与眼睛"。因为有了信仰,也许信徒们可以摆脱饥饿、疲乏和困顿,借助宗教精神来获得力量;因为有了信仰,也许人们可以在虚幻的世界里减少肉身的欲望,但信仰的力量终究敌不过枪炮的残害,也敌不过肉身的消亡。因此,残酷的现实最终模糊了人们的眼睛,人们在信仰诞生的地方失去了生活的信念和希望。耶路撒冷的历史就是一段连续遭遇他族和信仰入侵的历史,众神不能拯救这块土地,那从这块土地上生长出的众神又能拯救人类吗?"一块不能自救的土地,有什么资格向信仰的乞讨者敞开归途的家门?"这句诗是对基督教本质目的的拷问,它连自己的诞生地都无法拯救,还能拯救芸芸众生吗?"痛楚的信仰中,透明一定会成为谎言最后的结局",诗人相信人们在经受了生存的考验之后,定会看清宗教信仰的本质。

潘云贵的散文诗借助战争表达了对个体生命的关爱,同时又借助战争对人性的堕落加以了严厉的拷问。雅罗斯拉夫·塞弗尔特(1901—1986)是当代捷克斯洛伐克最重要的诗人,1984年曾获得诺贝尔文学奖。1936年,由于纳粹德国侵略和屠杀的威胁,捷克被迫与之签订了《关于捷克斯洛伐克割让苏台德领土给德国的协定》,这便是历史上有名的《慕尼黑协定》。从此,塞弗尔特的祖国陷入了法西斯战争的白色恐怖之中,同时也激发了诗人的爱国主义热情,他在1937年便创作了著名的诗篇《别了,春天》。潘云贵引用塞弗尔特诗歌中的诗句"别了,春天"作为《在奥斯维辛以后,眼泪只是空洞的抒情》的开头,表明他对法西斯战争的仇恨和对民族国家的热爱,也预示着他对人性的拷问和对生命的珍视。"奥斯维辛"本是波兰南部一个安静的小镇,德国法西斯军队占领波兰后,纳粹德国党卫军领袖海因里希·希姆莱于1940年4月27日下令在此建造集中营,这里从此成为可怖的"死亡工厂",从此"灰暗的天空笼盖住大地和人性"。在奥斯维辛集中营里,那些反对希特勒的正义之士和无辜群众被关押在暗不见天日的囚房里,"当教堂废弃，雨水冲刷猛烈，念《圣经》的牧师已经失业"，人们再也接收不到来自太阳和上帝的光芒，立意拯救人类的上帝此时面对法西斯的残暴也无能为力。一百五十多万无辜的生命被德国党卫军用各种残忍的手段杀害，这是人类历史上前所未有的惨剧，也是对人类尊严和生命价值的践踏，追悼者的眼泪在杀戮面前都是"空洞"而无力的。尽管法西斯德国恶魔般的行动最后被制止，但奥斯维辛集中营带给人类的伤害却难以抹去："人性的废墟，谁能重建？"

前事不忘，后事之师，让战争的烽烟远离孱弱的生命，让阳光与和风重回大地，人与万物共享世界的祥和静好，这是潘云贵的散文诗一直坚持表达的情感和美好愿望。

四

著名学者赵毅衡先生认为现代诗人写的内容，与三千年前的《诗经》没有本质区别，都是"君子好逑"，他们与古代诗人的最大不同在于艺术表现形式的差别。据此，赵先生认为："形式论是专业批评，内容论实际上人人做得，是业余批评，是'读后感式'批评。"[1]对潘云贵散文诗的批评同样应该秉承形式论的原则，唯有如此才能彰显出其作品的艺术特质。

潘云贵的散文诗创作善于使用"兴"的表达方式，比较符合王国维的"意境"说以及朱光潜的"情趣与意象的契合"等创作观念。他很多时候都会在言说忧伤情绪之前，将外在世界刻画得美丽而静谧，然后再转入心灵情感的表达，是典型的"先言他物以引起所咏之词"的

---

[1] 熊辉：《从新批评到符号学：一个形式论者的坚持——赵毅衡访谈录》，《重庆评论》2012年3期。

创作方式。但潘云贵营造意境的方式十分独特，他通常并不选取情趣相谐的景物作为表达自我情感的铺垫，在表达悲伤心情前多刻写宁静和美之物，而在抒写感恩或珍惜之情前多刻写虚幻之景，由此造成非常强烈的情绪对比和审美落差，如此便能鲜明地凸显出他意欲表达的情感。这种艺术表达方式在潘云贵的散文诗创作中运用很多，比如《失忆的山羊》这首诗，他的书写旨趣在于表达人生旅途的孤独和无助，我们就像一只迷途的老山羊只能"呆呆看着自己的影子"，找不到回归群体和温暖的道路。但诗人在此之前却花费大量的心思和文字去描写山野傍晚的美景："螳螂停在狗尾巴草上发呆，落在水中的晚樱浣洗粉色的裙摆。野果从枝头跳下，在山路弯弯的手臂上打滚。叶尖垂落的露水里，云霞在天空飘得很慢。"又比如《赶路的人类》这首诗，潘云贵想要表达冬去春来的季节轮回以及梦想的起飞，但在这首诗人为数不多的积极向上的诗篇前半部分，他却详细地描述了人类周而复始的奋斗无异于西西弗斯的传说，前行的过程充满了叹息、汗水和眼泪，最后却成为"俗世的佣人"。前后对照，方觉诗歌情感的起伏和跌宕之美，方觉每个人追求梦想的艰辛，但万物复苏的春天却为我们铺展开一条通往未来旅程的道路，我们在春光灿烂中都成了追梦人。

潘云贵在创作散文诗时善于调动各种感官知觉，善于捕捉生命的瞬间感受，用心聆听世界的声音和自然节奏。潘云贵的内心是丰富的，其观照世界的触觉是敏锐的，哪怕是一场细雨之后的清风和屋后花园的景致，都会勾起他对生活往事的回忆并产生无限感动。时间似乎可以静止地定格在某个瞬间，风也因此而"渐渐静止"，但心思却跃出时间的藩篱，外面的世界让他有了滋长理想的冲动，"像蒲公英那样轻，飘出现在，飘往未来"，那些开花的蔷薇让他"拨开层层叠叠的密叶"（《风渐渐静止》），从而看清来路的方向。远离现实的尘嚣，回归天然的生活状态，让时间静止，从忙碌中抽身出来，我们便会"谛听"到大自然的声音和律动。在心如止水或"虚静"无为的时候，"大地是一只巨鸟",生机勃勃却又静默无声,它"一尘不染的寂静"具有"安宁,庄严,肃穆,纯真,高尚"之态,却又"接近空白,仿佛神的呼吸"。在诗人看来,"生命律动的声响"无处不在,只要我们具有"婴儿"般未经尘世玷染的"耳朵",便可听见来自大自然和生命搏动的声音。《谛听》这首散文诗不禁让人想起当年徐志摩对自然律动的阐述:1924年12月1日,由周作人、钱玄同和孙伏园创办的《语丝》杂志刊登了徐志摩翻译波德莱尔《恶之花》中的《死尸》,在译诗之前有一段徐志摩阐述音乐的文:"我深信宇宙的底质,人生的底质,一切有形的事物与无形的思想的底质——只是音乐,绝妙的音乐。"①徐志摩的话道出了宇宙万物都有自己的节奏,后来他在介绍济慈的《夜莺歌》时,认为济慈《夜莺歌》的律动带给读者无穷的想象,激活并带动了读者的所有情感:"沉醺浸醉了,四肢软绵绵的,心头痒莘莘的,说不出的一种浓味的馥郁的舒服,眼帘也是懒洋洋的挂不起来,心里满是流膏似的感想,辽远的回忆,甜美的惆怅,闪光的希冀,微笑的情调一齐兜上方寸灵台。"②鲁迅是《语丝》杂志的主要撰稿人,他看了徐志摩的文章之后觉得不免夸张和扭曲,于是说徐志摩是有福气的人,能在生活中到处听到"绝妙的音乐",甚至调侃徐志摩的神经出现问题,产生了幻觉,才听到如此美妙的音乐,将他"送进疯人院"③也不足为奇。远在国外的刘半农收到周作人从国内寄去的《语丝》杂志,看了徐志摩和鲁迅的文章后生出几许异议,写成《徐志摩先生的耳朵》一文。他风趣地说,如果徐志摩高寿后百年归世,"我刘复幸而尚在,我要请他预先在遗嘱上附添一笔,将两耳送给我解剖研究"④。

---

① 徐志摩:《〈死尸〉译诗前言》,《语丝》(第3期) 1924年12月1日。
② 徐志摩:《济慈的夜莺歌》,《小说月报》(16卷2号) 1925年2月。
③ 鲁迅:《"音乐"?》,《语丝》(第5期) 1924年12月15日。
④ 刘半农:《徐志摩先生的耳朵》,《语丝》(第3期) 1924年12月1日。

鲁迅和刘半农对徐志摩的诟病有合理的地方，但却没有理解到徐志摩对宇宙万物所具有的节奏的发现。潘云贵的此诗与徐志摩的文字有异曲同工之妙，他告诉我们世间万物的律动自是最优美的音乐，受到俗世干扰的耳朵自然听不见这天籁之声。这种洞悉世间万物生命律动的感受在《神与孩子》中也有所表现，诗人在描述了夜间深林水边的生命迹象之后，转而写到自身的状态："兰汀上，幼童在行走，沿着内心的声音寻找家园。唯一能与神对望的是孩子的眼睛。"年轻的诗人自比"幼童"，意味着对外在世界有太多的未知，也意味着心灵世界的纯洁；"内心的声音"就是生命在本真状态下流泻出的音乐和律动；"与神的对望"就是人与大千世界的声音形成的呼应，而这种呼应需要一双"孩子的眼睛"，必须摆脱世俗的功利性目的而怀着单纯的审美眼光，方可达到康德所谓"无目的的合目的性"的审美效果。

散文诗长于表达诗人内心深处的情感，但潘云贵的散文诗似乎更长于写景，他常以周遭寻常景物的错位组合营造出浓厚的情感氛围，读者往往会陷入其诗歌意境中难以走出，淡淡的忧伤或浓浓的幸福萦绕心间，回味良久却意犹未尽。从这个角度来讲，潘云贵的散文诗仍然将情感作为主要的表现内容，只是他不采用直接抒情的方式而多"立象以尽意"，从而避免了情感的直写和表达的非诗化倾向，这样的散文诗自然具有较高的艺术隶属度。潘云贵散文诗的这种特点反映了其作品审美视点的独特性，"所谓审美视点，就是诗人和现实的审美关系，更进一步说，就是诗人和现实的反映关系，或者说，诗人审美地感受现实的心理方式"[①]。潘云贵散文诗的审美视点决定了他观照世界的方式与散文创作有所不同，他多采用借景抒情的方式，从外在自然物象中去窥视人的内心世界，发掘世界和人心所蕴含的美丽音符，进而也赋予其作品高度的心灵性和含蓄美。

[①] 吕进：《中国现代诗学》，重庆：重庆出版社，1991年，第20页。

文学批评或作品解读因为带有强烈的主体情绪而不可避免地会导致误读的发生，偏颇之见也在所难免。况且，潘云贵的散文诗作为丰富的存在，任何一篇对其解读和批评的文章都只能窥见一斑，要穷尽其中的情思和深意只是枉然。

第六章
中国当代诗歌批评的阐释

由于主流意识对文学制约的减弱、诗歌观念的更新和诗歌创作氛围的空前浓厚等,当代新诗研究取得了广阔的自律性发展空间。但这并不意味着中国现代诗学已经形成了和谐稳固的研究生态,诗学内部的诸多缺陷和时代语境的频繁更迭需要它不断地作出自我调整,在深化诗歌理论研究、诗歌历史研究和诗歌文本研究的基础上兼顾诗的审美与艺术要素,才能从根本上实现中国现代诗学诸要素的平衡发展。

第一节
译介学与中国现代诗学体系的拓展

译介学随着上世纪 70 年代末期比较文学在中国的兴起而逐渐受到了部分学者的关注,其在比较文学视野下对翻译展开迥异于传统语言研究的跨文化研究,重点探讨文学翻译在促进文化交流中的中介作用、不同语言在翻译过程中出现的文化信息的失落与变形、"创造性叛逆"、翻译文学的国别归属等。中国现代诗学作为一个独立的学科发轫于中国新诗诞生之前,译诗与中国新诗的"姻缘"决定了其与中国现代诗学之间的特殊关系,而译介学的兴起又为二者的联系提供了学理性依据,有助于进一步拓展中国现代诗学的学科体系。

首先,译介学拓展了中国现代诗学的研究内容。文学翻译不是简单的语言转换和文化信息的复制传递,它具有文学创作的特质,译介学专门探讨了翻译文学的国别身份和在民族文学中的地位,在考证了大量文学翻译作品的基础上客观地认为:"既然翻译文学是文学作品的一种独立的存在形式,既然它不是外国文学,那么它就该是民族文学或国别文学的一部分,对我们来说,翻译文学就是中国文学的一个组成部分,这完全是顺理成章的事。"[①] 译介学的这种观点决定了译诗是

---

① 谢天振:《译介学》,上海:上海外语教育出版社,1999 年,第 239 页。

中国现代语言文化系统的构成要素,许多诗人视译诗为创作作品并将其收入作品集,出现了译诗与中国新诗"相互渗透,合而不分"的"景观"。① 比如新文学史上的第一部新诗集《尝试集》就收入了《老洛伯》《关不住了》《希望》等翻译作品,有力地证明了译诗既以"他者"的身份通过外部影响来促进新诗的发展,又以民族文学构成要素的身份直接参与现代新诗的建构。译介学确立了译诗的国别归宿,势必要求中国现代诗学对研究内容作出新的调整,亦即新诗范畴的扩大必然引起中国现代诗学研究内容的丰富。中国现代诗学研究的内容通常包括如下方面:一是"作家论"的研究,二是思潮、流派、社团的研究,三是文学史现象研究,四是文体研究和作品细读研究,五是文学史的史料钩沉、收集、整理研究,六是跨学科的研究和文化研究。② 目前,中国现代诗学并没有将翻译了很多优秀外国诗歌的译者如郑振铎、周作人等纳入诗人研究的行列,即使对胡适、郭沫若、徐志摩等公认"大师"的研究也很少涉及他们的诗歌翻译成就。既然现代译诗根据译介学的观点属于中国新诗的范畴,那译诗者、译诗流派和社团、译诗文本、译诗史、译诗史料和中外诗歌关系等就应该属于中国现代诗学必要的研究对象。

第二,译介学丰富了中国现代诗学的研究视角。既然译诗是中国现代新诗的构成部分,那翻译学引起的译诗研究视角的变化也可以认为是中国现代诗学研究视角的变化。译介学在摒弃传统翻译研究注重语言转换和信息传递的基础上,从文化研究的角度去审视翻译文学,将翻译文学的影响研究作为译本传播和接受的必要内容,从而发掘出比较文学和中国现代诗学研究中被长期忽视的内容。不少学者突破了

---

① 王建开:《五四以来我国英美文学译介史》(1919—1949),上海:上海外语教育出版社,2003年,第103页。

② 温儒敏:《中国现当代文学学科概要》,北京:北京大学出版社,2005年,第410—412页。

之前从单一的外国诗歌的角度去论述中国现代新诗受到的外来影响，开始尝试从译诗的角度去研究现代新诗的发生和发展。先前学术界将翻译看作"用一种等值的语言的文本材料去替换另一种语言的文本材料"①。忽略了翻译诗歌的文本选择、传播、接受和影响等内容，中国新诗自然也难以进入翻译文学研究的视野。在比较文学媒介学的基础上产生的译介学（medio-translatology）是对传统翻译研究的继承和扬弃，"是对那种专注于语言转换层面的传统翻译研究的颠覆"②。译介学"把翻译看作文学研究的一个对象，它把任何一个翻译行为的结果（也即译作）都作为一个既成事实加以接受（不在乎这个结果翻译质量的高低优劣），然后在此基础上展开它对文学交流、影响、接受、传播等问题的考察和分析"③。

译介学使我们不必再去计较诸如"诗的可译与否""好译本的标准"以及"作家译书的利弊"等问题，而是把所有的译诗都视为一个既定的客观文本，以这个客观的文本为依托展开文化的影响研究。译介学的这一主张为我们研究中国现代新诗与译诗在文化上的交流、文体上的影响和互动提供了思路。同时，译介学将"创造性叛逆"作为文学翻译中的重要现象，有助于我们理解译诗形式的"变形"和内容的"改写"或"删减"在中国新诗语境中的合理性，为我们探讨中国现代社会对诗歌的选择和诗歌消费提供了思路。在研究译诗对中国新诗起到的"巨大"甚至是"决定作用"时，中国新诗的发生和发展受到的外来影响、中国诗歌与外国诗歌的关系等原本属于比较文学研究的内容也可纳入中国现代诗学研究的范围。与其说译介学是从翻译这个崭新的角度对中国新诗的部分内容进行研究，毋宁说是中国现代诗学研究

---

① J. C. Catford. *A Linguistic Theory of Translation*. London: Oxford University Press, 1965, p.20.
② 曹顺庆：《比较文学论》，成都：四川教育出版社，2002年，第138—148页。
③ 谢天振：《译介学》，第11页。

获得了译介学视角。

最后,译介学帮助中国现代诗学确立了中外诗歌关系研究的重心。译介学重视比较文学影响研究中的媒介,加上该学科强调对翻译文学这个"既成事实"的传播、接受和影响进行研究,人们开始认识到翻译是中外文学发生关系的主要媒介,中国新诗接受的外来影响主要是通过翻译的中介作用实现的。对中国广大读者而言,他们所接触到的外国诗歌实际上是外国诗歌的中文译本,而且从审美观念和接受情况来看,外国诗歌只有通过译本才能在译入语国中延续自己的艺术生命。外国诗歌是在中国文化和审美观念的制约下通过译者的理解翻译进中国的,这决定了外国诗歌误译的必然性,没有包括诗歌在内的外国文学的"误译","现代文学本身是根本不可能生存的"[①]。译诗对中国新诗而言"在文学媒介、实现影响方面所起的作用是极其明显的"[②],没有外国诗歌的误译,就不会有外国诗歌的接受,没有外国诗歌的接受,就不会有外国诗歌的影响,因此,译诗是外国诗歌影响中国新诗的媒介。正是由于外国诗歌对中国新诗的影响主要是通过译诗实现的,研究中外诗歌关系的关键就在于研究翻译诗歌的传播和接受。译诗使外国诗歌在不懂外语的普通中国读者中得以广泛地传播和接受,进而对中国新诗的创作和阅读期待产生影响,即使是对那些懂外语的人来说,"借鉴译文仍然不失为一种学习的很方便的途径"[③]。难怪卞之琳先生说:"译作,比诸外国诗原文,对一国的诗创作,影响更大,中外皆然。"[④]

我们常说的对中国新诗产生重要影响的外国诗歌实际上指的是翻译诗歌,即便是那些懂外语并深谙外国文化的作家,外国诗歌都会经

[①] [美]哈罗德·布鲁姆:《影响的焦虑》,上海:上海三联书店,1989年,第31页。
[②] 廖鸿钧:《中西比较文学手册》,成都:四川人民出版社,1987年,第103页。
[③] 高玉:《现代汉语与中国现代文学》,北京:中国社会科学出版社,2003年,第185—186页。
[④] 卞之琳:《人与诗:忆旧新说》,北京:生活·读书·新知三联书店,1984年,第196页。

过内在思维和母语文化的翻译过滤才会对他们的创作产生影响。对于那些兼事诗歌翻译的诗人来说,翻译过程也会对他们的创作造成影响。比如20世纪20年代中期以后,新诗创作开始从自由诗向格律诗转变,朱自清先生认为"创作这种新的格律,得从参考并试验外国诗的格律下手。译作正是试验外国格律的一条大路,于是就努力的尽量的保存原作的格律甚至韵脚"①。翻译对于译者而言也是在创作,他们在翻译的过程中学会了外国诗歌的表现方法,应用和试验了自己的诗歌创作技巧,这也是为什么作家的译作会染上他创作特色的原因;另外,译者相对于译作的其他读者而言,他们是最早接触到外国诗歌形式技巧和最早领悟外国诗歌艺术精神的读者。正是从这个角度讲,中国现代诗歌是在翻译外国诗歌的过程中逐渐习得了外国诗歌的形式技巧并趋于成熟的。所以,译作主要影响那些不懂外文的人,译作过程主要影响那些既懂外文又兼事诗歌创作的人。这些说明了译诗及翻译活动是中外诗歌发生关系的直接纽带,理应成为中国现代诗学之中外诗歌关系研究的重点。

历史不容重新选择,我们今天再来假设中国现代诗歌的"传统"或"西化"路向已经无法改变它在译诗影响下的近一个世纪的发展轨迹,在文化全球化语境中探讨中国诗歌是否应该审慎地吸纳翻译诗歌的艺术经验才能更好地保持民族特色也于事无补,中国现代诗学学科的发展只能在客观的历史背景和既成事实中去展开。正因为如此,译诗成了中国现代诗学研究不可或缺的内容,译介学为中国现代诗学学科的完善提供了诸多有益的参考和启示,使现代诗学研究的内容变得更加丰富,研究视角变得更加新颖,中外诗歌关系研究变得更加具体。

---

① 朱自清:《朱自清全集》(第2卷),南京:江苏教育出版社,1988年,第373页。

第二节
西方美学观念的转换与中国现代诗学体系的建构

20世纪80年代以前的中国新诗研究由于创作实绩和学术积淀的局限而存在较大的不足,新诗的基本理论研究主要是诗人谈诗,在彰显感性化和经验性优势的同时也暴露出随意性和非体系化的弱点。思想解放潮流带来了诗歌观念的更新和诗歌创作氛围的浓厚,新诗理论建设也出现了新局面,一大批理论家站在中西诗学和美学的交汇点上,应用智性的分析思维去把握对象化的新诗,推动了新诗理论研究的进程。其中,吕进先生将西方美学思想与传统诗学精神统一到当代人的诗思根基和感性审美生成上,系统地阐释了新诗作为新的艺术品种在审美体验、艺术表达、艺术分类以及艺术风格等活动系统中所具有的独特品质,从而建构起了既非传统又非西方的全新诗学体系。

吕进[①]现代诗学体系主要包括了如下重要内容:在诗和现实的审美关系上,认为诗的内容本质在于它的审美视点;在诗歌媒介上,认为诗的形式本质在于它的语言方式;在抒情诗的生成上,认为诗的美学本质在于修辞方式的虚实相生;在诗歌分类标准上,提出了以审美视点

[①] 吕进,华文诗学界知名诗评家,西南大学二级教授,博士生导师。曾出版《中国新诗的创作与鉴赏》《中国现代诗学》《吕进文存》等诗学专著七十余部。

和语言方式划分诗歌种类的新说。其中最具创新性和学术影响力的是诗歌视点理论和诗歌媒介理论，本文拟就从这两个核心理论出发，先梳理呈现黑格尔关于诗歌的美学观念，然后归纳概括吕进与之相应的诗学理论，通过类同研究探讨黑格尔美学思想的转换对吕进中国现代诗学理论体系建构的影响。

一

在诗和现实的审美关系上，古今中外的诗学美学理论提出了很多合理的见解。从艺术的审美感知、审美表现到审美鉴赏，西方美学家很早就注意到了诗歌艺术的视点特征，尤其西方美学发展到黑格尔阶段开始发生明显的"转向"，理性开始代替感性而成为艺术的首要因素，表现"绝对精神"是艺术创作的主要目的。这些美学观念启示了吕进在把握诗歌文体特征的基础上重新去认识诗和现实的审美关系，突破了习见的抒情说，提出了诗的内容本质在于它的内视点特征。

从对艺术美的审美感知和审美鉴赏的角度来看，西方美学很早就注意到了诗歌等艺术作品的视点特征。普洛丁（Plotinus, 205—270）是新柏拉图学派的代表，他站在古代与中世纪美学思想的交界线上认为美不能离开心灵，要见到"与神契合为一体"的最高美不能靠肉眼而要靠心眼，要靠"收心内视"[①]。这使人们很容易看清普洛丁所认识到的美不在物质世界，而是分享了柏拉图"理性"的神光，但它却开启了人与现实通过心理反应所建立起来的美学关系。到了17世纪，英国经验主义美学家夏夫兹博里（Shaftesbury）从审美感受出发提出了"内在的感官""内在的眼睛"和"内在的节拍感"等概念，进一步拓展了

[①] 朱光潜：《西方美学史》，北京：人民文学出版社，1983年，第119页。

认识美的途径，在视听嗅味触五种外在的感官之外发掘出存在于心里面的"内在的感官"来作为审辨善恶美丑的路径。"内在的感官"不同于外在的感官，它与理性密切结合，是认识美的"高尚"途径："如果动物因为是动物，只具有感官（动物性的部分），就不能认识美和欣赏美，当然的结论就会是：人也不能用这种感官或动物性的部分去体会美或欣赏美；他欣赏美，要通过一种较高尚的途径，要借助于最高尚的东西，这就是他的心和他的理性。"① 夏夫兹博里在这里把人分为动物性的部分和理性的部分，通常的感官属于动物性的部分，"内在的感官"才属于人的心和理性的部分，感知美的能力只属于后者而不属于前者。继起的哈奇生进一步指认出内在感官对于认识美的重要性："有些事物立刻引起美的快感"，所以就应有"适宜于感觉到这种美的快感的感官"，即内在感官。外在感官只能接受简单的观念，只能感受到较微弱的快感；但是认识"美、整齐、和谐"的内在感官却可"接受复杂的观念，所伴随的快感远较强大"。②

从对美的本质把握和美所表现的内容来看，西方美学经历了感性到理性的转变。自从1750年德国启蒙运动精神领袖鲍姆嘉通创立美学这门学科以来，经过康德、许莱格尔、叔本华、尼采到柏格森和克罗齐，人们普遍认为"美只关感性"，美学就是研究感觉而与逻辑相对立的学问，美只涉及感性形象和感官的享受，意大利美学家克罗齐的"直觉说"就是这路思想的集中体现。西方美学发展到黑格尔阶段便发生明显的"转向"，理性开始代替感性而成为艺术中的首要因素，黑格尔本人曾这样说道："艺术作品却不仅是作为感性的对象，只诉之于感性领会的，它一方面是感性的，另一方面却基本上是诉之于心灵的，心灵

---

① 朱光潜：《西方美学史》，第213页。
② 同上书，第220页。

也受它感动，从它得到某种满足。"① 为什么黑格尔会认为艺术是"心灵的"呢？这与其"唯心"的哲学理念有很大联系，在他看来，"一切存在的东西只有在作为理念的一种存在时，才有真实性。因为只有理念才是真正实在的东西"②。整个真实的世界是绝对理念构成的，它是抽象的理念或逻辑概念与自然由对立而统一的结果。绝对理念就是"绝对精神"或"心灵"，是概念与存在、主观精神与客观精神的辩证统一。因为主观精神是主观方面的思想情感和理想，它潜伏于审美主体的内心，具有片面性和有限性特征。主观精神外化为处于对立面的伦理政治等客观精神，而客观精神是外在的、不自觉的，仍然具有片面性和有限性特征。只有主观精神与客观精神由对立而统一后才会产生绝对精神，绝对精神显现于艺术当中。根据黑格尔的判断，诗歌就应该是绝对精神的显现，这也是他为什么将诗歌视为最高艺术的根本原因，进而认为诗歌艺术的特征"在于它能使音乐和绘画已经开始使艺术从其中解放出来的感性因素隶属于心灵和它的观念"③。因此，黑格尔最后给美下了这样的定义："真，就它是真来说，也存在着。当真在它的这种外在存在中是直接呈现于意识，而且它的概念是直接和它的外在现象处于统一体时，理念就不仅是真的，而且是美的了。美因此可以下这样的定义：'美就是理念的感性显现。'"④

不管是从审美感知还是从审美表现的角度来讲，西方美学尤其是黑格尔美学对"心灵"和"绝对精神"的重视都有助于中国学者建立起有别于传统和西方的诗学观念。西方美学对包括诗歌在内的各艺术门类的阐发有助于中国学者在承续古代诗话精髓的基础上，换种角度去

---

① [德] 黑格尔：《美学》（第一卷），朱光潜译，北京：商务印书馆，1979年，第42页。
② 同上书，第141页。
③ 同上书，第112页。
④ 同上书，第138页。

认识诗歌的诸多本质。更为重要的是,中国现代新诗是新文化运动的产物,而新文化是在中国传统文化的主导地位遭到质疑以后,在"打倒孔家店"而"别求新声于异邦"的"进步"思潮的推动下产生的,这使中国新诗自诞生之日起就处于既非传统又非西方的全新文化语境中。因此,对中国新诗的基础理论研究势必应该在继承传统的基础上借鉴吸纳外国诗学和美学的合理成分,才可能真正建立起属于中国现代诗歌的理论范畴和体系。这些美学思想拓展了吕进的诗学视野和研究方法,他结合中国现代诗歌状况发现了中国新诗的视点特征,由此迈出了建构中国现代诗学体系的关键步伐。20世纪80年代以来,吕进先生在"转换"思维的指导下开始致力于中国现代诗学理论体系的建构。从普洛丁的"收心内视"到夏夫兹博里的"内在的感官",再到黑格尔的"绝对精神",吕进获得了大量诗歌的新视角,在诗和现实的审美关系上提出了诗的内容本质在于审美视点的独特性,突破了长期以来的"抒情"说,认为诗和其他抒情文体(尤其是抒情诗)是内视点文学。所谓内视点就是"心灵视点,精神视点"[①],内视点决定了诗歌作品在审美上对诗歌艺术的隶属度,从美学的角度规定了诗歌文体与叙事文体有如下差异:"外视点文学叙述世界,内视点文学体验世界";"外视点文学具有较强的历史反省功能,内视点文学以它对世界的情感反应来证明自己的优势";"外视点文学显示客观世界的丰富,内视点文学披露心灵世界的精微"[②]。这些差异显示出诗歌审美主体和外在现实的独特美学关系。从审美感知的角度讲,由于诗歌表现的内容是审美主体内心的情感,因此必须依靠"内在的感官"去"收心内视",才可能进入诗歌创设的审美境界;从审美表现的角度讲,由于诗歌表达的主要是审美主体的精神和情感世界,尽管不像黑格尔"绝对精神"说那么

[①] 吕进:《中国现代诗学》,重庆:重庆出版社,1991年,第20页。
[②] 同上书,第21页。

极端和主观，但诗歌（尤其是抒情诗）实际上却正是以表达主观情感见长。因此，吕进认为诗歌是"体验世界"的"情感反应"，"披露心灵世界的精微"，恰如黑格尔所说，包括诗歌在内的所有艺术门类"可以说是把每一个形象的看得见的外表上的每一点都化成眼睛或灵魂的住所，使它把心灵显现出来"①。

在确立了诗歌属于内视点文学的基础上，吕进接下来探讨了诗歌的视点特征，认为诗歌的审美视点有三种存在方式："第一种基本方式是以心观物，即现实的心灵化"；"第二种基本方式是化心为物，即心灵的现实化"；"第三种基本方式是以心观心，即心灵的心灵化……是原生态心灵向普视性心灵的升华"②。这几种方式揭示了诗人和现实的美学关系，而每种关系都离不开"心"，诗歌的创作过程其实就是诗人的心灵世界与观照对象（包括外在世界和个体心灵世界）之间的心理转换过程，因此诗人要审美地感受现实必然离不开感官之外的内在心灵，就如哈奇生所说，内在感官可以比外在感官认识到远为复杂得多的美。正是由于诗歌表现的是无限深广的主体内心的情感世界，"它的内蕴必定超出它所包含的那些个别物体的表象"③，因此，吕进将诗歌的视点特征概括为"主观性"和"意象性"，这两个特征与诗歌具有的独特的"超出机制"相关：其一是诗人对审美客体的超出，由此获得诗歌的意象性；其二是诗人对审美主体即诗人自己的超出，由此获得诗歌的主观性。主观性带给诗歌梦幻性和非逻辑性，意象性则构成诗歌具象与抽象的融合。主观的"意"与客观的"象"的结合是诗歌独特的艺术建构方式，主体的心灵世界在建构过程中获得了诗性的艺术表现。

当然，中国传统的诗学精神中也有类似观念的萌动，比如"诗言志

---

① [德]黑格尔：《美学》（第一卷），第193页。

② 吕进：《中国现代诗学》，第27—30页。

③ 同上书，第34页。

说"和"性情说"就是对诗歌内视点文学的感悟性发现,这与西方深刻而富于逻辑性论证的美学思想形成强烈反差。吕进先生关于诗歌视点特征的发现以及相关论述正是在中国诗学思想和西方美学观念的共同启示下完成的,顺应了中国新诗自身的美学品格。尽管吕进先生"对西方诗学的精蕴不无借鉴",但其中国现代诗学体系不似西方诗学那样用公式和概念去抽象鲜活的诗歌现象,同时也拒绝对西方诗学美学术语的图解把玩,其领悟性和生动性特征折射出强烈的民族诗学色彩。

二

在所有的艺术门类中,黑格尔尤其偏爱诗歌,《美学》第三卷下册花费了大量篇幅来探讨诗歌这种浪漫型艺术的媒介特征。从"绝对精神"出发,他认为诗歌的媒介是心灵性极强的"观念和观感",而不像造型艺术和音乐艺术那样使用客观有形的物质媒介。这种看法直接秉承了黑格尔自身"美是理性的感性显现"的核心思想,在启示中国现代诗学"内视点"理论的同时,也让吕进开始思考诗歌传达精神情感的媒介特征,并由此突破了习见的"精炼"说,提出了诗的形式本质在于它独特的语言方式。

黑格尔对各艺术门类使用的媒介进行了分析比较,并从客观唯心主义辩证法的立场出发,运用发展的观点认为艺术的历史进程是精神因素逐渐上升而感性因素逐渐降低的过程,从雕刻到绘画到音乐到诗歌,精神逐渐摆脱了"具有重量占空间的物质"而获得了表现的自由。在谈绘画、音乐和诗歌这三种浪漫型艺术的时候,黑格尔说:"诗的原则一般是精神生活的原则,它不像建筑那样用单纯的有重量的物质,以象征的方式去表现精神生活,即造成内在精神的环境或屏障;也不像雕刻那样把精神的自然形象作为占空间的外在事物刻画到实在的物质上去；而是把精神（连同精神凭想象和艺术的构思）直接表现给精神自己看，无需把精神内容表现为可以眼见的有形体的东西。"① 在造型艺术（建筑、雕塑和绘画）和音乐那里，外在客观的感性材料对审美主体的情思表达起着重要的媒介作用，它们使艺术家的情感在一定的物质材料中感性地得到了显现，但完全依靠石头、青铜、颜色线条或者声音才可能获得具体存在或表达的审美感知必然被局限在这些媒介设定的框架范围内，带来艺术表达的局限性。既然客观的外在物质媒介限制了艺术美的表达，那诗作为最高的艺术就应该冲决物质媒介的束缚，"用一种尽量不涉及感性方面的方式去掌握绝对"②。

  黑格尔既然否定了诗歌媒介的客观物质性，那他就得把精神内容从可感的物质媒介中抽取回来，在他自圆其说的美学体系中为该艺术门类找到富于心灵性和精神性的特殊媒介。在很多人看来，离开了客观的外在物质媒介去谈艺术美的表达是不可思议的，黑格尔为诗歌找到的特殊媒介究竟是什么呢？黑格尔以肯定的口吻回答说："那就是内心中的观念和观感本身。这些精神性的媒介代替了感性的媒介，成了诗的表现所用的材料，其作用就像大理石，青铜，颜色和声调在其他艺术里一样。"③ 观念和观感在我们看来仅仅是艺术表现的对象，怎么会成为艺术表现的媒介呢？依据黑格尔的辩证逻辑，精神可以外化为外在事物，这种外化的过程其实是精神由抽象转化为具体的过程，否定了精神的抽象性。但由于外在事物结合了精神，从而使具体的物质披上了抽象的光彩，否定了事物纯然的客观性。正是这种否定之否定让精神最终返回到自身，呈现在鉴赏者面前的作品就成了精神与物质的统一体。因此，黑格尔说："观念，观感和情感等等是诗用来掌握和表达

---

① [德]黑格尔：《美学》（第三卷），第5页。
② 同上书，第15页。
③ 同上书，第9页。

任何内容的特有形式——既然传达所用的感性媒介（声音）只起辅助作用,这些形式就提供要由诗人加以艺术处理的独特的材料（媒介）。"①这样直接导致的后果是,那些曾经在造型艺术和音乐中被视为表现内容的观念和观感,在诗歌艺术中必然会成为相对于心灵来说是客观的对象性的媒介,亦即心灵性的媒介代替了此前各艺术门类使用的外在现实中的实物媒介,而这种特殊的媒介只有在审美意识中作为心灵想象出来的纯精神性的东西,才会找到其存在的可能性和客观性。

既然诗歌的媒介是心灵性的观念和观感,那我们写诗时采用的语言或朗诵诗时采用的声音又是什么呢？或者说诗歌艺术为什么最后还是回到了造型艺术和音乐的老路上,采用文字这种客观的物质媒介来表现审美感知呢？黑格尔明确宣布"把语言因素只当作工具,既用来传达,又用来直接显现于外在事物"②。这说明了诗是语言的艺术,语言的声音是凭借感官感受到的,声音在诗歌里只是标明意义的符号,不像在音乐艺术里是传达审美和情感的唯一媒介,它只是作为诗歌传达媒介中的次要因素而存在的。在黑格尔看来,诗歌的主要媒介是语言文字或者声音所蕴含的文化意义和观念观感,观念和观感既是诗的内容又是诗的媒介,所以诗是用精神性的媒介传达精神性的内容,它所受的外在客观物质媒介的影响和制约降到了最低,同时其表达的自由性却上升到了最高。尽管诗歌的媒介是语言文字蕴含的观念和观感,但诗歌如果不只是停留在内心的诗的观念的话,它还得通过想象把自造的意象通过语言表现出来。诗歌首先"必须使内在的（心里的）形象适应语言的表达能力,使二者完全契合；其次诗用语言,不能像日常意识那样运用语言,必须对语言进行诗的处理,无论在词的选择和安

---

① [德]黑格尔:《美学》（第三卷）,第9页。
② 同上书,第10页。

排上还是在文字的音调上,都要有别于散文的表达方式"①。所以,诗歌采用"用作观念符号的文字和文字的音乐,作为表现观念的手段",这使我们从表面上看诗歌使用的是语言媒介,但实际上此时的语言媒介只是一种单纯的符号,既不是精神观念的象征,又不是表现精神观念的形象,也不是表现精神观念的音调。

　　黑格尔对诗歌媒介的探讨和对诗歌语言符号的认识诱发了吕进先生从美学的角度去打量中国现代新诗"语言的正体",对诗歌艺术媒介特征的发现以及对诗歌语言的独特阐发是吕进对整个中国现代诗学体系的重要贡献。在此之前,很多学者趋向于认为诗和其他非诗文体使用的是同一种语言,即普通语言就是诗歌的媒介。古有元好问在《遗山先生文集》中写道:"诗与文,特言语之别称耳,有所记叙之谓文,吟咏性情之为诗,其于言语则一也。"第一个出版新诗集的胡适认为"诗之文字原不异文之文字"②,叶维廉先生也认为"自五四运动以来,白话便取代了文言,成为创作上最普遍的表达的媒介"③。也有人认为诗歌与其他文学样式使用的是同一种语言,但二者存在着层次上的差异,诗歌语言是对日常语言和散文语言规范的超出和"陌生化"④。吕进先生在充分考虑诗歌艺术"内视"特征的基础上,融合中西方文论和黑格尔美学思想的相关论述,首次在中国诗学理论中提出"诗需要一种特殊的媒介。和其他文学样式和艺术门类相较,诗是没有现成媒介的艺术"⑤。诗歌没有现成的艺术媒介,那中国诗歌怎样表现中国人对现实生活和思想感情的观照呢?吕先生认为"诗只好向一般语言借用

---

① [德]黑格尔:《美学》(第三卷),第17页。
② 胡适:《尝试集·自序》,北京:人民文学出版社,2000年,第136页。
③ 叶维廉:《中国诗学》,北京:人民文学出版社,2006年,第329页。
④ [俄]什克罗夫斯基:《作为手法的艺术》,朱立元、李钧主编:《二十世纪西方文论选》(上卷),北京:高等教育出版社,2002年,第184页。
⑤ 吕进:《中国现代诗学》,第68页。

艺术媒介",此"借用"不是机械模仿或搬用,而"是个符号转换的质变过程","在'借用'过程中,一般语言的语言方式发生了变化。同样的语言,一经纳入诗的方式,审美功能就发生了变化"。①和黑格尔一样,吕进先生在否定语言是诗歌媒介的同时,也认识到了语言之于诗歌表达的重要性,并提出了诗的艺术媒介"是它的独特的语言方式","一般语言在诗中成为内视语言,灵感语言,实现了(在散文看来)非语言化、陌生化和风格化",语言在诗歌中已经"转换为表现性符号"②。

在确定了诗歌媒介的基础上,如何认识这种特殊的艺术媒介就成了吕进建构现代诗学体系过程中必须解决的重要内容。吕进的"诗歌媒介说"具有开拓性的学术贡献,该理论既来源于中国新诗(也包括中国传统诗歌和部分外国诗歌)的创作实践,也与他对中外诗学和美学思想的"转换"分不开。在吕进先生看来,诗歌的媒介具有音乐性、弹性和随意性三大特征。诗歌媒介的音乐性是由诗的内视点特征决定的,"内视点是心灵解除了它的物质重负的视点,是富有音乐精神的视点;与此相应,音乐性也成为诗的首要的媒介特征",成为"诗歌语言与非诗语言的主要分界"。③吕进在关于诗歌媒介的音乐性特征的论述中尤为闪光的观点是诗歌的"内在音乐性",它是"诗情呈现出的音乐状态"。④中国古代诗歌注重诗的外在音乐性,"内在律的发现主要是基于现代诗人对自我内心情绪变化的关注,也与心理学知识有关"⑤。以郭沫若为例,1920年他在给朋友李石岑的信中说:"诗之精神在其内在的韵律……内在的韵律便是'情绪的自然消涨'。这是我自己在心理

---

① 吕进:《中国现代诗学》,第68页。
② 同上书,第71页。
③ 同上书,第81页。
④ 同上书,第86页。
⑤ 吕家乡:《字思维·旧诗·新诗》,《诗探索》1999年第1期。

学上求得的一种解释。"戴望舒在 20 世纪 30 年代初提倡"诗的韵律不在字的抑扬顿挫而在情绪的抑扬顿挫上"。这说明传统诗歌理论中关于诗歌音乐性的论述已经不能够涵盖整个新诗的音乐性现象了,中国现代诗学必须从诗歌内视点文学特征出发,才能全面认识诗歌语言的音乐性特征。从这个意义上讲,吕进先生关于诗歌"内在音乐性"的系统论述是对新诗音乐性理论的丰富和完善。吕进诗学体系中关于诗歌媒介弹性特征的观点是对中西方诗学相关论述的归纳和创新,是基于现代汉语的形象性、包蕴性和诗歌语言对语法规范的超出性等汉语特质,其中仍然可以见出黑格尔的影响。《美学》三卷下册在谈诗歌的"掌握方式"时有这样的论述:"适合于诗的对象是精神的无限领域。它所用的语言这种弹性最大的材料(媒介)也是直接属于精神的,是最有能力掌握精神的旨趣和活动,并且显现出它们在内心中那种生动鲜明模样的。"① 吕进在此基础上认为诗歌的弹性主要体现在语言媒介上,是指诗歌语言的多义性和模糊性。首先,"诗的弹性是一种创作现象"②,诗人的审美体验和诗行之间的错位现象所带来的"言不尽意",使诗歌摆脱了文体局限并产生了"弹性";其次,"诗的弹性也是一种鉴赏现象"③,鉴赏者对诗美的发现、创造和"超出"也赋予了诗歌较强的"弹性"。在黑格尔美学体系中,诗歌一直在克服散文意识和散文表现方式的道路上曲折前进,在探讨诗歌掌握方式和散文掌握方式的区别中,他谈到了诗歌语言比日常的散文语言更加"自由"④,这自由即是一种随意性。吕进先生认为随意性也是诗歌媒介的重要特征,它是"对散文的语言秩序的主动性摆脱"⑤。对中国新诗(也包括古诗)来说,诗

---

① [德]黑格尔:《美学》(第三卷),第 19 页。
② 吕进:《中国现代诗学》,第 98 页。
③ 同上书,第 99 页。
④ [德]黑格尔:《美学》(第三卷),第 19—28 页。
⑤ 吕进:《中国现代诗学》,第 100 页。

歌媒介的随意性特征"尤其大量表现在虚实结合上。由实生虚,由虚生实,相互交错,相互照应"①。

吕进通过对黑格尔美学思想和古今中外诗学主张的转换承传,通过对丰富的诗歌现象的研究,从而将诗歌表现技巧、诗歌语言和诗歌的艺术性等复杂的诗学问题集中到对诗歌艺术媒介的探讨上,完善了中国现代新诗研究的内容,丰富了中国现代诗学的研究视角。同时,吕进通过中国现代新诗这条纽带接通了中外诗学美学,显示出建构中国现代诗学体系的开阔视野。

三

吕进先生除了在诗歌的视点特征和媒介特征两个方面丰富完善了中国现代诗学理论体系外,在诗歌分类学理论和诗歌本质的界定等方面也有创见。这些理论一方面来自于吕进对中国现代诗歌生态的宏观把握,另一方面也与他对黑格尔美学思想的借鉴转换密切相关。

在充分论述了诗歌审美的内视点特征和语言媒介的心灵性特征的基础上,吕进先生建立起了中国现代新诗的分类标准。中国诗歌的分类理论有较长的历史,刘勰在《文心雕龙·体性》中提出的"因情立体"奠定了中国诗歌分类学的基础,但传统的诗歌分类学在总体上存在着模糊性和笼统性的缺陷,难以真正地廓清各类诗歌的文体特征。在西方美学史上,黑格尔曾专门探讨过诗歌的分类,他认为:"作为艺术的整体,诗不再由于材料(媒介)的片面性而只限于某一种创作方式,它一般可以把各种艺术的各种创作方式用作它自己的方式。因此,

---

① 吕进:《中国现代诗学》,第102页。

诗的品种和分类标准就只能依据一般艺术表现的普遍原则。"① 而他所谓的普遍原则"涉及诗作品的观照方式和组织方式以及诗创作主体的活动"②，观照方式涉及诗歌与现实的审美关系和视点特征，组织方式涉及诗歌的媒介特征和语言方式，创作主体的活动涉及审美主体与艺术作品之间的美学关系。据此，黑格尔把诗歌分为史诗、抒情式和戏剧体诗。史诗的观照方式和组织方式是用客观实在的形式去叙述客观世界的人物和历史事件，创作主体的活动是诗人或诵诗者应该保持史诗的客观性而排斥自己主观情感的渗入；抒情诗是史诗的对立面，其内容是审美主体的思想情感，读者或者诵诗者应该把诗中的情感当成自身经历加以领会；戏剧体诗是史诗和抒情诗的统一，兼顾了客观性和主体性。

由于中国传统的诗歌分类学具有模糊性和笼统性的弱点，吕进先生根据中国新诗的创作实际，在自身诗学体系之视点理论和媒介理论的基础上，结合黑格尔"观照方式和组织方式"的原则，提出了"中国新诗可以依据审美视点和语言方式作为分类标准"③的中国新诗分类理论。具体而论，根据审美视点，吕进先生将诗歌分为内视点诗歌和双重视点诗歌，前者包括小诗、山水诗、咏物诗和爱情诗，后者包括叙事诗、剧诗、寓言诗、讽刺诗和散文诗。双重视点的诗歌概念"不但揭示了这几种诗歌样式的独特特征，而且对以内视点为特征的诗歌的一些例外情形进行了概括，是对诗歌分类的重要贡献"④。根据语言方式，吕进先生将诗歌分为漂泊诗与固定诗、自由诗与格律诗、素体诗与有韵诗、无标点诗与有标点诗、默读诗与朗诵诗、打油诗与艺术诗、游戏诗

---

① [德] 黑格尔：《美学》（第三卷），第 98 页。
② 同上书，第 96 页。
③ 吕进：《中国现代诗学》，第 277 页。
④ 蒋登科：《吕进与中国现代诗学的体系建构》，《西南师范大学学报》（社科版）2000 年 5 期。

与严肃诗,从文体对应的角度对诗歌进行分类,有助于从比较的角度对各类诗歌进行有效研究。吕进先生在分类的基础上对部分诗体进行了单独研究,其中国现代诗学体系是对包括抒情诗在内的多种诗体的打量,诗学研究对象的丰富性必然带来诗学研究视野的开阔性和学理性,吕进先生的中国现代诗歌分类学是对整个中国新诗创作现象的整体把握,这使他的研究具备了更多的学术性与合艺术规律性。

对于诗歌本质的界定,吕进在他的第一部新诗理论著作《新诗的创作与鉴赏》中进行了详细的论述。18世纪德国文艺理论家莱辛写了《拉奥孔》一书,他用丰富的材料和严密的论述否认了前人的"诗画同质"说。英国经验主义美学家博克(Edmund Burke)认为诗歌产生的效果和造型艺术不同,造型艺术唤起事物的形象,而"诗在事实上很少靠唤起感性意象的能力去产生它的效果。我深信如果一切描绘都必然要唤起意象,诗就会失掉它的很大一部分的力量"[①]。黑格尔在其《美学》第三卷下册中详尽地论述了诗与画的区别,他认为:"艺术发展的历史过程是精神因素逐渐上升而感情因素逐渐降低的过程,亦即精神逐渐从物质的局限中解放出来的过程",指认出了诗歌与绘画的区别。朱光潜先生在《诗与画——评莱辛的诗画异质说》中从三个方面谈论了诗与画的不同:一是从表现(描绘)的内容上看;二是从使用的媒介上看;三是从内容的特点上看。钱钟书在《读〈拉奥孔〉》一文中详解了诗歌和绘画的不同,在《中国诗与中国画》中,他认为中国人所说的诗画一律的实质是:中国旧诗与中国旧画同属"南宗"。关于诗歌和音乐的关系,西方最早认为诗与音乐"同类"的是亚里士多德,在否定了他的老师柏拉图有关诗与现实的言论之后,认为"诗比历史更接近真实",并认为诗歌与音乐同类,都以节奏、语言与和谐为媒介,都具有"表现"功能。黑格尔也对诗歌和音乐的差异作了深入的分析,从精神

---

① 朱光潜:《西方美学史》,第246页。

的隶属度出发区分了这两种艺术使用的不同媒介，并分析了诗歌的音韵特征。吕进先生认为诗歌的特点是多维的，音乐性只是诗歌形式艺术中的一个方面，它不能代表诗歌的整体性特征。我们可以说诗歌之音乐性特征的一面等同于音乐，黑格尔的观点可以深化我们这方面的认识，音调方式和乐调方式不能与凭想象所创造出来的形象相比，因为这些形象不仅是有意识的东西，而且用外在现象来引起人们内在的观照，心灵用文字比用音调和乐调更易表达，诗歌也就比音乐更容易表达人们的情思。总之，音乐是单纯的声音艺术，表现抽象；诗歌则是"音乐美""建筑美""绘画美"（闻一多）的结合，且把抽象表现为具体。吕进先生博采众长，进一步厘清了诗和画、诗和音乐的差异，[①] 这为他后来从事更为复杂抽象的诗歌基础理论研究奠定了坚实的基础。

新的诗学理论体系的产生和发展变化，除了与创作实践相关外，很大程度上受制于哲学和美学思想的产生和发展变化。吕进现代诗学体系同样受到了古今中外美学思想尤其是黑格尔美学思想的启示，但其主要元素并非肤浅的经验总结或纯理性的抽象思考，吕进先生一贯主张"坚定地继承本民族的优秀诗歌传统，但主张传统的现代转换；大胆地借鉴西方的艺术经验，但主张西方艺术经验的本土化转换"[②]。正是西方美学思想的"本土化转换"和中国传统文化诗学思想的"现代转换"赋予了吕进诗学理论体系深厚的学理性与合艺术规律性。从某种程度上说，正是西方美学观念的转换及其与当下中国新诗创作实践的结合成就了吕进中国现代诗学体系的生命力和学术影响力。更为重要的是，这种"转换"思想在方法论意义上对整个中国现代诗学理论的发展起到了很好的启示作用。

---

① 吕进：《新诗的创作与鉴赏》，重庆：重庆出版社，1982年，第3—34页。
② 吕进：《中国新诗研究：历史与现状》，《理论与创作》1995年4期。

第三节
上园派诗学观念的合理性及其历史意义

　　诗学是对诗歌现实的理性关怀和抽象。中国现代诗学是中国新文化运动的产物，而新文化是在中国传统文化的主导地位遭到质疑以后，在"打倒孔家店"而"别求新声于异邦"的"进步"思潮的推动下产生的，这使中国现代诗学自诞生之日起便面临着一种既非传统又非西方的全新文化语境，其自身的建构也就显得相对艰难，这也是20世纪上半叶的新诗研究显得比较贫乏的重要原因。到了20世纪下半叶，由于主流意识对文学制约的减弱，由于诗歌观念的更新和诗歌创作氛围的空前浓厚，新诗的理论建设也出现了新的局面。在繁复的诗歌历史、诗歌流派、诗歌创作、诗歌鉴赏以及诗歌文体等的研究中，以吕进为代表的诗歌理论群体（即通称的"上园派"）摒弃了"为新诗的现代化呼吁"和"死守固有观念"的两种偏激的诗学建构模式，他们采取务实和兼容的态度，以对新诗的宽容和变革为出发点，在多元并存与互不认同的语境中逐渐形成了一套有学术性和生命力的诗学体系，尤其是上园派关于诗学建构的学术思想在中国现代诗学史上具有突破性意义和建设性价值，为中国现代诗学的重建提供了思路和方向，在今后相当长的一段时间里，其学术观念对中国现代诗学的发展都具有实在的指导意义。

一

上园派缘起于上世纪80年代。由于"文革"后文化环境和学术氛围相对宽松,文学理论(含诗歌理论)的批评职能从"工具论"转向了文学自身,加上文学传播媒介的发展,诗歌理论与批评经历了漫长的休眠状态后终于在新时期的春天里呈现出无限生机与活力。

中国新文学是生长在中国的文化土壤里却又与中国传统文化"异质"的一种文化形态,这就造成了中国新文学及其理论"先天性贫血",加之20世纪20—40年代中国连年的战乱,使得20世纪上半叶中国新诗理论研究的成果十分匮乏。中国新诗理论研究走向专门化、多元化和繁荣期则是在20世纪80年代以后,各种"主义""派""代"和后新思潮走马灯似地在中国的诗坛上循环上演。而真正能够标志诗歌理论的繁盛景观的是"素质较高""治学严肃而严谨"①的三大理论群体——传统派、崛起派和上园派的出现。尽管他们都是对中国新诗的探索,都主张在有学识的基础上认真对待诗歌,但他们的理论却各具特色,也各有优劣。总体而言,上园派由于具备了传统派和崛起派的长处,扬弃了它们的不足,因此显出较强的生命力。

传统派以对民族文化传统的纵的继承为其诗学建构的鲜明特征。朱自清认为《尚书·尧典》中所说的"诗言志"说是中国诗学乃至整个文学理论的"开山纲领"②。"志"在不同的时代被赋予了不同的内容,尤其是儒家功利性较强的文艺观被"独尊"以后,"文以载道"的思想几千年来在中国便占据着统治地位。毛泽东从无产阶级的立场出发,曾书写"诗言志"三字赠给文艺工作者,给这一理论注入了新的内容。1943年10月19日正式发表在《解放日报》上的毛泽东《在延安文艺

---

① 吕进:《中国新诗研究:历史与现状》。
② 朱自清:《诗言志辨·序》,《朱自清说诗》,上海:上海古籍出版社,1998年,第4页。

座谈会上的讲话》在建国后相当长一段时期内被视为文艺的纲领,它使文学理论脱离了自律性运动轨迹而滑向政治一端,这段时期的主流诗学也通常被称为"政治论诗学"或"我国社会主义时代的现实主义诗派"。① 由于特殊的国情,这一派的诗学观念在建国后至上世纪80年代一直处于一元独尊的地位。新时期以来,由于各理论群落的相继出现和该派坚持的诗学路向的特点,人们才将其称之为传统派。自觉承继传统的诗学观念使传统派在一定程度上具备了合理的因素。首先,它是对民族文化虚无主义的反驳,是对中国几千年诗歌传统的弘扬。诗歌发展的根本还在于立足本国文化,片面偏激地将传统文化"打倒"而"西学东渐"的做法终究不能拯救新诗,也不可能让中国新诗走向世界而获得其他文化的认同,毕竟越是民族的才会越是世界的。其次,它是对中国新诗源点的一次回溯,能对中国新诗的产生给以"正本清源"的言说。在新文学产生的资源问题上,学术界一直争论不休,有的认为源于西学,有的认为源于中国自身的传统文化。事实上,任何新事物的产生都是内外两种因素共同作用的结果,新诗的产生也不例外。新诗的产生主要地源于中国文学内部的发展演变,西方文学作为外因只是对其产生起到了"催化"的作用。因此,传统派的主张有助于将新诗从与传统渐行渐远的迷途中拉回,在吸收中国文化传统营养的基础上健康发展。

崛起派以对西方现代文化的横的移植为其诗学建构的鲜明特征。20世纪80年代初期,一种新的诗歌创作方式在诗坛悄然兴起,这种后来被称为"朦胧"的创作,以对主体意识和个体心灵完美的追求拓宽了新诗的表现领域,以对意象性和暗示性的追求丰富了新诗的表现技巧和表现手法,同时,强化了新诗的思辨精神。这类具有"现代性"色彩的诗曾使"归来"诗人群的作品在艺术上显得老套而贫瘠,因此,有人对其加以排斥。在对"朦胧诗"的论争中,谢冕、孙绍振和徐敬亚分

---

① 丁力:《诗歌创作与鉴赏》,西安:陕西人民出版社,1983年,第316页。

别写了《在新的崛起面前》(《光明日报》,1980年5月7日)、《新的美学原则在崛起》(《诗刊》,1981年第3期)和《崛起的诗群》(《当代文艺思潮》,1983年第1期),由于这三篇文章的题名都有"崛起"二字,因此,人们将该诗歌理论群体称为"崛起派"。对西方文化的移植也使崛起派在某种意义上具备了合理的因素。首先,它具有很强的变革精神和强烈的现代化意识。新诗的发展创新唯有在不断地打破传统的或固有的运思方式和语言组合方式的情况下才可能发生。一味地因循传统和既定的思维范式,创新便难以付诸实践。西方文化由于与中国传统文化有较大的差异,将其作为写作资源引入中国新诗,能够为诗坛带来清新和陌生化的审美效果,这其实也是艺术创新的有效途径。其次,它具有很强的精神性。这一派的诗歌理论家们常常从哲学的高度来观照诗歌,这使他们的诗歌主张带有很强的思辨性和鼓动性,也使该派的诗歌观念总是走在同时代其他诗学观念的前面,不断地活跃并丰富着新诗研究。

从以上简单的分析中可以看出,传统派专注于对中国诗歌传统的继承,崛起派则专注于对西方现代性文化的移植,二者各专执于一端而使其理论特色显得泾渭分明,但同时又显露出各自的不足。就传统派而言,过于依赖传统而不借鉴别国的优秀文化便会陷入"狭隘的民族意识"和封闭型的诗学建构中而止步不前。同时,诗学的建构和发展是一个流动的过程,传统不是静止的,过去是现在的传统,现在是将来的传统。继承传统与创新变革并非二律悖反的关系,相反地,我们只有在继承传统的基础上借鉴西方的文化精华,不断地丰富和革新既有传统,才能为以后诗学的发展积淀优秀的民族传统。因此,传统派在对待"西方"和中国诗歌传统的态度上都显现出较大的思维局限。再就崛起派来说,一味地移植西方现代性文化而不继承中国的优秀文化传统就会陷入民族虚无主义且导致自身诗学理论的根基不稳。由于崛起派追求的现代主义文学的"基本精神内核是反叛性,既反叛业已确立的理性秩序、价值观念、文化传统,也反判自古典主义、浪漫主义、现实主义以来的美学精神、文学观念、表现方法和艺术形式"①,因此,该派的诗歌理论在活跃中国新诗研究气氛和拓宽新诗研究思维的同时,"反叛性"又使其对中国现代诗学的正面建构逊色于它对既有诗学的摧毁和消解。

在对待中国诗歌传统和西方现代性文化的立场上,传统派和崛起派是两种极端的观点。在这两种诗学观点的交叉点上形成的上园派相对而言更加理性而稳健,其诗学建构观念得到了诗歌创作界和理论界的广泛呼应和认同。上园派的名称来源于北京上园饭店,1984年和1985年一批知名的诗评家在上园饭店两次聚会,并于1987年出版了《上园谈诗》一书来宣传他们的诗学主张。1986年在广州《华夏诗报》的一次笔谈中,诗报编者在为笔谈所写的《编者按》中第一次用了"上园派"的名称。毛翰先生在《话说"中锋"》一文中使用了"中锋派"的名称②,但该称谓主要是针对具有上园派风格的诗歌创作群体而非诗歌理论群体而言的。在阐述上园派的理论核心和诗学精神时,吕进认为上园派"坚定地继承本民族的优秀诗歌传统,但主张传统的现代转换;大胆地借鉴西方的艺术经验,但主张西方艺术经验的本土化转换"③。正是由于上园派的诗学建构的理论内核是主张两种"转换",所以"上园派可以叫转换派"④。

该派舍弃了传统派"狭隘的民族意识"、封闭型的诗学构架以及静止的传统观,舍弃了崛起派的偏激性、反叛性和诗学根基的不稳定性,从而"主张新诗既要民族化,也要现代化,既要立足于传统,但又不能

---

① 王庆生主编:《中国当代文学》(下卷),武汉:华中师范大学出版社,1999年,第29页。
② 毛翰:《话说"中锋"》,《诗探索》1996年4期。
③ 吕进:《中国新诗研究:历史与现状》。
④ 吕进:《二十世纪下半叶的中国新诗研究》,《文学评论》2002年5期。

株守传统，抱残守缺，而要横向借鉴于西方"①。也正是这种"转换"和中西兼备的特点，使上园派的理论主张"具有开阔而厚实的诗学基础，也使其诗学主张具有广泛的适应性"②，在21世纪中国现代诗学探索和重建的道路上显示出较强的生命力和合理性。

二

上园派是一个富有现实性品格和时代使命感的诗歌理论群体，这是它能够在中国现代诗学的版图上愈走愈远的原因，也是它的理论之树常青的关键。

由于中国新文学较多地吸纳了西学的因子，这使它不同于传统的中国文学，又由于中国新文学是生长在中国传统文化土壤中的文学形态，这使它又不同于西方文学，这两种原因共同决定了中国特殊的文学现实。因此，中国现代诗学的建设既不能一味地仿古，也不能一味地"西学东渐"。从文学现实这个角度讲，传统派只看到了中国新文学发生过程中纵向的传承而忽略了横向的借鉴；崛起派正好相反，他们看到了中国新文学发生过程中横向的移植而忽略了纵向的传承，这两个理论群体都只看到了中国文学现实特点的一面，其诗歌理论也就无可避免地会走向偏颇。诗学是对诗歌现实的理性关怀和抽象，只有从诗歌创作和发展的现实情况出发，诗歌研究和理论建设才会科学合理。上园派正是从中国新诗发生发展的实际形势出发，提出了富有创新性、包容性和现实的合理性的"转换"理论——"坚定地继承本民族的优秀诗歌传统，但主张传统的现代转换；大胆地借鉴西方的艺术经验，但

---

① 古远清：《中国大陆40年诗歌理论批评景观》，《诗探索》1995年4期。
② 蒋登科：《对吕进诗学体系的简单理解》，吕进：《对话与重建》，重庆：西南师范大学出版社，2002年，第394页。

主张西方艺术经验的本土化转换"。上园派的这一诗学建构观念具有创新性,它是在中国传统和西方的双重语境的交叉点上提出来的,既不同于传统派,也有别于崛起派;说它具有包容性,因为它综合了各种诗学建构理论和思路的长处并摒弃了它们的不足,是对诗学建设的多元化路向的肯定和促进;说它具有现实的合理性,是因为它是从中国新诗的现实语境出发提出来的一种符合中国新诗现实状态的诗学建构观念。

除了从文学现实外,上园派还注重从社会和时代现实出发来丰富发展自己的诗歌理论。关于诗与现实的关系问题,上园派的主要理论家如吕进、袁忠岳和叶橹等人都在自己的理论文章中进行过较多的探讨。作为中国几千年来的文化传统,现实主义美学精神一直是中国各类文学创作的至尊财富,即使到了"解构"和"远离原生态生活"的时期,诗人们的创作没有也不可能抛弃这一美学精神:"关注现实,力求自己的价值取向与时代的发展趋向相一致,是中国新诗所有风格流派的优秀诗歌的共同的人文品格。"① 在上园派的理论中,"现实"是一个意义流动且变化着的具有较宽的内涵和外延的词,社会政治事件是一种现实,个人的情感经历亦是一种现实。因此,诗对现实的观照其实也是诗对社会现实的观照和个人情感观照的统一,是"使命意识和生命意识的和谐"。从上园派认为诗歌应观照现实这一理论来看,传统派专注于对"我国社会主义时代"的观照和崛起派专注于对个体生命体验的观照都显得很片面。如果"只有使命意识而没有生命意识,诗就会从体验世界蜕化为叙述世界",同理,如果"只有生命意识而没有使命意识,诗魂就会瘦弱,诗貌就会猥琐"②。所以,传统派的理论远离了诗的体验本质,而崛起派的理论又与丰厚的诗歌精神保持着距离。一

---

① 吕进:《〈新诗三百首〉前记》,吕进主编:《新诗三百首》,石家庄:河北人民出版社,1996年。
② 吕进:《诗,生命意识与使命意识的和谐》,《对话与重建》,第 176—177 页。

直以来，人们对诗应当抒社会之情还是个人之情持有不同的意见，其实二者在本质上是统一的，尤其是在优秀的诗歌作品中结合得更为完备。因为社会之情只有经过诗人自身的情感判断后入诗才可能成就一篇优秀之作，也就是说社会现实只有熔铸了个人情感才会使诗魂更加灵动。比如，抒发爱国之情的新诗作品举不胜举，特别是在政治抒情诗流行的年代，但为什么这些作品都不及舒婷的《祖国啊，我亲爱的祖国》一诗富有生命力和艺术性呢？原因是大多数这类诗歌没有融入创作主体的情感体验，而舒婷的这首诗在每一节中都是以"我"开头，融入了诗人的个体体验和情怀，使整首诗达到了使命意识和生命意识的和谐，达到了社会之情和个人之情的统一，是对现实的复杂反应而非简单反映。上园派关于中国现代诗学建构理论的现实性特点以及其对"现实"的深层诠释，不仅澄清了诗歌界长期以来争论不休的问题，而且有助于促成更多优秀作品的问世。

　　正是基于现实性的立场，上园派要求诗歌创作应从社会现实出发，要求诗歌内容必须反映社会现实和个体实在的情感体验。任何优秀的作品无不是作者对现实的深刻反映和体验，就拿2001年第二届鲁迅文学奖全国优秀诗歌奖获奖作品来说，杨晓民的《羞涩》便是对中国社会转型和工业化进程等现实的反映，恰好是这种对"亢奋的城市"的诗意表现使《羞涩》这部集子赢得了好评。叶橹先生说："诗的生命力，取决于它对现实反映的真实和深刻的程度。"① 由此看来，那些与生活的原生态保持距离的"玄言诗"，即使外在的形式技巧特别精致，也会因为精神内核的"无根性"而自叹"英雄气短"。袁忠岳先生在谈"反理性诗歌"艺术建构的困境时表达了相似的观点，他认为反理性诗歌只有从现实出发才能找到出路："正视中国今天的现实，探寻一条与中国实情更为切近也较切实可行的生命表现形式，使反理性的诗歌成为

---

① 叶橹：《现实·人生·诗情》，《诗弦断续》，南京：南京出版社，1991年，第46页。

以张扬理性为主导的文学的一种补充，共同致力于对黄河一般悠久与混浊的民族历史文化的清理，这是摆在每一个严肃的第三代诗人面前的课题，也是从其理论与实践的两难处地的困窘中摆脱出来的唯一道路。"[1]正视中国今天的现实，探寻适合中国新诗自身特点的表现形式，这不仅是对"第三代"诗人提出的忠告，更是对整个中国新诗提出的一条"现实性"的发展道路。上园派的理论主将吕进先生一贯主张伟大的作品应与时代同呼吸共患难，臧克家先生在谈吕进的诗论与为人时，对其所主张的诗的"现实性"给予了充分的肯定和认同："我与吕进同志观点相同，趣味投合，建立了深厚的友谊。他尊重我，我也尊重他。对于写作问题，我们都强调：应该从生活出发，注意时代精神。"[2]

上园派的"现实性"具有广泛的针对性和适应性，中国现代诗学必须从中国文学的现实、社会时代的现实、个体生命体验和经历的现实出发，才可能实现中国现代诗学的重建和发展，才可能使新诗创作实现新的艺术突破。"现实性"同样也使上园派的理论具备了稳定性和可持续发展性，所以，它是上园派理论的起点和生命力的源泉。

三

上园派倡导的"传统的现代转换"为中国现代诗学的建构和发展提供了一条切实可行的路径，在"文论失语"和"创作失范"的当下诗歌语境中，实现传统诗学的现代转换尤为必要和迫切。

近年来，许多具有东方文化情结的学者针对中国现代文论"失语"的尴尬局面提出了重建中国文论话语的伟大构想，因为从新文学开始，

---

[1] 袁忠岳：《反理性诗歌的出路》，《文艺报》1988年7月2日。
[2] 臧克家：《吕进的诗论与为人》，吕进：《新诗文体学》，广州：花城出版社，1990年。

我们的文学理论（含诗学）大多是以西方文学理论的知识系统为模本建立起来的，20世纪中国文论的变革从根本上讲是西方文论和知识系统对中国传统诗学的知识系统的整体性切换，横移的西方文论成了中国新文学理论的新传统，而我们悠悠几千年的传统诗歌理论却逐渐成为"异质"文化。我们今天的文学理论的确立是以舍弃传统的文论方式为代价的，其结果必然是西方文论的范式成为今天中国文论建构所效仿的圭臬，中国新文学理论没有了自己民族化的言说方式，"失语"也就在所难免了。针对中国现代诗学"失语"的病症，上园派提出了"传统的现代转换"，这种转换是解决中国文论"失语"的良方，也是实现中国现代诗学重建必须努力的方向。曹顺庆先生等人在20世纪90年代从比较文论的角度提出了"重建中国文论话语"和"古代文论的现代性转换"，在学术界引起了强烈的反响。吕进先生等上园派的同仁们则早在20世纪80年代就从建构中国现代诗学的角度提出了"传统的现代转换"，同样在诗学界引起了强烈的反响。虽然二者的角度不同，但观点极其相似，最终的目的也都是为了实现中国文学理论的重建。在新诗文体建设和诗学重建成为诗歌理论界的前沿性问题的今天，上园派的主张必然会得到学术界更广泛的认同，其富有远见和创见的学术思想必然会推动中国现代诗学的建构和发展。

　　文化传统是新文化的根基，吕进先生在倡导中国现代诗学重建的过程中特别注重文学的根基（即传统）问题。他认为，中国现代诗学如果像崛起派那样一味地横移西方文论，即使做到了本土化的重组和改造，仍然会患上"根基不稳"的疾病。传统是发展着的流动的文学积淀，一个作家或文论家只有顺应自己所属的文化传统，其作品和文学思想才可能具有历史价值。英美新批评的先导艾略特在《传统与个人才能》中将传统放到了至尊的地位，他甚至认为"一个艺术家的前进是不断地牺牲自己，不断地消灭自己的个性"，从而"归附更有价值的东西"①——传统。虽然艾略特对待传统的态度有些偏激,但其强调传统和尊重传统的态度对于与传统文论"异质"的中国现代诗学来说无疑具有极其重要的借鉴和反省参照的意义。吕进、朱先树等上园派的理论家们以积极的态度来看待中国优秀的诗歌传统,认为中国现代诗学的创新不是横移西方诗学,而只有在对本国文化传统的清理和批判的基础上才可能实现中国现代诗学的创新:"没有对传统的清理与批判,无所谓创新。"②同时,他们对那种无视中国文化传统而一味地"别求新声于异邦"的做法持否定的态度,因为"对自己优秀民族传统的鄙薄往往是一种浅薄"③。上园派尊重传统诗学理论和实现传统的现代转换的思路有其久远的诗学背景。中国新诗的所谓"新"的隶属度曾是以其与传统的背离程度为标准的,早期的诗人和诗歌研究者们普遍认为越是反传统的诗就越是新诗。而牺牲传统的代价并没有换来中国新诗的美好前程,在近一个世纪的时间里,中国新诗仍然停留在诗歌观念、诗歌文体等问题的探讨上,一代又一代的诗歌研究者和诗人们踏破了"铁鞋"却仍然难觅成熟的新诗文体的芳踪,这不能不说是舍弃传统惹的祸。回顾新诗发展的艰难历程,吕进先生意味深长地说:"中国新诗在其诞生初期对传统的不分青红皂白的全盘否定给后来的创新带来的负面影响,是不能忘记的。"④鉴于新诗诞生初期对传统的否定所带来的后患,上园派在重建新诗的美好愿望下提出了尊重传统,实现传统的现代转换的理论主张。在找准中国现代诗学根基——传统的基础上,再借鉴西方优秀的文化成果,上园派的理论将对中国新诗

---

① [美] T. S. 艾略特:《传统与个人才能》,卞之琳译,朱立元、李钧主编:《二十世纪西方文论选》(上卷),北京:高等教育出版社,2002年。
② 吕进:《传统诗歌与诗歌传统》,《对话与重建》,第83页。
③ 同上书,第71页。
④ 同上书,第83页。

创作的繁荣和中国现代诗学的重建起到重要作用。

怎样实现传统的现代转换？这是一个关键性的问题，也是上园派必须解决的问题，否则，其理论主张将失去现实意义而沦为空谈。关于传统的现代转换问题，同样涉及上园派的现实性品格，这种转换并非简单地化今为古或化古为今，而应从中国文化和社会的现实处境出发，以我国的诗学传统和内蕴为根基和生长点，在民族文化而非西方文化的基础上吸纳古今中外人类文明的成果，从而建立起对现代诗歌作品、诗歌流派或诗歌历史的言说方式和学术话语体系。那种认为要实现传统的现代转换就必须将古文论中的话语方式、诗学概念或术语纵移到现代诗学中来的想法是一种机械论，就连那种将古文论翻译成现代汉语而后用于现代文学的做法也是上园派所不欢迎的。因为"民族传统首先是一种文化精神"①，而不是具体的文学形态，机械的"古为今用"只能使现代学人见树木而不见森林。一种文化精神可以有多种表现形式，古文可以表现的精神，现代白话文一样的可以表现，古代诗话可以言说的诗歌现象，现代诗学同样可以言说。在此，有一个关键词值得我们把握，那就是吕进先生关于传统的认识——"文化精神"，上园派所说的传统的现代转换也主要是文化精神的转换和传承，而非具体诗学术语的机械转用或翻译，即"以传统诗学的言路言诗"②。只要传统的精神在现代诗学的血液中流淌，那便是对传统的转换和应用，并非一定要外现成某种具体的文论话语。尊重传统，并非固守传统或排斥开放，相反，在传统文化精神的统领下，不断吸纳各国的优秀文化才能丰富本国的文化传统，也才能实现传统精神的活的转化而不是机械地搬用。对此，朱先树先生说："有的同志认为既然我们已经有这么一笔巨大的遗产可以继承，这就足够了，他们表现为固守传统，而否认

---

① 吕进：《传统诗歌与诗歌传统》，《对话与重建》，第71页。
② 曹顺庆：《从"失语症"、"话语重建"到"异质性"》，《文艺研究》1999年4期。

人类文化的相通，否认向外开放，向西方向其他民族学习的必要性，否定时代发展而要求吸收别的国家别的民族文化来丰富和发展自己的传统的必要性。"①

在上园派看来，实现传统的现代转换不仅仅是尊重传统和继承传统文化的精神内核，而且要不断地向西方优秀文化学习，只有这样，才能在转换的过程中丰富本民族的文化传统，才能使传统适应变化着的现实。因此，上园派所谓的转换是开放的转换，是活的转换，是纵横交织的转换。

四

上园派倡导的"西方艺术经验的本土化转变"为中国现代诗学的丰富和发展深化找到了方向，避免了中国现代诗学的西化，在一定程度上阻止了中国文论"失语"病的恶化。

在对中国新文学发生过程的考察中，我们往往以横向之维的借鉴冲淡了纵向之维的传承，认为西方的艺术经验是中国新文学主要的营养来源。在不否认外在影响的重要性的情况下，新文学的产生主要是中国文学自身发展的结果，是在对中国文化传统的继承和反叛下形成的。上园派从哲学的内因外因关系出发，在充分重视内因——中国民族文化传统的前提下，也看到了外因——西方艺术经验不可忽视的作用。他们提倡西方艺术经验的本土化转换是在传统的现代转换的基础之上提出来的，毕竟本国的传统相对于西方而言更为重要。如果说上园派的第一个转换（传统的现代转换）是其诗学建构观念的枝干的话，

---

① 朱先树：《关于诗的传统与现代追求问题》，吕进主编：《上园谈诗》，重庆：重庆出版社，1987年，第2页。

那第二个转换（西方艺术经验的本土化转换）则是叶，第一个转换是第二个转换的基础，第二个转换是对第一个转换的丰富和完善；没有第一个转换，第二个转换就会失去根基并导致民族文化虚无主义，只有第一个转换，那中国现代诗学就会失去新鲜的血液而显得枯瘦，其重建之路也会举步维艰。上园派的转换之路是以传统的转换为主，以西方艺术经验的转换为辅，在牢固的民族文化传统基础上吸纳外国优秀文化成果才可能自铸中国现代诗学的伟业，才可能避免西化和"失语"。所以，上园派的转换之路是中国现代诗学的重建之路和深化发展的必经之路，对于复兴中国新诗理论和所有的文学理论具有普遍的参考价值。

中国新文学是在吸纳外国艺术经验的基础上成长起来的，我们今天的诗歌理论和叙事学理论仍然在痴痴无倦地走着"借鉴"之路。关于中国传统文学与外国文学之于新文学的诞生孰轻孰重的问题，学术界一直没有统一的看法。倘若林纾等晚清人士所说的"覆孔孟，铲伦常"和"尽反常轨，侈为不经之谈"[①]这番言论是在排斥西学而维护中国文化传统在文论和文学创作中的正统地位的话，那激进的新文化运动先导们则是在竭力反叛传统并"别求新声于异邦"，他们在一片"打倒孔家店"的呼声中不仅从外在的语言形式上否定了传统的文言文，而且从思想内核上驱赶了传统的文化精神和文化品格。冷静地看，二者的观念都比较偏激。用20世纪80年代的诗学流派之争来说，他们的观点和对中西文化的取舍无异于传统派和崛起派之争。尽管我们后来对新文学运动闯将的评价多持褒扬的态度，但其所导致的中国新文学理论建设的艰难是值得我们今天深思的。在对传统倒戈的洪流中，"学衡派"整理研究并维持传统文化的做法以及"昌明国粹，融化新

---

① 林纾：《致蔡鹤聊太史书》，《公言报》1919年3月18日。

知"①的精神倒成了关于新文学建设发展的理性之见,"代表文化重构过程中的另一种趋向稳健的文化抉择,从文化积累与学理建树的角度看,也确有一些独立的见解"②。除去文学语言形式和文化运动等外在因素,"学衡派"的主张以及他们对待"国粹"和"新知"的态度值得我们借鉴,在21世纪的今天,在新诗诞生一百年以后,我们仍然在讲"新诗革命"和"诗学重建",如何"革命",如何"重建",在新诗的历史中,"学衡派"无疑为我们提供了最早的有价值的建议。一味地固守传统和偏激地创新都不是新诗理论发展成熟的路向,只有在本民族文化传统的根基上吸纳借鉴西方文化,才是可取之路。对待"西学",我们一方面要敢于"拿来",但同时也要有"挑选"的能力,正如鲁迅所说:"要敢于'拿来',也就是要'沉着、勇猛、有辨别、不自私',敢于'占有',敢于'挑选'。"③如果说"学衡派"的主张有文化保守主义色彩的话,那鲁迅的主张则带有"套用"和横移之嫌,不管"挑选"出来的外国文化或文学理论多么适合中国,都不可能直接用于本国文学,因为中西文化是两种不同质态的文化。相比之下,20世纪80年代上园派对待西方文化与中国文学的态度更具理性色彩,其"本土化转换"避免了"学衡派"的保守也避免了鲁迅的横移,既"拿来"了西方优秀的文化,又使中国新文学能够"融化新知"。在诗学重建的过程中,上园派的诗学观念不仅因为尊重传统而拥有了牢固的根基,而且还因为它能够在横移西学的过程中进行本土化转换而获得生长的资源,既保证了中国现代诗学的创新和发展,又能够避免"失语"和西化,从而在纵

---

① 此话为"学衡派"的治学宗旨,在其学术刊物《学衡》的每一期上都会出现。
② 钱理群、温儒敏、吴福辉:《中国现代文学三十年》,北京:北京大学出版社,1998年,第10页。
③ 鲁迅:《且介亭杂文·拿来主义》,《鲁迅全集》,(第六卷),北京:人民文学出版社,1981年,第40页。

的新诗理论建构的历史链条中显得更具学理性和生命力。

上园派提倡的"西方艺术经验的本土化转换"是在尊重传统的基础上提出来的，忽视传统或只借鉴西学都会导致中国文学的畸形发展。诗坛是一个不断上演新奇的地方，许多自称是前卫的诗歌观念，以为与传统断裂便是"新"，延续传统便是"旧"，但实际的创作结果怎样呢？石天河在《重新探讨"前卫"的真谛》一文中一针见血地指出："我们的'前卫'诗歌的'反传统'与'艺术更新'，虽然对中国传统与中国模式套路有很强的冲击作用，但是，却日益地表现出，并没有摆脱对西方现代的新传统与西方模式套路的因袭，因而，从'世界范围'与'本质'的意义来说，并没有真正的艺术创新。"① 为什么我们的"前卫"的诗歌观念不会给新诗带来创新呢？因为它是对西方的"因袭"，没有实现"本土化转换"，其观念相对于西方来说是旧的，相对于中国来说也不过只是一种有差异的诗学观，而差异并非就是创新，中国人陌生的东西也并非就是时尚和前卫的东西。西方任何优秀的文化只有经过上园派所谓的"本土化转换"之后才可能在中国创造出新的文艺作品或形成新的文学观念。孙绍振先生曾把这些弃传统移西方而不自行消化（即本土化转换）的"前卫"诗人或诗歌工作者称为"艺术的败家子"，他们所说的新艺术"不是从传统的艺术基础上产生的，而是生搬硬套外国的流派的"②。这些勇于为新诗艺术进行探讨的人为什么会被称为"艺术的败家子"呢？原因就是他们的艺术观念不以传统为根基，生搬硬套外国的东西而不加本土转化。一个前卫诗人只要深谙上园派的主张，他就不会被讥为"艺术的败家子"。

上园派在传统的根基上提出的西方艺术经验的本土化转换对中国现代诗学及诗歌创作而言有十分重要的现实指导意义，中国现代诗学

---

① 石天河：《重新探讨"前卫"的真谛》，《诗歌报月刊》1997年1月。
② 孙绍振：《向艺术的败家子发出警告》，《星星》诗刊1997年8月。

要重建，中国新诗创作要创新，必须把握好上园派的两个转换，否则，诗学的"失语"和创作的"失范"就无可避免。

除以上分析的诗学建构观念之外，上园派在具体的理论建设中也为中国现代诗学的发展作出了不可估量的贡献。比如在诗歌文体建设方面，作为中国现代诗学的前沿性问题，吕进先生一直都致力于新诗的文体建设，其观点和成果得到了学术界广泛的认同；在诗歌观念方面，上园派融汇古今中外，在诗与现实，诗与传统，诗与其他文体等关键性问题上拓展了人们的视线；在诗的传播方式方面，上园派在传媒迅速发展的当下，区分了"平媒诗"与"网络诗"的不同，并认为传媒的发展必将引起诗歌文体的创新和诗歌观念的变化。这些具体的理论探讨对中国现代诗学的建构有着不可忽视的积极作用，同时也是上园派诗歌重建观念所折射出来的智慧之光。

以吕进为代表的上园派致力于中国现代诗学的重建，并逐渐"建立了一个完美的诗学体系"①。我们有理由相信，上园派的诗学建构观念必然会得到诗歌界更为广泛的认同，必然会吸引更多的学者投入到对上园派的研究中。与此同时，在其合理的诗学重建观念的指引下，中国现代诗学和诗歌创作将会抛弃"失语"和"失范"的尴尬而朝着稳健创新的道路发展，迎来新诗的又一个"新纪元"。

---

① 阿红：《一个新体系的构建——序〈吕进诗论选〉》，《吕进诗论选》，重庆：西南师范大学出版社，1995年。

第四节
新世纪五年来的新诗研究

从 21 世纪前五年的研究状况来看，中国现代诗学正在逐渐适应变化着的话语环境，开放而规范的诗学环境、研究的深度模式、明晰的诗歌重建路向，以及诗歌和诗学历史研究、创作和文本研究、区域诗歌和少数民族诗歌研究等内容使中国现代诗学的研究生态日趋和谐。

一

上世纪 80 年代以后，许多学者采取务实和宽容的态度对繁芜的诗歌历史、诗歌流派、诗歌创作、诗歌鉴赏以及诗歌文体等进行了学理性研究，为中国现代诗学的发展营造了良好的学术氛围。但随着社会文化和信息技术的迅速发展，随着新诗艺术性的提升，新诗研究环境也相应地发生了变化：一是社会现实赋予了它更为开放的交流环境，二是其自身建构起了更为规范的学术环境。

人们长期以来习惯于把中国新诗放在广阔的世界文化背景中去探讨研究，这一方面是由于我国的文论界通过译介引入了大量的西方文学理论和批评方法，另一方面则是经济、科技和消费的全球化带来了文化语境的全球化。不管这样的话语环境是否有利于民族诗学的发展，但它无疑会给中国现代诗学已有的生存环境带来冲击和改变，全球化语境已经为中国现代诗学营造了更为开放和自由的发展空间。进入21世纪，不可阻挡的全球文化思潮使新的更为开放的诗学发展和交流环境逐步确立，诗歌研究越来越强调并突出全球化文化语境。首先就整个文学研究而言，2001年4月在扬州大学召开了"全球化语境中的文学理论研究与教学学术研讨会"；2004年1月在汕头大学举办了"全球化语境下的中国现当代文学国际学术研讨会"；2004年10月在东北师范大学举办了"全球化语境下的中国文学理论及文学批评发展状况学术研讨会"，这些学术活动的开展反映出整个文艺理论界对全球化语境的重视。学术环境的重大改变自然会带动各文体文学研究氛围的变化，新诗研究也不例外，整合全球学术资源并力图建立全球化的学术研究视野成了21世纪以来新诗研究的重要课题。2001年10月，"2001'国际华文诗歌研讨会"在安徽师范大学举行，大会探讨了国际华文诗歌的历史、现状以及在新世纪的走向；2004年9月，"首届华文诗学名家国际论坛"在西南师范大学中国诗学研究中心举行，来自10多个国家和地区的130余位诗歌研究专家热烈地讨论了新诗在新的时代语境中的发展问题，会议提出的主题之一就是"华文新诗的全球整合"。当然，诗歌研究的全球化并不是要消除民族诗歌特色，因为只有保持各民族的文化特色，全球化语境中的人类诗学建构才能够得到大多数人的认同。只有在尊重民族诗学的基础上才能为中国现代诗学的发展营造更为宽松自由的交流平台，并且只有在保持民族诗学个性的基础上才能促进世界诗学的多元化和丰富性。

中国诗学在20世纪初实现了学术形态由古典到现代的历史性转换，现代诗学的发展既受外部社会历史条件的影响，又受自身艺术规律的限制。就自律性发展而言，新诗研究在向当代转型的时候染上了消费文化的色彩，西方话语和学术思维在横向的借鉴和学习中得到了强化,传统学术精神在纵向的继承和创新中获得了新的生命。与此同时,现代诗学患上了"失语症"和"保守性"等顽疾,重新规划中国现代诗学的生存环境也就成了新诗研究迫切需要解决的问题。正是基于这样的学术背景,诗学界提出了"新诗的二次革命"①,该命题的提出是对新诗研究环境的变化采取的应对措施,而不是希望从根本上颠覆原有的现代诗学体系,因为中国现代诗学和其他文学研究一样"所面临的基本矛盾将不再是古典与现代的简单化的二元对立,而是在不懈地追求学术现代性(包括原创性、开放性、自由探索和文化生态的完善)的同时,对浩繁而灿烂的古典智慧进行深度的现代转化,开展一种汇通古今、融合中外、崇尚原创、有容乃大的文学学术建设工程"②。这些学术活动的开展和学术话题的提出,目的还是希望通过建构和谐的诗学研究生态来推动新诗和诗学的发展。

无论从外部的社会文化环境还是内部的诗学发展需求来看,中国现代诗学的生存环境已经发生了较大改变,开放的交流环境和规范的学术环境为建构和谐的诗学研究生态奠定了坚实的基础。

二

新的学术生态环境对诗歌研究方法和研究观念提出了新的挑战,同时必然引起新诗研究模式的变化。近年的新诗研究从传统的感悟式批评向西方形形色色的"主义"(文本中心主义、语言中心主义到形式

---

① 该话题参见吕进先生主持的《西南师范大学学报》(人文社会科学版)"中国现代诗学"专栏的"主持人语",2005年1期。该专栏自2005年设置以来,已就中国现代诗学诸题发表了近20篇有创见的学术文章,为建构中国现代诗学发挥着积极的作用。
② 杨义:《文学研究走进二十一世纪》,《文学评论》2000年1期。

中心主义）的转变，从语言学研究范式向文化批评范式的转变等均标明了新诗研究模式的深度化。

新诗研究的方法论体系历经百年历练仍然只能依赖于西方同领域成果。20世纪西方文论研究从哲学向语言学转向颠覆了传统的逻格斯中心主义，使语言上升到本体论地位上："从索绪尔、维特根斯坦到当代的文学理论，20世纪语言学革命（Linguistic revolution）的标志是认为意义不仅是被语言表达（expressed）或反映（reflected）出来的，而且是被语言生产（produced）出来的。"[①] 西方文论的"语言学革命"引起了中国诗歌研究革命性的变化，人们先前普遍将新诗的发生归因于外国诗歌的影响或传统诗歌的新变，但近年来，学术界纷纷从语言的角度去考察中国新诗乃至整个新文学发生的原因。[②] 胡适等人正是从语言的思想性出发找到了中国新诗发生的突破口，解决了中国诗歌发展举步维艰的尴尬局面。除了以语言学视角去探讨新诗发生、创作和文本的诸多课题外，研究现代诗学自身的话语方式也因为这一研究方法的引入而成为"显学"。中国现代诗学由于诞生时营养不足，所以不得不孜孜不倦地把西方文论话语作为发展资源，西方诗学话语构成了中国现代诗学的知识和学术背景。由于研究视角的转变，现代诗学的话语方式成了近年中国现代诗学的重要研究内容。龙泉明先生在《中国现代诗学与西方话语》一文中认为中国现代诗学的进步笼罩着西方话语的巨大影响，其基本观念、方法和范畴都是以西方诗学的观念、方法和范畴等为主导的，西方话语在以下三个方面的影响尤显重要和深

---

① Terry Eagleton, *Literary Theory: An Introduction*, Oxford, UK: Blackwell Publishers, 1996（2nd edition), p.52.

② 比如高玉先生在《现代汉语与中国现代文学》（北京：中国社会科学出版社，2002年）一书中认为现代汉语是现代文学发生的深刻原因，充分肯定了语言之于文学发展的重要性。

刻，即诗学观念、诗学思维和诗学风格。①西方文论话语的影响是中国诗学患上所谓"失语症"的主要原因，但这并非现代诗学的过错，包括中国现代诗学在内的中国现代文学研究选择西方话语作为自身的写作资源是由特定的时代语境限制和决定的。因为中国现代诗学是在外来影响中发生和成长起来的，这一客观原因决定了现代诗学话语的价值观念和话语方式等具有较强的"西化"色彩。

如果说从哲学向语言学转向给西方文学研究带来了新思维的话，那文化研究（Cultural Study）无疑给西方文学研究带来了新视野，因为"文化研究介入到文学研究中最为明显的特征就是将以往研究所忽略的部分彰显出来"②。文化研究引入中国以后，中国新诗研究的重心开始从诗歌文本的构成性因素扩大到文本的创作和生产、传播和接收等传统意义上的文学的相关领域，这带来了中国现代诗学自身意义范畴的扩大。新诗的产生和文学地位的确立全赖于传播媒介的兴起，因为自清末以来，中国的报纸杂志得到了迅速的发展，特别是《新青年》杂志中心地位的确立为中国新文学的发生奠定了基础，新文化运动期间，"《新青年》迅即成为了北大革新力量的言论阵地；反过来，《新青年》杂志倡导的新文化运动，得当时全国最高学府一辈教授的加盟，声威更盛。一刊一校为中心的新文化倡导力量因而形成。"③有人认为胡适翻译诗歌之所以会对中国新诗产生深刻影响，主要原因在于传媒的兴起："胡适的译诗要在中国读者中流传，进而达到预期的效果，产生一定的影响，必然借助某种传播媒介。"④同理，胡适的白话新诗也是借助传播媒介才得以确立起诗坛正宗地位的。文化研究方法有助于新诗

---

① 龙泉明、赵小琪：《中国现代诗学与西方话语》，《文学评论》2003年6期。
② 王晓路等编著：《当代西方文化批判读本》，成都：四川大学出版社，2004年，第2页。
③ 陈万雄：《五四新文化的源流》，北京：生活·读书·新知三联书店，1997年，第17页。
④ 廖七一：《胡适译诗与传播媒介》，《新文学史料》2004年3期。

文本的解读，因为文化研究视野下的文本解读不再仅仅局限在单个的文本或文学文本，就诗歌研究来说，我们对诗歌文本所进行的审美阐释必须在相应的文化语境和"互文性"中才会深刻有效。文化研究也给中国现代诗学带来了全新的历史观念，它要求我们在突破文本研究的基础上以更加深纵宽广的眼光去打量新诗，去除一维的主流意识统摄下的诗歌史观，多侧面、多维度地认识诗歌的本来面目，还原那些曾经被意识形态或片面史观遮掩的诗歌真相。无可否认，中国现代诗学正在逐渐走向文化诗学，这样的诗学发展样态为新诗研究提供了多种新的可能性。

中国新诗的研究方法和研究视域随着西方的变化而得到了更新，但中国现代诗学必须在引入西方文论和批评方法的同时结合自身的历史和现实特征，才可能真正地推进新诗发展。

三

中国现代诗学来源于并反作用于诗歌创作现实，针对诗坛现状和诗歌发展困境提出相应的发展思路理应成为现代诗学发展的"题中之意"。面对20世纪80年代诗歌创作高潮之后的诗坛萎靡状况，近年的诗学明显地就诗歌在新世纪的流变和发展趋势作出了符合艺术性和现实性原则的研讨，认为要实现诗歌的再次复兴，现代诗学在新的历史条件下必须肩负三大使命："实现'精神大解放'以后的诗歌精神重建、实现'诗体大解放'以后的诗体重建和在现代科技条件下的诗歌传播方式重建。"[①]

[①] 吕进：《三大重建：新诗，二次革命与再次复兴》，《西南师范大学学报》（人文社会科学版）2005年1期。

新诗诞生的契机之一是承载了新鲜的五四"启蒙"精神，而后"救亡"和"政治"等时代精神成了诗歌精神的主要内容。思想解放潮流使新诗和新诗研究开始摆脱沉重的外在负荷而向着"诗"的本位回归。但商品浪潮的冲击使诗歌创作出现了过度的物欲张扬和形而下的世俗品格，"个人化写作""身体写作""下半身写作"等成为诗歌新潮和时尚的标志。同时，在传媒和网络时代，网络诗歌成为诗歌构成中的又一主力军，但相对于平媒诗歌而言，网络诗歌更多地体现了对传统人文精神的解构，体现了创作主体社会和艺术担当意识的缺失。从中国诗歌的精神传统来说："文化精神与道德审美理想是中国诗歌传统的重要构成因素。中国文化发展的哲学根基主要是儒家思想，儒家强调济世救民，强调仁爱，后来又逐渐有佛家、道家思想的融入，最终形成了以天人合一思想为主的哲学观、文化观。这种观念的核心是以国家、群体为本位，个人则融合在国家、群体之中，成为它们的构成要素。就诗歌而言，这种传统在口传的《诗经》和以屈原为代表的楚辞之中已经体现得较为明显，又通过历代诗人的不断演绎，一直流动在其后的中国诗歌发展历史中。"[①] 显然，市场经济以来的诗歌精神有违几千年中国诗歌精神传统，诗人和诗歌批评者应该站在艺术和历史的高度上，重新审视诗歌的生命意识和使命意识，自觉地摒弃诗坛上那些刻意"新潮"或媚俗的诗歌创作路向，推动诗歌精神朝着明朗、健康和文化的方向发展。

在诗歌形式格律化和自由化的两极摆动中，中国新诗在近百年的发展中始终没有很好地解决文体建设问题。五四时期，胡适说新诗在用韵上有三种自由："第一，用现代的韵，不拘古韵，更不拘平仄韵。第二，平仄可以互相押韵，这是词曲通用的例，不单是新诗如此。第三，有韵固然好，没有韵也不妨。新诗的声调既在骨子里——在自然

[①] 蒋登科：《九叶诗派与中国诗歌的道德审美理想》，《贵州社会科学》2005年2期。

的轻重高下,在语气的自然区分——故有无韵脚都不成问题。"① 刘半农有"增多诗体"的建议②,这些言论推动了新诗形式的自由,也为后来的新诗创格设下了障碍。20世纪20年代后半期,闻一多等新月派诗人和诗论家们开始了现代格律诗的探讨,他们采用外国音步(foot)作为构建格律的单位元素。现代格律诗在诗歌观念上是对传统的一次回归,在创作方法上却采纳了西方诗歌的音韵形式,但汉语诗歌毕竟不是英语诗歌,现代格律诗由于没有传承古典诗歌格律而对外国诗歌格律过分依赖,同时,由于闻一多、徐志摩等人对形式和格律的追求大大超出了对诗情的捕捉和提炼,致使现代格律诗创作出现了严重的"形式主义"趋向,导致了该诗歌创作的衰败。建国后,何其芳曾经提倡过新诗的格律化,但这些诗学观念由于时代原因仅仅是昙花一现。总体上说,"20世纪新诗的文体建设太薄弱,经历了一条十分曲折的诗体构建之路,诗体建设总是呈现'建设难''定型难''规范难'的状态"③。所以,诗体重建的课题一直都是新诗研究的前沿性问题,它关涉到新诗的兴衰甚至存亡。在诗体建设中尤其应该注意自由诗和格律诗的发展,因为它们是新诗的主要形式。"自由诗"的"自由"是极其有限的自由,并非没有任何形式约束的完全自由,诗歌创作界尤其是部分"诗人"应该打破"自由诗便是无形式、无格律的散文语句的分行排列"的错误文体观念,要注重诗之为诗的诗性要素。现代格律诗建设的中心问题是艺术试验,要在借鉴西方诗歌形式因素的同时承传传统诗歌形式因素,才可能建设起符合当下审美观念的格律新诗。作为一种形式艺术,诗歌形式应该成为诗歌创作界和研究界共同关注的艺术要素,

---

① 胡适:《谈新诗》,胡适选编:《中国新文学大系·建设理论集》,上海:上海良友图书印刷公司,1935年,第306页。
② 刘半农:《我之文学改良观》,《新青年》(第3卷第3号)1917年5月15日。
③ 王珂:《百年新诗诗体建设研究》,上海:上海三联书店,2004年,第1页。

在目前诗歌形式"多元"化和"失范"的语境中,诗体重建显示出十分重要的现实意义。

传媒时代的到来给新诗以及所有文学样式的传播和生存提出了新的挑战。网络诗歌的兴起不仅引发了新诗传播方式的变革,而且引起了人们思维方式和审美观念的变化,因此,面对日新月异的信息技术,"诗歌传播方式的重建"显得十分迫切。针对诗歌传播方式的重建,中国诗歌传播学正逐渐成为一门独立学科,丰富的和不断变化的传播方式为这门学科的形成构筑了坚实的学术背景,同时赋予了它独特的学科特质。诗的音乐性始终是诗歌赖以存在的外在形式,诗与音乐的联袂成了时下诗歌传播方式的重要途径,因此,重新认识诗歌与音乐的关系是诗歌传播方式重建的主要内容之一。"边缘化"是时下浓缩新诗处境的最佳字眼,但诗歌是否真正边缘化了呢?事实上,如果我们不恪守传统的诗歌传播方式,转变诗歌传播观念就会发现"自朦胧诗以后,中国诗歌的发展是从纯文学性和精英性转向了音乐性和公众性的发展,以中国摇滚乐为代表的 90 年代流行音乐成为朦胧诗以后中国社会诗歌文化发展的新潮流。从中国诗歌发展的历史来看,一直存在着文学性的发展和音乐性的发展这两极,而整个诗歌艺术的发展就在这两极的振荡中前进。从这个角度重新审视中国诗歌发展的历史和现状,就会认识到当今诗歌不是衰落了,而是从另一极获得了新的生命力"①。也正是从这个角度出发,诗歌传播方式的重建成了新诗复兴的有力保证。

要实现诗歌创作的再度繁盛,诗歌精神、诗歌文体和诗歌传播方式的重建就理应成为 21 世纪中国诗学肩负的历史使命。新诗研究包含着繁复的内容,除了新诗研究语境的变化、新诗研究方法和视野的更新以及诗学使命之外,中国新诗与传统诗歌的承传、区域诗歌和少数

---

① 高小康:《在"诗"与"歌"之间的振荡》,《文学评论》2002 年 2 期。

民族诗歌研究、诗歌历史的书写以及诗歌文本的解读等等，都是构成新世纪以来中国现代诗学的重要内容。总之，从近几年的新诗研究状况来看，中国现代诗学正以积极的姿态去应对变化着的生存环境，和谐的诗学生态环境正在逐步建立，新诗理论、新诗历史和新诗文本等诸多方面的研究也正在走向新的高度。

后　记

在各种介绍中,我经常这样描述自己:"主要从事翻译文学与中国现代诗学研究,兼事诗歌评论。"言下之意,我的主要是研究现代诗歌,尤其探索翻译诗歌与中国新诗的关系;对于当代诗歌评论,似乎只是"副业"。这其实是自我虚弱的开脱之词,因为我深知当代文学评论的艰难,凭我浅陋的才识和愚钝的思维要跻身才气横溢的批评界,是何等不易。于是,干脆把自己列入业余的行列,也算逃离了一份竞争。

但我毕竟生活在当下,不管是出于偶尔为之的副业,还是出于自身阅读的需要,我都或多或少地处于当代文学评论的现场。因此,每当读到令人感动或失望的诗歌作品,每当听到各种炒作或真实的诗歌消息,我不甚敏感的神经也会产生许多想法,于是就有了表达的冲动,也就有了收入这本书中的文字。

对于一些问题的看法,我所表达的观点并非权威之词,因为我的身份本就普通,更因为我"天眼"未开,很多隐藏在表象背后的风景也不易察觉,所思所想也未超出普通人。但也正因如此,我作为无人关注的个体获得了更多的言说自由,我可以随意地写作,偏颇或讹误都不足以被人提及。更何况,我十分认同"诗无达诂"的古训,人们不必为了树立自我中心或权威地位,而人为地贬损他人的观点和看法。文学批评界应该有一个宽容的生态,允许他人发言是每个"评论家"基本的素质。资质有高低,论文有优劣,文章的是非成败,绝不是作者本位思想所能控制的结局,索性留待时间去检阅吧。实际上,只要我们能从写作中获得心灵的澄净,能享受到"游戏"悦情的本质,便足以慰藉来路的孤独与寂寞。

我必须感谢诗人金所军、姚风、王久辛、车延高、陈陟云、李杜、冉冉、高戈、叶延滨、桑眉、潘云贵等,他们的诗歌文本给了我写作的动力,要么激起我心灵深处情感的共鸣,要么让我对当下诗歌有如此这般的解读。有风吹过,书页发出哗哗的声响,不问东风还是西风,内心的思绪随之翻转,以至飘过四季的更迭,飘过高山大海的阻隔,融入我半生的生命思考。如此,阅读和写作的意义便诞生了,不在意诗人的出生和来路,单就那些能在平静的内心荡起涟漪的语言和诗意,就足以弥合不同个体的体验,或者让一个人的情感升华另一个人的情感。

诗歌评论也许并非源自批评的目的,而是根源于情感的交流。古时品茗或酌酒的兴致,无外乎文朋书友的诗词唱和;离别的忧伤或相逢的喜悦,也都消融成感人的诗句。有赠有还,那些答谢的诗词无疑成为对友人作品的最好回应;演变到今天,面对感动自己的诗歌,书写相应的心灵感悟,或者与之相关的世风民俗之杂感,就成为所谓的评论文章。当然,现代意义的文学评论,似乎肩负着更为沉重的使命,论者倘若不能窥见作品隐秘的意涵,仅谈些与己相关的感受,其评论会被严肃的学院派讥为"读后感"。

在西方文论和批评方法肆意横行的时代,我们的确借助不同的视角看到了很多"空白结构",可供言说的内容更为丰富。这样一来,文学批评就不再停留在心灵的沟通层面,它更多地呈现出思想和哲理的色彩,文学批评俨然成为书写时代的思想史。

诗歌批评亦然,各种理性的分析充斥着诗歌评论界,只有心灵的碰撞似乎无以写作评论,它越来越成为知识性的写作方式,成为少数人可以从事的"行当"。甚至有些人仅仅是借助评论之名,暗行阐发自我心迹或思想观念之道,让诗歌评论远离了作品和读者。当然,不可否认的是,文学评论包括诗歌评论的精英气,使其逐渐独立成新的文学文本，或者使其具备了与普通文学文本不一样的气质，那就是理性的思考和深度的思想。

来自西南边陲的我，能够成为中国现代文学馆的第三批客座研究员，十分有幸。所谓"有幸"，并非得到了客座研究员的称号，而是在这里我们建立了又一个大家庭，其乐融融，弥足珍贵。

李敬泽老师百忙之中总会留出时间参加我们的活动，他是个给人压力的评论者，我读过他的评论文章之后，那独特的视角、入木三分的内容分析、优美洗练的语言表达等，都让我羞于在他面前说话。敬泽老师时常叼着烟斗，他是个有底线和原则的人，中国文坛和作家的是非他了然于心，他的存在让人对"作协"会有更多的期待。吴义勤老师之前在高校研究和教学，总是掩饰不住一身的学者风度，是我们仰慕的师长。吴老师的科研自不必多言，在我看来，他最大的特点就是有举重若轻的管理能力，谈笑间所有的工作都"灰飞烟灭"。李洱老师在我们的讨论会上总显"木讷"，但他实际上是一个很会"讲故事"的人，说话时总能抓住听众的兴奋点。李老师的小说创作成就很高，他的作品不是普通的消遣读物，寄寓了一个知识分子对历史和现实的深刻思考。这三位老师是我们"十二铜人"在现代文学馆的学术指导老师。季文君老师则具体负责我们每次的学术主题，她在古典小说研究方面颇有造诣，只可惜还没有听到她谈论"红学"，我们就要"毕业"了。郭瑾是我们的联络员，由于年纪很轻的缘故，我们都直呼其名，她细致的工作态度，耐心的"有问必答"，让我们觉得文学馆好亲切。崔琦也是我们在文学馆见到的好老师，但她后来忙自己的事情去了，见面不多。2014年暑假之后，宋嵩的加入无疑使文学馆的工作更有效率，他的工作态度也值得我们学习，大家在微信上的互动比较多。

之所以逐一列举文学馆的各位老师，主要还是内心一直对你们心存感激，我不是想让你们看到我对各位的评价，而是想让自己记住你们的样子。写到在这个时候，眼前又出现了那些温暖的画面，那些简单而真诚的信息回复,那些质朴而有力量的关怀和鼓励……

亲爱的"十二铜人"们,我们从文学馆"毕业"后,还有好多好多的见面机会。犹记得 2014 年 3 月 14 日的首次见面,我们虽来自不同的地方,但因为同时受聘客座研究员,就注定了我们是同一届同一班的同学。"同窗"的情谊不必过多解释,日后大家的每次相聚,都镌刻着不可分离的情愫。我们十二个人性格差异很大,但这并不阻碍我们的交流,也不阻碍我们的携手前行,因为在面对彼此的时候,我们都是善良的,内心都是纯洁而透明的。还记得我要提前和大家告别的时候,我们在和平里宾馆里聚餐的情形,大家坐一桌很拥挤,但却吃得很开心。饭后大家去房间继续喝啤酒唱歌,那一晚,我很感慨甚至很激动,因为遇到了这一群人。我不善表达,也不胜酒力,也许在"铜人"们看来我与大家的交流最少,微信群聊,我时常处于缺席状态;但在内心深处,我一直视你们为此生不可多得的朋友,大家是真正的志同道合。

整理完这本书稿,回忆起在文学馆的这段生活,内心不觉满足起来。的确,没有文学馆这个平台,我不可能遇到这么好的老师,不可能邂逅这么多的朋友,也不可能有这本书的出版。因为富布莱特项目的缘故,我不能参加最后的"毕业典礼",这使我感到非常遗憾,但我无数次地在内心表达着这样的想法:离开文学馆以后,愿大家在今后无数次的相逢中,都一如既往地保持着如此亲切的面容,让"无邪"的交流横贯一生。